W0226242

Roland Zingerle

Das geerbte Weingut

Kärnten Krimi 8

Krimi

Bibliografische Information der Deutschen Nationalbibliothek:
Die Deutsche Nationalbibliothek verzeichnet diese Publikation in der Deutschen Nationalbibliografie; detaillierte bibliografische Daten sind im Internet über http://dnb.d-nb.de abrufbar.

© Juni 2024 Empire-Verlag
Empire-Verlag OG, Lofer 416, 5090 Lofer

Lektorat: Volker Neumann –
https://www.krimi-lektorat.de/lektorat.html
Korrektorat: Heidemarie Rabe

Alle Rechte vorbehalten. Das Werk darf – auch teilweise – nur mit Genehmigung des Verlags wiedergegeben werden.

Cover: Chris Gilcher
https://buchcoverdesign.de/

Buchsatz: Samantha Halama
https://www.samanthahalama.com/
gesetzt aus der Garamond Libre
erstellt mit Affinity Publisher

Bestellung und Vertrieb: Nova MD GmbH, Vachendorf

Du möchtest keine Veröffentlichung aus dem Hause Empire-Verlag verpassen? Dann melde dich gleich zum Newsletter an:
https://www.empire-verlag.at/newsletter/

Für Ingrid Bodner,
die einem Biertrinker die Reblaus in
die Trauben gesetzt hat,
einen Wein-Krimi zu schreiben,

und Erwin Gartner,
meinen Reiseführer durch das Universum Wein.

Wein wächst nicht in Kärnten.
Carl Julius Weber, 1834

Kapitel 1

Dienstag, 11.30 Uhr

Heinz hob die Hand, um seine Augen vor der Sonne abzuschirmen. Sein Blick wanderte über den Südhang unter ihm, der ganz weit links in einer leichten Kurve nach Westen verlief. Eine Sommerbrise stieg zu ihm herauf, die das Laub des drei Hektar umfassenden Weingartens rascheln ließ. Am Fuß des Hangs, etwa einhundert Meter von Heinz entfernt, lag der Hof mit einem Wirtschaftsgebäude, auf dessen Vorplatz sein Wagen stand. Parallel darunter verlief ein großes Nebengebäude, das hinten mit einer Halle verlängert worden war. Ein Fahrzeugschuppen flankierte den Vorplatz und ein alter Stall schräg hinter dem Haupthaus sowie weitere Schuppen komplettierten das Ensemble. Das Gehöft wurde von einer großen Wiese umgeben und diese von einem Wald. Das alles gehörte nun ihm, er hatte es geerbt.

Heinz schnaubte und schüttelte den Kopf. Was sollte er als Detektiv mit einem Weingut anfangen? Er hatte keine Ahnung von Wein, er trank nicht einmal welchen, er trank Bier. Freilich könnte er sich über das Vermögen freuen, das dieses Gut darstellte – vorausgesetzt es war nicht überschuldet –, doch fühlte er sich hier nicht wie ein Besitzer, sondern wie ein Fremder. Außerdem war er sich ziemlich sicher, dass sein Erbe einen Pferdefuß hatte. Das würde er aus dem Brief des Notars aber noch erfahren.

Heinz seufzte und ging über das kurz geschnittene Gras zwischen zwei Rebzeilen, die in Netze eingepackt waren, zum Hof hinunter.

Bis vor zwei Stunden hatte er noch nicht einmal gewusst, dass es diesen Flecken Erde südöstlich von Wolfsberg überhaupt gab. Heinz kannte das Lavanttal, er hatte hier dann und wann zu tun gehabt, doch von den vielen kleinen Dörfern an den Ausläufern der Saualpe im Westen oder – so wie hier – der Koralpe im Osten, kannte er nur wenige. Und auch die zumeist nur vom Durchfahren.

Am unteren Ende des Weinbergs trat ein gedrungener stämmiger Mann in den Weg zwischen den Weinreben, stellte sich breitbeinig hin, stemmte die Fäuste in die Hüften und sah Heinz entgegen. Hinter ihm tauchte ein schmächtiger Junge in gebückter Haltung auf, der aber, als er Heinz erblickte, gleich wieder hinter dem vermeintlichen Schutz des Laubs verschwand und zwischen den Blättern hervorlugte.

Heinz hatte nicht erwartet, hier von irgendjemandem freundlich empfangen zu werden. Der gedrungene Kerl mochte ein Landarbeiter sein, zumindest wirkte er so, als Heinz ihm näherkam. Er trug einen schmutzigen graubraunen Overall mit zahlreichen teilweise geflickten Löchern und Arbeitsschuhe, die sicher schon einige Weinernten gesehen hatten. An seiner Hüfte saß ein breiter Gurt, an dem eine recht große, oben offene Tasche befestigt war. Aus dieser ragten die Griffe mehrerer Werkzeuge heraus, außerdem schlängelte sich eine grüne Schnur hervor, die wie ein dünner Schlauch aussah. Der Kopf des Mannes war ebenso rund wie sein Bauch, sein Gesicht wettergegerbt und unrasiert, seine Haare waren ungewaschen. Er legte den Kopf schief, schien Heinz zu taxieren und als dieser auf wenige Meter herangekommen war, sagte er: »Du bist also der neue Bauer.«

Die Worte kamen leicht gebellt wie für den Lavanttaler Dialekt üblich, doch Heinz konnte nicht erkennen, ob irgendein Gefühl in ihnen mitschwang. Er ging bis auf einen Meter an den Mann heran, blickte ihm ruhig in die Augen und nickte. Dann hielt er ihm die Hand zum Gruß hin. »Mein Name ist Heinz Sablatnig.«

Der Mann, Heinz schätzte ihn auf Mitte dreißig, sah die Hand an, wandte sich zur Seite und spuckte aus.

Heinz wollte den Arm schon wieder senken, als der andere doch noch mit einem kräftigen Griff einschlug und dann sagte: »Fritz Pollheimer. Und der junge Mann da hinten ist der Gidi.« Er deutete mit dem Kopf auf den Kerl, der hinter dem untersten Weinstock der Reihe kauerte und mit angstvollen Augen das Geschehen verfolgte. Auch jetzt, als er vorgestellt wurde, zeigte er keine Reaktion. Pollheimer grinste kurz, dabei zeigte er zwei Reihen blitzend weißer Zähne. »Er ist a wenni schichti.«

Dieser Dialekt war eine Herausforderung, wenn er in starker Ausprägung gesprochen wurde. In Bezug auf den Kerl stellte Heinz fest, dass dieser wohl nicht so jung war, wie sein Verhalten vermuten ließ, Heinz schätzte ihn auf Ende zwanzig.

»Was wird denn jetzt mit dem Weinberg geschehen?«, fragte Fritz Pollheimer.

Heinz wusste nicht, welche Funktion der Mann hier hatte, doch zwei Dinge schienen nun klar zu sein. Erstens, er war mehr als nur ein Landarbeiter, andernfalls wüsste er nicht schon so kurz nach der Rückkehr der Hinterbliebenen über den Inhalt des Testaments Bescheid. Und zweitens, er war mehr um seine eigene Zukunft besorgt als um die des Gehöfts. Heinz schüttelte den Kopf und antwortete wahrheitsgemäß: »Ich weiß es nicht. Die ganze Sache hat mich unerwartet getroffen.«

Pollheimer taxierte ihn wieder, dann nickte er und sagte: »Uns alle.«

Ein Tag vorher; *Montag, 11 Uhr*

Als sein Handy *If you don't know me by now* von Harold Melvin & The Blue Notes abspielte, den Klingelton für unbekannte Anrufer, warf Heinz einen Blick aufs Display. Er hatte sich angewöhnt, Anrufe unbekannter Herkunft zunächst zu ignorieren, die Nummern im Internet zu suchen und dann zu entscheiden, ob er zurückrief oder die Rufnummer auf seinem Handy sperrte. Er hatte genug von Meinungsumfragen oder Telefondiensten, die ihm sensationelle Investitionsmöglichkeiten oder weiß Gott was aufschwatzen wollten, von Betrügern ganz zu schweigen. Nicht einmal von seinem eigenen Telefonanbieter wollte er kontaktiert werden, denn auch die meldeten sich nur, um ihm Dienste anzubieten, ohne die er bislang bestens ausgekommen war.

Im Lauf der Zeit hatte er so ein Gespür dafür bekommen, welche Rufnummern verdächtig waren und welche nicht. In diesem Fall bedurfte es jedoch keiner Intuition, um die Nummer als harmlos einzustufen, es war nämlich eine Festnetznummer mit einer Kärntner Vorwahl, die er sogar kannte: Wolfsberg.

Heinz hob also ab und wunderte sich nicht schlecht, als die Dame am anderen Ende der Leitung sich mit »Notariatskanzlei Doktor Alfred Megymorecz« vorstellte und fragte, ob er Heinz Sablatnig sei, der Privatdetektiv.

»Berufsdetektiv«, korrigierte Heinz mit einem Schmunzeln.

»Wie bitte?«, kam es nach kurzem Zögern zurück.

»Es heißt Berufsdetektiv, Privatdetektive gibt es in Österreich nicht.«

»Verzeihung, das wusste ich nicht«, erwiderte die Anruferin.

»Die wenigsten wissen das«, erwiderte Heinz launig, »der Rest stimmt aber.«

Anfangs hatte Heinz es als mühsam empfunden, die Menschen über diesen Umstand aufzuklären, doch mittlerweile machte er sich einen Spaß daraus. Die meisten hatten ihr Leben lang nichts mit einem Detektiv zu tun und kaum jemand kannte jemanden, bei dem dies anders war. Das bedeutete, dass sie die Bezeichnung Privatdetektiv, die in Deutschland gebräuchlich war, durch unzählige dort produzierte oder synchronisierte Fernsehkrimis als korrekt ansahen. Sogar in österreichischen Filmen wurde diese falsche Bezeichnung verwendet, der Begriff wurde einfach nicht hinterfragt.

Die Dame aus dem Notariat kam ohne weitere Umschweife zur Sache. »Herr Sablatnig, ich darf Sie im Namen von Herrn Doktor Megymorecz zu einer Testamentseröffnung einladen, und zwar morgen um 10 Uhr. Ich hoffe, Sie haben Zeit?«

Heinz stutzte. Eine Einladung zu einer Testamentseröffnung am Telefon? Und für den darauffolgenden Tag? »Bekommt man eine solche Einladung nicht normalerweise per Post und eine angemessene Zeit vor dem Termin?«

»Das stimmt, nur in diesem Fall ist Zeit ein wesentlicher Faktor. Die schriftliche Einladung wird Ihnen nachgereicht.«

Heinz sah misstrauisch sein Handy an, als hätte das Gerät selbst zu ihm gesprochen. »Um welche Erbschaft geht es«, fragte er, »ich meine, wer ist gestorben?«

»Es tut mir leid, aber solche Informationen darf ich Ihnen am Telefon nicht weitergeben.«

Heinz lachte spontan auf. »Na, Sie sind gut! Sie haben mich doch gerade telefonisch zu einer Testamentseröffnung eingeladen, da werde ich doch zumindest den Namen des Erblassers erfahren dürfen.«

»Herr Sablatnig, ich ersuche Sie um Verständnis, aber ich führe nur die Anweisungen des Herrn Notar aus.« Die Dame hatte, ohne zu zögern, geantwortet, ihre Stimme war klar und fest. »Es steht Ihnen natürlich frei, nicht zu dem Termin zu erscheinen, das würde die Angelegenheit jedoch sehr verkomplizieren. Wie schon gesagt, Zeit ist hier ein wichtiges Kriterium.«

Heinz überlegte. Sein erster Gedanke, dass es sich bei dem Anruf um einen geschickt eingefädelten Betrug handelte, erschien ihm bei zweiter Betrachtung unwahrscheinlich. Die Dame hatte den Namen des Notars genannt und Heinz eingeladen, in dessen Büro zu kommen. Ein Blick ins Internet würde genügen, um festzustellen, ob es diesen Notar an der Adresse, die die Bürokraft ihm nennen würde, tatsächlich gab. »Na gut«, lenkte er deshalb ein, »wohin soll ich kommen?«

Dienstag, 09:50 Uhr

Vor dem Amtssitz des Notars, eine alte, schön gepflegte Villa in Wolfsberg, gab es einen kleinen Parkplatz, der – wie die hier angebrachten Schilder verrieten – für Klienten vorgesehen war. Heinz stellte seinen neunzehn Jahre alten *Ford Focus*, dessen hässliche, graubraune Farbe zumindest die Rostflecken tarnte, ab und begab sich zum Eingang. Die Klingelschilder am Eingang bestätigten, was Heinz schon in der Auffahrt vermutet hatte: Die Villa beherbergte nicht nur das Notariat, sondern auch die Wohnung des Notars und seiner Familie. Im Empfangsbereich, dessen Mobiliar ebenso alt, gediegen und teuer wirkte wie die Außenfassade, lernte Heinz die Dame kennen, die ihn am Vortag angerufen hatte. Sie war Mitte vierzig und in einer Weise gepflegt, die fast schon unnatürlich wirkte. Ihr Haar war streng an den Kopf geglättet, ihr mehrfarbiger Lidstrich hinter der dickrandigen Brille perfekt komponiert und aufgetragen, ihr Outfit businessmäßig, aber dezent. Auch ihr Lächeln war einwandfrei freundlich – aber nicht echt.

Sie begrüßte ihn förmlich und bat um einen Lichtbildausweis. Heinz gab ihr seinen Führerschein, den sie mit scharfem Blick musterte. Dann brachte sie Heinz zum Büro des Notars, klopfte kurz an die Tür und trat ein. Doktor Megymorecz – Heinz hatte am Vortag Fotos von ihm im Internet gesehen – thronte hinter einem großen Schreibtisch. Vor diesem saß eine Frau Mitte zwanzig auf einem von zwei Stühlen, links von ihr stand ein schäbiger Rollstuhl mit einem Mann, den Heinz auf Ende sechzig schätzte. Durch das Klopfen aufmerksam geworden wandten alle ihre Blicke zu den Eintretenden.

»Herr Sablatnig«, meldete die Empfangsdame, verließ den Raum wieder und schloss die Tür hinter sich.

»Grüß Gott, Herr Sablatnig.« Der Notar legte seine Lesebrille ab, kam um den Tisch herum und begrüßte den Neuankömmling. Megymorecz war ein bulliger Kerl Ende vierzig und etwas größer als Heinz. »Bitte, nehmen Sie Platz«, er deutete auf den leeren Sessel rechts von der jungen Frau.

Heinz folgte der Aufforderung und nickte den beiden anderen mit einem Lächeln zu, was diese jedoch nicht erwiderten. Sowohl die junge Frau als auch der

Mann im Rollstuhl musterten ihn mit einem Blick, den Heinz irgendwo zwischen misstrauisch und alarmiert ansiedelte.

Doktor Megymorecz ließ sich in seinen Stuhl fallen. »Nun, wir sind vollzählig, das bedeutet, wir können ohne weitere Umschweife beginnen.« Er setzte die Brille auf und raschelte geschäftig in ein paar Papieren herum. »Vorab: Ich bedaure, dass diese Testamentseröffnung so kurzfristig und unkonventionell anberaumt ist. Doch in Anbetracht der besonderen Umstände des Todes des Erblassers und seines letzten Willens habe ich das Bezirksgericht davon überzeugen können, mir die Leitung des Verlassenschaftsverfahrens zu übertragen. Dadurch war es mir möglich, dieses zu beschleunigen.« Der Notar ließ die Papiere los, verschränkte die Finger auf dem Tisch und atmete einmal kurz und tief durch. Dann bedachte er jeden Anwesenden mit einem Blick über den Rand seiner schmalen Lesebrille hinweg und begann. »Nun, wir sind hier versammelt, um das Testament des gestern verschiedenen Erblassers Daniel Vallant zu eröffnen, Statistiker und Inhaber des Urbanhofes.«

Während Doktor Megymorecz die Adresse sowie die Lebensdaten des Verstorbenen herunterleierte, unterdrückte die junge Frau neben Heinz ein Schluchzen. Der Mann zu ihrer Linken legte ihr die Hand auf den Unterarm, dabei schielte er noch einmal verstohlen und, wie es Heinz schien, feindselig zu ihm herüber.

Heinz selbst war verwirrt, mehr als verwirrt. Wer zum Teufel war Daniel Vallant und warum wurde heute schon sein Testament verlesen, wenn er gestern erst gestorben war? Und vor allem: Was tat er, Heinz, hier?

Der Notar fuhr fort. »Erbberechtigt vor dem Gesetz sind die hier anwesenden Marie Vallant, Tochter des Verstorbenen, und Thomas Vallant, Bruder des Verstorbenen. Erbberechtigt laut Testament ist der in keiner verwandtschaftlichen Beziehung zu dem Verstorbenen stehende Heinz Sablatnig, wohnhaft in Klagenfurt am Wörthersee.«

Heinz sah zu den beiden neben sich. Nachdem sie einander nun über die offizielle Einleitung bekannt gemacht worden waren, wollte er seinen stummen Gruß von vorhin wiederholen, kam jedoch nicht dazu.

»Warum ist er hier?« Thomas Vallants Stimme war tief und wirkte grob. Seine Frage galt ohne Zweifel dem Juristen, dennoch starrte er Heinz dabei an – eine altertümliche Art der Herablassung.

»Ihr Herr Bruder hat ihn in seinem Testament bedacht«, antwortete der Notar nüchtern.

»Wer sind Sie?«, fuhr der Mann im Rollstuhl nun Heinz an.

»Heinz Sablatnig«, erwiderte der Gefragte verwirrt von der Situation.

»Das habe ich gehört.« Das Donnern der Stimme schien im Raum widerzuhallen. »Ich will wissen, warum Sie im Testament von meinem Bruder stehen.«

Heinz schenkte ihm einen wilden Blick und fuhr nun hoch: »Na, offensichtlich weil er mich hineingeschrieben hat, oder?«

Thomas Vallants Blick schaltete von herausfordernd auf wütend, er beugte sich Heinz entgegen und setzte zu einer wohl geharnischten Antwort an, als Marie, die ja zwischen ihnen saß, ihre Hände mit gespreizten Fingern bis rechts und links von ihrem Gesicht hob und kreischte: »Hört auf!«

Heinz wich zurück, als hätte er einen Stromschlag abbekommen.

Auch Maries Onkel erschrak, fasste sich aber gleich wieder. Er murmelte beruhigende Worte und griff nach ihrem Unterarm, doch sie entzog sich ihm mit einer energischen Geste.

Heinz musterte Maries Gesicht und erkannte, dass sie jünger war, als er angenommen hatte, wohl erst um die zwanzig. Anscheinend hatten ihn das von Trauer gequälte Gesicht und die gramgebeugte Haltung getäuscht.

»Meine Herren«, meinte Doktor Megymorecz ruhig, aber bestimmt, »wir sind hier, um den letzten Willen des Verblichenen zu hören. Und das beinhaltet auch, dass wir diesen Willen respektieren, auch wenn er uns nicht gefällt.«

Heinz sah Thomas Vallant an, um ihm sein Einverständnis zu signalisieren, in der Hoffnung, dies würde die Wogen glätten, doch dieser blickte zur Wand links von sich.

Der Notar ignorierte das und sprach weiter. »Nun, die Verwandtschaft weiß es ja schon, deshalb für Sie, Herr Sablatnig: Daniel Vallant wurde mutmaßlich ermordet.«

»Was?« Heinz' Ausruf war mehr der Überraschung als der Bestürzung geschuldet, immerhin hatte er diesen Daniel Vallant nicht gekannt. Wobei ... irgendwie kam ihm der Name nun doch bekannt vor.

»Es hat den Anschein«, erklärte Doktor Megymorecz, »als wäre er vergiftet worden, vermutlich mit Arsenik. Das Ergebnis der Obduktion steht allerdings noch aus.«

Für einen Augenblick schien sich der Raum um Heinz zu drehen. Was sollte das Ganze? »Was heißt, es hat den Anschein«, fragte er, »wie kommt es zu diesem Verdacht?«

Der Notar antwortete mit stoischer Ruhe. »Der Erblasser selbst hat das behauptet. Nachdem er eindeutige Anzeichen einer Vergiftung bei sich festgestellt hatte, hat er seine Symptome im Internet recherchiert und diese eins zu eins bei einer Arsenvergiftung wiedergefunden. Leider hat er dabei auch festgestellt, dass er kaum noch auf Rettung hoffen durfte. Er holte den Notarzt und dann mich, um seine Verhältnisse zu regeln. Das war am Sonntagabend, also vorgestern.«

»Sie sind auch am Wochenende erreichbar?« Heinz biss sich auf die Zunge, doch die Frage war schon gestellt. Wie es schien, war er darauf konditioniert, Fragen zu stellen, wenn es um ein Gewaltverbrechen ging.

Doktor Megymorecz nahm es locker. »Normalerweise nicht, doch nachdem Daniel Vallant mich am Handy nicht erreicht hatte, hat er mir eine sehr dringliche SMS geschrieben, woraufhin ich ihn zurückgerufen habe. Ich bin noch am Abend zu ihm auf das Gut gefahren, um ein rechtsgültiges Testament abzufassen. Das war ihm sehr wichtig. Unmittelbar darauf hat ihn die Rettung ins Landeskrankenhaus Wolfsberg gebracht. Doch es war leider zu spät.«

Marie krümmte sich und zuckte unter geräuschlosen Schluchzern. Nur ab und zu holte sie hörbar und zittrig Luft. Thomas Vallant strich ihr unbeholfen über den Rücken, doch sie schien es nicht zu bemerken.

Der Notar zog die Augenbrauen zusammen. In Anbetracht der Situation schien es ihm schwerzufallen, seine Pflicht zu erfüllen. »Nun, nun«, begann er und räusperte sich, »kommen wir also zur Verlesung.« Er ratterte die üblichen Eingangsfloskeln herunter und kam dann zum Wesentlichen, welches aus nur einem Satz bestand: »Ich vermache all meinen Besitz ohne Ausnahme Herrn Heinz Sablatnig.«

Alles Weitere, die genaue Bezeichnung, wer Heinz war, sein Geburtsdatum, seine Wohnadresse und Ähnliches, ging in einem fassungslosen, langgezogenen Aufschrei von Marie und Thomas Vallant unter: »Waas?«

Heinz war wie paralysiert. Zunächst konnte er nicht glauben, was er gehört hatte, dann fragte er sich, ob das ein schlechter Scherz war, und schließlich blickte er in die Gesichter der beiden enterbten Verwandten, die ihn ansahen, als wollten sie ihn umbringen, sobald sie ihre Schockstarre überwunden hätten.

»Was ... wieso ... wieso ich?«, stotterte er.

Ins selbe Horn stieß Thomas Vallant, nur ungleich lauter. »Warum er? Was hat er mit unserem Hof zu tun?«

»Herrschaften, bitte!« Der Notar hob die Hände in einer Mischgeste aus Abwehr und Beschwichtigung. »Was ich Ihnen vorgelesen habe, ist der letzte Wille des Verblichenen. Auch wenn es Sie noch so schmerzt, seien Sie versichert, dass er seine Gründe ...«

»Sie haben ihm das doch eingeredet!« Der Bruder des Toten hatte sich ein wenig aus seinem Rollstuhl gehoben und hielt sich nun mit einer Hand in einer wackeligen Schwebe, während er mit dem Zeigefinger der anderen wie mit einem Florett dem Notar entgegenfuchtelte.

»Herr Vallant ...«

»Er war doch schon gar nicht mehr ganz bei sich wegen seiner tagelangen Krämpfe und Schmerzen. Da haben Sie sich was ausgedacht, damit der da unseren Besitz erbt.« Thomas Vallant deutete auf Heinz und wollte seine Attacke weiterreiten, doch Doktor Megymorecz beendete sie, indem er seine flache Hand auf den Tisch drosch und brüllte:

»Herr Vallant, bitte!«

Der Angebrüllte ließ sich in den Rollstuhl zurücksinken, er atmete schwer.

»Sie selbst und Ihre Frau Nichte haben schriftlich bezeugt, dass Ihr Herr Bruder zum Zeitpunkt der Testamentsabfassung voll zurechnungsfähig war.« Er kramte energisch in dem Akt vor sich und riss schließlich ein Blatt Papier hervor, das er den beiden hinhielt. »Hier, sehen Sie?«

Heinz sah ein paar Zeilen mit zwei Unterschriften darunter.

»Wie auch immer Sie das gedreht haben«, brummte Thomas Vallant drohend, »das Testament ist unmöglich echt.«

Marie jaulte auf: »Warum tun Sie uns das an?« Dabei sah sie zunächst den Notar und dann Heinz vorwurfsvoll an.

Heinz wollte sich rechtfertigen, wollte erklären, dass er von dieser Eröffnung genauso geschockt sei wie Marie und Thomas Vallant und dass er mit dieser Sache nichts zu tun habe, doch er wusste, dass das in diesem Augenblick zwecklos war.

Kapitel 2

Dienstag, 11:45 Uhr

Das Haupthaus und die wichtigsten Gebäude von Heinz' neuem Besitz lagen auf einer ebenen Fläche, die – in Blickrichtung auf das Wirtschaftsgebäude – links vom Weinberg begrenzt wurde und rechts von einem flach abfallenden Hang. Der großzügige Vorplatz war gepflastert und wurde von einer riesigen Linde beschattet, die in seiner Mitte stand. Seine rechte Seite flankierte eine Scheune, die als Wagenschuppen benutzt wurde, zwischen dieser und dem Wirtschaftsgebäude führte ein kurzer Weg zu einem tieferliegenden Bau, der in den Hang gebaut worden war. Heinz ging zu diesem hin; es war ein niedriges, langgezogenes Haus, das mit seinen dunkelgelben Mauern und rustikalen hölzernen Fensterrahmen hübsch anzusehen war. Über der großen Tür war ein hölzernes Schild angebracht, auf dem in einer stilvoll verschnörkelten, geschnitzten Schrift das Wort *Weinkellerei* zu lesen war. Kurzentschlossen wollte Heinz eintreten, doch die Tür war verschlossen. Er blies die Luft aus und blickte den Hang hinab, über den sich die Zufahrtsstraße heraufschlängelte. Dort unten an der Waldgrenze, keine dreihundert Meter entfernt, lag der Hof des Nachbarbauern, den Heinz schon bei der Herfahrt gesehen hatte, eine der Dachschrägen war vollkommen mit Solarzellen bepflastert.

Heinz beschloss, noch das Wirtschaftsgebäude zu inspizieren und dann nach Hause zu fahren. Zum einen hatte er an diesem Tag schon genug Reizüberflutungen erlebt, und zum anderen hatte er noch etwas vor.

Während er wieder zum Vorplatz hinaufging, stellte er sich die Frage, die er sich in den vergangenen zwei Stunden wohl schon eintausendmal gestellt hatte: Wer war Daniel Vallant? Er kannte den Namen, dessen war er sich inzwischen sicher, doch er wusste nicht, wo er ihn einordnen sollte. Am ehesten war er ein Klient gewesen vor vielen Jahren – Heinz wollte dies überprüfen, sobald er wieder zu Hause war –, doch warum sollte ein solcher ihm seinen Besitz vererben? Das passte schon eher zu einem alten vergessenen Freund, nur – wenn er an den Namen dachte, verband er keinerlei freundschaftliche Gefühle damit. Außerdem hätte ein solcher Freund ihn wohl kaum seiner eigenen Familie vorgezogen, es musste also etwas anderes dahinterstecken.

Die Tür zum Wirtschaftsgebäude war etwas erhöht, vor ihr befanden sich ein Stiegenaufgang sowie eine Rollstuhlrampe, die zu einem mit rötlichem Holz schön gezimmerten Vorbau führten. Heinz betrat das Haus und fand sich in einer kleinen Garderobe wieder, an der sich Schuhe, Stiefel und Patschen aller Art türmten. An den Wandhaken hingen nur einige wenige Arbeits- und Windjacken. Kein Wunder, es war Hochsommer, im Winter sah das hier sicherlich anders aus. Ohne die Hausordnung zu kennen, zog Heinz seine Schuhe aus, nach den Ereignissen der vergangenen Stunden wollte er die Bewohner nicht noch zusätzlich provozieren. Freilich, das hier war streng genommen jetzt sein Haus, aber es war nicht Heinz' Art, Öl in ein loderndes Feuer zu gießen. Durch eine weitere Tür betrat er ein Vorhaus und stellte fest, dass dieses Haus offenbar erst in der Nachkriegszeit errichtet worden war. Für ein altes Bauernhaus war es zu groß und für eine Meierei war der Baustil zu modern; die Räume waren zu niedrig, es fehlten die Gewölbe, und die Mauern waren zu dünn. Insgesamt machte der Innenbereich denselben gepflegten Eindruck wie das gesamte Ambiente draußen.

Die erste Tür rechts stand halb offen, ein Blick hinein offenbarte Heinz, dass sich hier ein Büro befand. Vis-à-vis führten zwei Türen zu einer Dusche und einer Toilette, zumindest, wenn Heinz die darauf angebrachten Emaille-Ovale richtig deutete, die mit bunten Bildchen entsprechend bemalt waren. Heinz ging weiter in das Vorhaus hinein und gelangte zu einem offenen Raum, vergleichbar dem Kreuzgang einer Kirche.

Links führte eine offene Treppe nach oben und unten, rechts befand sich ein Esstisch, der merkwürdig deplatziert wirkte. Er stand mitsamt einer Bank und mehreren Stühlen an der Wand zur Küche, zu der eine Tür rechts neben dem Tisch führte. Heinz konnte sich nicht vorstellen, dass es hier direkt im Vorhaus gemütlich zugehen mochte.

Ein Blick in die Küche zeigte einen großzügigen Arbeitsraum, in den auch ein Vorratsraum eingebaut war. Aus Letzterem kam Marie hervor und stutzte, als sie Heinz sah. Ihr zunächst gefasst-trauriger Gesichtsausdruck kam in Bewegung, es hatte den Anschein, als könnte sie sich nicht entscheiden, welche Gefühle sie Heinz entgegenbringen sollte, zumindest schien aber festzustehen, dass keines davon positiv war.

»Hallo, Marie.« Heinz wusste nicht, wie er mit ihr umgehen sollte, doch schweigen war keine Lösung. Er musste irgendwie Kontakt zu ihr und ihrem Onkel bekommen, eine Basis finden, auf der er mit den beiden kommunizieren konnte.

»Grüß Gott.« Sie wandte ihren Blick ab und ging ihrer Beschäftigung nach, offenbar kochte sie gerade das Mittagessen.

»Bitte sag Heinz zu mir.«

»Wenn Sie wollen ...«

»Marie, ich ... ich bin von dieser Erbschaft genauso überrascht worden wie ihr.«

Sie ignorierte ihn, hackte mit einem großen Messer Zwiebeln.

Aber was hatte Heinz anderes erwartet? Er versuchte einzulenken. »Wir werden schon eine Lösung finden, die uns allen gerecht wird.«

»Wir werden die Erbschaft anfechten.« Sie wiederholte die Worte, die ihr Onkel zuvor beim Notar förmlich ausgespien hatte, doch bei ihr klangen sie nicht kalt, sondern bitter, traurig.

Heinz seufzte tief. »Das ist euer gutes Recht. Tatsache bleibt aber, dass bis dahin einige Zeit vergehen wird und selbst wenn das Verfahren eingeleitet ist, wird es sich hinziehen. Glaubst du nicht ...« Er hielt inne und erreichte damit tatsächlich, dass sie ihm einen kurzen, irritierten Blick zuwarf. »Marie, glaubst du nicht, dass dein Vater seine Gründe dafür gehabt hat, mir alles zu vererben?«

Nun wandte sie sich Heinz zu mit einem empörten Blick aus weit aufgerissenen Augen. »Mein Vater hat für mich und meinen Onkel vorgesorgt.« Sie betonte jedes Wort, die Hand mit dem Messer hing leicht nach unten. »Sie sind schuld, Sie und der Notar.« Ihre Augen wurden feucht.

Heinz hielt ihrem Blick für einen Moment stand, dann erwiderte er: »Marie, ich habe deinen Vater überhaupt nicht gekannt.« Er gestand sich ein, dass das wohl nicht ganz stimmte – doch im Augenblick schon.

Maries Blick wurde unstet, dann rannen die Tränen über ihre Wangen, und sie wandte sich wieder den Zwiebeln zu.

Heinz erkannte, dass er im Moment hier nichts weiter ausrichten konnte. Er wandte sich ab und ging zurück in das Vorhaus. Das letzte Zimmer auf dieser Etage, das er noch nicht gesehen hatte, befand sich links hinten und entpuppte sich als Wohnzimmer mit einer Couch samt Sesseln, einem niederen Tisch, einem Fernseher und ein paar Schränken. Es wirkte gemütlich, aber steril, so als würde der Raum zwar regelmäßig gereinigt jedoch nie benutzt werden.

Heinz nahm die Stiege nach oben. Am Geländer sah er die Fahrschiene für einen Treppenlift, welcher eingeklappt am oberen Treppenabsatz wartete. Hier im ersten Stock verteilten sich vier Türen über die Wand gegenüber der Stiege. Die dritte von links stand offen, von dort waren Geräusche zu hören. Heinz ging hin und sah den Hintern einer rundlichen Frau, die gerade auf dem Boden verstreut liegende Kleidungsstücke einsammelte.

»Grüß Gott«, sagte er laut, woraufhin die Frau erschrocken herumfuhr und ihn anstarrte. »Mein Name ist Heinz Sablatnig, ich bin der neue Eigentümer.«

Sie lächelte breit und mit gespielter Bescheidenheit, außerdem deutete sie einen Knicks an. Die Frau war einen halben Kopf kleiner als Heinz, hatte ein rundes, speckig glänzendes Gesicht und dünne Locken, deren

Farbe irgendwo zwischen Weiß und Hellrot angesiedelt war, gefärbt und ausgewaschen, wie Heinz vermutete.

Da sie keine Anstalten machte, sich vorzustellen, fragte er: »Und wer sind Sie?«

Die Frau gab unförmige Laute von sich, dabei deutete sie auf ihren Mund und wedelte dann mit dem Zeigefinger.

»Sie sind stumm?«, vergewisserte sich Heinz, ob er sie richtig verstand, und sie nickte.

Da die Frau, sie mochte um die vierzig sein, einen weißen Arbeitsmantel trug, vermutete Heinz, dass sie eine Hausangestellte war. Denn würde sie zur Familie gehören, wäre sie wohl bei der Testamentsverlesung dabei gewesen. Heinz ließ seinen Blick durch den Raum schweifen, es war ein Schlafzimmer für eine offensichtlich sehr unordentliche Person. Poster von Rennautos hingen an der Wand, und der Schirm der Nachttischlampe war mit bunten Aufklebern versehen, weshalb Heinz davon ausging, dass hier ein Junge wohnte.

Heinz öffnete die Tür rechts daneben, die letzte am Gang. Hier fand er ein weiteres Schlafzimmer vor mit einem Doppelbett, das Fehlen jeglicher persönlicher Gegenstände legte nahe, dass es sich um ein Gästezimmer handelte. Diesem gegenüber, am selben Ort wie im Erdgeschoss, waren Badezimmer und WC. Heinz ging wieder zurück, um die beiden anderen Türen zu inspizieren, eine davon war versperrt und hinter jener ganz links fand Heinz wieder ein Schlafzimmer für eine Person. Dieses war aufgeräumt und schmucklos, dem Geruch nach schlief hier ein Mann. Heinz wandte sich zur gegenüberliegenden Seite des Gangs und damit zur letzten Tür im ersten Stock, die er noch nicht zu öffnen versucht hatte. Er holte dies nun nach, doch kaum war sie offen, schlug ihm ein Gebrüll entgegen, das ihn förmlich nach hinten warf.

»Raus hier!« Thomas Vallant saß an einem kleinen Schreibtisch nahe einem der Fenster. »Das hier ist mein Zimmer, hier haben Sie keinen Zutritt, wurscht, ob Ihnen alles gehört oder nicht.« Heinz, dem das Herz bis zum Hals schlug, wollte eine Entschuldigung murmeln, kam aber nicht dazu, denn Vallant schrie weiter, mit hochrotem Kopf, so dass sich seine Stimme fast überschlug: »Ich habe gesagt, Sie sollen verschwinden!«

Heinz schloss die Tür.

Im Davongehen hörte er, wie der Mann im Rollstuhl vor sich hin polterte: »Nicht einmal anklopfen kann der Tscherfl[1].«

Die stumme Frau steckte den Kopf aus dem Zimmer und sah Heinz mit angstvollen Augen an.

Dieser ignorierte sie. Auch wenn er es sich nicht gerne eingestand, aber Vallant hatte recht: Er hätte vor dem Eintreten anklopfen sollen – und zwar bei allen Türen.

---

1 *Abgetretener Schuh; Schimpfwort für eine ungeschickte, eigentlich unnütze Person.*

Die Treppe führte noch weiter nach oben und endete bei einer geschlossenen Tür. Da das Haus nur einen Oberstock besaß, vermutete Heinz einen Dachboden dahinter, doch er hatte genug für den Moment. Er ging ins Erdgeschoss, auch von hier führte die Treppe noch weiter nach unten, wohl in einen Keller, doch Heinz verließ nun das Haus. Er musste all das hier erst einmal verdauen, und das traf wohl auch auf die beiden Vallants zu, er würde morgen wiederkommen.

Als er mit seinem *Ford* vom Hof knatterte, kreisten die Gedanken in seinem Kopf. Warum hatte Daniel Vallant seine einzigen beiden Verwandten enterbt?

Daniel Vallant ...

Die Erkenntnis traf Heinz wie ein Blitz. Er verriss das Steuer und trat im Reflex auf die Bremse, die Reifen seines Wagens kreischten kurz auf, dann kam er am Straßenrand zum Stillstand. Heinz‹ Herz pumpte einen schweren Takt, er atmete mehrmals stoßweise aus. Daniel Vallant war sein Kunde gewesen vor ... wie vielen Jahren? Sieben? Zehn? Der Auftrag war nichts Besonderes gewesen, ein Observierungsjob wegen einer Scheidung, deshalb hatte Heinz ihn wohl vergessen. Er hatte seinen Auftraggeber nie persönlich getroffen, die Kontaktaufnahme hatte telefonisch stattgefunden, die Auftragsbestätigung per E-Mail. Daniel Vallant war im

Lavanttal beheimatet, die Observierung sollte jedoch in Klagenfurt stattfinden, wo Vallants Frau arbeitete. Der Job war binnen weniger Tage erledigt gewesen, denn Frau Vallant hatte sich täglich nach der Arbeit mit ihrem Freund getroffen. Sie waren zum Abendessen in ein Gasthaus gegangen und danach in einem Mehrparteienhaus verschwunden. In der Öffentlichkeit benahmen sie sich wie die Turteltauben, küssten sich auf offener Straße – Heinz erinnerte sich, wie er den Kopf über die unbeschwerte Schamlosigkeit dieser Ehefrau und Mutter geschüttelt hatte. Den Namen des Liebhabers herauszufinden und Daniel Vallant eindeutige Fotos zu liefern, war nicht mehr als das Kleine Einmaleins des Detektivberufs gewesen. Heinz erinnerte sich, dass sein Auftraggeber danach am Telefon sehr erleichtert geklungen hatte. Als die Scheidung Monate später über die Bühne gegangen war, hatte Vallant ihm sogar noch eine Dankes-E-Mail geschrieben, denn dank Heinz' Arbeit war der Frau kein Anteil von Vallants Weingut zugesprochen worden. Jenes Weingut, das nun Heinz gehörte.

Heinz erwachte aus seiner Erinnerung wie aus einem Traum. Er war in der ersten Kurve unter dem Hof zum Stehen gekommen und blickte auf die vom Wald begrenzte Wiese. Jetzt verstand er noch weniger. Er hatte gewusst, dass Vallant eine Tochter hatte, mehr jedoch nicht. Und von einem Bruder war nie die Rede gewesen, warum auch? Wer also waren die beiden, und warum sollten sie das Gut nicht erben?

Heinz' Blick fiel auf den Nachbarhof, der ein paar Kurven unter ihm lag. Bei der Herfahrt hatte er gesehen, dass es dort einen Hofladen gab. Dort würde er versuchen weiterzukommen.

Die Zufahrt zum Hof befand sich in einer Kurve und ging leicht nach oben. Sie war unbefestigt, die von Reifen durchfurchte Erde war feucht, obwohl es seit Tagen nicht mehr geregnet hatte. Die Gebäude des Hofes wirkten zwar nicht ungepflegt doch in eigenartiger Weise schlawuzzig, als nähme man es hier mit der Ordnung nicht so eng. Dazu passte auch das selbstbemalte und mit bunten Farben verzierte Schild mit der Aufschrift *Biohof Lackner*, das über dem Eingang zum Hofladen hing. Dieser war in einer niedrigen Blockhütte untergebracht. Heinz stellte seinen Wagen ab und ging hinüber. Als er die Tür öffnen wollte, hielt er inne und betrachtete die Fassade genauer. Die Baumstämme, aus denen sie zu bestehen schien, waren nur wenige Zentimeter dicke Bretter mit einer halbrunden, naturbelassenen Oberfläche. Die darunterliegende Wand und, wie Heinz nun sah, auch das Dach bestanden aus Blech.

Heinz zog die Tür auf und betätigte damit einen Klingelzug, was ein schrilles Läuten zur Folge hatte. Der Innenraum war mit urigen, weil grob bearbeiteten Holzregalen ausgestattet, gegenüber dem Eingang befand sich eine lange Verkaufstheke aus Wurzelholz. Auch ein paar Sichtkühlgeräte standen hier, deren Rahmen man eine Holzoptik verpasst hatte. Zu kaufen gab es alles, was das Herz begehrte, angefangen von Brot, Speck und harten Würsten, über Butter, Käse und sonstige Milchprodukte bis hin zu Marmeladen, eingekochtem Gemüse und sogar vorgekochten Mahlzeiten.

Darüber hinaus wurden Kartoffeln, Zwiebeln, Karotten und weitere Feldfrüchte in Schüttkörben aus Rattan angeboten. Heinz stellte fest, dass bei den Verpackungen gänzlich auf Kunststoff verzichtet worden war, stattdessen kamen Glasbehältnisse mit Holzdeckeln zum Einsatz sowie Pack- und Butterpapier und Papiertüten.

Während er noch über die Vielfalt des Angebots staunte, tauchte ein großer schlaksiger Mann Anfang dreißig hinter der Theke auf und sagte: »Grüß dich Gott!« Ein unechtes Lächeln zog sich über sein ganzes Gesicht.

Heinz erwiderte den Gruß und ging zu ihm. Der Mann war in Filz und Loden gekleidet wie das Klischee eines Biobauern. Noch während Heinz überlegte, wie er ihn möglichst harmlos in ein Gespräch verwickeln könnte, fragte dieser: »Was gibt's Neues am Urbanhof?« Sein Lächeln wurde noch breiter, als er Heinz' Verwunderung sah. »Ich hab dich gesehen, wie du raufgefahren bist«, erklärte er, »ich kenne alle Autos, die da hinauffahren, deines ist neu.«

Heinz hielt dem provokant neugierigen Blick stand und schmunzelte. »So neu auch wieder nicht.«

Als der Mann nun lachte, klang es ehrlich. Er streckte Heinz die Hand über die Theke entgegen und stellte sich vor. »Berti Abraham.«

»Heinz Sablatnig.« Er nahm den Handschlag entgegen und fragte: »Gehört der Hof dir?«

»Nein, ich bin nur der Kittelbauer.« Berti lachte wieder, dann wechselte er das Thema, etwas ungestüm, wie Heinz fand. »Wie schaut's denn aus, da oben? Gibt es schon einen Erben?«

Heinz brauchte nicht zu überlegen. »Ich bin der Erbe«, sagte er, »der Alleinerbe.«

Bertis Reaktion kam unerwartet. Er verlor kurz das Lächeln, stattdessen wechselten sich Irritation und Misstrauen in seinem Gesichtsausdruck ab. »Du?« Es klang fast abfällig. »Darf ich fragen, wer ...« Er ließ den Satz stehen und machte stattdessen eine auffordernde Geste.

»Ich komme aus Klagenfurt«, begann Heinz, »und bevor du fragst: Nein, ich habe keine Ahnung, wie ich zu der Ehre komme.« Dass er Detektiv war, würde sich hier früher herumsprechen, als ihm lieb sein konnte, er wollte Bertis Aufmerksamkeit im Moment nicht in die falsche Richtung lenken. Heinz wollte Informationen von ihm, das sollte sich jetzt nicht umkehren.

»Wie bist du mit den Vallants verwandt?«

»Überhaupt nicht«, beteuerte Heinz, dann griff er zu einer Notlüge, um das Rätselraten zu beenden: »Ich bin gerade auf dem Weg zum Notar, um herauszufinden, was da dahintersteckt.«

»Wie meinst du das?«

»Warum ich geerbt habe. Ich kenne die Leute da oben ja nicht einmal.«

Berti Abraham ging ihm auf den Leim, sein Blick wurde düster. »Da versäumst du nicht viel, glaub mir.«

»Wieso?« Heinz' aufgeregte Neugier war nur zum Teil gespielt.

Der Biobauer schüttelte den Kopf, während er erklärte: »Sie produzieren Schnaps. Wer Alkohol herstellt, ist kein guter Mensch.«

»Was, Schnaps? Das ist doch ein Weingut.«

»Wein ist auch Alkohol. Und sie machen auch Schnaps.«

»Ich verstehe nicht ganz«, stotterte Heinz, »was ist daran auszusetzen?«

Berti bekam große Augen. »Was, dass sie Alkohol herstellen?«, rief er aufgebracht, »weißt du nicht, was Alkohol alles anrichtet? In unserem Gesundheitssystem? Und wie viele Familien daran zugrunde gehen, ganze Familien, nur weil ein einziger Depp davon sauft?«

Heinz ging eine Reihe von Antworten durch den Kopf, die er jedoch alle für sich behielt. Stattdessen neigte er den Kopf etwas nach vorne und fragte, so neutral es ihm möglich war: »Verstehe ich das richtig, Weinbauern sind für dich schlechte Menschen?«

Berti schwankte unübersehbar zwischen seiner lodernden Empörung und der Vernunft, welche schließlich siegte. »Das ist vielleicht zu viel gesagt. Aber sie sind sich nicht bewusst, was sie anrichten. Und Nichtwissen ist keine Entschuldigung.«

Der schwere Vorhang aus grau-grünem Filz, der den Blick durch die Tür hinter Berti verhinderte, teilte sich, und der Kopf einer hübschen Endzwanzigerin kam zum Vorschein. »Was schreist du denn herum?« Ihre Stimme war schrill. Überhaupt fand Heinz, dass die Frau für ihr Alter zu strenge Gesichtszüge hatte.

Berti fuhr herum und zappelte plötzlich nervös. »Nichts, nur ... mein Lieblingsthema.«

Die Frau wurde auf Heinz aufmerksam und trat vollends ein. Sie war um einiges kleiner als Berti, doch ihr Kleidungsstil passte zu seinem. »Grüß dich«, sagte sie zu Heinz und mühte sich ein Lächeln ab.

»Das ist der neue Urban-Bauer«, erklärte Berti in einer Weise, als würde er es ihr zuflüstern.

Das Gesicht der Frau verdüsterte sich sofort. »Ach ja?« Ihre Stimme war eisig.

»Ja«, erwiderte Heinz schlicht, trat vor und hielt ihr die Hand hin, während er sich vorstellte.

Zögernd drückte sie sie kurz. »Eva Abraham.« Sie taxierte Heinz, dabei war ihrem Gesicht anzusehen, dass dahinter irgendwelche taktischen Überlegungen abliefen.

Heinz kroch ein Schauer über den Rücken.

»Ich kenne dich gar nicht«, fuhr sie fort, »wie bist du mit denen verwandt?« Sie deutete mit dem Kopf nachlässig Richtung Urbanhof.

»Er ist nicht verwandt«, raunte Berti, »er weiß noch nicht, warum er geerbt hat.« So wie er sich verhielt, war Eva nicht nur seine Frau, sondern auch seine Chefin, die Bäuerin eben.

Sie nickte leicht, ohne die Augen von Heinz zu lassen. »Man sagt, der Daniel ist vergiftet worden. Ist das wahr?«

Eva Abrahams stechender Blick war unangenehm, es kostete Heinz Mühe, ihm standzuhalten. »Angeblich ja. Er wird aber noch obduziert.«

»Soso. Na ja, wird schon seinen Grund gehabt haben. Es gibt für alles einen Grund.« Der Blick nahm noch an Intensität zu, er wirkte nun wie eine Drohung.

Heinz folgte einem inneren Impuls, der ihm sagte, dass er sich das nicht länger gefallen lassen sollte. »Ich weiß nicht«, begann er und sah die beiden abwechselnd unwirsch an, »habe ich irgendetwas Falsches gesagt?«

Eva und Berti wechselten einen kurzen Blick und blinzelten nervös. Während sie nur den Kopf schüttelte, antwortete er hastig: »Nein, nein, es ist nur ... da ist so viel böses Blut unterwegs ...«

»Hat nichts mit dir zu tun«, murmelte nun auch Eva, die jetzt den Blickkontakt vermied, »nur, du bist der Erbe, deshalb ...« Sie wandte sich ab und verschwand ohne ein weiteres Wort hinter dem schweren Vorhang.

Heinz sah ihr nach und dann zu Berti, der peinlich berührt grinste und sich anscheinend nicht entscheiden konnte, auf welchem Fuß er stehen sollte. »Ich glaube, ich komme ein anderes Mal wieder«, meinte Heinz und wandte sich ab.

»Alles Gute«, rief Berti rasch hinter ihm her, es klang eher nach »Nichts für ungut.«

Heinz stapfte zu seinem Auto, schnaubte und fragte sich, ob es an ihm lag, dass ihn heute alle wie einen Sündenbock behandelten.

Kapitel 3

Dienstag, 13 Uhr

Heinz war froh, als er endlich zu Hause in Klagenfurt angekommen war. Er schloss die Tür zu seiner Mansardenwohnung in der Innenstadt hinter sich, lehnte sich dagegen und blies die Luft aus. Die vergangene Woche war hart gewesen, brutal hart. Ein Schicksalsschlag und eine Wendung in seinem Liebesleben, beides hätte ihn fast aus der Bahn geworfen – und jetzt auch noch diese ominöse Erbschaft. Offensichtlich liebte das Leben Drama, anders war nicht erklärbar, warum immer alles zusammenkam.

Er sah ins Wohnzimmer, wo sein Blick den von Bogart traf, seinen dreijährigen Beagle-Rüden. Dieser lag zusammengekuschelt in seinem Körbchen und hob nur müde den Kopf, mehr um zu sehen, wer seinen Schlaf störte, als aus Interesse, wer gekommen war. So wirkte es zumindest auf Heinz und er fragte sich, was aus dem stürmischen Hund geworden war, der mit gesenktem Kopf und wedelndem Schwanz gewartet hatte, wenn Heinz die Wohnungstür aufschloss.

»Ich freue mich auch, dich zu sehen«, sagte Heinz ohne Begeisterung, dann nahm er die Schleudertasche von seiner Schulter und zog den Reißverschluss auf. »Super Wachhund«, brummte er dabei zu sich selbst.

Er entnahm der Tasche sein Handy und den weißen DIN-C5-Umschlag, den Doktor Megymorecz ihm mitgegeben hatte, beides legte er auf den Küchentisch, welcher in Reichweite seines Armes lag, wenn er sich in die Küche beugte. Danach hängte er die Tasche an einen Garderobenhaken und zog die Schuhe aus.

Heute am Vormittag, nachdem die Testamentsverlesung eskaliert und Marie und Thomas Vallant aus dem Notariat gestürmt waren, hatte Doktor Megymorecz Heinz gebeten, noch zu bleiben.

»Ich nehme an, Sie haben noch nie eine solche Testamentseröffnung erlebt«, meinte er mit einem säuerlichen Lächeln, als sie unter sich waren.

Heinz nickte. Dass ein Mensch stirbt und den Erbberechtigten schon wenige Stunden danach die Verlesung seines Testaments für den Folgetag bekanntgegeben wird, noch dazu telefonisch, das hatte er bisher weder erlebt noch erzählt bekommen. Und dass dann die eigene Familie leer ausgeht, zugunsten eines Fremden, setzte dem Ganzen die Krone auf.

»Nun, ich auch nicht«, erklärte der Notar, »aber ich kann Ihnen versichern, dass alles im Sinne des Erblassers ist.«

Heinz horchte auf, unterbrach sein Gegenüber aber nicht.

»Das Testament hat nämlich noch eine Besonderheit, die ich nur Ihnen und unter vier Augen unterbreiten darf.« Er zog einen DIN-C5-Umschlag aus einer Mappe und reichte ihn Heinz.

Dieser nahm ihn entgegen, er fühlte sich an, als befänden sich mehrere Blätter Papier in ihm. Auf der Vorderseite stand in einer sauberen, exakt auf unsichtbaren Linien geschriebenen Handschrift:

Heinz Sablatnig,
Berufsdetektiv,
Klagenfurt am Wörthersee.

Als Heinz das Kuvert umdrehte und sah, dass die Lasche nur nach innen gesteckt, es also unverschlossen war, sah er zum Notar auf. »Sie kennen den Inhalt?«

Dieser nickte. »Ich habe volle Kenntnis von dem Inhalt, auch das entspricht dem Willen des Erblassers. Nehmen Sie den Brief mit nach Hause, lesen Sie ihn in Ruhe durch und geben Sie mir dann Bescheid, ob Sie das Erbe antreten möchten oder nicht. Ich muss allerdings auf Eile pochen, denn wie Sie bemerkt haben werden, war es für den Erblasser von großer Wichtigkeit, keine Zeit zu verlieren.«

Heinz nickte wieder, wenn er irgendetwas verstanden hatte, dann das.

Nachdem er das Notariat verlassen hatte, hatte er festgestellt, dass er etwas Zeit brauchte, um die ganze Angelegenheit zu verdauen. Und da er schon einmal in Wolfsberg war, hatte er seinen neuen Besitz gleich einmal in Augenschein nehmen wollen. Nun saß er an seinem Küchentisch und drehte das geheimnisvolle Kuvert in den Händen. Schließlich schälte er die Lasche heraus und zog ein paar beschriftete Blätter hervor, Computerausdrucke. Es handelte sich um einen Brief des verstorbenen Daniel Vallant, einen Brief an Heinz.

Sehr geehrter Herr Sablatnig,

ich ersuche Sie höflich um Entschuldigung für die Lage, in die ich Sie bringe. Die Umstände lassen mir aber keine Wahl.

AUSGANGSSITUATION:
Ich bin mit Diarsentrioxid – besser bekannt als Weißes Arsen – vergiftet worden. Das vermute ich aus folgenden Gründen:
- vorgestern, Freitag: Übelkeit, Erbrechen und Durchfall,
- gestern, Samstag: zunehmend Magen- und Darmkrämp-

fe, Benommenheit, unregelmäßiger Puls, Atemnot, Unruhe, Angstgefühl,
- heute, Sonntag: Zustand unverändert, das Weiße in beiden Augen ist gelb, Blut im Urin, Krämpfe weiten sich auf Arme und Beine aus.

Diese Symptome entsprechen laut Internet-Recherche einer letalen Arsenvergiftung. Der gerufene Notarzt hat diesen Verdacht bestätigt und wenig Hoffnung auf Rettung gemacht. Die Vergiftung ist zu weit fortgeschritten, die Organe sind zu sehr geschädigt.
Eine Einlieferung ins Krankenhaus steht außer Frage: Da im Endstadium Sehstörungen und Bewusstseinstrübungen auftreten, bleibt nur wenig Zeit, um die Verhältnisse zu ordnen.

ZUM THEMA:
Das Hinzuziehen eines Detektivs erscheint sinnvoll, da es weder einen Verdacht gibt, wer für die Vergiftung verantwortlich zeichnet, noch ein Grund für diese ersichtlich ist. Der/die Täter/in muss jedoch eine mir nahestehende Person sein, weil:
- die Art der Giftwirkung beweist, dass es oral verabreicht wurde,
- das Einsetzen der Symptome an vergangenem Freitag naheliegt, dass mit der Verabreichung spätestens(!) an diesem Tag begonnen wurde,

- ich ab diesem Tag ausschließlich Kontakt mit den Personen meines Haushalts hatte,
- ich das Haus im fraglichen Zeitraum nicht verlassen habe,
- in den Tagen und Wochen davor keine Ereignisse eingetreten sind, welche außerhalb der Alltagsnorm anzusiedeln wären.

Der Grund, warum ich Sie, sehr geehrter Herr Sablatnig, anspreche, erscheint logisch, zumal Sie erstens den von mir erteilten Auftrag vor sieben Jahren schnell, unkompliziert und zu meiner Zufriedenheit ausgeführt haben. Zweitens – wie die mediale Berichterstattung der vergangenen Jahre mehrmals belegt – Erfahrung im Lösen aufsehenerregender Fälle haben, und drittens der einzige Detektiv sind, den ich kenne.

KONKRET:
Ich möchte Sie, sehr geehrter Herr Sablatnig, engagieren. Ihr Auftrag lautet:

Finden Sie meinen Mörder und führen Sie ihn der Gerechtigkeit zu.

Damit Sie in vollem Umfang, und ohne Misstrauen zu erwecken, in meinem sozialen Umfeld ermitteln können, vermache ich Ihnen mein gesamtes Vermögen. Ein weite-

rer Grund für dieses Vorgehen ist, den Täter dadurch eventuell aus seiner Deckung zu locken. Die Aussicht darauf, den Urbanhof oder Teile desselben zu erben, ist immerhin ein mögliches Tatmotiv.
Eine Vorstellung der Personen meines Haushalts unterbleibt an dieser Stelle. Es erscheint von Vorteil, wenn Sie sich Ihr eigenes Urteil über jede und jeden bilden.
Da Sie sich im Falle der Auftragsannahme möglicherweise selbst in Gefahr bringen, steht es Ihnen selbstverständlich frei, das Erbe nicht anzutreten, ich hoffe jedoch, dass Sie meinem Wunsch entsprechen.
Da davon auszugehen ist, dass meine Familie dieses Testament anfechten wird, wird die Erbschaft wohl auf unbestimmte Zeit eingefroren werden. Um für diese Periode Ihre Handlungsfähigkeit sicherzustellen, habe ich ein Online-Konto angelegt. Die Zugangsdaten sowie weitere sensible Informationen, Schlüssel etc. erhalten Sie von Herrn Doktor Megymorecz, sofern Sie den vorliegenden Auftrag annehmen und somit in die Erbschaft einwilligen.

Im Rest des Briefes handelte Daniel Vallant einen weiteren Punkt seines letzten Willens ab, der allerdings erst schlagend würde, wenn sein Mörder gefasst und verurteilt ist.

Heinz ließ die Blätter sinken und starrte an die Wand. Als sich sein Herzschlag etwas beruhigt hatte, atmete er tief durch.

Dienstag, 20:30 Uhr

Wie jeden Abend machte Heinz auch heute eine große Runde mit Bogart – diesmal eine besonders große, denn er hatte viel zu verarbeiten, und das gelang am besten beim Gehen. Er wanderte aus der Innenstadt hinaus aufs Kreuzbergl, ein bewaldetes Naherholungsgebiet, das im Osten der Stadt begann und sich im Westen bis ans Nordufer des Wörthersees hinzog. Jetzt im Juli traf man hier um diese Uhrzeit hauptsächlich Freizeitsportler, Pärchen und Mensch-Hund-Gespanne an. Die Waldwege waren breit, es fiel also genug Licht zwischen die Bäume, so dass Heinz alles problemlos erkennen konnte. Er wanderte dahin und ließ die Ereignisse der vergangenen Woche Revue passieren.

Alles war wie immer gewesen bis zu dem Augenblick, an dem sein Handy *Hell's Bells* von AC/DC abspielte, seinen Klingelton für Familienmitglieder. Seine Mutter war dran, sie sagte, sein Vater habe einen schweren Schlaganfall erlitten und liege im Koma. Heinz ließ alles stehen und liegen und lief ins Klinikum, wo er nach einigem Suchen im Labyrinth der Gänge in der Notaufnahme seine Mutter fand. Sie zeigte sich wie immer gefasst und bemüht, eine positive Grundhaltung auszustrahlen – doch da war nichts, was sie hätte ausstrahlen können. Heinz sah es in ihren Augen, in ihrem Gesicht, in ihrer Körpersprache.

Dann kam seine um zwei Jahre ältere Schwester Sabine Oleschko. Gemeinsam sprachen sie mit dem behandelnden Arzt, der ihnen ›keine falschen Hoffnungen‹ machen wollte, wie er sagte. Der Vater sei ohne Bewusstsein, erste Befunde ließen auf eine schwere Hirnschädigung schließen. Man müsse damit rechnen, dass er nicht mehr aufwachte, und falls doch, wäre er aller Wahrscheinlichkeit nach ein Pflegefall. Der Arzt führte die drei in die Intensivstation. Dort lag er, Papa, sein lebloser Körper mit so vielen Kabeln und Schläuchen an piepsenden, blinkenden Geräten angeschlossen, dass es wirkte, als erhielte er die Maschinen am Leben und nicht umgekehrt. Von dem stattlichen Mann, dem langjährigen respektierten Bürgermeister von Pörtschach am Wörthersee, schien plötzlich nichts mehr da zu sein. Das längliche Etwas unter der Bettdecke glich eher einem zufälligen Faltenwurf als dem Körper eines Mannes. Papas Gesicht war aschfahl, eingefallen, völlig ohne Spannung. Die Verklebung an seinem Mund hatte sich ein wenig gelöst, darunter drang Sabber hervor, der über seine Wange rann und auf den Kopfpolster tropfte.

Sabine, die als Chefinspektorin bei der Kriminalpolizei in ihrem Leben mehr übel zugerichtete Opfer von Unfällen und Gewaltverbrechen gesehen hatte als die meisten Menschen, wandte sich ab mit einer Miene des Entsetzens, die Heinz noch nie bei ihr gesehen hatte. In einer Geste der Hilflosigkeit presste sie ihr Gesicht an seine Schulter.

Danach, draußen im Gang, musste sich ihre Mutter setzen, sie sank förmlich auf einem der Besuchersessel zusammen. Ihre linke Hand hielt ein Taschentuch, die rechte Hand hielt die linke, ihr Blick war zu Boden gerichtet. Doch sie starrte nicht, sie sah nur nicht hin. Und obwohl Heinz auch sie noch nie zuvor so erlebt hatte, wusste er bei diesem Anblick alles: Sie verabschiedete sich von ihrem Mann, sie fragte sich, wie es ohne ihn weitergehen sollte, und sie wollte nicht verstehen, warum die gemeinsame Zeit abgelaufen war – jetzt schon.

Bogart zog kräftig in Richtung Wegesrand, offenbar wehte von dort ein unwiderstehlicher Geruch zu ihm. Heinz wischte sich über die Augen. Sein Vater wurde heuer siebenundsiebzig Jahre alt, doch selbst wenn er seinen Geburtstag noch erlebte, würde er ihn nicht mitbekommen. Vorhin, am späten Nachmittag war Heinz noch bei ihm gewesen, sein Zustand war unverändert.

Heinz atmete tief und zitternd durch.

Das war noch nicht alles gewesen. Der zweite Schlag, mit dem das Schicksal ihn getroffen hatte, war aus Wien gekommen, gemeinsam mit seiner Lebensgefährtin Bekki. Bekki und er hatten in jungen Jahren eine zwar kurze, aber sehr leidenschaftliche Beziehung gehabt und sich danach aus den Augen verloren. Im

Zuge eines Auftrags hatte Heinz Bekki vor zwei Jahren wiedergetroffen, sie hatte für jenen Mann gearbeitet, den Heinz schließlich als Mörder überführen konnte, doch das war eine andere Geschichte. Wichtig war nur, dass er und Bekki sich wiedergefunden und dass sie es noch einmal miteinander versucht hatten. Nach einem Lehrgang für Kulturmanagement, den Bekki im vergangenen Jahr in Wien absolviert hatte, hatte sie dort auch eine Anstellung bekommen, womit sie und Heinz fortan eine Wochenendbeziehung führten. Kurioserweise waren beide nicht unglücklich darüber, denn wie sich gezeigt hatte, sorgte ein Zusammenleben unter einem Dach schon nach wenigen Tagen für Stress. Kein Wunder, immerhin hatten beide viele Jahre lang alleine gelebt und dabei Gewohnheiten und Eigenheiten entwickelt, die oft mit denen des anderen kollidierten. Wenn sie aber unter der Woche getrennt waren, gestalteten sich die Wochenenden umso intensiver. Vergangene Woche hatte Heinz ihr am Telefon natürlich von seinem Vater erzählt und wohl wegen seiner großen Bestürzung darüber hatte er nicht mitbekommen, wie sie darauf reagiert hatte. Zumindest war das die Erklärung, die Heinz danach für sich gefunden hatte. Erst am Wochenende, als sie nach Kärnten gekommen war und er sie umarmt hatte, war ihm aufgefallen, wie seltsam reserviert sie ihm gegenüber war. Er fragte sie, was los sei, doch sie wich ihm aus, vertröstete ihn auf später. Irgendwann meinte sie, dass es den richtigen Zeitpunkt für ihr Anliegen wohl nicht gäbe, schon grundsätzlich nicht und an diesem Wochenende – nach dem, was in Heinz' Familie geschehen sei – schon gar nicht. Also erklärte sie, dass sie in die USA gehen werde. Sie habe über einen Arbeitskollegen einen unglaublichen Job in New York vermittelt bekommen als Marketingassistentin in einem angesagten modernen Theater. Sie beteuerte, wie sehr sie es bedauere, Heinz das ausgerechnet an diesem Wochenende eröffnen zu müssen – eigentlich hatte sie es ihm schon vorher am Telefon erzählen wollen, es wegen der Sache mit seinem Vater aber verschoben –, doch das Angebot sei kurzfristig gekommen, sie würde schon Ende des Monats übersiedeln, um die Einreise- und Aufenthaltsformalitäten in den USA kümmere sich ihr Kollege.

Heinz fühlte sich, als hätte sie ihm den Boden unter den Füßen weggezogen. Wie konnte das passieren, so plötzlich? Warum hatte sie nicht vorher mit ihm darüber geredet? Doch im nächsten Augenblick war ihm klar geworden, dass mehr dahintersteckte, auch wenn sie es nicht aussprach. Ihr Kollege. Er hatte sie angesehen und in ihrem Blick erkannt, dass sie wusste, was er dachte. Danach hatte er ihr nur noch eine letzte Frage gestellt: Warum?

Doch Bekki hatte die Antwort nicht gewusst. Wieder nicht. Wie schon damals vor vierundzwanzig Jahren.

Bogart war mit Schnüffeln fertig, er saß vor Heinz und sah ihn erwartungsvoll an. Doch Heinz war noch nicht fertig. Er drückte seine Nasenwurzel mit dem Zeigefinger und dem Daumen zusammen, doch egal wie stark er presste, es dämmte die Tränen nicht ein.

Mittwoch, 7 Uhr

Als Heinz aufwachte, fühlte er sich zwar wie gerädert, aber dennoch gelöst. Gott sei Dank hatte er schlafen können, das gab ihm ausreichend Kraft, um sich dem Tag zu stellen. Und wie vor jeder wichtigen Entscheidung war es ihm wichtig gewesen, eine Nacht darüber zu schlafen – selbst wenn er am Vortag schon gewusst hatte, wessen er sich jetzt gleich nach dem Aufwachen immer noch sicher war: Er nahm die Erbschaft an.

Er aktivierte sein Handy und checkte bang seine Social-Media-Kanäle. Seit sein Vater im Krankenhaus war, war er zu jedem Zeitpunkt auf schlechte Nachrichten gefasst. Wann immer seine Mutter oder seine Schwester anriefen, beschleunigte sein Herzschlag, denn: Vielleicht war das ja der Anruf, der ihm mitteilte, dass ... Vergangene Nacht hatte er sein Handy deshalb ausgeschaltet, er hatte ein paar ruhige Stunden gebraucht. Wenn in der Zeit etwas passiert war, hätte ihm Sabine sicher eine Nachricht geschickt.

Doch an diesem Morgen blieben schlechte Nachrichten aus. Heinz bereitete sich ein Frühstück. Und gleich zu Bürobeginn rief er Doktor Megymorecz an und erklärte seine Bereitschaft, Daniel Vallants Erbe anzutreten. Der Notar bat ihn, bei ihm vorbeizukommen und die entsprechenden Unterlagen zu unterschreiben. Heinz sagte zu, gegen Mittag bei ihm zu sein.

Dann begann er, seine Siebensachen zu packen, denn eines war klar: Er musste möglichst rasch auf seinem Gehöft Quartier nehmen, um im Kreis der möglichen Mörder seines Auftraggebers zu sein. Der Entschluss, das Erbe anzutreten, hatte ihm Entschlossenheit gegeben, es war, als hätte sich sein ganzes Wesen nach vorne gelehnt, in die Offensive. Das äußerte sich in einem Schub an Zuversicht und Kraft, die sich selbst in seinen Bewegungen äußerten. Und noch etwas schwang mit: Erleichterung. Erleichterung darüber, dass ihn der anspruchsvolle Fall von den belastenden Gedanken an sein Privatleben ablenken würde.

Als hätte das hinterhältige Schicksal seine Gedanken gelesen, schrillte in diesem Moment *Hell's Bells* aus seinem Handy; sein Herzschlag fuhr hoch. Zitternd nahm er es vom Tisch, Sabine rief an. »Schlechte Nachrichten?«, fragte er anstelle einer Begrüßung.

»Nein, Gott sei Dank nicht«, kam die Antwort, »guten Morgen, Heinz.«

Er spürte, wie die Anspannung von ihm abfiel, das Zittern aber blieb. Er erwiderte den Gruß.

»Mein Anruf ist beruflich.«

Mehr brauchte sie nicht zu sagen, Heinz wusste Bescheid – immerhin war ein Mord passiert. Bevor sie weiterreden konnte, sagte er: »Lass mich raten: Du bist die Leiterin der Mordgruppe ›Daniel Vallant‹?«

Am anderen Ende der Leitung war es kurz still, dann sagte Sabine: »Du solltest bei einer Quizsendung mitmachen. So gut wie du rät niemand.«

Heinz schmunzelte matt. »Das war nicht geraten.«

Er hörte Sabine leicht lachen, dann meinte sie: »Also gut, warum rufe ich an?«

Heinz ließ sich an seinem Küchentisch nieder und begann in einem analytischen Tonfall: »Nachdem du die ›Mordgruppe Daniel Vallant‹ leitest, hat die Obduktion der Leiche ergeben, dass Vallant tatsächlich ermordet worden ist, vergiftet, mit Arsen. Damit ist jeder Erbe verdächtig, weshalb du Kontakt mit dem für die Erbschaft zuständigen Notar aufgenommen hast, Herrn Doktor Alfred Megymorecz in Wolfsberg. Er hat dir erzählt, dass Vallants leibliche Verwandten leer ausgegangen sind, weil der Erblasser einen quasi Fremden als Universalerben eingesetzt hat, nämlich deinen Lieblings-, weil einzigen Bruder Heinz Sablatnig. Und jetzt rufst du an, um mich nach meinem Alibi zu fragen. Richtig soweit?«

»Fast. In Wahrheit will ich wissen, wie du da wieder reingeraten bist.«

Heinz erzählte Sabine, woher Daniel Vallant ihn gekannt hatte, und berichtete von dessen Brief an ihn.

»Eine unglaubliche Geschichte«, kommentierte Sabine, »wie gehst du weiter vor?«

Heinz lehnte sich nach hinten. »Ich übersiedele noch heute auf meinen Hof.«

»Wie meinst du das?«

»Dass ich auf mein Erbrecht pochen werde. Einer der Hausgenossen ist der Mörder, der wird sich nicht gerne einen Fremden vor die Nase setzen lassen.«

»Dir ist aber schon bewusst, dass du dich damit in Lebensgefahr begibst?« Sabine klang ein wenig ungehalten.

»Das ist noch nicht sicher.« Heinz stand auf und ging langsam im Wohnzimmer auf und ab. »Der Mörder hat vielleicht geglaubt, dass er nun freie Bahn hat, mein Auftauchen durchkreuzt seinen Plan, was mich natürlich zu seiner Zielscheibe macht. Andererseits ermittelt die Polizei jetzt wegen Mordes, wenn er klug ist, wird er sich nicht aus der Deckung wagen und einen zweiten Mord begehen.«

»Super! Und was, wenn er nicht klug ist?«

Heinz blieb stehen und zuckte matt mit den Schultern. »Ich würde sagen, die Chancen stehen fifty-fifty.«

Kapitel 4

Mittwoch, 11:30 Uhr

Nachdem Heinz alle nötigen Dokumente unterschrieben hatte, überreichte ihm der Notar einen weiteren diesmal kleineren Briefumschlag. Er war unbeschriftet und verschlossen, über der verklebten Lasche prangte in dunkelroter Farbe ein runder Stempel, welcher den österreichischen Bundesadler zeigte. Im Halbrund darüber stand *Dr. Alfred Megymorecz, öffentlicher Notar*, und im unteren Halbkreis *Wolfsberg, Ktn.*, *Republik Österreich.*

»Nun, da Sie jetzt offiziell Erbe sind, dürfen Sie dieses Siegel brechen.« Megymorecz zeigte auf den Stempel.

Heinz interpretierte die Worte so, dass er den Briefumschlag öffnen durfte. Er ließ ihn zweimal mit der Schmalseite auf die Tischplatte fallen, damit der Inhalt nach unten rutschte, riss einen dünnen Streifen von der oberen Schmalseite ab und ließ den Inhalt aus der so entstandenen Öffnung in seine Hand gleiten. Es handelte sich um zwei doppelt gefaltete Papierblätter, die, wie Heinz feststellte, nachdem er sie kurz überflogen hatte, gewissermaßen den Schlüssel zu Daniel Vallants Leben darstellten. Auf der ersten Seite waren Web-Adressen, Login-Daten, Passwörter, Zahlenkombinationen und sonstige Codes aufgelistet, die Heinz Zugang zu Vallants Tresor, Handy und PC gaben sowie zu dem Online-Konto, das der Erblasser für Heinz eingerichtet hatte. Das zweite Blatt enthielt ein Bündel an Informationen, die Vallant wohl für wichtig gehalten hatte, darunter der Speicherort einer Datei auf seinem PC, die offenbar sämtliche Login- und Passwörter für all jene Diensteanbieter im Internet enthielt, bei denen Vallant einen Account hatte.

»Was haben Sie?«

Heinz sah auf und blickte in die amüsierten Augen des Notars. Erst jetzt fiel ihm auf, dass er den Kopf geschüttelt hatte. »Ich ... ich bin nur sprachlos«, gestand er, »woran Herr Vallant in seinen letzten Stunden alles gedacht hat.«

»Nun, das ist mir auch aufgefallen, als ich am Sonntag in seinem Büro war am Hof. Er war unglaublich gefasst und strukturiert. Wahrscheinlich wird man so, wenn man sein Leben den Zahlen widmet.«

Heinz runzelte die Stirn. »Was meinen Sie?«

»Er war von Beruf Statistiker.«

»Hat er nicht den Hof geführt?«

»Doch, aber nur nebenbei.«

Heinz hatte keine Ahnung von der Arbeit eines Weinbauern, doch er war sich sicher, dass sie nicht im Nebenerwerb bewältigt werden konnte, nicht bei der Größe dieses Betriebs. Und noch einer Sache war er sich sicher: Nicht die Arbeit mit Zahlen machte einen Menschen strukturiert, es war genau umgekehrt. Es waren strukturierte Menschen, die sich Arbeiten mit Zahlen zuwandten. Er konnte sich irren, doch irgendwie passte ein Statistiker genauso wenig in sein Bild eines Weinbauern wie ein Weinbauer in sein Bild eines Statistikers passte. Eines erklärte dieser Umstand jedenfalls, nämlich, warum der Brief, den Daniel Vallant Heinz hinterlassen hatte, sich wie eine Mischung aus amtlicher Mitteilung und wissenschaftlicher Abhandlung las.

Doktor Megymorecz zog seine Schreibtischschublade auf und holte eine Aktenmappe aus braunem Leder sowie einen Schlüsselbund hervor. Letzterer bestand aus einem einfachen Ring, an dem neben einer Reihe von Schlüsseln auch ein gelber Plastikverschluss hing, eine Art Kabelbinder mit einem beschrifteten Schildchen daran. Er nahm den Hörer von seinem Standtelefon, tippte eine Taste und sagte zu der Person am anderen Ende der Leitung, sie solle hereinkommen.

Gleich darauf erschien die Büroleiterin, zumindest glaubte Heinz, dass sie das war, denn andere Bürokräfte hatte er hier noch nicht gesehen. Wie schon am Vortag war sie perfekt gestylt. Der Locke, die ihr heute scheinbar leger in die Stirn hing, entkam nicht ein Härchen. Ihr Lippenstift hatte dasselbe Dunkelrot wie der Rahmen ihrer Brille.

Der Notar hielt vielsagend den Plastikanhänger hoch, und sie nickte. »Sie beide«, sagte er zu Heinz, »bezeugen die Öffnung dieser Sicherheitsplombe.« Er versicherte sich, dass beide ihm ihre ungeteilte Aufmerksamkeit widmeten, dann brach er etwas umständlich die Plastikplombe auf und entfernte sie von dem Schlüsselbund. Dann öffnete er die Mappe und fügte an verschiedenen Stellen des darin befindlichen Papiers schwungvoll Notizen ein. Schließlich drehte er die Mappe herum und hielt seiner Angestellten den sichtlich teuren Kugelschreiber hin.

Sie setzte ihre Unterschrift ans Ende des Papiers, reichte den Stift an Heinz weiter und ging wieder.

Heinz überflog das Blatt, das die Überschrift *Verplombungsakt* trug. Hier waren der Schlüsselbund beschrieben, die Art, in der er verplombt worden war, die Nummer der Plombe, Ort, Datum und Uhrzeit der Verplombung und die Namen des Notars sowie der beiden Personen, die den Vorgang bezeugt hatten: Marie und Thomas Vallant, beide hatten unterschrieben. Der untere Teil der Seite widmete sich in gleicher Weise der Lösung der Verplombung, die von Megymorecz' Bürokraft und nun auch von Heinz bezeugt wurde.

Der Notar überreichte Heinz den Schlüsselbund.

* * *

Auf den Serpentinen unter dem Urbanhof kamen Heinz zwei Polizei-Einsatzwagen entgegen. Offenbar waren auch die Enterbten befragt worden, was nur logisch war, warum es dazu jedoch zwei Einsatzmannschaften brauchte, war ihm ein Rätsel. Er stellte seinen *Ford* auf dem Vorplatz ab, fischte die Umhängetasche mit seinem Laptop vom Beifahrersitz und holte einen der Koffer aus dem Kofferraum. Bogart, der angeleint auf der Rückbank saß, ließ er vorerst noch im Auto.

Im Vorhaus stellte er seinen alten Koffer ab und hob ihn mit dem Griff vorne an, so dass die hinten angebrachten Räder Bodenkontakt bekamen. So zog er ihn hinter sich her und hörte mit Genugtuung, wie das Rumpeln der Räder auf den Fliesen im Gang widerhallte. Der neue Hausherr war hier, das sollten alle hören.

Er war überrascht, als er den Esstisch fast voll besetzt vorfand. Neben der verweinten Marie Vallant und ihrem Onkel Thomas saßen noch die stumme Hausangestellte und der schmächtige Kerl hier, den Pollheimer – welcher ebenfalls anwesend war – als Gidi vorgestellt hatte. In den Blicken, die Heinz begegneten, mischte sich eine Reihe von Gefühlen, die herausragendsten darunter waren Misstrauen und Verunsicherung.

Das wunderte Heinz wenig. Die Versammlung hatte sich noch nicht einmal von der sicherlich unangenehmen Befragung durch die Polizei erholt, als auch schon der Fremdling auftauchte, der hier jetzt das Sagen hatte. Heinz hatte nicht vor, diesen Eindruck zu zerstreuen, er stellte den Koffer ab, richtete sich auf, sah den Anwesenden nacheinander in die Augen und sagte: »Grüß euch.«

Ein Schweigen antwortete ihm, in dem Pollheimer, Marie und die Hausangestellte Blicke wechselten und Gidi zu Boden sah.

Thomas Vallant brach die Stille. Er starrte Heinz mit unverhohlenem Hass an und knurrte laut: »Mörder!«

»Was?« Heinz war wie vor den Kopf gestoßen.

»Sie haben mich schon verstanden.« Die Stimme hallte in dem Vorhaus nach wie ein Donnergrollen.

Heinz stemmte die Hände in die Hüften. »Gehört habe ich Sie, verstanden habe ich Sie nicht. Warum Mörder?«

Der Mann im Rollstuhl legte noch ein Scheit nach. »Sie tauchen aus dem Nichts auf und erben alles. Ist das ein Zufall?«

Heinz hielt kurz inne, dann entgegnete er, nun ebenfalls laut: »Zumindest ist es kein Zufall, dass Ihnen das überhaupt nicht in den Kram passt, oder?«

Es brauchte ein paar Augenblicke, bis Thomas Vallant verstand, was Heinz damit meinte. Dann kam Bewegung in den Mann. Er löste die Bremse an seinem verwahrlosten Rollstuhl und stellte ihn so hin, dass er Heinz gegenübersaß. »Sie ...«, er fuchtelte wild, fast hilflos mit dem Zeigefinger, »Sie reißen sich frech mein Haus unter den Nagel, und jetzt beschuldigen Sie mich auch noch, dass ich meinen Bruder ... meinen eigenen Bruder ...?« Er sprach nicht zu Ende.

Heinz trat auf ihn zu, so nah, dass er auf ihn hinabblicken konnte, und sah ihm ein paar Sekunden lang wortlos in die Augen. Dann sagte er mit harter Stimme: »Das ist mein Haus.«

Der Widerstand in Thomas Vallants Blick brach. Er schnaufte mit aufgeblähtem Brustkorb, brummte: »Das werden wir noch sehen«, und lenkte den Rollstuhl zum Treppenlift.

Heinz wandte sich den anderen zu, die ihn entsetzt anstarrten. »Wo kann ich wohnen?« Seine Frage richtete sich an Marie.

Sie riss die Augen auf. »Was, hier bei uns?«

Heinz presste die Lippen zusammen und legte den Kopf schief. Es war die wortlose Wiederholung dessen, was er ihrem Onkel gerade gesagt hatte.

Ihr Blick begann zu schwimmen, dann sprang sie auf. »Im Gästezimmer«, murmelte sie, als sie an ihm vorbeihuschte.

Auf der Stiege nach oben überholten sie den Treppenlift, der mit Thomas Vallant gemächlich nach oben schnurrte. Die Enge der Treppe sorgte kurz für eine unangenehme Nähe, der Mann im Rollstuhl würdigte Heinz keines Blickes.

Marie führte Heinz zu dem Zimmer ganz rechts gegenüber von Bad und Klo, sie öffnete die Tür und deutete vage hinein, dann verschwand sie wieder.

Als er die Tür hinter sich geschlossen hatte, atmete Heinz tief durch und ließ sich aufs Bett fallen, seine Arme und Beine zitterten. Marie und Thomas Vallant hatten gerade alles verloren, ihren nächsten Verwandten, ihren Besitz, ihre sichere Zukunft. Er konnte gut verstehen, wie ihnen zumute sein musste, verdammt gut sogar! Er hatte Bekki verloren, doch sie war zumindest noch am Leben. Und er hatte noch einen Funken Hoffnung, was seinen Vater anging, auch wenn es jener Funke war, der sprichwörtlich erst zuletzt starb. Die beiden aber hatten nichts mehr, nicht einmal mehr Hoffnung. Umso schwerer fiel es Heinz, sie in der Weise zu behandeln, wie er es gerade getan hatte, doch es ging nicht anders. Eine von den Personen, die da unten am Esstisch gesessen hatten, war der Mörder von Daniel Vallant, Tochter und Bruder miteingeschlossen. Das erleichterte sein Gewissen etwas, dennoch war da eine Stimme, die ihm vorwarf, dass die Schmerzen, die er den beiden zufügte, im Falle ihrer Unschuld ungerechtfertigt waren.

Heinz schlug die Hände vors Gesicht und schüttelte den Kopf. Er musste diese Gedanken loswerden, sonst würde er den Fall nicht lösen können. Er musste hart sein, damit seine Rolle glaubwürdig war. Und dann war da noch etwas: Selbst wenn Marie und Thomas nichts mit dem Mord zu tun hatten, bekam Heinz keine Informationen aus ihnen heraus, wenn er ihren Launen folgte. Sie mussten ihn respektieren, selbst wenn das bedeutete, dass er sie verletzte.

Als er spürte, wie die Verzweiflung Besitz von ihm ergriff, stand Heinz ruckartig auf und sah aus einem der Fenster auf den Vorplatz hinunter, wo sein Wagen stand. Er beschloss, den Tag zu nutzen, um Haus und Hof näher zu inspizieren. Auch musste er herausfinden, welche Funktionen Pollheimer, Gidi und die stumme Frau tatsächlich hatten, ob es noch weitere Arbeitskräfte gab und wer sonst noch regelmäßig hier ein- und ausging.

Mittwoch, 12:15 Uhr

Heinz räumte den Koffer aus und verstaute seine Kleidung in den Kästen des Gästezimmers, dann brachte er seine Toilettenartikel ins Bad. Er konnte nicht sagen warum, aber in einer fremden Wohnung spürte er die Persönlichkeiten derer, die in ihr wohnten am deutlichsten im Badezimmer. Es mochte an Farbwahl und Muster des Teppichs und der Handtücher liegen, am Stil der Hand- und Zahnbürsten, am Geruch der Seifen oder Duschgels. Vermutlich war es eine Mischung aus allem, jedenfalls fühlte er sich hier besonders fremd.

Egal, was Daniel Vallants Testament sagte, das hier war nicht seines, er war kein Teil davon, er war hier nicht einmal geduldet.

Und trotzdem gehörte ihm jetzt alles hier.

Als er fertig war, ging Heinz zu seinem Auto, um Bogart zu holen. Unterwegs sah er, wie die stumme Hausangestellte den Tisch deckte, Marie kam gerade mit einer Suppenschüssel aus der Küche. Bis auf Thomas Vallant waren alle noch hier.

Obwohl Heinz es von der ersten Stunde an versucht hatte, gehorchte ihm sein Hund nach wie vor nur dann, wenn er selbst es wollte. Folglich konnte Heinz ihn in der Stadt nicht frei laufen lassen, auch wenn der Beagle nach einer gewissen Zeit von selbst wieder zurückkam. Hier war das anders, Heinz befestigte einen GPS-Tracker an Bogarts Halsband und ließ ihn von der Leine. Der Hund schnellte los wie ein Pfeil von der Sehne und rannte in wilder Ausgelassenheit im Hof herum, Sekunden später war er hinter einem der Gebäude verschwunden. Heinz hievte einen Rollkoffer neuerer Bauart aus dem Wagen, außerdem Bogarts Körbchen. Einen großen Einkaufssack mit den Utensilien des Beagles hängte er sich über die Schulter und stapfte ins Wirtschaftsgebäude.

Die Tischgesellschaft hatte gerade mit der Suppe begonnen, Heinz ignorierte sie. Er platzierte das Hundekörbchen in die Ecke gegenüber dem Esstisch und holte Bogarts Decke, Kauknochen und Spielzeug aus dem

Sack. Als er Letzteren neben dem Körbchen auf den Boden stellte und aufsah, blickte er in zwei Augenpaare, die ihm neugierig folgten. Sie gehörten Marie und Gidi, beide sahen peinlich berührt weg, als er sie auf diese Weise ertappte.

Heinz trug den Koffer nach oben, stellte ihn aber nur ins Zimmer, auspacken wollte er später. Als sein Blick auf den Schlüssel fiel, der innen im Türschloss steckte, überlegte er kurz, dann nahm er ihn an sich. Die Laptoptasche geschultert verließ er das Zimmer und versperrte es, momentan hatte er keinen Grund, auch nur irgendwem hier zu trauen.

Zurück im Erdgeschoss betrat Heinz das Büro. Auch in diesem Raum war die Präsenz einer fremden Persönlichkeit zu spüren, das Inventar schien überdies schon mehrere Jahrzehnte auf dem Buckel zu haben. Die Möbel bestanden aus dunklem Holz, Heinz tippte auf Nussbaum, das zusätzlich noch nachgedunkelt zu sein schien. Die Aktenordner waren ausnahmslos schwarz mit grauen Einsprengseln, wie man sie bis in die 1980er hinein fast ausschließlich hatte. Heinz glaubte sich zu erinnern, dass diese Farbgebung »Wolkenmarmor« genannt wurde, was ihm unpassend poetisch erschien. Der Raum hatte zwei Fenster, eines geradeaus, eines rechts, beide wurden von dicken dunklen Vorhängen flankiert, die wie riesige, stumme Wächter wirkten. Der Boden bestand aus Holzdielen, und an den wenigen freien Wandflächen hingen alte vergilbte

Fotografien, an der Wand neben dem Fenster geradeaus verdeckte der Vorhang einen Teil einer alten schwarzgelben Fahne.

Heinz legte die Laptoptasche auf den wuchtigen Schreibtisch, der an der Wand gegenüber der Tür platziert und seitlich zu ihr ausgerichtet war. In seine Platte war ein grüner Filz eingelassen, was edel wirkte, wenn man von den zahlreichen Flecken unterschiedlicher Blässe absah. Am hinteren Rand der Platte stand ein Bild, das wohl Daniel Vallant zeigte, denn Marie – hier um einige Jahre jünger – schmiegte sich an den Mann. Er hatte ein schmales Gesicht, graumelierte, kurz geschnittene Haare und trug Brillen mit runden Gläsern, durch die zwei Augen intelligent blickten. Sein schmaler Mund wirkte, als wüsste er nicht, wie man lächelte.

Heinz ließ sich in dem großen durchgesessenen Lederstuhl nieder, der zum Schreibtisch gehörte. Geradeaus sah er durch das Fenster auf den Vorhof. Wandte er sich nach links, fiel sein Blick durch das zweite Fenster über das Dach der Weinkellerei hinweg den Hang hinab bis zum Wald, wo der Biohof Lackner zu sehen war. Er wollte sich gerade dem Inhalt des Schreibtischs widmen, als er Bogart bellen hörte. Das Tier hatte eine wohlklingende Stimme, und sein Gebell war so langgezogen, dass es eher nach Geheul klang.

Heinz ging nach draußen, um nachzusehen, was los war, als Bogart auch schon mit heraushängender Zunge um die Hausecke gesaust kam. Er wedelte und sprang an Heinz hoch, ein Zeichen, dass es ihm gutging. Wahrscheinlich hatte er ein Reh oder eine Maus verbellt. Heinz streichelte und kraulte ihn, dann nahm er ihn mit ins Büro.

Heinz suchte und fand den Safe in einem der Kästen, er war weiß, etwa einen Meter hoch und einen halben breit. Unter Eingabe des Codes öffnete Heinz ihn, darin fand er einige Dokumente, die er sich zu einem späteren Zeitpunkt ansehen wollte. Dann startete er Vallants PC, ein sehr modernes Gerät mit einem riesigen Monitor, und loggte sich ein. Dank der Aufzeichnungen, die Doktor Megymorecz ihm übergeben hatte, fand Heinz schnell die wichtigsten Dateien, darunter die Finanz- sowie die Lagerbuchhaltung des Gehöfts, ein Inventarverzeichnis und vieles mehr. Schließlich loggte er sich in das Online-Konto ein, das der Erblasser für ihn eingerichtet hatte, und als er die Summe sah, klappte seine Kinnlade hinunter: zwanzigtausend Euro. Wie es schien, hatte Daniel Vallant auf den letzten Metern seines Daseins eine klare Priorität gehabt.

Welche Wichtigkeit hatte die Ergreifung des eigenen Mörders, wenn man eh nicht mehr erfuhr, wer es war?

Eine Bewegung im Fenster vor ihm holte ihn aus seinen Gedanken. Marie und die pummelige Angestellte hatten das Haus verlassen und standen nun im Hof. Die stumme Frau gestikulierte, während Marie ihr Handy hochhielt, als würde sie sie filmen. Dann sagte Marie etwas, und schließlich verabschiedeten sich beide voneinander. Die Hausangestellte ging nach links zu dem Fahrzeugunterstand in der Scheune, wo sie in einen roten *Fiat Uno* stieg, der aussah, als stammte er aus der ersten Baureihe. Dass sie ihn startete, hörte Heinz durch das geschlossene Fenster, denn der Motor rasselte lauter als der seines eigenen Wagens. Als sie losfuhr, röhrte der offenbar löchrige Auspuff. Heinz nahm sich vor, sein Auto ebenfalls in den Unterstand zu stellen. Er sagte zu Bogart, er solle mit ihm mitkommen, und ging hinaus. Wenn er Maries Blick vorhin beim Essen richtig gedeutet hatte, konnte Bogart ihm helfen, einen Zugang zu der jungen Frau zu finden.

Sein Plan ging auf, denn kaum hatte Heinz die Haustür geöffnet, lief Bogart auf Marie zu. Deren sorgenfaltiges Gesicht glättete sich augenblicklich, sie hockte sich zu dem Beagle hin und streichelte ihn, während dieser wie wild wedelte und ihr Gesicht abschleckte. Marie ließ es sich gefallen und redete leise auf ihn ein, was für ein süßes Hündchen er sei und was für ein braver Junge ... das Übliche.

Heinz bemerkte erst, dass er bei diesem Anblick lächelte, als Marie ihn nach geraumer Zeit ansah. Denn der Ernst, der dabei kurz in ihr Gesicht zurückgekehrt war, wich sogleich wieder.

»Wie heißt er denn?«, fragte sie, und zum ersten Mal, seit Heinz sie kannte, wirkte sie unbeschwert.

»Bogart.«

»Bogart?« Sie klang verständnislos.

»Das ist eine lange Geschichte.« Heinz hockte sich zu ihr und streichelte den Hund ebenfalls. »Ich hatte vor Jahren einmal beruflich mit geschmuggelten Hunden zu tun, Straßenhunde aus Rumänien. Dabei habe ich zufällig einen Container gefunden, in dem Dutzende Hunde unter schlimmsten Bedingungen eingesperrt waren. Einer von ihnen ist zu mir gekommen und hat sich auf meinen Füßen eingeringelt, da war klar, dass ich ihn behalten werde.«

»Er?« Marie hob hinweisend Bogarts Schlappohren hoch, die sie gerade massierte.

»Nein, irgendein Mischlingswelpe. Eine von seinen Augenbrauen hing etwas nach unten, das hat mich ... ich weiß auch nicht warum, aber das hat mich an Humphrey Bogart im Film ›Casablanca‹ erinnert. Weißt du, was ich meine? Da hat er diesen Hut auf, der ihm irgendwie schief in die Stirn hängt. Deshalb habe ich den Welpen ›Humphrey‹ genannt.«

Marie lächelte, ihr Gesicht wirkte wie verzaubert. »Aber Bogart ...«, plötzlich verdüsterte sich ihre Miene wieder, »ist Humphrey eingegangen?«

»Nein, keine Sorge, dem geht's gut. Ich habe ihn aber nicht behalten dürfen, weil er noch die tierärztlichen Untersuchungen und vor allem die Quarantäne hat durchmachen müssen. Stattdessen haben mir die vom Tierheim diesen Beagle hier aufgeschwatzt, der war damals erst wenige Wochen alt. Tja, und weil der

Name Humphrey ja schon vergeben war ...« Heinz ließ den Satz offen und lächelte Marie verklärt an.

Sie lachte und vollendete den Satz: »Haben Sie ihn Bogart genannt.«

Der Hund hatte sich mittlerweile auf den Rücken gelegt und ließ sich den Bauch kraulen.

Heinz ließ Marie ein paar Sekunden lang die sonnige Stimmung genießen, dann begann er: »Marie, darf ich dich was fragen?«

Sie zögerte. »Ja?«

»Die stumme Frau – wer ist das?«

Marie zögerte wieder. Es war, als suchte sie einen Grund, nicht auf Heinz' Frage zu antworten. »Das ist Angelika«, meinte sie schließlich, »Angelika Grünwald.«

»Gehört sie zur Familie?«

»Nein, sie ... sie ist bei uns halbtags angestellt. Sie macht die Betten und putzt. Außerdem macht sie die Wäsche.«

»Ich habe vorhin gesehen, dass du mit ihr geredet hast – verstehst du Gebärdensprache?«

Marie wandte sich Heinz zu. »Nein, ich habe eine App, die das übersetzt.«

»Echt, so etwas gibt es?«

»Ja.«

Heinz begriff jetzt, warum Marie vorhin ihr Handy auf Angelika Grünwald gerichtet hatte – die Kamera hatte wohl deren Gebärden registriert. »Und wer ist der Landarbeiter?«

Marie blickte irritiert umher, dann hellte sich ihr Gesicht auf. »Ah, Sie meinen den Fritz? Der ist kein Landarbeiter, der ist unser Winzer. Ebenfalls angestellt, aber ganztags.«

Heinz zog die Augenbrauen zusammen. »Ich habe gedacht, dein Vater war der Winzer hier.« Er deutete vage auf den ganzen Besitz.

»Mein Papa war der Weinbauer.« Marie hatte sich wieder Bogarts Bauchwellness zugewandt. »Der Weinbauer ist der Besitzer. Der Winzer ist der, der sich um den Weinberg kümmert. Aber die meisten Menschen verwenden beide Ausdrücke für beides.«

»Der Winzer ist also der … Handwerker?«

»Ja, schon eher. Der Winzer macht den Rebschnitt, spritzt Pflanzenschutzmittel, kümmert sich um die Bodenpflege und die Laubarbeit und sagt, wann der Wein zu ernten ist. Danach organisiert er die Kellerarbeit, überwacht die Gärung und bestimmt, wie der Wein behandelt werden muss, bevor er in die Flaschen kommt.«

»Verstehe, der Winzer ist also … der Chef vom Weinberg?«

»Und vom Weinkeller.«

»Ist ja unglaublich«, Heinz schüttelte den Kopf, »ich habe mir nie Gedanken darüber gemacht, aber irgendwie habe ich geglaubt, der Wein wächst von selbst, und wenn er reif ist, wird er geerntet, gepresst, vergoren, abgefüllt – und fertig.«

»Das stimmt schon. Nur ... es ist alles ein bisserle komplizierter.«

Heinz wollte das Thema jetzt nicht vertiefen, denn er hatte noch andere Fragen. Er beschloss, Fritz Pollheimer später ausführlich über die Tätigkeiten eines Winzers zu befragen, das würde ihm auch die Gelegenheit geben, den Mann besser kennenzulernen. Marie fragte er nun: »Und der junge Mann ist sein Gehilfe?«

Wieder dachte Marie kurz nach, ehe sie erklärte: »Ach, Sie meinen den Gidi? Nein, der ist so etwas wie unser Pflegekind. Der war schon vor meiner Geburt bei uns.«

»Wie ist das gemeint: Pflegekind?«

»Er ist geistig behindert. Seine Eltern haben ihn schlecht behandelt, deshalb hat ihn mein Onkel damals aufgenommen. Er hilft, wo er kann. Soweit er halt kann.«

»Wie alt ist er?«

Marie dachte kurz nach. »Neunundzwanzig.«

»Und für was ist Gidi die Abkürzung?«

»Egidius«, Marie sah Heinz an. »Ein schöner Name, nicht?«

Heinz nickte stumm. Vermutlich wohnte er in dem Zimmer mit den Rennwagen-Postern. – Und Marie in dem, das abgeschlossen gewesen war.

»Werden Sie uns hier rausschmeißen?«

Die Frage traf Heinz wie ein Hammer. Erst im zweiten Moment war er dankbar, dass er dieses schwere Thema in einem ruhigen Gespräch behandeln konnte. Er schüttelte den Kopf. »Mach dir keine Sorgen deswegen. Ich weiß noch nicht, was ich mit dem Hof machen werde, aber ich weiß jetzt, dass der Hof, du, dein Onkel, Pollheimer und Gidi zusammengehören.«

Marie lächelte leicht. Die Antwort schien ihr zu gefallen.

Kapitel 5

Mittwoch, 19 Uhr

Beim Abendessen war von dem guten Einvernehmen, das Heinz mit Marie hergestellt hatte, nichts mehr zu spüren. Als Marie den Tisch gedeckt hatte, hatte er gefragt, wo sein Platz sei, wovon Marie sichtlich irritiert gewesen war. Daraufhin hatte auch er sich irritiert gezeigt und erklärt, er sei immerhin der neue Hausherr und ob Marie glaube, er werde ab jetzt im Gasthaus essen, wo er, als der neue Eigentümer, hier nun alles bezahle. Marie hatte mit schweigsamem Gehorsam reagiert. Jetzt saß Heinz also auf der Bank am Ende des Tisches, auf jenem Platz, auf dem auch bisher der Hausherr gesessen hatte, wie Marie erklärt hatte. Rechts ums Tischeck herum saß Thomas Vallant mit seinem Rollstuhl an der Stirnseite, Heinz sah an dessen Gesichtsausdruck, dass ihm die Nähe ebenso unangenehm war wie Heinz selbst. Als der Mann im Rollstuhl zum Essen gekommen war, hatte er Heinz' Anwesenheit bei

Tisch mit einem langen, aggressiven Blick quittiert, sich dann aber offenbar daran erinnert, wie die Dinge nun lagen. An der zweiten Stirnseite, ihrem Onkel gegenüber, saß Marie, von diesem Platz aus war sie am schnellsten in der Küche. Außer den dreien war nur noch Gidi da, sein Platz war an der Längsseite links von Marie.

Wieder stand ein Suppentopf auf dem Tisch, aus dem Marie nun mit einem großen Schöpflöffel dampfende Suppe und dicke Leberknödel auf die Teller verteilte. Danach aßen alle schweigend, nur das Klirren der Löffel in den Tellern und ein gelegentliches Schmatzen von Gidi waren zu hören. Und ab und zu ein Knacksen aus dem Hundekörbchen, denn Marie hatte Bogart den Suppenknochen gegeben. Heinz erinnerte die Suppe an jene, die seine Großmutter gekocht hatte, es war wohl ein ähnliches altes Bauernrezept. Eigentlich liebte er Leberknödelsuppe, und die von seiner Oma hatte er besonders geliebt, doch die gedrückte Stimmung hier verdarb ihm den Appetit.

»Herr Pollheimer isst nicht mit uns?«, fragte er beiläufig mit dem Versuch, ein harmloses Gespräch in Gang zu bringen.

»Nein«, antwortete Marie.

»Wohnt er hier in der Nähe?«

»In Jakling, unten bei Sankt Andrä.«

»Hat er Familie?«

»Ja.«

»Und Angelika?«

»Die wohnt in Wolfsberg.«

»Familie?«

»Nein.«

Heinz fühlte, wie ihm diese einseitige Kommunikation die Kraft entzog, ihm fehlte jede Lust, das hier fortzusetzen. Doch er überwand sich und sagte nun zu Thomas: »Ich habe es Marie heute schon gesagt: Ich habe nicht vor, hier irgendetwas zu verändern.«

»Mich bringen Sie hier nicht hinaus.« Die Erwiderung kam zu spontan, Thomas Vallant hatte offensichtlich nur darauf gelauert, dass Heinz ihn ansprach. »Mein Bruder hat mir vertraglich eine Leibrente garantiert. Dazu gehören ein monatliches Geld und Kost und Logis auf Lebenszeit. Ich verlasse das Haus erst, wenn mich die Bestattung rausträgt.«

Heinz fand diese Formulierung etwas roh, immerhin war gerade erst der Bruder gestorben. Andererseits war ihm klar, dass Thomas Vallant klare Fronten schaffen wollte – und Heinz gleichzeitig seine Verachtung mitteilen. Was Heinz jedoch aufhorchen ließ, war die Sache mit der Leibrente. Offenbar hatte der Hof ursprünglich Thomas gehört, was jetzt, da Heinz das klar wurde, Sinn ergab. Traditionell erbte der älteste Sohn den Hof, und Daniel war rund zwanzig Jahre jünger als sein Bruder gewesen. Dazu passte auch, dass Marie am Nachmittag erzählt hatte, Gidi sei damals von ihrem Onkel aufgenommen worden, nicht von ihrem

Vater. Die Tatsache, dass Thomas im Rollstuhl saß, legte den Schluss nahe, dass ein Unfall ihn aus dem Erwerbsleben genommen hatte. Heinz hatte sich schon Gedanken darüber gemacht: Thomas hatte noch alle Gliedmaßen, seine Beine waren jedoch sichtlich dünn, die Muskelsubstanz fehlte. So sah jemand aus, der seit geraumer Zeit querschnittgelähmt war. Wenn er also nach einem Unfall nicht mehr fähig gewesen war, den Hof zu führen, hatte er diesen wohl an den jüngeren Bruder Daniel überschrieben – welcher von Beruf eigentlich Statistiker gewesen war.

Heinz rechnete nach: Es war nun sieben Jahre her, dass er den Auftrag für Daniel Vallant erledigt hatte, damals war es darum gegangen, dass Daniels Frau nichts oder so wenig wie möglich von seinem Besitz erben sollte. Das bedeutete, dass der Hof damals schon Daniel gehört hatte, folglich musste Thomas' Unfall – so es denn einer war – schon davor passiert sein.

»Onkel, bitte!« Marie ließ klirrend den Löffel in den Suppenteller fallen, stützte ihre Ellbogen auf den Tisch und verbarg ihr Gesicht in den Händen.

»Was denn?«, fuhr Thomas hoch, »was mir zusteht, steht mir zu.«

»Ja«, kam es zwischen den Fingern hervor, »aber ... die Bestattung ...«

»Alles okay.« Heinz' Stimme klang in seinen eigenen Ohren erschöpft. Kein Wunder, die ganze Situation, in der er hier steckte, war ihm zuwider, die ständigen Konfrontationen mit Thomas strengten ihn an, und sein eigenes Privatleben war momentan auch kein Hort der Kraft. »Jeder kriegt, was ihm zusteht«, murmelte Heinz. Im Augenwinkel bemerkte er, dass Thomas Vallant ihm einen Was-soll-das-heißen-Blick zuwarf. Er sah nicht hin.

Heinz war froh, als das Essen vorbei war und Thomas wortlos zum Treppenlift rollte. Marie begann, den Tisch abzuräumen, Heinz und Gidi blieben sitzen. Heinz nahm die Wasserflasche, die auf dem Tisch stand, und schenkte sich noch einmal nach. Als er das Glas zum Mund hob, bemerkte er, dass Gidi ihn anstierte. Dabei hatte er den Mund offen und sein Oberkörper bewegte sich in einer Art, als würden seine Beine unter dem Tisch zappeln. Heinz schluckte hinunter und lächelte ihn an.

»Ah, wie heißt denn du?«, fragte Gidi.

»Heinz.«

»Aha«, kam es zurück, und gleich darauf: »Ich bin der Gidi.«

»Angenehm.« Heinz deutete eine Verbeugung an, die Gidi zum Lachen brachte. »Für was ist Gidi die Abkürzung?«

»Egidius Gutschi.«

Heinz unterdrückte ein Lachen, stattdessen meinte er: »Egidius ist ein fürstlicher Name. Muss ich Sie zu dir sagen – Pardon: zu Ihnen?«

Gidi riss den Mund mit den krummen Zähnen weit und etwas schräg auf und gab ein röhrendes Lachen von sich, das Luftholen dazwischen klang wie ein Schnarchen. »Nein, musst du nicht.« Schaumiger Speichel sammelte sich in den Mundwinkeln.

»Danke.« Heinz hielt sich eine Hand an die Brust, schloss die Augen und verneigte sich bis knapp über die Tischplatte.

Gidi röhrte wieder.

Marie kam aus er Küche, ihr Gesicht war abwesend und zeigte den Kummer, den sie wohl in sich trug. Als sie nach dem Suppentopf griff, sah Heinz ihre Hände an. Die Muskulatur ihrer Finger war kräftig, und die Haut trug kleine Falten. Offenbar hatte das Mädchen von klein auf fest mit anpacken müssen.

»Marie.«

Sie hielt in der Bewegung inne und sah Heinz an.

»Ich weiß, du machst eine schwere Zeit durch, aber ... das geht vorbei.«

»Sie wissen nicht, wovon Sie reden«, wisperte sie. Sie wollte sich gerade abwenden, doch dann stellte sie den Topf wieder auf den Tisch, zog ein Taschentuch hervor und ließ sich auf die Bank sinken. So verharrte sie, das Gesicht im Taschentuch verborgen, ihre Schultern zuckten.

Heinz spürte, wie sich sein Herz zusammenkrampfte. Er überlegte, ob er sie irgendwie trösten konnte, doch ihm war klar, dass das nicht ging. Dass sie mit ihm sprach, bedeutete nicht, dass sie ihm vertraute oder gar Sympathie entgegenbrachte. Er war immer noch der Fremdling, der Eindringling. Abgesehen davon – er dachte an Bekki – gab es Gefühle, die niemand lindern konnte, egal, was er versuchte. Heinz warf einen Blick zu Gidi, dieser saß mit hängenden Schultern und offenem Mund da. Seine Augen waren auf Marie gerichtet, doch sie waren leer.

Als Marie sich etwas beruhigt hatte, schnäuzte sie sich und stand schwungvoll auf. Sie zog ein weiteres sauberes Taschentuch hervor und wischte den Speichel von Gidis Kinn, dann schnappte sie den Suppentopf und verschwand in der Küche.

Donnerstag, 06:30 Uhr

Als die Weckmelodie seines Handys losging, brauchte Heinz einige Sekunden, um sich zu orientieren. Er hatte unruhig geschlafen und jede Menge unsinniges Zeug geträumt, Zeug, an das er sich nicht mehr erinnern konnte, aber das Echo von beunruhigenden Gefühlen hinterlassen hatte. Erst kurz bevor er geweckt worden war, hatte er den Tiefschlaf erreicht, zumindest fühlte es sich so an. Wie gerädert richtete er sich auf und stellte die Beine aus dem Bett. Er war fremd hier, fremd in seinem eigenen Haus, auf seinem eigenen Hof. Heinz öffnete die Jalousie und blickte über das Lavanttal hinweg auf die Ostflanke der Saualpe, die schon in der Morgensonne leuchtete. Bogart hob den Kopf und blinzelte verschlafen. Heinz hatte das Körbchen für die erste Nacht mit in sein Zimmer genommen, damit Bogart eine vertraute Person in der fremden Umgebung hatte. Ab heute sollte der Hund unten schlafen, wo Heinz das Körbchen am Vorabend hingestellt hatte.

Heinz drehte den Schlüssel in der Tür, schlappte über den Flur in eine fremde Toilette und danach in ein fremdes Bad. Nur der Spiegel zeigte etwas Vertrautes, auch wenn es heute etwas mitgenommen aussah. Am Vorabend hatte er noch seine Mutter anrufen wollen, doch er hatte es nicht mehr geschafft. Der Tag hatte ihn emotional enorm gefordert, er war mit so vielen Gefühlen konfrontiert gewesen, die von seinen eigenen kaum unterscheidbar waren und für die man ihm die Schuld gab. Er wäre keine Stütze für seine Mutter gewesen, vielleicht hätte er im Gegenteil sogar bei ihr Unterstützung gesucht. Momentan fühlte er sich stabil, er würde den Anruf gleich nach dem Frühstück nachholen.

Dieses begann um 7 Uhr, Heinz und Bogart gingen fünf Minuten vorher nach unten, waren aber dennoch die Letzten. Kein Wunder, die anderen standen um 5 Uhr auf, zumindest Thomas und Marie, von Gidi wusste Heinz es nicht. Heinz wünschte allen einen guten Morgen. Marie, die gerade einen Korb mit Gebäck aus der Küche brachte, erwiderte seinen Gruß mit dem

Anflug eines Lächelns, Gidi röhrte ein langgezogenes »Hallo« und Thomas ignorierte ihn. Heinz platzierte das Hundebett, das er von oben mitgebracht hatte, wieder an der Wand und öffnete den Sack mit Bogarts Zeug. Marie herzte inzwischen den Hund, der schwanzwedelnd vor ihr stand.

»Kann ich die Sachen irgendwo hinräumen?«, fragte Heinz sie mit Blick auf den Sack.

Marie überlegte kurz, dann meinte sie: »Ja, hier drinnen.«

Heinz folgte ihr in die Küche, wo sie scheppernd einige Töpfe aus einem bodennahen Kästchen gleich rechts neben der Tür räumte. Er bedankte sich und räumte die Utensilien ein, zuletzt schichtete er die Futterdosen übereinander bis auf eine. Als er sich erhob, stand Marie mit ausgestreckter Hand vor ihm. Heinz gab ihr die Dose, und sie machte sich kommentarlos daran, diese zu öffnen.

»Wie viel bekommt Bogart?«

»Zweihundert Gramm, einmal morgens, einmal abends. Du musst das aber nicht machen, Marie, es ist mein Hund.«

»Ich mache das aber gerne. Wie viel, zweihundert?«

»Ja, bitte nicht mehr, sonst wird er zu fett.«

»Der Kleine ist ja nicht fett.« Marie lächelte.

»Eben«, Heinz erwiderte ein Schmunzeln, »und das soll auch so bleiben. Vor allem, weil ich weiß, dass sein neuer Lieblingsplatz hier in der Küche sein wird. Und er hat einen Blick, dem kein menschliches Wesen widerstehen kann.«

»Wir werden sehen.« Sie klang fast keck.

»Wenn du möchtest, kannst du ihm am Vormittag und am Nachmittag jeweils ein Leckerli geben. Da habe ich einige Auswahl, schau.« Er zeigte ihr die Packungen in dem neuen Hundekasten.

Während Marie Bogarts Futter- und Wassernapf füllte und ihm beides neben das Körbchen stellte, redete sie ununterbrochen mit ihm, dabei wirkte sie völlig unbeschwert.

Heinz atmete auf und ging zum Tisch. Kaum saß er auf dem Platz, der nun seiner war, schob Thomas ihm wortlos die aufgeschlagene Tageszeitung hin, die aktuelle Ausgabe des *Kärntner Beobachters.*

Weinbauer vergiftet: Polizei ratlos, stand da.

Heinz überflog den Artikel, immerhin eine dreiviertel Seite. Offenbar hatte die Polizei am Vortag, gleich nachdem das Obduktionsergebnis gekommen war, eine Pressekonferenz einberufen und die verfügbaren Fakten weitergegeben. Das waren nicht viele, denn bis auf die Art der Ermordung und die dafür verwendete Substanz gab es im Grunde noch keine Ermittlungsergebnisse. Was, wie Heinz wusste, schlecht war, denn so versuchten die Medien, die Lücken mit Spekulationen zu füllen.

So auch diese Zeitung: Was die Polizei völlig außer Acht lasse, so stand hier, sei die Tatsache, dass Arsen ein Mineral sei, das auch natürlich vorkomme und von Grundwasser, das durch die Böden sickere, gelöst werde. Landwirtschaftliche Bewässerungssysteme würden dieses »Arsenwasser« in die Nahrungsmittelkette bringen. Zwar gebe es strenge Auflagen, was die Arsenkonzentration in den Böden und im Grundwasser anlangte, doch, so mutmaßte der Redakteur, der den Artikel geschrieben hatte, vielleicht habe es der verstorbene Weinbauer damit nicht so ernst genommen. Der Artikel endete damit, dass man – auch wenn die Sachlage hier völlig anders gelagert sei – sich irgendwie an den Glykolwein-Skandal in den 1980er Jahren erinnert fühle. Dann folgte der Hinweis auf eine umfassendere Berichterstattung auf der Website der Zeitung.

Heinz wurde abwechselnd heiß und kalt. In den vergangenen Jahren hatte er einige Fälle gelöst, die im Mittelpunkt des öffentlichen Interesses gestanden hatten. Dadurch hatte er die Arbeitsweise der Medien von mehreren Seiten gut kennengelernt. Und wenn ein Medium die Idee in den Raum stellte, dass Daniel Vallants Vergiftung durch seinen eigenen Wein verursacht worden war, dann konnte man davon ausgehen, dass andere Medien sie aufgreifen und weiterspinnen würden.

Marie setzte sich an den Tisch, was offenbar ein unausgesprochenes Zeichen für den Beginn des Frühstücks war, denn augenblicklich griffen Thomas zum Brotkorb und Gidi zum Wurstteller.

»In dieser Kanne ist Kaffee, in dieser Tee«, erklärte Marie Heinz, indem sie auf zwei Edelstahlkannen zeigte.

Heinz starrte sie unverwandt an, er hatte sie zwar gehört, aber nicht verstanden. »Macht euch auf etwas gefasst«, sagte er.

Maries Gesicht bekam einen verdutzten Ausdruck, Gidi hielt in seiner Bewegung inne und starrte Heinz an.

Dieser wandte sich an Thomas, dessen Blick fragend und zum ersten Mal nicht ablehnend war. »Heute werden uns die Medien die Tür einrennen«, prophezeite Heinz. »Sie werden anrufen, sie werden am Hof auftauchen, fotografieren und herumschnüffeln. Sie werden fragen, warum hier unsauber gearbeitet wird und ob es immer schon Probleme mit dem Wein vom Urbanhof gegeben hat.«

»Wieso?«, fragte Thomas in einer Art, als hätte Heinz die Schuld an den Dingen, die er ankündigte.

Heinz deutete auf den Zeitungsartikel und erklärte seine Gedanken. Thomas sagte nichts dazu, Marie griff zu der Zeitung, sie hatte den Artikel offenbar noch nicht gelesen.

Dies holte sie nun nach, wobei sie eine halbe Semmel aß, die dick mit Butter und mit einer roten Marmelade bestrichen war. Heinz sah, wie ihre Kaubewegungen langsamer wurden, je weiter sie las.

Schließlich ließ sie die Semmel sinken und sah Heinz mit angsterfüllten Augen an. »Sie meinen, dass Papa ein schlechter Weinbauer war. Und dass er sich mit seinem eigenen Wein vergiftet hat.«

Heinz nickte.

»Ein Blödsinn, so was«, fuhr Thomas auf, »so einen Schwachsinn glaubt doch kein Mensch.«

»Ich fürchte doch«, entgegnete Heinz, »die Menschen lieben Sensationen.«

»Aber dieser Schwachsinn«, Thomas erhöhte die Lautstärke, »welcher Kärntner Winzer bewässert denn seinen Weingarten?«

Heinz erwiderte den aufgebrachten Blick mit einem neutralen. »Ich weiß, dass viele Menschen gerne Wein trinken, aber ich denke, die wenigsten haben eine Ahnung davon, wie er im Detail gemacht wird.«

»Was sollen wir jetzt tun?« Maries Stimme war dünn, sie hatte wieder ein Taschentuch an der Nase.

»Lasst euch auf keine Diskussionen ein«, riet Heinz. »Wenn sie anrufen, sagt: ›kein Kommentar‹, und legt auf. Wenn sie auf den Hof kommen, sagt, die Anschuldigungen seien böswillig und völlig ohne Grundlage, ihr seid in Trauer, sie sollen das respektieren und wieder gehen. Droht mit der Polizei und geht ins Haus. Und wenn sie hartnäckig sind, macht die Drohung wahr.«

»Ich soll mich in meinem eigenen Haus verstecken, nur weil irgendwelche Deppen kommen, die keine Ahnung haben?«

Heinz spürte die Verunsicherung in Thomas' Worten, auch wenn dieser sie mit Unmut kaschieren wollte. Er antwortete: »Die Medien arbeiten nicht nach den Regeln der Logik oder gar des Anstands. Sie wollen die Aufmerksamkeit möglichst vieler Menschen auf ihre Beiträge ziehen, damit sie für möglichst viele Werbetreibende attraktiv werden. Und das gelingt am besten über Skandale. Egal was wir denen heute erzählen, sie werden es so hindrehen, als würde unsere Verleugnung ihrer Vorwürfe diese bestätigen. Und so wird das dann morgen in der Zeitung stehen. Oder im Radio zu hören oder im Fernsehen zu sehen sein.«

»Im Fernsehen?« In Maries Stimme schwang Angst mit.

»Wenn es euch recht ist, werde ich das übernehmen. Aber wenn ich gerade nicht da bin: Verweigert jede Aussage!« Heinz bemerkte, dass er wie ein Rechtsanwalt klang, der seine Klienten vor Prozessbeginn berät. Im Grunde war die Situation sogar noch schlimmer, denn ein ordentliches Gericht vorverurteilte nicht – mediale Berichterstattung mitunter schon.

»Was gibt's denn heute Mittag für eine Nachspeise?« Gidis Worte waren wie eine Erlösung aus der beklommenen Stimmung.

Marie lächelte und erklärte: »Schokoladenpudding, Gidi.«

Der Angesprochene gab einen genussvollen Laut von sich.

»Mit Schlagrahm«, legte Marie nach.

Der genussvolle Laut wiederholte sich, nur lauter.

Nach dem Frühstück ging Heinz ins Büro und holte das Telefonat mit seiner Mutter nach. Von seinem Vater gab es nichts Neues, was Heinz auch nicht erwartet hatte, ansonsten hätten seine Mutter oder Sabine ihn schon benachrichtigt. Dann setzte er sich an Daniel Vallants Schreibtisch, der nun ebenfalls seiner war. Inmitten der Dinge, die der nun tote Mann hier drapiert hatte, klappte Heinz seinen mitgebrachten Laptop auf und startete ihn. Was er recherchieren wollte, schaffte er am schnellsten mit seiner eigenen Software.

Zunächst rief er die Website des *Kärntner Beobachters* auf und las die in der Zeitung angekündigte, umfangreichere Online-Berichterstattung. In dem Text ließ sich der Redakteur weitschweifig über die Arsenbelastung der Kärntner Böden aus, die regional zwar sehr unterschiedlich seien, allerdings hätten jene im Lavanttal besonders hohe Arsengehalte, die Rede sei von zweihundert Milligramm pro Kilogramm Boden. Das sei aufsehenerregend, denn schon knapp über einhundert Milligramm seien für einen siebzig Kilo schweren Mann tödlich, weshalb der gesetzliche Grenzwert auch bei zehn Milligramm liege. Weiter erklärte der Artikel, diese hohe Arsenbelastung sei auf natürliche Ursachen zurückzuführen, auf arsenhaltiges Gestein, das giftige Mineral werde durch Verwitterungsprozesse im Boden freigesetzt. Die Verbreitung und Konzentration geschehe dann durch menschliche Aktivitäten wie Bergbau, Industrie und – eben – die Landwirtschaft. Aus diesen Gründen seien in Kärnten in den vergangenen Jahren Maßnahmen ergriffen worden, um die Arsenbelastung zu reduzieren, als Beispiel wurde die Schließung von Brunnen angeführt, die mit arsenbelastetem Wasser gespeist worden seien. Danach kam der Rückschluss auf den Tod von Daniel Vallant und die Vermutung, er habe sich wegen seiner unsauberen Arbeit unabsichtlich selbst vergiftet.

Heinz lehnte sich zurück und schnaubte. Die ganze Sache klang für ihn oberflächlich, an den Haaren herbeigezogen. Er wurde in diesem Jahr fünfzig Jahre alt, war in Kärnten geboren und aufgewachsen und hatte – bis auf ein paar Auslandsaufenthalte, die in Summe vielleicht zwei Jahre ausmachten – immer hier gelebt. Doch noch nie hatte er von einer Arsenvergiftung wegen verseuchten Grundwassers oder unsauberer Arbeit gehört, geschweige denn von Todesfällen, die damit in Verbindung standen. Er beugte sich wieder zur Tastatur und rief die Plattform einer Künstlichen Intelligenz auf, mit der er neuerdings arbeitete. Er tippte die Frage ein: *Wie arsenbelastet sind die Kärntner Böden?*

Sekunden später liefen die Zeilen der Antwort über den Bildschirm herunter, und schon nach wenigen Sätzen lief Heinz ein Schauer über den Rücken: Die Informationen waren fast deckungsgleich mit jenen, die er zuvor in dem Artikel gelesen hatte. Da er das Fenster mit dem Bericht noch offen hatte, wechselte er zwischen diesem und der KI hin und her und verglich die Aussagen. Nicht nur der gedankliche Verlauf der Abhandlung war gleich, teilweise waren ganze Sätze identisch. Sogar das Beispiel mit den geschlossenen Brunnen stimmte überein. Heinz spürte, wie der Ärger seinen Herzschlag beschleunigte. Die gesamte Recherche-Arbeit des Redakteurs, der den Artikel verfasst hatte, hatte darin bestanden, eine KI zu befragen. Da passte nicht einmal mehr »Schmierfink« als Schimpfwort, da musste ein neues her: »Kopierfink«. Und als wäre das noch nicht beschämend genug, stellte Heinz nun fest, dass der Redakteur die Angaben bewusst verfälscht hatte, um seinen Bericht zu dramatisieren. Denn die angegebenen zweihundert Milligramm Arsen hatte man nicht im Lavanttal gemessen, sondern im Görtschitztal auf der anderen Seite des Saualm-Rückens.

Jetzt wollte Heinz auch den Rest wissen und fragte die KI nach der tödlichen Dosis von Arsen. Das Ergebnis steigerte seine Empörung ins Uferlose. Zunächst wurde hier zwischen organischem und anorganischem Arsen unterschieden, die beide in der Natur vorkamen, deren Giftigkeit jedoch weit auseinanderlag. Doch selbst wenn Heinz vom giftigeren – dem anorganischen – ausging, bezog sich die Angabe der tödlichen Dosis von einhundertfünf Milligramm auf den Menschen und nicht auf das Kilogramm Boden. Abgesehen davon, dass der im *Kärntner Beobachter* angegebene Verseuchungsgrad nicht in Lavanttaler Böden gemessen worden war, hätte Daniel Vallant also ein halbes Kilo Erde essen müssen, um in Lebensgefahr zu geraten und auch dann nur, wenn ausschließlich anorganisches Arsen darin enthalten gewesen wäre. Da die Zeitung aber den Wein des Urbanhofs als mutmaßlichen Todbringer ins Spiel gebracht hatte und nicht den Boden an sich, recherchierte Heinz weiter. Er stellte fest, dass Weinpflanzen nur einen geringen Prozentsatz von Arsen aus dem Boden aufnahmen, selten mehr als zehn Prozent. Davon gelangten wieder nur zehn bis zwanzig Prozent in die Beeren und damit in weiterer Folge in den Wein.

Heinz blickte aus dem Fenster, wo gerade der rote *Fiat Uno* in den Hof einfuhr und im Wagenschuppen einparkte. Während er geistesabwesend zusah, wie Angelika Grünwald, die stumme Haushaltshilfe, auf das Haus zukam, fuhr er den Laptop herunter und schüttelte ein weiteres Mal den Kopf. Die Zeitung hatte einen Angstzirkel in Gang gesetzt, der nur in Ansätzen wahre Hintergründe hatte. Dennoch würden andere Medien darauf aufspringen und sich in ähnlicher Weise wichtigmachen. Für ihn und seine Hausgenossen bedeutete das, dass sie sich in den nächsten Tagen im Mittelpunkt des medialen Interesses befinden würden, ein Umstand, auf den er gerne verzichten konnte, vor allem in Hinblick auf seine Mordermittlung.

Ein Gutes hatte es zumindest, Heinz konnte nun mit Sicherheit ausschließen, dass Daniel Vallants Tod eine natürliche Ursache gehabt hatte.

Kapitel 6

Donnerstag, 08:30 Uhr

Heinz begann die Sachen seines Erblassers durchzusehen. Es ging ihm darum, ein Gespür für diesen Mann zu bekommen und einen Einblick in sein Leben.

Als Erstes durchstöberte er die Schreibtischschubladen, doch nichts, was er hier fand, wich irgendwie von dem ab, was man gewöhnlich in Schreibtischschubladen fand – mit einer Ausnahme: ein offenes Kartonsäckchen mit Keksen, Haferkekse, wie das Etikett verriet. Und das Etikett war auch das Besondere daran, denn dieses trug den Schriftzug: *Biohof Lackner*. Das wunderte Heinz, immerhin hatte er am Vortag den Eindruck gewonnen, die Abrahams vom Lacknerhof seien erbitterte Gegner der Vallants vom Urbanhof, wie kam es, dass sie Daniel Kekse verkauft hatten? Heinz öffnete das Säckchen und sah hinein, ein Keks war noch da, groß, flach und rund, an der Oberseite rau und gewölbt. Er nahm ihn heraus und schnupperte daran, er roch köstlich.

Heinz dachte nach: Dass die Kekse vergiftet waren, war ein naheliegender Schluss angesichts der Abneigung, die zwischen den beiden Höfen offenbar bestand. Doch bei näherer Betrachtung passte das nicht. Erstens war es genau wegen dieses Hasses viel zu naheliegend, den Nachbarn mit Keksen aus der eigenen Produktion zu vergiften. Die Polizei würde die Kekse analysieren und das Gift finden. Heinz nahm sich vor, genau das zu veranlassen. Zweitens hatte Daniel Vallant den Abrahams offensichtlich genug Vertrauen entgegengebracht, um deren Kekse zu essen. Heinz stellte fest, dass er unbedingt die Hintergründe dieser seltsamen Nachbarschaft in Erfahrung bringen musste. Denn dass am Urbanhof Wein und Schnaps hergestellt wurden, konnte kaum ein ausreichender Grund für den lodernden Hass sein, den er beim Ehepaar Abraham gespürt hatte. Er vermutete, dass der Alkohol nur ein vorgeschobener Grund war, ein Stellvertreter für eine Abneigung, die in der gemeinsamen Vergangenheit der Nachbarn wurzelte.

Heinz stellte das Päckchen auf die Tischkante, damit er nicht vergaß, Sabine den Keks zu übergeben.

Nach dem Schreibtisch nahm Heinz sich die Kästen vor. Die Wolkenmarmor-Ordner enthielten Buchhaltungsunterlagen der vergangenen sieben Jahre – wie vom Gesetz vorgeschrieben –, Lieferanten- und Kundenverträge, Geschäftskorrespondenz, die Dokumentation vergangener Werbeeinschaltungen und -artikel und zig andere Unterlagen, die ein Geschäft dieser Größenordnung benötigte.

Alles war in einer klar nachvollziehbaren Ordnung angelegt, sowohl was die Einteilung in den Kästen betraf als auch im Inneren jedes Ordners. Heinz kratzte sich hinter dem Ohr. Jedem Buchprüfer vom Finanzamt musste das hier wie eine Weihnachtsbescherung vorkommen. Auch in den verbliebenen Kästen sah es ähnlich aus.

Dann aktivierte Heinz Vallants Mobiltelefon und sah die Kommunikationsaufzeichnungen durch. Doch weder bei der Anrufliste noch bei den WhatsApp-Chats war irgendetwas auffällig.

Heinz fand die An- und Rückrufzeiten mit Notar Megymorecz am vergangenen Sonntag, die Einträge davor, bis zu dem Freitag, an dem er vergiftet worden war. Sie zeigten, dass Vallant nur mit Personen telefoniert hatte, die auch in seinem Nummernspeicher angeführt und dort so akribisch beschrieben waren, dass Heinz sofort wusste, welchen Bezug welcher Kontakt zu Vallant hatte.

Die Unterhaltungen auf WhatsApp beschränkten sich auf jene mit Marie, inhaltlich ging es meist darum, wer gerade wo war und was er oder sie von dort mitbringen sollte. Der Ton war in einer routinierten Form herzlich, Marie schrieb hie und da *hab dich lieb*, während ihr Vater sich auf eine Handvoll Emojis beschränkte, ein Herz, ein Smiley, der ein Herz umarmt, ein Smiley, der einen Kuss verschickt, solche Dinge. Vereinzelt gab es auch Postings mit Thomas Vallant, die aber noch einsilbiger waren, *Tintenpatronen mitbringen* etwa, oder *Deo nicht vergessen*.

Das Bild von Daniel Vallants Persönlichkeit, das Heinz mehr und mehr gewann, setzte sich auch am PC des Verstorbenen fort. Alles hier befand sich in einer ungewöhnlichen, geradezu kleinkarierten Ordnung. Heinz warf noch einen Blick auf die Bilanzen der vergangenen Jahre, demnach lief der Betrieb zwar nicht sensationell gut, aber durchgängig stabil, die Rückzahlungen der vorhandenen Schulden waren kein Problem. Das verdankte der Hof mitunter dem Gehalt des Hausherrn, denn dieser hatte davon monatlich eine Reihe von Rechnungen bezahlt.

Wieder lehnte sich Heinz zurück und fasste seine Erkenntnisse zusammen. Persönlich hatte er Vallant nie kennengelernt, bis auf ein paar Telefonate, die aber schon viele Jahre zurücklagen. Der Eindruck, der ihm geblieben war, war der eines korrekten, geradlinigen Menschen, der fast etwas Mechanisches an sich gehabt hatte. Jetzt verstand Heinz warum: Dieser Zahlenmensch hatte sein Leben einer Ordnung unterworfen, die wohl nur für einen Gleichgearteten verständlich war. Soweit Heinz sah, hatte sein Erblasser ein biederes

Leben geführt, ohne erkennbare Freunde oder Hobbys. Das mochte daran liegen, dass er seine Zeit und sein Geld für die Erhaltung des Betriebs geopfert hatte, oder daran, dass diese Art zu leben für einen Menschen mit Vallants Persönlichkeit genau das Richtige war. Insofern fand Heinz, dass alles zusammenstimmte – bis auf einen Punkt: Die Rolle des Bauern passte überhaupt nicht zu dem Verstorbenen. Bei einem Betrieb dieser Größe musste jeder bei allem mit anpacken, zu jeder Jahreszeit und egal bei welchem Wetter. Und die Natur mit ihren endlosen Variationen von Leben, welches sich ständig allen Veränderungen anpasste, das war so ziemlich das krasse Gegenteil der akribischen Excel-Tabelle, die noch am Bildschirm vor Heinz geöffnet war. Heinz wurde klar, dass Daniel sich dieses Leben nicht ausgesucht hatte. Er war von Beruf Statistiker gewesen, und alles, was Heinz an diesem Morgen hier gesehen hatte, atmete genau diese Luft. Wenn es stimmte, dass er den Hof hatte übernehmen müssen, weil sein Bruder unfallbedingt ausgefallen war – auch das musste Heinz noch klären –, war Daniel wohl kein glücklicher Mensch gewesen. Dennoch, sein Leben hatte Daniel nicht selbst beendet und egal wie verschroben er möglicherweise gewesen war, sein Vorgehen bei der Erbschaft war kein Sonntagsspaziergang gewesen. Es bedeutete nämlich nicht weniger, als dass er auch seiner Tochter und seinem Bruder zugetraut hatte, ihn ermordet zu haben.

Eine Bewegung im Fenster zum Vorhof holte Heinz aus seinen Überlegungen. Es war Fritz Pollheimer, der auf den Hauseingang zustapfte. Er trug eine abgegriffene, rote Einlegemappe, aus der ein paar Zettel wild herausragten, außerdem schien er irgendwie anders zu sein als an den Tagen davor – es war, als läge ein Schatten auf seinem Gesicht. Heinz beschloss, auch mit ihm über den passenden Umgang mit den Medien zu reden, die nun wohl nicht mehr lange auf sich warten lassen würden. Er öffnete die Bürotür und passte Pollheimer ab, als dieser vom Vorraum hereinkam. Er bat ihn, kurz ins Büro zu kommen, dort nahm er den alten, dünnbeinigen schwarz lackierten Holzstuhl, der in einer Ecke stand, wischte mit einer Bewegung den Staub herunter und stellte ihn vor Pollheimer hin. Er selbst ging wieder zum Schreibtischsessel.

»Heute schon Zeitung gelesen?« Die Worte des Winzers klangen, als könnte er vor Aufregung kaum sprechen. Er setzte sich.

»Darüber wollte ich mit dir reden.«

»Eine Schweinerei ist das, eine Schweinerei!« Heinz wollte ihm beipflichten, doch Pollheimer polterte gleich weiter: »Bei uns wird sauber gearbeitet, in jedem Detail.« Er hielt hinweisend die Einlegemappe hoch. »Jedes Jahr schicke ich Bodenproben zur AGES nach Wien, damit nur ja alles passt. Das kostet uns hunderte Euro, jedes Mal.«

»Entschuldige bitte, wohin?«, fragte Heinz.

»Zur AGES«, wiederholte Pollheimer, »Agentur für ... gesundes ... Gesundheit und ... Ernährung ... Ernährungssicherheit, so irgendwie.«

»Und die untersuchen den Arsengehalt?«

»Nicht im Standardverfahren, aber nach dem HCB-Skandal im Görtschitztal hat der Thomas damals den Boden zusätzlich auf HCB, Arsen, Blei und Quecksilber untersuchen lassen, um Sicherheit zu haben.«

Heinz erinnerte sich an den Skandal, von dem Pollheimer sprach. Rund zehn Jahre zuvor war bekannt geworden, dass in Lebensmitteln aus dem Görtschitztal ein überhöhter HCB-Wert gemessen worden war. HCB – die Abkürzung für eine chemische Substanz namens Hexachlorbenzol – führte bei Warmblütern mittelfristig zu Fehlfunktionen des Stoffwechsels und zu Schäden an der Leber, den Fortpflanzungsorganen und der Haut und war vermutlich auch krebserregend. Nachforschungen hatten ergeben, dass das HCB aus der alten Deponie einer Chemiefabrik ausgetreten war.

»Das haben wir seither beibehalten, bei uns wird alles«, Pollheimer vollführte mit der Mappe einen angedeuteten Kreis, »alles untersucht und alles ist weit unter den Grenzwerten, immer!«

»Wie hoch ist der Arsengehalt?«

»Arsen haben wir immer so um die vier Milligramm pro Kilo Boden.« Er schlug die Mappe auf seinen Oberschenkeln auf, befeuchtete den Finger an der Zungenspitze und begann hastig in den Papieren zu blättern.

Heinz ergriff die Initiative. »Fritz, hör zu.« Er wählte den Vornamen, weil Pollheimer auch ihn gleich zu Beginn mit Du angesprochen hatte. »Wir müssen damit rechnen, dass heute einige Leute von den Medien herkommen werden.«

»Die sollen nur kommen«, fuhr Pollheimer dazwischen, »denen zeig ich, welche Bodenwerte wir haben, die kann ich beweisen, ich hab alles schriftlich.« Er klappte die Mappe zusammen und schüttelte sie drohend über seinem Kopf. Dass er damit die losen Blätter, die er soeben durchwühlt hatte, knickte, schien ihm egal zu sein.

»Ich fürchte, deine Beweise werden niemanden interessieren.«

Pollheimer lachte abfällig. »Na, und ob sie das werden, das sind immerhin amtliche Untersuchungsergebnisse.«

Heinz seufzte. Wie sollte er diesem Mann, der bisher offenbar gut damit gefahren war, sich an Recht und Ordnung zu orientieren, erklären, dass Beweise uninteressant waren, wenn es um eine Sensation ging?

Donnerstag, 12 Uhr

Beim Mittagessen waren neben Heinz, Marie, Thomas und Gidi auch Angelika und Fritz Pollheimer mit dabei. Angelika saß neben Heinz auf der Bank und Pollheimer ihm gegenüber, neben Gidi. Bogart schlief eingeringelt in seinem Körbchen und schnarchte manchmal, so dass es im Raum widerhallte.

»Wie hat er sich am Vormittag verhalten?«, fragte Heinz Marie, während er sich setzte.

Sie zuckte mit den Schultern. »Geschlafen. Erst als ich mit dem Kochen angefangen habe, ist er zu mir in die Küche gekommen.«

Heinz lächelte sie mit einem betont erwartungsvollen Blick an. Als sie nicht reagierte, fragte er: »Und?«

Da huschte ein Lächeln über ihr Gesicht, sie schlug die Augen nieder und zuckte mit den Schultern.

Heinz lachte. Es hätte ihn auch gewundert, wenn sie Bogarts Ich-bin-der-hungrigste-Hund-der-Welt-und-so-arm-Blick widerstanden hätte.

Wie vor Thomas und Pollheimer stand auch vor Heinz ein Weinglas. Marie, die seine Irritation sah, meinte hastig: »Mein Vater hat zum Essen immer ein Glas Wein getrunken. Ich habe nicht gewusst, ob Sie auch ...« Sie ließ den Satz offen.

Heinz lächelte sie an. »Weiß ich auch noch nicht. Aber danke, kosten werde ich auf jeden Fall.«

Die Flasche Wein hatte Pollheimer gebracht, er schenkte nun auch allen dreien ein. Dann stießen sie miteinander an – Thomas sogar auch mit Heinz. Letzterer hatte gehofft, es handle sich um einen Rotwein, doch leider war es ein Weißer. Die beiden anderen hoben nun ihre Gläser und drehten sie, dabei betrachteten sie konzentriert den Wein, wie er im Glas hin und her rollte. Natürlich kannte Heinz diese Bewegung von Weinverkostungen, bei denen er zugesehen hatte, doch hatte er immer geglaubt, es gehe dabei um die Farbe oder um Schwebeteilchen, beides nur im Rotwein. Auch er ahmte die Bewegung nach und sah in den Wein, konnte allerdings nichts erkennen außer einem leichten Gelbstich. Er wartete, bis die beiden die Gläser an die Lippen setzten, dann kostete auch er – und musste sich beherrschen, um nicht das Gesicht zu verziehen. Für ihn war dieses Gesöff nur sauer, er würgte den Schluck regelrecht hinunter. Ein herber Nachgeschmack war die Folge, als würde seine hintere Zungenhälfte austrocknen. Er sah die beiden anderen an und war bass erstaunt, zwei entspannte Gesichter zu sehen. Thomas hatte die Augen geschlossen und hob gerade ein wenig den Kopf, sein Mund ging dabei leicht auf. Und Pollheimer, dessen Blick geistesabwesend auf die Tischplatte gerichtet war, neigte den Kopf hin und her, wohl um den Schluck im Mund hin und her fließen zu lassen.

Insgesamt hatte Heinz den Eindruck, hier Zeuge eines heiligen Rituals zu sein, weshalb er nichts sagte. Stattdessen nahm er die Flasche aus dem Weinkühler und begutachtete das Etikett. Der Name und das Logo des Urbanhofs – ein stilisierter, bärtiger Mann mit Bischofsmütze, Stab und Weintraube in einem Kranz aus Weinlaub – waren darauf abgedruckt sowie die Bezeichnung *Solaris Reserve*. Heinz horchte in sich hinein, vernahm aber kein Echo auf diesen Begriff. Er kannte einen Roman, der *Solaris* hieß und der Zusatz *Reserve* war ihm nur von einigen Rumsorten geläufig, beides hatte aber wohl nichts mit diesem Wein zu tun.

»Tannin«, sagte Thomas Vallant plötzlich. Er hatte die Augen noch immer geschlossen, und seine Stimme klang in einer Weise weich, wie Heinz es ihm niemals zugetraut hätte.

»Stimmt«, pflichtete Fritz Pollheimer versonnen bei, »aber erstaunlich viel Frucht.«

Thomas schüttelte langsam den Kopf. »Das Verhältnis stimmt nicht.« Er öffnete die Augen und sah Fritz an. »War gut gemeint, aber ein Solaris als Reserve ... hätte mich gewundert.«

Pollheimer zuckte mit den Schultern und schmunzelte. »War einen Versuch wert.«

Sie hoben die Gläser und sahen einander in die Augen, wie zwei Ritter, die gerade einen Zweikampf ausgetragen hatten und dem jeweils anderen ihren Respekt zollten. Heinz glaubte sogar, den Anflug eines Lächelns auf Thomas' Gesicht zu sehen. Dann widmeten sich beide ihrer Suppe.

Heinz blickte verstohlen von einem zum anderen. Was, zur Hölle, war das gerade gewesen? Verwirrt nahm er noch einen Schluck aus seinem Glas und verteilte ihn mit Kieferbewegungen im gesamten Mund. Nein, er konnte nichts Fruchtiges erkennen. Eventuell ein bisschen, aber da war wohl mehr Phantasie im Spiel als tatsächliche Wahrnehmung. Je länger er den Wein im Mund hatte, desto herber wurde er, außerdem begannen wegen der Säure die Spitze und die Ränder seiner Zunge zu brennen. Er würgte ihn wieder hinunter und schwemmte mit Wasser nach, das er zu diesem Zweck aus der Flasche auf dem Tisch in sein Wasserglas goss.

Als er aufsah, bemerkte er, dass Gidi ihn mit offenem Mund und schelmischen Augen anblickte. Heinz runzelte deshalb wohl die Stirn, jedenfalls begann Gidi wieder mit seinem lauten röhrenden Lachen. Während die anderen ihn fragend ansahen, verstand Heinz sehr gut: Der junge Mann hatte in diesem Haus wohl noch nie einen so lebendig sprechenden Ausdruck auf dem Gesicht eines Weintrinkers gesehen, wie soeben bei Heinz.

»Gidi, iss deine Suppe«, raunte Marie ihm zu.

»Okay«, sagte dieser gedehnt und griff langsam nach dem Löffel.

»Hat sich wer bei euch gemeldet?«, fragte Heinz in die Runde. »Ich meine, von den Medien?«

»Ja, zweimal«, platzte Pollheimer heraus. Er saß bucklig über den Teller gebeugt, den linken Ellbogen auf der Tischkante und schaufelte die Suppe in sich hinein. »Einmal die Zeitung und einmal das Radio.«

»Bei mir auch«, erklärte Marie, und als von Thomas keine Antwort kam, fragte sie: »Bei dir auch, Onkel?«

Er nickte.

»Am Festnetz auch?«, fragte Heinz, doch Marie erklärte:

»Den Festnetzanschluss haben wir nur noch für das Internet. Da hängt kein Apparat dran.«

»Anscheinend haben die alle Nummern durchprobiert«, meinte Heinz gedankenverloren. Er fragte sich, warum niemand auf Daniel Vallants Handy angerufen hatte, er als Redakteur hätte diese Möglichkeit nicht ausgelassen. »Es wundert mich«, meinte er, »dass nicht mehr los war.«

»Kommt vielleicht noch«, brummte Pollheimer zwischen zwei Löffeln.

Als Hauptspeise gab es Schinkenfleckerln, die Heinz – ebenso wie die Suppe am Vortag – an die Küche seiner Oma erinnerte. Was das Kochen anlangte, hatte Marie wohl eine sehr alte Lehrerin gehabt, vermutlich ihre Großmutter.

»Iss, Gidi«, sagte Marie gerade, mit einem Anflug von Strenge in der Stimme.

»Ich brauch noch Platz«, erwiderte der Angesprochene, »für den Pudding. Und den Schlagrahm.«

»Man kann sich nicht nur von Nachspeisen ernähren, Gidi.«

Heinz fand, sie klang auch wie seine Oma. Er musste sich ein Schmunzeln verkneifen.

Als die Nachspeise auf dem Tisch stand, entdeckte Gidi seinen Hunger sofort wieder.

Da plärrte plötzlich das Lied *Hulapalu* von Andreas Gabalier durch den Raum, so laut, dass alle zusammenzuckten. Angelika sprang auf und grinste breit und entschuldigend in die Runde. Dann verschwand sie in Richtung Ausgang, wobei sie sich ihr Handy ans Ohr presste.

Heinz sah ihr irritiert nach, dann kontrollierte er die Gesichter am Tisch, doch niemanden schien dieselbe Frage zu beschäftigen wie ihn. Also formulierte er sie: »Wozu braucht eine stumme Frau ein Handy?«

Niemand sah auf, nicht einmal Marie, als sie als Einzige antwortete: »Zum Telefonieren, sie ist ja nicht taub.«

»Aber sie kann ja nicht antworten.«

Nun sah Marie ihn doch an mit einem Anflug von Vorwurf im Blick: »Schon einmal was von Videotelefonie oder Textnachrichten gehört?«

Kapitel 7

Donnerstag, 13:30 Uhr

Nach dem Essen zog Heinz sich wieder in Daniels Büro zurück und kontrollierte den Inhalt jenes Kastens, der direkt neben der Tür stand, während er gegen seine Schläfrigkeit ankämpfte. Er war es nicht gewohnt, ein dreigängiges Menü zu Mittag zu essen, schon gar nicht im Sommer. Der Kasten enthielt Bekleidungsstücke, einen Regenmantel, einen Arbeitshut, diverse Mützen, eine befleckte Überhose und Ähnliches. Heinz wollte sich gerade über die beiden Schubladen am Fußende des Kastens hermachen, als er ein lautes »Ping« vom Schreibtisch hörte. Er kannte diesen Ton von diversen Mobiltelefonen, da er selbst jedoch alle Alarmtöne abgestellt hatte, konnte dieser nur von Daniels Handy gekommen sein. Heinz aktivierte das Display und sah seinen Verdacht bestätigt, das Handy hatte einen Kalendereintrag aufgeworfen: *Lieferung Lagerhaus WO.*

Heinz fluchte leise. Natürlich war er hier, um Daniels Mörder zu finden, doch er musste auch mithelfen, den Betrieb am Laufen zu halten. Er tippte auf den Eintrag, woraufhin sich eine Liste mit Weinsorten und Mengenangaben öffnete. Solaris ... Muscaris ... das klang mehr wie eine Zauberformel als nach Weinsorten. Spontan griff er zur Computermaus und bewegte sie hin und her, womit er Daniels PC aus dem Ruhezustand holte. Er öffnete den Kalender, welcher über die Cloud mit dem Handy synchronisiert war, und sah sich die laufende und die darauffolgende Woche an. Wie er vermutet hatte, gab es reihenweise Einträge dieser Art, die meisten davon waren periodisch angelegt, hier handelte es sich also um regelmäßige Lieferungen. Heinz dankte Daniel Vallant im Stillen für dessen Akribie, mit diesem Kalender würde ihm kein Geschäft entgehen. Allerdings war ihm klar, dass er Hilfe benötigte, einerseits um die Adressen der jeweiligen Kunden zu erfahren, vor allem aber um die richtigen Weinsorten im Lager zu finden. Dabei fiel ihm ein, dass er gar nicht mit Sicherheit wusste, wo das Weinlager war, dass es sich in dem Haus mit dem Schild *Weinkellerei* befand, vermutete er nur.

Nicht genug damit fuhr in diesem Moment ein weißer Lieferwagen mit der Aufschrift *Bäckerei Janschitz* auf den Hof. Ihm entstieg ein Mann, der braune Cordhosen und ein weißes Polohemd mit dem Bäckereilogo an der linken Brust trug. Sein hellbrauner, adrett kurz geschnittener Henriquatre und der gleichfarbige lange Seitenscheitel ließen ihn wie Mitte dreißig aussehen, doch Heinz war überzeugt, dass er ein halbes Jahrzehnt älter war. Fritz Pollheimer, der offenbar irgendwo in der Nähe beschäftigt gewesen war, tauchte auf und schüttelte dem Mann die Hand. Dann wurde hin und her gestikuliert und schließlich deutete Pollheimer auf das Fenster, aus dem Heinz hinausschaute. Dieser wusste, was das bedeutete: Sein Typ war gefragt. Er verließ also das Büro, zog sich im Vorraum die Schuhe an und ging hinaus.

Der Ankömmling setzte ein geschäftsmännisches Grinsen auf und kam ihm entgegen. Pollheimer wandte sich hinter ihm ab und wollte wieder gehen, doch Heinz rief ihm zu:

»Fritz, ich brauche später deine Hilfe. Wo kann ich dich finden?«

»Hinten bei den Geräten«, sagte er und deutete in die Richtung, in die er ging.

»Grüß Gott«, begann der Mann mit dem Scheitel im Lavanttaler Dialekt und hielt Heinz die Hand hin. »Janschitz, der Name, Inhaber der Bäckerei Janschitz in Wolfsberg.«

Heinz ergriff die Hand und stellte sich ebenfalls vor.

»Wie ich gerade gehört habe, haben Sie den Urbanhof geerbt?« In dem Gespräch, das sich nun entspann, brachte Bäcker Janschitz sein Bedauern über das Ableben von Daniel Vallant zum Ausdruck, mit dem ihm eine langjährige, fast freundschaftliche Geschäftsbeziehung verbunden habe, dann erkundigte er sich, in welchem verwandtschaftlichen Verhältnis Heinz zur Familie hier stehe und als er erfuhr, dass eine solche gar nicht bestand, kam er rasch zur Sache. »Ich beliefere die Ortschaften rund um Wolfsberg mit Gebäck. Das geht sich so aus, dass ich einmal die Woche beim Urbanhof vorbeikomme. Am Tag vorher rufe ich immer die Marie an, damit sie mir sagt, was sie braucht, das funktioniert super.« Er machte eine Pause, in der er seufzte – vielleicht seufzte er aber auch nur, um eine Pause zu machen. Dann kam er auf den Punkt. »Ich würde mich freuen, wenn wir diese Geschäftsbeziehung beibehalten könnten.«

Heinz sagte das, was er zu allen sagte, nämlich dass er bis auf Weiteres alles beim Alten belassen werde.

»Das ist gut.« Janschitz' Gesicht entspannte sich etwas. »Da wäre nur noch etwas. In den fünf oder sechs Jahren, seit ich liefere, habe ich die Preise noch nie angehoben. Ich weiß, das ist jetzt nicht der richtige Zeitpunkt, aber Sie müssen verstehen: Die Rohstoffpreise steigen wie verrückt, die Energiekosten explodieren ... ich fürchte, ich werde nicht umhinkommen, meine Verkaufskonditionen anzupassen.«

Heinz verhärtete sein Gesicht, um nicht seine wahren Gefühle preiszugeben. Der Mann hatte vielleicht Nerven! »Es ist, wie Sie sagen«, erwiderte er, »das ist jetzt nicht der richtige Zeitpunkt. Ich schlage vor, wir vertagen dieses Gespräch, bis sich die Wogen hier etwas geglättet haben und wir wissen, wohin unsere gemeinsame Reise geht.« Janschitz runzelte die Stirn in einer Weise, die Heinz nicht zu deuten wusste. Dieser legte nach: »Daniel Vallant ist ermordet worden.«

»Aber in den Nachrichten haben sie gesagt ...«

Jetzt wusste Heinz, woher der Wind wehte. »Vergessen Sie die Nachrichten, mit dem Wein ist alles in Ordnung. Oder haben Sie je etwas anderes gehört?«

Janschitz' Augen flitzten nach links und nach rechts, zögernd antwortete er: »Nein.«

»Vallant ist ermordet worden«, wiederholte Heinz mit Nachdruck, »und bevor wir nicht wissen, von wem, treffe ich keine neuen Vereinbarungen. Mit niemandem.«

Das Gesicht des Bäckers wirkte beunruhigt, er nickte leicht, wie jemand, der nicht genau wusste, wozu er sein Einverständnis gab.

Heinz hatte mit Absicht eine Formulierung gewählt, die jeden – auch den Bäcker – in den Kreis der Tatverdächtigen einschloss. Er hatte genug damit zu tun, den Mörder zu finden und nebenbei den laufenden Betrieb des Weinguts aufrechtzuerhalten. Oder umgekehrt, so genau wusste er das im Moment selbst nicht. So oder so brauchte er jetzt keine Geschäftsleute, die ihre Schäfchen ins Trockene bringen oder gar Profit aus dieser Phase der Unsicherheit schlagen wollten.

Marie kam aus dem Haus und löste die Spannung auf. Janschitz verabschiedete sich von Heinz und ging mit ihr zu seinem Wagen, um ihr die Lieferung auszuhändigen.

Heinz wandte sich in die Richtung, in die Pollheimer verschwunden war, links am Haus vorbei. Der Weg führte zwischen dem Haupthaus und einem offen gelassenen Stall hindurch, danach gab es links einen großen Fahrzeugunterstand, an dessen Ende er Pollheimer sah. In einer der Kojen des Unterstands sah Heinz im Vorbeigehen einen kleinen von Rost zerfressenen blauen *Ford*-Traktor, eine Bauart, die er seit jeher kannte. Dieses Modell hatte schon in seiner Kindheit alt gewirkt – und es lief immer noch. In den Kojen daneben befanden sich landwirtschaftliche Geräte, die an den Traktor angekoppelt werden konnten, und andere, die um einiges neuer wirkten, die Heinz aber nicht kannte.

Pollheimer werkelte an einem Fahrzeug, das wie ein seitlich zusammengequetschter Traktor aussah. Er hatte eine Spurbreite von vielleicht anderthalb Metern, die dadurch höher wirkende Fahrerkanzel ließ das Gerät fast lächerlich aussehen. Der Winzer bemerkte Heinz, richtete sich auf und spuckte zu Boden. Dann fragte er: »Was kann ich helfen?«

»Bei einer Weinlieferung.« Heinz zückte Daniels Handy, öffnete den Kalendereintrag *Lieferung Lagerhaus WO* und zeigte Pollheimer die Auflistung.

»Lieferung ins Lagerhaus Wolfsberg«, las dieser, dann sah er Heinz an, »ja und?«

»Lagerhaus Wolfsberg«, Heinz ruderte unbeholfen mit den Händen, »wo ist das? Wer ist dort unser Ansprechpartner? Wer nimmt die Lieferung entgegen? Wo finde ich einen Lieferwagen und wo den Wein, den die bestellt haben? Die Hälfte der Sorten, die hier stehen, kenne ich nicht einmal.«

Fritz Pollheimer sah ihn forschend an, dann lächelte er. »Komm mit«, sagte er kurzangebunden und stapfte los.

Heinz folgte ihm zurück zum Haupthaus, am Eingang vorbei und den Hügel hinunter zu dem Haus mit der Aufschrift *Weinkellerei*. Dort kramte er umständlich in den Taschen seiner Arbeitshose herum, bis er einen Schlüsselbund fand. »Ich zeig dir jetzt den ganzen Weinbereich vom Verkauf bis zur Produktion.« Zielsicher wählte er einen der daran hängenden Schlüssel und öffnete die Holztür.

Heinz betrat hinter ihm den angenehm kühlen Raum, der sogleich – in mehreren Etappen von vorne nach hinten – von einem angenehm warmen gelben Licht erfüllt wurde. Sie befanden sich in einem großzügigen Verkaufsraum, an dessen Wänden verschiedene Aufstellungssysteme für Weinflaschen angebracht waren. Im unteren Bereich lagerten Flaschen in kleinen beleuchteten Ziegelgewölben übereinander, an den Wänden waren in Reih und Glied Gestelle aus dickem

Draht befestigt, in denen schrägliegende Weinflaschen lagen. Eine andere Wand war bis auf über zwei Meter Höhe mit Ziegelsteinen zugemauert, die die Form von abgerundeten Xen hatten, womit sie – aneinandergebaut – runde Hohlräume bildeten, die weiteren Weinflaschen Platz boten. Einige dezent beleuchtete Sichtkühler komplettierten das Arrangement. Gegenüber dem Eingang befand sich die Verkaufstheke, deren Fläche auf alten Holzfässern lagerte. Auch einem Stehtisch links davor, auf dem Werbeprospekte präsentiert wurden, diente ein solches Fass als Basis. Hinter der Theke ging der Raum weiter, die Weinregale dort waren jedoch mehr nach Gesichtspunkten der Ordnung als nach solchen der Präsentation gestaltet.

Pollheimer versperrte die Eingangstür hinter ihnen. »Normalerweise«, erläuterte er, während er um die Theke herum in den Raum dahinter eilte, »fährst du mit dem Auto auf die Hinterseite der Kellerei. Ich führ dich hier nur durch, damit du dich auskennst. Die Schlüssel hast du alle?«

Spontan griff sich Heinz an die Hosentaschen, dann erkannte er, dass Pollheimer etwas anderes gemeint hatte. »Ich glaube schon«, antwortete er deshalb, »allerdings im Büro.«

Der Verkaufsraum endete an einer Wand mit einer Tür, der Winzer entsperrte auch diese und schaltete im Raum dahinter eine Reihe von Neonröhren an. Heinz trat durch die Tür und fand sich in einer kalten Halle wieder. Nicht nur die Luft war hier merkbar kühler, sondern die ganze Atmosphäre. Die Mauern, der Boden und die Decke bestanden aus hellem Sichtbeton, an der linken Wand sah er mehrere große Türen aus dickem Edelstahl. Die langen Verschlusshebel sowie das leichte Surren, das von ihnen ausging, machten klar, dass sie Kühlkammern verschlossen.

»Das hier ist das Hauptlager. Und der Pressraum, hier wird aus Traubenmost Wein gemacht.« Pollheimer hatte den Zugang zum Verkaufsraum verschlossen und trat nun neben Heinz. »Von da hinten kannst du hereinfahren.« Er deutete auf das hintere Ende der langen Halle, deren gesamte Breite von einem Rolltor verschlossen war. »Wenn du um das Haupthaus herumfährst, kommst du dahin. Dort«, er zeigte nach links, wo gleich neben ihnen eine Tür zu sehen war. Rechts von dieser führte eine Betontreppe nach unten, »geht es runter in den Gärkeller.«

»Und die Tür?«

»Die geht hinauf ins Haupthaus.« Pollheimer ging voraus durch die Halle, an den Kühlkammern vorbei.

Auf der rechten Seite sah Heinz ein paar Blechtüren, deren obere Hälften verglast waren. Hinter einer davon erkannte er ein Labor, hinter einer anderen ein gänzlich verkacheltes Zimmer, von dessen Decke ein elektrischer Flaschenzug hing. Nach den Kühlkammern tauchten links große offene Räume auf, in denen allerlei Gerätschaften und Behälter lagerten.

»Hier wird der Wein nach der Lese verarbeitet«, erklärte der Winzer. Er ging weiter zum Rolltor, welches er öffnete, indem er an einer von der Decke hängenden Schnur zog. Von draußen kamen Tageslicht und warme Luft herein. »Fahr du mit dem Auto hierher, ich bereite derweil die Lieferung vor.«

»Wie groß ist die Lieferung«, fragte Heinz, »ich meine, welches Auto soll ich nehmen?«

»Den Pick-up«, erwiderte Pollheimer, »ausliefern tun wir immer mit dem Pick-up.«

Heinz nickte und ging durch das Tor ins Freie. Er hatte im Wagenschuppen am Vorhof einen *Toyota* gesehen, Pollheimer meinte wohl diesen. Die Zufahrt führte in einer Einhundertachtzig-Grad-Kurve nach oben und mündete in den Geräteschuppen mit den Traktoren. Als Heinz sich umsah, erkannte er, dass die Halle, aus der er gerade gekommen war, ein Zubau an das Haus mit dem Verkaufsraum war. Letzteres war gleich lang wie das direkt darüber liegende Haupthaus, auch die Architektur war gleich. Die angebaute Halle hingegen bestand aus modernen Betonelementen und einem Wellblechdach, sie war in etwa noch einmal so lang wie das Weinkellerei-Gebäude.

Heinz ging wieder um das Haupthaus herum und ins Büro, um einerseits seinen Führerschein, andererseits den Autoschlüssel zu holen. Letzteren fand er schnell an dem Schlüsselbund, den er vom Notar bekommen hatte, er fummelte ihn herunter. Im Wagenschuppen hielt er kurz inne, um sich das bullige Gefährt mit den großen Rädern anzusehen. Es war grau und so hoch, dass Heinz nicht über das Führerhaus drüber sah. Das Logo des Urbanhofs an der Fahrertür und der Umstand, dass der Wagen Schmutzspuren von Fahrten im Matsch aufwies, erweckten den Eindruck, dass es sich um das Dienstfahrzeug eines Rangers in einem Wildpark handelte. Mit einem Knopfdruck auf den Schlüssel entsperrte er die Türen und kletterte auf den Fahrersitz. Die Armaturen waren durchaus modern, wirkten aber in einer Weise verbraucht, als hätte der Wagen schon eine Dekade oder mehr auf der Ladefläche. Heinz nahm sich vor, im Zulassungsschein die Erstzulassung des Pick-ups nachzusehen, er hatte nämlich den Verdacht, dass das Gefährt nicht so alt war, wie es wirkte. Vielmehr war es wohl für den Einsatz im Gelände und damit insgesamt robuster gebaut worden, als er es von reinen Straßenfahrzeugen gewohnt war. Der Zulassungsschein war ihm in Daniel Vallants Unterlagen nicht aufgefallen. Da Heinz in den Ferien seiner Kindheit viel Zeit auf den Bauernhöfen seiner Verwandten und Freunde verbracht hatte, kannte er diverse ländliche Alltagsbräuche. Einer davon war, den Zulassungsschein, oft auch den Starterschlüssel hinter der Sonnenblende aufzubewahren. Auch hier war das der Fall, die Innenseite der Sonnenblende hatte sogar eine eigene Lasche, in der der Zulassungsschein steckte.

Heinz ließ den Motor an und genoss für einen Augenblick das Nageln des Diesels, das im Wagenschuppen widerhallte. Dann löste er die Handbremse, sie war in diesem Modell noch mechanisch, stellte den Automatikhebel auf R und rollte langsam nach hinten. Am Konsolendisplay schaltete sich eine Rückfahrkamera zu, Heinz orientierte sich aus Gewohnheit jedoch mehr an den Rückspiegeln.

Als Heinz bei der Halle eintraf, wartete Pollheimer mit einem Stapel Weinkartons, die er auf einem elektrischen Palettenheber aufgetürmt hatte. Heinz wendete den Pick-up und fuhr rückwärts in die Halle, dann stieg er aus, um die hintere Ladewand zu öffnen, während Pollheimer den Palettenheber bis auf das Niveau der Ladefläche hochfuhr, so dass sie die Kartons ohne Höhenunterschied einladen konnten.

Donnerstag, 14.30 Uhr

Der Gebäudekomplex des Lagerhauses befand sich in der Nähe des Wolfsberger Bahnhofs. Pollheimer hatte Heinz erklärt, in welchem Gebäude er den Wein abliefern sollte und dass der zuständige Ansprechpartner Herr Reiter hieß. Nachdem Heinz sich orientiert hatte, parkte er den Pick-up rücklings an einer Verladerampe nahe einem verglasten Bau mit der Aufschrift:

Warenannahme. Dort ging er hinein und fragte nach Herrn Reiter, dieser war anwesend und begleitete Heinz nach draußen. Heinz erklärte, wer er sei und dass er, wie vereinbart, den Wein bringe, doch Reiter machte keine Anstalten, das Abladen in die Wege zu leiten.

Stattdessen sah er ihn mit einem seltsamen Gesichtsausdruck an. »Ich habe schon von Ihnen gehört. So was spricht sich schnell unter den Bauern herum.«

Heinz wartete, doch die Pause, in der der Mann ihn ansah, endete nicht. Deshalb fragte er: »Gibt es ein Problem?«

Es dauerte weitere Sekunden, ehe die Antwort kam. »Ich kann bis auf Weiteres keinen Wein mehr vom Urbanhof annehmen.«

Heinz stöhnte. »Hören Sie: Egal, was Sie von der Erbschaft denken, es war der letzte Wille von Daniel Vallant. Dass ich ...«

»Darum geht es nicht.«

Heinz stutzte – sah er da so etwas wie Mitgefühl in Reiters Augen? »Worum dann?«

»Haben Sie gestern nicht die Lokalnachrichten im Fernsehen gesehen?« Noch ehe Heinz etwas erwidern konnte, wandte sich der Mann ab und ging schnellen Schrittes weg, die Art seiner Bewegungen machte klar, dass er etwas holen wollte. Tatsächlich verschwand er hinter einer Tür neben dem Büro, die mit *WC* beschriftet war, und kam gleich darauf wieder heraus mit einer Zeitung in der Hand. »Die Lokalnachrichten haben gestern Abend über das Arsen in den Böden berichtet, der *Kärntner Beobachter* hat sich näher damit beschäftigt.« Reiter hielt Heinz die zerfledderte, von Feuchtigkeit aufgeweichte Zeitung hin, die nach Klospray roch.

Heinz wich einen halben Schritt zurück. »Danke, habe ich schon gelesen. Aber was hat das mit unserem Wein zu tun?«

Der Mann sah ihn groß an. »Ja, glauben Sie, den trinkt jetzt noch jemand?«

»Was? Wieso nicht?«

Reiter schüttelte die Zeitung, klatschte mit der anderen Hand drauf und fragte zurück: »Wegen des Arsens?«

»Herrgott, das ist doch alles Unsinn«, rief Heinz, »das haben sich die Medien zusammengestoppelt, damit sie einen Aufmacher haben. Der Wein, den ich Ihnen bringe, ist derselbe Jahrgang wie schon in den letzten Monaten. Hat es da jemals Beschwerden gegeben?«

Reiter brach den Blickkontakt ab und wand sich. »Ich kann Ihnen nur sagen, dass einige Gastrokunden gleich heute in der Früh angerufen und Ihren Wein abbestellt haben. Und nicht nur das, auch bei den Lavanttaler und überhaupt bei den Kärntner Weinen haben wir haufenweise Stornierungen.«

Heinz blieb der Mund offen. »Das gibt's doch nicht«, keuchte er.

»Es geht sogar noch weiter. Meine Kollegen im Verkauf räumen Ihren Wein gerade von der Verkaufsfläche weg, weil die Laufkundschaft sich beschwert.«

Heinz starrte ihn an. »Was ist«, begann er schwach, »wenn ich Ihnen die aktuellen Untersuchungswerte unserer Böden bringe? Offizielle Zahlen, die zeigen, dass der Arsengehalt weit unter dem erlaubten Grenzwert liegt? Die können Sie groß neben dem Verkaufsregal aufstellen, das hilft uns beiden.«

Heinz sah, wie Reiter sich auf die Lippen biss. »Es tut mir leid. Wir kaufen gerne wieder Ihren Wein, wenn seine Unbedenklichkeit bewiesen ist.«

»Ich kann es ja beweisen«, fuhr Heinz hoch, »haben Sie mir gerade nicht zugehört?«

Anstelle einer Antwort hielt Reiter ihm die Hand zum Abschied hin. »Kommen Sie wieder, wenn sich die Gemüter ein bisserle beruhigt haben. Dann sehen wir weiter.«

Als Heinz unverrichteter Dinge abfuhr, hatte er eine seltsame Leere in sich. Er selbst hatte Pollheimer erklärt, dass Beweise keinen Wert hätten, wenn es um Themen ging, die von Gefühlen beherrscht wurden, vor allem von Angst. Doch es wieder einmal selbst zu erleben, das war ein eigenes Kaliber. Die Sache mit den Beweisen hatte sich erübrigt, denn wenn die Fernsehnachrichten schon am Abend zuvor den Arsengehalt in den Kärntner Böden thematisiert hatten, dann waren heute wohl auch die zweite Tageszeitung und die Radiosender, die es in Kärnten gab, darauf aufgesprungen. Die Wochen- und Monatsblätter würden bei ihrer nächsten Ausgabe nachziehen. Heinz wusste, was das bedeutete: Der Kärntner Landwirtschaft stand eine harte Zeit bevor. Denn selbst wenn er den Mörder überführte und damit bewies, dass nicht ein auf arsenvergiftetem Boden gewachsener Wein für den Tod von Daniel Vallant verantwortlich war, würden die Medien das Thema dennoch weiterhin breittreten. Und es brauchte nur einen einzigen weiteren gedanklichen Schritt, um zu erkennen, dass nicht nur Wein, sondern jede Frucht auf den angeblich verseuchten Böden wuchs, auch das Gras, das die Nutztiere fraßen. Dann würde der Ruf nach den Verantwortlichen laut werden, die zuständigen Politiker würden zu beruhigen versuchen und die zuständigen Beamten beteuern, dass alles in Ordnung sei. Das alles würde in der öffentlichen Wahrnehmung wie eine Vertuschung wirken und schließlich würden ein paar kleine Aufreger auftauchen, etwa ein Industriebetrieb, der einen Brunnen benutzte, welcher wegen zu hoher Arsenbelastung geschlossen worden war. Das würde die Frage nach der Kontrolle durch die öffentlichen Stellen aufwerfen und bla, bla, bla. Zu diesem Zeitpunkt würde das Thema vergifteter Wein längst schon von der medialen Tagesordnung verschwunden sein, in den Köpfen der Menschen jedoch nachhallen. Warum? Weil auch nach dem Beweis, dass Daniel

Vallant nicht von seinem Wein, sondern von einem Menschen umgebracht worden war, kein Nachrichtenkanal klarstellen würde, dass die Kärntner Weine unbedenklich waren. Denn das wäre das Eingeständnis, dass die Arsenbelastung der Kärntner Böden völlig unter Kontrolle und der ganze Aufreger nur künstlich losgetreten worden war.

Kapitel 8

Als Heinz die Tür zum Verkaufsraum des *Biohofs Lackner* aufzog, ertönte das schrille Läuten des Klingelzugs, und es dauerte nur ein paar Sekunden, ehe Berti Abraham erschien.

Sein Gesicht bekam einen fast erleichterten Ausdruck, als er Heinz sah. »Gott sei Dank, ich habe schon befürchtet, wir haben dich vergrault.«

»Keine Sorge«, entgegnete Heinz, »momentan sind alle ein wenig angespannt.«

»Kann ich mir denken nach *den* Nachrichten.«

Heinz seufzte innerlich, dann machte er sich klar, dass er um dieses Thema heute nicht mehr herumkommen würde, bei niemandem. In diesem Fall konnte er den Spieß jedoch umdrehen: »Habt ihr Probleme mit Arsen?«

Berti war kurz wie versteinert, dann fragte er: »Nein! Nein, wieso?«

»Weil der Lacknerhof am selben Hang steht, auf dem auch der angeblich belastete Wein wächst. Wenn das Arsen im Boden zu hoch ist, dann betrifft das euch doch auch.«

»Wir ... wir haben keine Probleme mit Arsen, nein! So ein Blödsinn!«

Heinz grinste schräg. »Verstehst du nicht? Wenn wir da oben Arsen haben, dann ihr hier auch.«

Berti Abraham wurde blass, mehr noch, sein Gesicht schien die Spannung zu verlieren. »O Gott«, er starrte ins Leere, »o Gott, o Gott!«

Heinz konnte es kaum fassen. Der Kerl hatte die Berichte in den Nachrichten geglaubt, ohne darüber nachzudenken, was das für ihn bedeutete. »He, es ist alles in Ordnung«, versuchte er zu beschwichtigen, »unsere Böden sind okay, Fritz Pollheimer lässt sie regelmäßig analysieren. Was die Medien berichten, ist Schwachsinn.«

»Aber die können doch nicht ... die können doch nicht einfach so etwas behaupten! Was, wenn die Leute mitkriegen, dass wir ... wir sind ein Biohof!«

Heinz klappte der Kiefer nach unten. Berti glaubte es noch immer! Er hatte mehr Vertrauen in die mediale Berichterstattung als in die Qualität seiner eigenen Produkte.

Heinz versuchte es anders: »Lässt du deine Böden nie analysieren? Oder dein Wasser?«

»Doch, doch, nur ...«

»Und, ist dabei jemals ein erhöhter Arsenwert beanstandet worden?«

»Ich habe bis gestern nicht einmal gewusst, dass in unseren Böden überhaupt Arsen vorhanden ist.«

»Na also.« Heinz ließ die beiden Worte so stehen und sah Berti an.

Diesem war anzumerken, wie unwohl er sich in seiner Haut fühlte. Er verstand offenbar, was Heinz ihm gesagt hatte, schien es aber nicht zu glauben.

Heinz wechselte das Thema. »Ich habe oben am Hof ein Säckchen mit euren Haferkeksen gefunden. Die würde ich gerne kaufen.«

Berti versuchte sich an einem Lächeln und begann dann zögernd zu suchen, geistesabwesend, wie es schien. »Tut mir leid, ich glaube«, begann er schließlich, »ich glaube, die Haferkekse sind aus. Soweit ich weiß, bäckt meine Frau aber heute Nachschub. Soll ich dir ein Sackerl vorbeibringen?«

»Was, hinauf zum Urbanhof?« Heinz gab sich verblüfft.

Berti nickte, dabei zwinkerte er zweimal.

»Ich habe gedacht, du und deine Frau, ihr könntet die Leute vom Urbanhof nicht ausstehen.«

»Das stimmt schon, hat aber nichts mit dem Geschäft zu tun.«

»Wie meinst du das?«

»Ich muss nicht jeden Kunden mögen, der bei mir einkauft.«

Heinz fand, dass das gerade in Bezug auf die große Abneigung gegenüber dem Urbanhof etwas scheinheilig klang, wollte diese Doppelmoral aber nicht weiter hinterfragen. »Na gut, dann ... ja, bitte, bring mir eine Packung Kekse.«

»Fein, kommt mit der morgigen Lieferung mit.«

Heinz stutzte. »Heißt das, die Vallants kaufen auch andere Dinge bei euch?«

»Freilich, wir liefern regelmäßig.« Berti lächelte und korrigierte: »Eigentlich unregelmäßig, je nach Bestellung. Wenn du möchtest, behalten wir das Keksabo bei.«

»Ich fürchte, ich verstehe nicht.«

»Daniel hat sich jede Woche eine Packung Haferkekse liefern lassen. Wenn du möchtest, behalten wir das bei.«

Heinz spürte, wie eine seiner Augenbrauen nach oben ging. »Nein«, erwiderte er, »fürs Erste bitte nur eine Packung.«

Auf der Fahrt den Hang hinauf stellte Heinz fest, dass ihm die seltsame Nachbarschaft zwischen Lackner- und Urbanhof nun noch rätselhafter war also zuvor. Regelmäßige Lieferungen – sollten tatsächlich die Abrahams Daniel Vallant vergiftet haben, wären sie nicht nur auf die Kekse angewiesen gewesen.

Als Heinz am Vorplatz seines Gehöfts eintraf, sah er, dass ihm weiterer Ärger ins Haus stand. Zwei Wagen parkten hier, einer vom regionalen Fernsehsender und einer vom *Kärntner Beobachter*. Zwei Teams – ein

Kameramann samt Redakteurin und eine Frau mit Notizblock samt einem Mann mit Mikrofon – bedrängten Marie, die sich Schritt für Schritt auf einem Rückzug in Richtung Hauseingang befand. Bogart war bei ihr, er lief verunsichert und hektisch hinter ihr hin und her. Heinz sah an Maries Bewegungen, dass sie am liebsten davonlaufen würde, doch irgendwie schafften es die Journalisten, sie mit ihren Fragen zu binden.

Heinz fuhr mit Schwung nahe an die kleine Versammlung heran, bremste abrupt ab und sprang aus der Fahrerkanzel. Sein Manöver gelang; die Aufmerksamkeit der Medienleute lenkte sich auf ihn. Maries Schultern sackten erleichtert ab, sie machte kehrt und verschwand mit schnellen Schritten im Haus, dicht gefolgt von Bogart. Heinz kannte den Zeitungsreporter vom Sehen, der Dame vom Fernsehen hatte er früher schon Interviews gegeben. Ihr Name war Cindy Schratter, Heinz glaubte sich zu erinnern, dass sie sich den Vornamen selbst ausgesucht hatte. Sie war Mitte dreißig, hatte blondes, schulterlanges Haar mit leichten Naturwellen und entsprach in ihrer sterilen Attraktivität dem Stereotyp einer Fernseh-Ansagerin. Ihr Sender strahlte die allabendlichen lokalen Nachrichten aus, denen der Hinweis auf das Arsen im Boden zu verdanken war.

Cindy Schratter war auch die Erste, die ihn ansprach. »Herr Sablatnig, was tun Sie denn hier?« Sie sagte es nicht ins Mikrofon und auch ihr Kollege trug die Kamera gesenkt, sie nahmen also noch nicht auf.

Auch die beiden Zeitungsreporter drängten nun heran.

Heinz kam eine spontane Idee: Wenn er glaubhaft machen konnte, dass er hier ermittelte, weil Daniel Vallant ermordet worden war, konnte er die Spekulationen über vergifteten Wein wegen vergiftetem Boden vielleicht beenden. Dass er den Urbanhof geerbt hatte, musste er ja niemandem auf die Nase binden. »Ich ermittle im Mordfall Daniel Vallant. Und ehrlich gesagt erschweren Sie mir die Arbeit einigermaßen.« Dass er sich ungehalten gab, überraschte die Fernseh-Lady sichtlich. Gut so!

»Wie darf ich das verstehen?«, fragte sie verdutzt.

»Ihre Mutmaßungen über die vergifteten Böden haben die öffentliche Aufmerksamkeit in eine völlig falsche Richtung gelenkt. Die Menschen denken jetzt, der Kärntner Wein sei mit Arsen verseucht. Aber das ist Unfug.«

Die Reporterin warf ihrem Kameramann einen Blick zu, woraufhin dieser die Kamera in Anschlag brachte. Sie selbst schaltete das Mikro ein, welches sie sogleich an ihren Mund hielt und in einem offiziellen Tonfall zu sprechen begann: »Herr Sablatnig, Sie ermitteln im Fall des vergifteten Winzers Daniel Vallant. Was haben Sie bis jetzt herausgefunden?«

Heinz' Zähne mahlten aufeinander. Sie hielt ihm das Mikrofon unter die Nase, nagelte ihn mit einer Frage an die Wand, indem sie die Kamera alles mitfilmen ließ.

Auch die beiden Zeitungsjournalisten sprangen auf den Zug auf, so dass er nun zwei Mikros vor dem Mund hatte. Heinz hatte nicht vor, ihr Spiel mitzuspielen. »Zunächst einmal war Herr Vallant Weinbauer und nicht Winzer. Schlagen Sie den Unterschied ruhig nach, wenn Sie ihn nicht kennen.« Das war arrogant von ihm, immerhin hatte er selbst es vor zwei Tagen noch nicht besser gewusst, doch das war ihm egal, er war zornig. »Weiterhin war sein Vergiftungstod eindeutig Mord und nicht durch vergifteten Wein verursacht.«

»Können Sie das ausschließen?«, fiel Cindy Schratter ihm ins Wort.

Heinz war irritiert. »Was kann ich ausschließen?«

»Dass der Wein vergiftet war?«

Das brachte ihn aus dem Konzept. »Das Gift hätte sonst wo sein können, darum geht es nicht. Es geht darum ...«

»Das Arsen hätte auch im Wein sein können?«

»Ja! Oder im Essen! Oder im Kaffee! In jeder beliebigen Substanz, bei der der Mörder sicher sein konnte, dass sein Opfer sie zu sich nimmt. Was ich sagen will, ist etwas anderes: Wenn Arsen im Wein war, dann nur, weil der Mörder es hineingetan hat. Die Böden hier am Weingut werden regelmäßig analysiert, sie sind sauber.«

»Was ist mit dem Grundwasser?«

Heinz nahm an, dass auch dieses analysiert wurde, er wusste es jedoch nicht. Deshalb erwiderte er: »Das steht nicht zur Debatte, der Wein wird ja nicht gegossen. Aber seit es den Hof gibt, wird das Wasser hier täglich getrunken, wenn es je Probleme gegeben hätte, hätte man darauf reagiert.«

Mit den weiteren Fragen – sowohl von der Schratter als auch von ihren Zeitungskollegen – drehten sie sich im Kreis. Sie versuchten, Heinz von verschiedenen Standpunkten aus zu einer Aussage über das Thema arsenverseuchte Böden zu bewegen.

Irgendwann fühlte er sich wie ein Kuhfladen, der von Fliegen umschwirrt wird – und da reichte es ihm. Er erklärte, er habe nun genug Fragen beantwortet, und bat die Herrschaften, den Hof zu verlassen. Um das Gesprächsende endgültig zu machen, kletterte er in den Pick-up und fuhr davon.

Er fuhr um das Haus herum, um die Weinkartons wieder abzuladen. Bevor er das jedoch tat, wartete er außerhalb des Rolltores, bis er die Wagen der Medienleute über die Serpentinen nach unten fahren sah.

Als sie weg waren, atmete er auf.

Donnerstag, 15:30 Uhr

Die Bedienung des Palettenhebers war selbsterklärend. Heinz hob die Schachteln von der Ladefläche und senkte sie ab, dann führte er sie mit summendem Elektromotor zur Seite, er würde Fritz Pollheimer später fragen, wohin sie gehörten. Da konnte der ihm auch gleich die Lagerordnung in den Kühlräumen erklären.

Nachdem er den Pick-up im Wagenschuppen abgestellt hatte, stapfte Heinz ins Haus. Er spürte, wie der Muskel zwischen seinen Augenbrauen schmerzte, so oft und so lange wie in den vergangenen beiden Tagen hatte er sie schon ewig nicht mehr zusammengezogen. Mit einem Grunzen stieß er die Tür auf, die von der Garderobe in das Vorhaus führte, und erschrak fast, weil Gidi vor ihm aus dem Büro gewischt kam und wieselflink im Klo verschwand, wo er sich einsperrte. Heinz fragte sich, was das zu bedeuten hatte, verwarf aber jeden Gedanken daran gleich wieder.

Eine Antwort bekam er trotzdem, gleich nachdem er das Büro betreten hatte. Das Säckchen mit dem Keks, den er analysieren lassen wollte, lag zur Seite gekippt auf dem Schreibtisch. Heinz nahm es und warf einen Blick hinein, um seinen Verdacht bestätigt zu sehen: Der Keks war weg, mehr noch, es befand sich nicht einmal mehr ein Brösel in der Tüte. Gidi hatte ganze Arbeit geleistet.

Heinz seufzte, das war es dann gewesen mit der Analyse. Dann spürte er, wie eine Erkenntnis seinen Hals zuschnürte: Gidi war nun der Analytiker. Wenn die Kekse tatsächlich mit Arsen versetzt gewesen waren, müsste der junge Mann innerhalb der nächsten Stunden erste Symptome zeigen. Heinz setzte sich auf die Tischkante und überlegte. Sollte er die Rettung rufen? Doch nein, das war wohl übertrieben. Er war sich nach wie vor sicher, dass die Kekse nicht als Giftträger infrage kamen, das wäre zu offensichtlich gewesen. Dennoch würde er Gidi bis zum Abend streng unter Beobachtung halten und beim ersten Anzeichen von Übelkeit oder Kreislaufproblemen ärztliche Hilfe holen. Kurz spielte er mit dem Gedanken, auch Marie in die Sache einzuweihen, sie hatte immerhin mehr mit Gidi zu tun, entschied sich aber dagegen. Sie hatte schon mehr Aufregung zu verkraften, als ihr guttat.

Er sah die Kekspackung an, und die Frage der Reporterin kam ihm in den Sinn, ob das Arsen im Wein gewesen sei. Warum eigentlich nicht? Klar, Daniel war nicht der Einzige gewesen, der bei Tisch Wein getrunken hatte, doch wenn der Mörder das Arsen in ein bisschen Wasser aufgelöst und dieses vorab schon in Daniels noch leeres Weinglas gekippt hätte, wäre ihm das aufgefallen? Wäre in dem Fall nicht Marie die Hauptverdächtige? Eigentlich nicht, denn wenn es so gewesen war, hätte der Täter die giftige Substanz in einer Spritze bei sich tragen können, und dann in einem unbeobachteten Moment ...

Heinz machte sich klar, dass dieser Gedanke zu nichts führte. Denn wenn er ihn weiterspann, kam er zu dem Schluss, dass jeder hier im Haus tausendundeine Möglichkeiten gehabt hätte, Daniel zu vergiften. Daniel hatte zu den Mittagessen ein Glas Wein getrunken, aus einer Flasche, die offenbar Pollheimer jeweils aus dem Lager brachte. Marie stellte immer eine Flasche Wasser auf den Tisch, außerdem kochte sie das Essen. Und sie stellte die Wein- und Wassergläser hin und deckte auf. Vielleicht hatte es ja schon ausgereicht, Daniels Messer, Gabel und Löffel mit Giftwasser zu benetzen? Heinz seufzte, es war aussichtslos. Denn abgesehen davon, dass auch Thomas und Gidi freien Zugang zur Küche hatten, hätte jeder noch endlos viele andere Möglichkeiten gehabt, Daniel das Arsen zu verabreichen, sogar mit seiner Zahnpasta, womit auch Angelika in den Kreis der Verdächtigen aufrückte.

Arsen war nicht umsonst das Lieblingsgift der frühen Krimiautoren gewesen, es war geruch-, geschmack- und – wenn man es in einer Flüssigkeit auflöste – auch farblos. Somit konnte es unbemerkt bei unzähligen Gelegenheiten verabreicht werden. Und es war damals noch leicht zu bekommen, denn es gab viele Einsatzmöglichkeiten: Im Haushalt bekämpfte man Insekten und Ratten mit Arsen, in der Medizin wurde es als Heilmittel für diverse Krankheiten angewendet.

In der Gegenwart war es nicht mehr so leicht, an das Gift zu kommen. Der Verkauf von Arsen an Privatpersonen war in vielen Ländern der Welt verboten, in den westlichen sowieso. Das brachte Heinz zu einer wichtigen Frage, die er sich bisher noch nicht gestellt hatte: Woher hatte der Mörder oder die Mörderin das Gift?

Er schwang sich vom Tisch und hinter den PC, wo er mit der Recherche begann. Es ärgerte ihn, dass er nicht früher daran gedacht hatte, andererseits wunderte es ihn nicht. Die vergangenen Tage waren so intensiv gewesen, er war noch nicht einmal eine Stunde zum Nachdenken gekommen.

Wenige Minuten später war er im Bilde. Arsen konnte nur von Körperschaften erworben werden, die vom Staat eine Lizenz für den Umgang mit gefährlichen Stoffen bekommen hatten. Voraussetzung dafür war der Nachweis der Befähigung, solche Stoffe sicher handhaben und lagern zu können. Da Arsen eigentlich nur noch in Forschungsinstitutionen, im Bergbau und zur Herstellung von Halbleitern, Pestiziden, Farben und Lacken verwendet wurde, beschränkte sich die Vergabe der Lizenzen auf Firmen oder andere Organisationen aus den entsprechenden Branchen.

Gedankenverloren sah Heinz zum Fenster hinaus. Der Mörder hatte das Arsen nur durch Diebstahl beschaffen können, und der Dieb musste jemand innerhalb einer solchen Organisation sein, der Zugriff auf das Arsen hatte. Oder jemand von außerhalb, der sich unrechtmäßigen Zugang verschafft hatte. Entweder arbeitete der Mörder also selbst für so eine Organisation oder er kannte womöglich jemanden, der dies tat. Das bedeutete im ersten Fall, dass er riskierte, als Dieb entlarvt zu werden, und im zweiten, dass dieser Bekannte wahrscheinlich ein enger Vertrauter des Mörders war. Heinz musste also die persönlichen Hintergründe seiner Hausgenossen durchleuchten – und zwar gründlich. Beginnen wollte er mit der Person, die er am wenigsten kannte und die am wenigsten in die familiäre Struktur eingebunden war: Angelika. Da die stumme Putzfrau erst am darauffolgenden Tag wieder ins Haus kommen würde, begann Heinz seine Recherche im Internet. Doch hier war nichts über eine Angelika Grünwald in Wolfsberg zu finden, anscheinend war sie auch nicht auf Social-Media-Kanälen aktiv.

Als Heinz daran dachte, Marie vorsichtig zu befragen, fiel ihm ein, dass er ja nach Gidi hatte sehen wollen. Er ging ins Vorhaus und dann in die Küche, doch nirgendwo war eine Menschenseele. Nur Bogart lag in seinem Hundebett und atmete laut und rhythmisch. Beunruhigt spielte Heinz mit dem Gedanken, in den ersten Stock zu gehen und Thomas nach den beiden zu fragen, doch einerseits wollte er diesem keinen Vorwand geben, ihn hinauszuschmeißen, und andererseits interessierte den Querschnittgelähmten vermutlich ohnehin nicht, was in seinem ehemaligen Haus vor sich ging.

Plötzlich rappelte es beim Stiegenaufgang, und gleich darauf kam Marie die Treppe herauf, sie trug zwei Reihen Mehlpackungen, die mit einer Plastikfolie zu einem großen Ziegel zusammengeschweißt waren.

Heinz fragte sie: »Weißt du, wo Gidi ist?«

Sie schüttelte den Kopf. »Wahrscheinlich draußen und hilft dem Fritz. Wieso?«

Heinz lächelte einseitig. »Ich habe ihn im Verdacht, eine meiner Süßigkeiten geplündert zu haben.« Die

Umschreibung war Absicht, er wollte Marie nicht auf den richtigen Gedanken bringen.

Auch sie lächelte, wenn auch nur kurz. »Ja, das kann sein, Gidi ist eine Naschkatze. Er findet alles, was nicht weggesperrt oder gut versteckt ist.«

Heinz nutzte die Gelegenheit: »Weißt du etwas Näheres über Angelika?«

Die Gefragte blieb auf halbem Weg zur Küche stehen und sah Heinz fragend, fast misstrauisch an. »Warum meinen Sie?«

Heinz schluckte. Ihm war klar, was er mit der Frage, die er nun stellen würde, auslöste, doch es musste sein: »Irgendwer hat deinen Vater vergiftet. Irgendwer, der ihm nahegestanden hat.«

Die Worte schlugen bei Marie ein wie eine Bombe, zumindest, wenn Heinz nach ihrem Gesichtsausdruck ging: Dieser wurde zuerst empört, dann entsetzt und schließlich beklommen. Marie ließ den Mehlziegel auf den Esstisch poltern und sank auf einen der Stühle, dann starrte sie vor sich auf den Boden und schnaufte schwer.

Als Heinz spürte, dass sein Herz sich zusammenkrampfte, schaltete er innerlich von Mitleid auf Interesse um. Und tatsächlich gelang ihm das für ein paar Augenblicke, lange genug, um Marie neutral beobachten zu können. Er fand, dass sie entweder eine ausgezeichnete Schauspielerin war oder tatsächlich erst jetzt begriffen hatte, was es mit der Ermordung ihres Vaters auf sich hatte: Jeder im Haus konnte der Täter sein, sie war von möglichen Mördern umgeben, und jeder einzelne von ihnen stand ihr nahe.

»Was ... was reden Sie denn da?«, kreischte sie.

Heinz erwiderte nichts darauf, sie musste erst einmal wieder zu sich kommen. Er ging in die Küche, suchte in den oberen Kästen nach einem Trinkglas und füllte dieses mit Leitungswasser. Als er sah, wie sehr seine Hand dabei zitterte, wusste er, dass er seine emotionale Distanz wieder verloren hatte. Er ging zu Marie, stellte ihr das Glas hin und setzte sich zu ihr.

Sekunden später griff sie danach und leerte es zu drei Viertel. Dann wandte sie Heinz ruckartig das Gesicht zu, es war aschfahl. »Ich weiß nicht, wer Sie sind und was Sie von uns wollen.« Die Worte waren laut und hilflos. »Aber wir leben hier alle friedlich zusammen und haben niemandem etwas getan. Und dann kommen Sie daher und ...«

»Marie«, Heinz musste sie auf den Boden der Tatsachen bringen, »dein Vater ist ermordet worden.«

»Denken Sie, ich weiß das nicht?« Ihre Stimme überschlug sich und hallte im Vorhaus wider.

»Wer also hat ihn umgebracht?«

»Das weiß ich doch nicht!« Sie schrie noch lauter. »Waren Sie es?« Sie starrte ihn an wie eine Furie.

Heinz wusste, wann er zu schweigen hatte: jetzt.

»Oder war es der Notar? Ist er Ihr Komplize?«

Heinz schluckte. Er spürte, wie ein Zittern Besitz von seinem Körper ergriff, die Sache ging ihm tiefer unter die Haut, als er es bewusst spürte. Er erwiderte ihren Blick, so ruhig er konnte, doch dann schüttelte er den Kopf, stand auf und floh in Richtung Haustür.

Kurz bevor Marie außer Sicht kam, wandte er sich noch einmal schuldbewusst zu ihr um und sah sie zusammengekrümmt und weinend dasitzen. Ein schlimmer Schmerz fuhr durch seine Brust. Auf dem Weg nach draußen flatterten Gedanken- und Gefühlsfetzen in seinem Bewusstsein herum. Er wusste nicht, ob Marie schon zwanzig Jahre alt war, doch dass sie viel zu jung war, um das alles hier alleine ertragen zu können, das wusste er. Und sie war alleine, denn der Einzige, der sie hätte trösten können, war ihr Onkel, aber der hatte sich in eine Welt zurückgezogen, in der ihn niemand behelligte. Heinz war knapp fünfzig, und er war nicht alleine, er hatte eine Mutter und eine Schwester. Doch selbst er kam schwer mit den immer wiederkehrenden Gedanken an Bekki, die er verloren hatte, und an seinen Vater, den er verlieren würde, zurecht. Wie sollte dieses zerbrechliche Mädchen das schaffen?

Kapitel 9

Donnerstag, 18:30 Uhr

Das Abendessen fand etwas früher statt, weil um 19 Uhr alle die Lokalnachrichten im Fernsehen ansehen wollten mit dem Interview von Heinz. Marie hatte Palatschinken mit Marmeladenfüllung bereitet, dazu gab es selbstgemachtes Apfelkompott. Gidi ging es nach wie vor gut, mehr noch, die Süßspeise als Abendessen war genau nach seinem Geschmack. Auch wenn Heinz nicht wirklich geglaubt hatte, dass die Kekse vergiftet gewesen waren, atmete er innerlich auf. Marie hatte sich wieder etwas beruhigt, allerdings war es, als läge ein Schatten auf ihrem Gesicht. Außerdem vermied sie jeden Blickkontakt mit Heinz.

Während des Essens kam Bogart heimlich unter dem Tisch herangeschlichen, eine Guerillataktik, um Essen aufzuschlecken, das unter den Tisch fiel. Heinz bemerkte ihn erst, als Marie sich bückte und ihn mit leisen, warmen Worten am Halsband in sein Körbchen zurückführte. Heinz war beeindruckt, dass Marie den Hund bei Tisch nicht tolerierte. Er war davon ausgegangen, dass sie in ihm einen Seelentröster sah, der bei ihr alle Freiheiten genoss. Bogart hatte das offenbar auch gedacht, immerhin war er zielstrebig zu ihr geschlichen. Jetzt saß er in seinem Körbchen und schaute beschämt in die Runde.

Später begaben sich alle in das Wohnzimmer, das Heinz nach wie vor steril und unpersönlich vorkam. Marie und Gidi setzten sich auf die Couch und Heinz auf einen der dazugehörigen Sessel. Thomas schaltete den Fernseher ein, dann warteten alle auf den Beitrag über das Arsen.

Der Bericht begann nicht so, wie Heinz es sich erhofft hatte, denn anstatt thematisch auf den Mord umzuschwenken, befragte Cindy Schratter den Landesgeologen, wie besorgniserregend das Arsen in den Kärntner Böden sei.

Dieser erklärte, es gebe keine Gefahr.

Dann interviewte sie den Landesbiologen, inwieweit das natürlich vorkommende Arsen die Artenvielfalt in Kärnten bedrohe.

Dieser antwortete, ihm seien keine Gefährdungen bekannt.

Heinz atmete erleichtert auf. Nach diesen Wortmeldungen würde sich das leidige Thema endlich im Sand verlaufen, es gab gar keine andere Möglichkeit. Doch da sollte er sich irren.

Schon in der nächsten Einstellung kam Cindy Schratter selbst ins Bild. Sie interpretierte die soeben gezeigten Meinungsäußerungen so, dass dem Thema Arsen in den Kärntner Böden vonseiten der offiziellen Stellen offenbar zu wenig Aufmerksamkeit geschenkt werde.

In einem Nachsatz erklärte sie noch, dass der zuständige Landesrat nicht für ein Interview bereit gewesen sei – es klang wie eine Bestätigung ihrer soeben aufgestellten Behauptung.

Dann erschien Heinz auf der Bildfläche. Man sah seine Lippenbewegungen, anstelle seiner Stimme sprach jedoch die Redakteurin aus dem Off: »Eine Wendung hat es hingegen im Fall des mit Arsen vergifteten Weinbauers Daniel Vallant gegeben.«

Heinz schmunzelte, sie hatte Weinbauer gesagt, nicht Winzer.

»Der prominente Klagenfurter Detektiv Heinz Sablatnig, der in dem Fall ermittelt, spricht von einer beabsichtigten Vergiftung, also Mord. Wie das Arsen dem Opfer verabreicht worden ist, ist derzeit jedoch noch unklar.«

Die Tonspur wechselte zu jener während des Interviews, Cindy Schratter fragte: »Das Arsen hätte auch im Wein sein können?«

Heinz im Fernsehen antwortete: »Ja!«

Dann war der Ton wieder ausgeblendet und es ging aus dem Off weiter: »Heinz Sablatnig, der übrigens den

Hof des Mordopfers geerbt hat, geht nicht davon aus, dass das Gift aus dem Boden seines Weingutes stammt.«

Wieder kam Heinz im Interview zur Sprache: »Die Böden hier am Weingut werden regelmäßig analysiert, sie sind sauber.«

»Was ist mit dem Grundwasser?«

»Das steht nicht zur Debatte.«

Danach folgte ein Schnitt.

Heinz wurde schwindlig. Er spürte die Blicke von Marie und Thomas auf sich und als er sie nacheinander ansah, begegneten ihm Ablehnung, Vorwurf und Misstrauen. »Die ... die haben das zusammengeschnitten, das ...« Er erkannte, wie sinnlos jeder Versuch war, sich zu rechtfertigen. Die Redakteurin hatte ihm nicht einmal die Worte im Mund verdreht, sie hatte sie nur so dargestellt, dass sie wie eine andere Aussage klangen, eine, deren Wahrheitsgehalt anzuzweifeln war. Denn wenn Heinz selbst das Weingut geerbt hatte, war klar, dass er es in Schutz nahm. Wie hatte diese ... Tussi nur herausgefunden, dass er Daniel beerbt hatte?

Die Antwort folgte prompt, denn Berti Abraham kam ins Bild. Cindy Schratter hatte ihn in seinem Verkaufsraum befragt, er wirkte sehr nervös. Heinz hatte ihre Frage überhört, Bertis Antwort sprach jedoch Bände:

»Ich habe noch nie etwas von Arsen im Boden gehört, ehrlich! Wir sind Biobauern ... mit unseren Produkten hat es nie Probleme gegeben.«

»Das heißt, auch Sie haben Ihr Grundwasser noch nie analysiert?«

Auch Sie!

»Doch, schon, aber Arsen ... wie gesagt, ich habe noch nie gehört, dass Arsen ...«

Heinz senkte das Gesicht in seine Hände. Er hätte es nicht für möglich gehalten, doch mit seinem Interview hatte er die Situation noch schlimmer gemacht, als sie ohnehin schon gewesen war. Was er nicht verstand, war die offensichtliche Böswilligkeit, das war mehr als nur der Versuch, das eigene Thema – Arsen in den Böden – zu rechtfertigen. Er nahm sich vor, gleich morgen früh beim Fernsehsender anzurufen und ein paar klärende Worte mit Cindy Schratter zu wechseln.

Als Heinz später an diesem Abend im Bett lag, war er völlig fertig. Der Tag hatte ihn sehr angestrengt auf nahezu allen Ebenen. Und er freute sich nicht auf den nächsten, denn dieser würde ihm vermutlich noch mehr abverlangen. Mit seinen Ermittlungen war er noch keinen Schritt weitergekommen, stattdessen musste er sich mit Blödsinn herumschlagen. Darüber hinaus wussten nun alle, dass er Detektiv war, und würden sich einen neuen Reim auf seine Anwesenheit hier machen. Und das, wo die Atmosphäre in diesem Haus dem Zustand seiner Seele jetzt schon nicht gerade zuträglich war. Dass er zuvor noch seine Mutter angerufen hatte, hatte alles noch verschlimmert, denn wie es schien, brach sie

Tag für Tag ein bisschen mehr zusammen. Irgendwann übermannte die Müdigkeit seine tristen Gedanken, und Heinz tauchte in einen tiefen Schlaf ab.

Bis er aufwachte, weil Bogart unten im Vorhaus bellte. Völlig verschlafen schwang Heinz sich aus dem Bett und lief die Treppe hinunter. Bogart stand am Kellerabgang und bellte hinunter, als Heinz kam, wedelte er kurz und gesellte sich zu ihm. Heinz wusste, dass er Angst hatte, deshalb kraulte er ihn und redete beruhigend auf ihn ein. Dabei lauschte er nach unten, hörte aber nichts. Dennoch ging er hinab, er musste nach dem Rechten sehen.

Der Stiegenabgang endete bei einer Tür, Heinz öffnete sie und fand nach kurzem Tasten den Lichtschalter an der Wand. Die Beleuchtung zeigte einen geräumigen, betonierten und lackierten Kellerraum, die mintgrüne Farbe der Wände verstärkte das ohnehin helle Licht noch zusätzlich. Hier lagerten in einfachen Metallgestellen allerlei Nahrungsmittel in großen Verpackungseinheiten. Der Raum war übersichtlich und bot keine Versteckmöglichkeit, weshalb Heinz sich nach rechts wandte, wo er eine weitere Tür sah. Diese war verschlossen, aber der Schlüssel steckte. Bevor Heinz sie aufsperren wollte, sah er sich nach einer Schlagwaffe um. Sein Blick fiel auf eine volle Fünf-Liter-Plastikflasche mit Sonnenblumenöl, er packte den schmalen Tragegriff, der am Verschluss befestigt war, und hob sie an. Die Flasche dehnte sich etwas nach unten, offenbar war das Plastik nicht besonders stabil, doch das spielte jetzt keine Rolle. Er hielt die Ölflasche schlagbereit in der rechten Hand, während seine linke die Tür entsperrte und öffnete.

Was ihm begegnete, war aber nichts weiter als Dunkelheit. Das Licht, das aus dem Keller durch die Türöffnung fiel, reichte zumindest aus, dass Heinz den Raum erkannte, es war die Halle. Da er niemanden sah, tastete er auch hier nach einem Lichtschalter, fand ihn und Augenblicke später flammten die Neonröhren an der Decke auf. Heinz betrat die Halle und sah sich um – soweit er sehen konnte, war er allein hier. Die Tür, aus der er gekommen war, hatte er am Vortag schon von der anderen Seite gesehen, rechts um die Ecke befand sich der Durchgang zum Verkaufsraum, dessen Tür – wie Heinz nun überprüfte – ebenfalls verschlossen war. Ein Blick zum anderen Ende der Halle zeigte, dass auch das Rolltor geschlossen war, folglich war niemand hier hereingekommen, der nicht einen Schlüssel besaß.

Heinz atmete durch, er bemerkte erst jetzt, wie angespannt er gewesen war. Zurück im Keller sperrte er die Tür zur Halle wieder ab und stellte die Ölflasche an ihren Platz. Dann ging er die Treppe hinauf ins Erdgeschoss, wo Bogart ihn schwanzwedelnd erwartete. Heinz kraulte ihn noch einmal und lobte ihn für seine Wachsamkeit. Wahrscheinlich hatte er in der fremden Umgebung ein alltägliches Geräusch gehört, etwa das Anspringen eines Kühlaggregats oder das Sauggeräusch einer Warmwasserpumpe. Jedenfalls war das nun vorbei, Bogart ging beruhigt zurück in sein Hundebett, und Heinz wankte in den ersten Stock, um sich wieder schlafen zu legen.

Freitag, 7 Uhr

Am Frühstückstisch herrschte eine gedrückte Stimmung. Die Berichterstattung in der Zeitung versuchte, den Fernsehbeitrag vom Vorabend noch zu übertrumpfen, sehr zu Lasten des Kärntner Weinbaus. Heinz wusste, dass Marie und Thomas ihm die Schuld dafür gaben, auch wenn sie es nicht aussprachen. Sie sprachen überhaupt nicht mit ihm.

Nach dem Essen stieg Heinz die Treppe zum Dachboden hinauf. Das Erlebnis der vergangenen Nacht hatte ihm klar gemacht, dass er sich in seinem eignen Haus noch nicht richtig auskannte. Das Betreten des Speichers wurde zu einer Überraschung. Nicht nur, dass das Dachgeschoss einwandfrei und schön ausgebaut war, die hier gelagerten Gegenstände waren einer beachtenswerten Ordnung unterworfen. Die meisten Dinge befanden sich wohl in den stabilen Lagerboxen, die den schrägen Wänden entlang geschichtet waren, sperriges Zeug lag auf einer Spanplatte, die im hinteren Bereich des Dachbodens von oben abgehängt war. Heinz fuhr mit dem Finger über die ihm am nächsten stehende Box und sah ihn an: Nicht einmal Staub gab es hier.

Er erinnerte sich an den Dachboden seines Elternhauses, als er noch dort gewohnt hatte. Dieser war nichts weiter als eine große Rumpelkammer gewesen, in der jedes Familienmitglied Dinge, die es nicht mehr brauchte, vielleicht aber irgendwann einmal doch noch brauchen würde, wahllos abstellte, wo gerade Platz war – und dann vergaß. Das Dachgeschoss war grob verschalt, und allein die Idee, dort jemals irgendwelche Reinigungsarbeiten vorzunehmen, hätte jedem vor Lachen die Tränen in die Augen getrieben. Heinz konnte sich noch genau an den Tag erinnern, an dem er als frischgebackener Maturant die Schulsachen der letzten Klasse in einen großen Sack aus dickem transparentem Plastik geworfen und dessen Öffnung dann zig Mal mit einem Paketklebeband umwickelt hatte. Dann hatte er den Sack geschultert und war wie sein eigener Weihnachtsmann, der sich Freiheit von der Schule schenkt, auf den Dachboden gegangen, wo er ihn in den hintersten Winkel gestopft hatte. Dann hatte er sich die Handflächen aneinander abgewischt und sich ausgemalt, wie es sein würde, wenn er diesen Sack in Jahrzehnten zufällig fände, öffnete und bei der Durchsicht der Unterlagen in Erinnerungen schwelgte. Jahrzehnte waren seither zwar vergangen, jedoch konnte Heinz sich nicht vorstellen, wie ein Zufall aussehen müsste, der ihn zu diesem Sack führen konnte. Dennoch war er überzeugt davon, dass Letzterer noch genauso dalag, wie er ihn damals deponiert hatte.

Heinz verließ den Dachboden und wollte sich noch einmal im Keller umsehen. Ihm war zwischenzeitlich nämlich aufgefallen, dass ein einziger Kellerraum wohl zu wenig war für ein Haus dieser Größe. Tatsächlich fand er eine weitere Tür, die ihm in der Nacht zuvor entgangen war, hätte er – als er mit der Ölflasche bewaffnet vor dem Durchgang zur Halle gestanden hatte – nach rechts geblickt, hätte er sie gesehen. Die Tür führte zu einem Wasch- und einem Hängeraum mit einer riesigen Waschmaschine und einem Wäschetrockner. Vom Hängeraum führte eine weitere Tür in einen Erdkeller, der wie ein Kontrapunkt zum Rest des Hauses wirkte: Der große Raum war offensichtlich ungenutzt, eine verdreckte Funzel glimmte an der Decke, und bis auf ein paar uralte, vergammelte Holzregale lag hier nur noch ein Häufchen Kohle in einer Ecke, wohl die Überbleibsel einer ehemaligen Kohleofen-Heizung.

Auf dem Rückweg fiel Heinz‘ Blick wieder auf die Tür, die zur Halle führte. Dabei kam ihm die spontane Idee, einen Blick in die Verkaufsaufzeichnungen zu werfen, die sich sicherlich im Verkaufsraum befanden, denn bei der entsprechenden Tabelle auf Daniels PC war ihm aufgefallen, dass die Einträge monatlich vorgenommen worden waren. Das hatte Heinz zu dem Schluss geführt, dass aktuelle Verkäufe im Verkaufsraum per Hand notiert und dann gesammelt einmal pro

Monat digitalisiert wurden. Dieses Vorgehen des Sammelns hatte durchaus Sinn, denn wie Heinz gesehen hatte, gingen im Verkaufsraum nur wenige Flaschen Wein über die Theke. Die Verkaufszahlen waren es auch nicht, die Heinz interessierten, ihm ging es darum, sich mit dem System vertraut zu machen. Außerdem wollte er sich bei der Gelegenheit auch gleich das kleine Flaschenlager dort ansehen, damit er in Zukunft wusste, welche Weine er wo fand.

Heinz nahm den Umweg über das Büro, um die Schlüssel zu holen, dann betrat er den Verkaufsraum durch den Vordereingang wie am Vortag mit Pollheimer. Hinter dem Tresen wurde er rasch fündig, unter einer versperrten Handkasse lag ein großes dunkles Buch mit der händischen Aufschrift *Verkäufe*. Er schlug es auf und blätterte oberflächlich darin herum. Wie er es erwartet hatte, waren auch diese Aufzeichnungen klar und akribisch geführt – und das trotz unterschiedlicher Handschriften. Die meisten Verkäufe wurden in Kartongrößen von derselben Sorte getätigt, also zwei, drei oder sechs Flaschen, selten mehr. Aber auch Querschnitte durch das Sortiment wurden verkauft, meist eine Flasche je Sorte. Eigenentnahmen waren ebenfalls dokumentiert, etwa: *30.06.: 1 Flasche Solaris, Pollh.*

Nachdem Heinz durch das vergangene Quartal geblättert hatte, fiel ihm etwas auf. Die jeweiligen Monatsverkäufe wurden per ultimo zusammengezählt, aber nicht nur das: Anscheinend führte man dabei auch jedes Mal eine Inventur durch, denn auch der tagesaktuelle Bestand jeder Sorte war hier angeführt. Der Aufwand war dabei sicherlich nicht sehr groß, denn die Aufzeichnungen in dem Heft bezogen sich, wie Heinz an den verzeichneten Mengen sah, offenbar nur auf den Bestand, der im Verkaufsraum lagerte. Dennoch war eine monatliche Inventur ungewöhnlich. Heinz verstand jedoch gleich, wieso man das tat, denn offensichtlich gab es ein Problem mit dem Schwund. Dieser betraf weniger den Wein, hier fehlten in manchen Monaten eine bis höchstens drei Flaschen, das ließ sich mit versäumten Eintragungen erklären. Bei den Spirituosen sah es jedoch anders aus. Am Urbanhof wurden ein Weinbrand und ein Tresterbrand hergestellt, von beiden Sorten fehlten monatlich zwei bis drei Flaschen im Bestand. Das war umso auffälliger, als Heinz auch bei gezielter Durchsicht keine einzige Eigenentnahme bei den Spirituosen fand. Heinz fragte sich, wer sich da heimlich am Schnaps bediente. Der Einzige, dem er Gelüste nach etwas Stärkerem zutraute, war Fritz Pollheimer, doch so, wie er ihn kennengelernt hatte, konnte er sich nicht vorstellen, dass dieser seinen Arbeitgeber bestahl.

Er schloss die Eingangstür zum Verkaufsraum ab und ging hinauf zum Haupthaus, als er Motorengeräusche vom Weinberg hörte. Er ging diesen so lange entgegen, bis er sah, was los war: Pollheimer fuhr mit dem schmalen Traktor langsam zwischen zwei Rebzeilen herunter, am Heck hatte er einen großen Aufsatz, der dichten Nebel in die Reben sprühte – Insektengift, wie Heinz annahm. Das Sprühen geschah mit einigem Druck, denn die Weinblätter wirbelten nur so durcheinander. Als Pollheimer unten angekommen war, wendete er und fuhr zwischen den beiden nächsten Reihen wieder nach oben.

Da Heinz schon einmal hier war, wanderte er am Fuß des Weinbergs entlang, bis zu dessen Ende. Dabei machte er sich bewusst, wie viel drei Hektar eigentlich waren. Er schätzte, dass die Reihen mit den Weinpflanzen etwa vierzig Meter den Hang hinaufgezogen waren, folglich musste dieser rund siebenhundertfünfzig Meter lang sein. Wie viele Weinstöcke er wohl besaß? Er fragte sich, ob Pollheimer selbst das wusste. Heinz hatte auch keine Ahnung, welche Sorten hier angebaut wurden, er hatte in den Unterlagen und Weinregalen nur ein paar gesehen, sich aber nicht wirklich dafür interessiert. Auf seinem Weg ging er immer wieder zu den Stöcken, um sich die Blätter anzusehen und die Trauben, die schon zur Hälfte ausgebildet waren. Er erkannte jedoch keinen Unterschied zwischen den Pflanzen. Was für eine fremde Welt dieser Weinbau doch für ihn war.

Am Ende des Weinbergs wanderte er zwischen den Reben hinauf. So wie alle Rebzeilen waren auch diese in Netze eingepackt. Heinz fragte sich warum, immerhin waren die Weintrauben noch nicht reif, weshalb

Vögel wohl noch keine Gefahr darstellten. Oben angekommen blickte er über seinen Besitz. Wieder fiel ihm etwas auf, das er nicht wusste, nämlich wo die Grenzen seines Eigentums verliefen. Und gab es anderswo noch Flächen, die zum Hof gehörten, aber nicht mit dem Kerngrundstück verbunden waren? Er nahm sein Handy und rief die GPS-Tracker-App auf, um die Grenzen für Bogarts Bewegungsradius festzulegen. Der Beagle sollte ruhig frei herumlaufen, er kam ohnehin immer zurück. Doch Heinz wollte wissen, wann er sich zu weit weg wagte, etwa wenn er der Spur eines Hasen oder eines Rehs in den Wald folgte. Er zog die Grenze am oberen und an den Seitenrändern des Weinbergs entlang und an den Rändern der Wiese unter dem Gehöft bis hin zum Wald. Sollte Bogart weiter weglaufen, würde Heinz einen Alarmton von der App bekommen.

Danach suchte er im Internet die Telefonnummer des Fernsehsenders, für den Cindy Schratter arbeitete, rief dort an und bat einen Herrn im Call-Center, der abgehoben hatte, ihn mit der Redakteurin zu verbinden. Während er bei dudelnder Musik wartete, ließ er den Blick über die Saualpe auf der gegenüberliegenden Talseite wandern.

»Cindy Schratter, hallooo?«, flötete es schließlich vom anderen Ende der Leitung.

Heinz gab sich zu erkennen und kam nach dem Begrüßungsgeplänkel zur Sache. »Frau Schratter, was ist der Hintergrund Ihrer Kampagne gegen die Kärntner Landwirtschaft?«

»Was meinen Sie?«, kam es erstaunt nach einer kurzen Sprachlosigkeit.

Heinz unterbreitete ihr seine Sichtweise, dass die ganze Thematik aufgeblasen sei, dass Arsen nicht das geringste Problem für die Landwirtschaft sei und dass Cindy Schratter und ihre Kollegen mit Kanonen auf Spatzen feuerten.

»Na, da muss ich mich aber sehr wundern«, kam es kühl zurück, »ich habe immer gedacht, Sie seien ein Mann der Fakten.« Sie wartete, doch Heinz erwiderte nichts. Schließlich fuhr sie fort. »Sie müssen doch zugeben, dass in manchen Gebieten die Messwerte weit über dem gesetzlichen Limit liegen.«

»In manchen Gegenden«, bestätigte Heinz, »aber nicht dort, wo Lebensmittel angebaut werden. Dafür gibt es schließlich die öffentlichen Kontrollen.«

»Sie sprechen die ganze Zeit von Lebensmitteln und Landwirtschaft, dabei geht es Ihnen doch nur um Ihr neues Weingut.«

Das hatte gesessen. Auch wenn Heinz wusste, dass sie ihn gängelte, um das eigentliche Thema zu umschiffen, konnte er nicht anders, als darauf zu reagieren. »Ich ermittle in einem Mordfall, der mit Arsen begangen wurde«, fuhr er hoch, »und nur, weil die Polizei bei ihrer Pressekonferenz noch nicht gewusst hat, wie dem Mordopfer das Gift verabreicht worden ist und der

Tote außerdem einen Weinberg besessen hat, konstruieren Sie eine Selbstvergiftung wegen unsachgemäßen Weinbaus. Und obwohl ich Ihnen erklärt habe, dass es sich eindeutig um Mord handelt und dass der Boden des betreffenden Weinbergs nachgewiesenermaßen völlig in Ordnung ist, bohren Sie weiter in dem Thema herum.«

Cindy Schratter konterte wie aus der Hüfte geschossen: »Nur weil der Herr, der Ihnen sein Weingut vermacht hat – was außerdem eine etwas merkwürdige Angelegenheit ist, aber lassen wir das –, ermordet worden ist, heißt das nicht, dass es kein Arsenproblem in Kärnten gibt.«

Heinz schrie: »Es-gibt-kein-Arsen-Problem-in-Kärnten!« Dann sprach er in erhöhter Lautstärke weiter. »Jeder, den Sie interviewt haben, hat Ihnen das bestätigt vom Landesgeologen abwärts. Warum also das Theater?«

»Herr Sablatnig, ich lasse mich nicht von Ihnen anschreien. Und wie ich meine Arbeit zu tun habe, müssen Sie mir nicht sagen.«

»Dann sagen Sie mir wenigstens«, erwiderte er schnell, bevor sie auflegen konnte, »ob Ihnen klar ist, was Sie mit dieser ... Hexenjagd anrichten. Die Leute wenden sich bereits von den Kärntner Weinen ab. Wenn Sie und Ihre Kollegen so weitermachen, werden die Konsumenten das Vertrauen in alle landwirtschaftlichen Produkte verlieren. Sie machen den Kärntner Bauern das Leben schwer – und zwar völlig unnötig.«

»Die Menschen haben ein Recht auf Information.« Die Retourkutsche kam geradezu eisig. »Für die Konsequenzen aus seiner Berichterstattung ist ein Journalist nicht verantwortlich, solange er nach bestem Gewissen arbeitet.«

Heinz wollte fragen, ob sie glaube, dass sie das tatsächlich tue, doch er merkte, dass es sinnlos war, mit dieser Journalistin zu diskutieren.

»War es das? Ich habe noch zu arbeiten«, kam es aus dem Handy.

Heinz schnaufte durch, dann sagte er: »Ich möchte Sie um etwas bitten. Denken Sie ehrlich über meine Worte nach.«

»Das mache ich gerne, Herr Sablatnig. Tschautschi!«

Heinz ließ das Handy sinken. Genauso gut hätte sie ihm ein Foto von ihrem Stinkefinger schicken können. Kurz sah er das Display an, ob nicht tatsächlich eins gekommen war.

Auf dem Weg zurück zum Haupthaus kreisten zorngetriebene Gedanken in seinem Kopf. *Die Menschen haben ein Recht auf Information.* Als ob die Behauptung allein schon ausreichte, um Gesetzesrang zu bekommen! Was für eine Arroganz.

Kapitel 10

Freitag, 09:30 Uhr

Zurück am Vorplatz hatte Heinz sich so weit beruhigt, dass er seine Wut in Tatkraft umwandeln konnte. Gegen die mediale Berichterstattung war er momentan machtlos, das musste er so hinnehmen. Es hatte aber den Vorteil, dass er sich voll und ganz in seine Ermittlungen stürzen konnte.

Als er im Wagenschuppen Angelikas verbeulten *Fiat*-Coupé sah, beschloss er, sich sofort an die Arbeit zu machen. Wie beiläufig sah er sich um und ließ seinen Blick auch über die Fenster des Hauses schweifen. Als er sicher war, dass ihn niemand beobachtete, fotografierte er mit dem Handy das Heck des Wagens, womit er Marke, Typ und Farbe sowie das Kennzeichen gespeichert hatte. Er sah durch die Fenster in den Fahrgastraum, entdeckte aber nichts, was ihm irgendeinen Aufschluss über Angelika Grünwald geben konnte. Bis auf ein zusammengeknülltes Kaugummipapier und einen roten Haargummi in der Mittelkonsole war hier nichts. Nur auf der Rückbank lag eine Schachtel, und unter dieser ragte eine goldene Zierborte mit Fransen hervor wie von einem Wimpel oder einer Fahne. Die Türverriegler, die bei diesem alten Modell noch die Form von Nägeln hatten, ragten hoch aus der Verkleidung heraus, das Auto war also nicht versperrt. Der Blick durch die Heckscheibe offenbarte einen leeren Kofferraum.

Unverrichteter Dinge ging Heinz ins Wirtschaftsgebäude. Er gestand sich ein, dass er Angelika nicht für die Mörderin hielt – allerdings ging es ihm mit den übrigen Hausgenossen nicht anders. Einer von ihnen musste jedoch ein Motiv haben und bis Heinz das herausgefunden hatte, würde er alle als gleichermaßen verdächtig ansehen.

Er betrat das Büro und stutzte: Irgendetwas war hier massiv anders. Er brauchte ein paar Sekunden, ehe er begriff, dass die Vorhänge ausgetauscht worden waren; anstelle der dunklen Stoffbahnen, die wie Wintermäntel gewirkt hatten, hingen hier nun weiße Stoffe mit Blütenmuster darauf. Dass auch sie aus schweren Loden bestanden, fiel durch das heitere Motiv gar nicht auf, der Raum wirkte mit einem Mal viel heller und freundlicher.

Während Heinz die neuen Vorhänge probehalber auf- und wieder zuzog, wurde er von einer Bewegung im Hof abgelenkt. Marie lief aus dem Haus einem hageren Mann entgegen, der an der alten Linde am Vorplatz gerade von seinem Fahrrad stieg, einem grauen E-Bike mit Geländereifen. Der Mann stellte es auf den Ständer, dann löste er die Verschnürung von einem großen Korb am Gepäckträger und wandte sich um. Erst jetzt erkannte Heinz Berti Abraham, welcher breit lächelte, als Marie auf ihn zukam. Die beiden schüttelten einander die Hände und wechselten ein paar Worte. Da Marie mit dem Rücken zu Heinz stand, konnte er ihre Mimik nicht sehen, Berti jedoch verhielt sich höflich, fast freundlich. Er hielt ihr den Korb hin und hob ein paar Gegenstände darin hoch, als zeigte er, dass er nichts vergessen hatte. Sie nahm den Korb und reichte ihm ein paar Geldscheine, die Berti durchblätterte und dann in einer dicken Brieftasche verstaute, die mit einer Kette an seinem Gürtel hing. Danach zählte er ihr ein paar Münzen auf die Hand, und die beiden verabschiedeten sich. Berti fuhr mit seinem Fahrrad davon, die Brieftasche ragte zur Hälfte aus seiner Gesäßtasche.

Heinz wunderte sich für einen Moment, wie ein E-Bike, noch dazu eines mit einem annähernd militärischen Aussehen, zu einem Biobauern passte, doch schnell wurde ihm klar, dass es da keinen Widerspruch gab. Wenn Berti Waren in der näheren Umgebung auslieferte, war ein elektrisches Fahrrad die beste aller Möglichkeiten. Er bekam Bewegung, und wenn der Weg zu weit oder zu steil war, schaltete er den Motor dazu. Im Vergleich mit einem Moped war ein E-Bike umweltfreundlicher, vor allem, wenn man zu Hause Solarzellen auf dem Dach hatte.

Kurz darauf klopfte es an der Tür und Marie betrat das Büro. Sie zog eine Packung Haferkekse aus dem Korb und hielt sie Heinz hin, dabei vermied sie merklich den Blickkontakt.

Heinz bedankte sich, nahm die Kekse und sagte schnell, ehe sie wieder ging: »Marie.«

Sie blieb stehen mit abgewandtem Blick.

»Vor sieben Jahren hat mich dein Vater engagiert. Daher kannten wir uns.« Nach dem Vorkommnis am Vortag war Heinz klar geworden, dass niemand am Urbanhof wusste, woher er und Daniel sich gekannt hatten, weshalb Heinz für sie alle ein vollkommen Fremder war. Er hatte hin und her überlegt, ob er sich Marie gegenüber erklären sollte, immerhin hatte sein Eingreifen damals zur Folge gehabt, dass ihre Mutter schuldig geschieden worden war. Doch auch wenn Heinz nur ahnen konnte, wie Marie dazu stand – sie war bei der Scheidung ihrer Eltern ja noch ein Kind gewesen –, schloss er aus der Tatsache, dass sie bei ihrem Vater geblieben war, dass sie diesem näherstand.

Marie hob langsam den Blick, ihre Augen schimmerten. »Waren Sie so etwas wie Freunde?«

Heinz schüttelte den Kopf. »Wir hatten seit damals keinen Kontakt.«

»Warum …?« Sie ließ den Satz offen und schaute suchend umher.

Heinz seufzte. »Ich kann es mir nur so erklären, dass er wollte, dass ich seinen Mörder finde.« Da die Schratter in ihrem verheerenden Interview verraten hatte, welchem Beruf Heinz nachging, hatte sich Marie das wohl schon selbst zusammengereimt.

Maries Reaktion war jedoch eine andere, als Heinz erwartet hatte. »Werden Sie das tun?« Sie sah ihn wieder mit ihren schimmernden Augen an. »Werden Sie den Mörder finden?«

Heinz sah ihr tief in die Augen und nickte.

»Sagen Sie mir, wenn ich Ihnen dabei helfen kann.« Sie schluckte ein Schluchzen hinunter.

»Danke«, erwiderte er, »da wäre tatsächlich etwas. Wie muss ich mir das Verhältnis zwischen dem Urbanhof und dem Biohof Lackner vorstellen?«

»Was meinen Sie?«

»Sagen wir es so: Berti Abraham und seine Frau scheinen nicht gut auf euch zu sprechen zu sein.«

»Ach, das. Der alte Zarfl, das war der Vater von Eva Abraham, war schwer alkoholkrank. Er war schon vor Jahren so fertig, dass die Eva den Hof übernommen hat. Und wir produzieren nebenan Wein und Schnaps, das war so etwas wie eine ständige Bedrohung für sie. Heuer ist er gestorben, er war noch keine sechzig.«

»Aber das kann doch nicht der Grund für ihre Feindschaft sein. Dann wäre ja jeder Supermarkt ein Feind.«

»Es ist weniger Feindschaft als Misstrauen. Die Eva ist vor ein paar Jahren bei uns aufgekreuzt und hat uns

Vorwürfe gemacht, wir würden ihren Vater in seinem Alkoholismus fördern. Weil wir ihm Wein und Schnaps verkauft haben. Richtig hysterisch war sie, mein Onkel hätte sie am liebsten weggejagt. Aber Papa hat lange mit ihr geredet. Das hat er gut können, weil er ein so ruhiger Mensch war. Er hat ihr versprochen, dass wir ihrem Vater keine alkoholhaltigen Getränke mehr verkaufen, um der guten Nachbarschaft willen. Seit damals ist der alte Zarfl nie mehr zu uns gekommen. Sie auch nicht, sie hat nur noch einmal bei Papa angerufen und er hat uns danach gesagt, wir sollen auch dem Toni nichts mehr verkaufen.«

»Wer ist Toni?«

»Entschuldigung«, Marie schüttelte leicht den Kopf, »der Toni ist Evas jüngerer Bruder, der ist jetzt dreiundzwanzig. Ein unangenehmer Typ, immer wenn ich ihn sehe, habe ich das Gefühl, er steht unter Drogen. Es tut mir leid, dass ich das so sage, aber er ist ein Komplettversager. Ich weiß nicht, wie viele Ausbildungen er abgebrochen hat, jedenfalls lebt er am Lacknerhof und ist arbeitslos.«

»Und er säuft? So wie sein Vater?«

»Ja. Aber im Gegensatz zu seinem alten Herrn hat er nie bei uns eingekauft.«

»Apropos eingekauft«, Heinz deutete auf den Korb, »Geschäfte machen sie aber trotzdem mit euch.«

»Es ist ein seltsames Verhältnis«, gestand Marie, »ich weiß nicht, ob Berti auch so misstrauisch ist wie

Eva, jedenfalls komme ich mit ihm ganz gut aus. Mit ihr habe ich eigentlich überhaupt nichts zu tun.«

»Und was bestellst du bei ihnen?«

Marie blies die Luft aus und kramte zaghaft im Korb herum. »Fleisch vor allem und Eier. Und Milchprodukte. Die Sachen sind wirklich in Ordnung.«

Heinz sah einen grauen Eierkarton für zehn Eier, daneben einen schwarzen für sechs, der aber seltsam groß war. »Was ist denn das?«

Sie hängte sich den Korb auf den Unterarm, um beide Hände frei zu haben. Mit der einen nahm sie die schwarze Eierschachtel, mit der anderen öffnete sie sie und präsentierte zwei große grünliche Eier, die sich darin befanden.

»Enteneier«, erklärte sie, »die Abrahams halten auch indische Laufenten.«

Heinz kratzte sich am Hals. »Sind die etwas Besonderes?«

Marie zog die Augenbrauen zusammen. »Die Enten oder die Eier?«

»Beides.«

»Ja«, endlich lächelte Marie, »indische Laufenten fressen Schnecken. Und die Eier sind für mich, ich hab nämlich eine Hühnereier-Allergie.«

»Und Enteneier tun dir nichts?«

Sie schüttelte den Kopf.

»Und warum nur zwei? Ich meine, du könntest doch nur mit Enteneiern kochen.«

Ihr Gesicht wurde verschlossen. »Habe ich probiert. Aber die anderen mögen sie nicht. Sogar Gidi verzichtet auf Kuchen, wenn ich ihn mit Enteneiern backe.«

Heinz lachte. »Das ist ein starkes Gegenargument.«

»Backen!« Ein leichtes Zucken ging durch die junge Frau, und sie sah auf ihre Armbanduhr. »Ist sonst noch was?«

Heinz dachte kurz nach und schüttelte den Kopf, dann fiel ihm ein: »Ach ja, danke für die frischen Vorhänge.« Er deutete hinter sich.

»Die gehen auf Angelikas Konto.«

Als Marie gegangen war, öffnete Heinz die Kekspackung, fischte einen der großen Taler heraus und schnupperte daran.

Schließlich biss er ein großes Stück ab. Er schmeckte ausgezeichnet. Heinz verstaute die Kekse in derselben Schublade, in der er die erste Packung gefunden hatte.

Wenn Daniel sie hier gelagert hatte, war der Ort wohl Gidi-sicher.

Den angebissenen Keks schob er sich in den Mund, einen zweiten nahm er mit nach draußen. Die Detektivausrüstung in seinem Wagen beinhaltete mitunter Frischhaltebeutel für Beweisstücke. Auch wenn er das Ergebnis jetzt schon kannte, sollte seine Schwester das Ding dennoch analysieren lassen.

Freitag, 12:30 Uhr

Zur Nachspeise brachte Marie Marmorkuchen mit Schlagrahm. Jetzt, da Heinz um die Enteneier wusste, sah er sich Maries Kuchenstücke genauer an, das Gelb des hellen Teiles erschien ihm intensiver, mit einer leichten Tendenz ins Orangefarbene. Wie schon am Vortag plärrte Andreas Gabalier auch jetzt wieder sein *Hulapalu* aus Angelikas Handy. Und ebenso wie am Vortag rannte sie auch jetzt wieder in Richtung Ausgang.

Heinz hörte auf zu kauen und sah ihr nach. Dann wandte er sich an Marie. »Bekommt sie jeden Tag um diese Uhrzeit einen Anruf?«

»Nein«, Marie sah kurz hoch und schüttelte den Kopf, »das ist neu.«

Heinz stand auf und ging Angelika nach, doch sie war verschwunden. Einer Ahnung folgend tappte er auf Zehenspitzen zur Toilettentür. Tatsächlich war die Tür verschlossen, Heinz legte das Ohr daran. Nach einigen Sekunden hörte er einen von Angelikas Urlauten, ein paar Sekunden später noch einen. Es klang, als reagierte sie auf jemanden, sie telefonierte also offensichtlich, selbst wenn das Gespräch ein recht einseitiges war. Da Heinz nichts weiter mitbekam, schlüpfte er ins gegenüberliegende Büro und ließ die Tür einen schmalen Spalt offen, so dass er mit einem Auge hindurchsehen konnte. Es dauerte nicht lange und die Klotür wurde entsperrt. Angelika kam heraus und sah sich verstohlen um, geradezu angstvoll, wie Heinz schien. Dann trippelte sie zurück zum Esstisch.

Verbarg sie etwas, oder war Heinz paranoid geworden? Er hatte sich schon in den vergangenen Tagen eingestehen müssen, dass Angelikas Gestik und Mimik, ihr übertriebenes und dadurch unechtes Grinsen sowie die Laute, die sie von sich gab, ihm den Eindruck von Einfältigkeit vermittelten, als hätte sie mit ihrer Stummheit nicht nur eine körperliche Behinderung, sondern auch eine geistige. Ob das stimmte, konnte Heinz nicht beurteilen, das genau war nämlich sein Problem: Er konnte sie nicht einschätzen und daher auch jetzt nicht beurteilen, inwieweit ihr Verhalten verdächtig war.

Noch während er diesen Gedanken nachhing, hörte er wieder ihre Laute und Marie, die ihr antwortete. Gleich danach verabschiedeten sich alle von ihr, und Angelika lief an der Bürotür vorbei zum Ausgang.

Damit zwang sie Heinz eine Entscheidung auf, denn nun hatte er keine Zeit mehr abzuwägen, ob es gerechtfertigt oder überzogen war, wenn er ihr folgte. Er sprang zum Schreibtisch, schnappte Autoschlüssel und -papiere und stellte sich so an den Rand des Fensters zum Vorhof, dass er hinaussehen konnte, ohne selbst gleich gesehen zu werden. Er wartete, bis Angelikas *Fiat* ausparkte und davonknatterte, dann setzte er ihr nach. Er sprang in seinen *Ford*, welcher mit ähnlichen

Geräuschen startete wie Angelikas Vehikel, und verließ den Hof.

Wie sich zeigte, war die Putzfrau eine gemächliche Fahrerin, was die Verfolgung vereinfachte. Heinz hielt sich so weit hinter ihr, dass er sie im Kurvenverlauf immer wieder sah, nur wenn Kreuzungen in Sicht kamen, verringerte er die Entfernung, um erkennen zu können, ob sie abbog, und wenn ja, in welche Richtung.

Die Fahrt endete nach etwa zwanzig Minuten bei einem Landgasthaus an der linken Straßenseite, auf dessen Parkplatz Angelika einbog. Heinz verringerte die Geschwindigkeit. Das Gebäude stand vor einer Kreuzung, weshalb er beschloss, am Parkplatz und an der Gaststätte vorbeizufahren, umzudrehen und seinen Wagen ebenfalls hier abzustellen. Dann würde Angelika den Gasthof vermutlich schon betreten haben und ihn nicht mehr sehen. Als er die Einfahrt zum Parkplatz erreichte, erkannte er jedoch, dass Angelikas Auto diesen durchquerte und weiterfuhr auf einen großen Stall zu, der parallel zur Rückseite des Gasthauses gebaut war. Heinz änderte seinen Plan insofern ab, als er bei der Kreuzung links abbiegen wollte, denn so konnte er unauffällig von der anderen Seite her sehen, was Angelika da hinten trieb. Er tat es und musste feststellen, dass zwischen Gasthof und Stall ein hoher Bretterzaun stand, der jeden Einblick verwehrte. Heinz suchte in Fahrtrichtung nach einer Umkehrmöglichkeit, dabei entdeckte er einen Feldweg, der etwa zehn

Meter vor ihm rechts weg und einen bewaldeten Hang nach oben führte. Kurz entschlossen setzte Heinz den Blinker und folgte diesem Weg. Nachdem er ein paar Höhenmeter gewonnen hatte, stellte er das Auto ab und stieg aus.

Ein Blick genügte, um zu erkennen, dass er bereits hoch genug war, um über den Bretterzaun hinwegzusehen. Dort standen vier Autos, eines davon war das von Angelika, von ihr selbst fehlte aber jede Spur. Da es dort einen Hintereingang gab, nahm Heinz an, dass sie sich etwas zu essen holte, zum Mitnehmen. Heinz wendete den Wagen und stellte ihn am Wegesrand ab, so konnte er vom Fahrersitz aus beobachten, was da unten vor sich ging, das war unauffälliger. Er holte ein kleines Stativ mit einem Saugnapf-Fuß aus seiner Detektivausrüstung und fixierte es mit geübten Handgriffen auf der Konsole vor dem Lenkrad. Dann steckte er sein Handy in die Haltevorrichtung, klipste das dafür vorgesehene Teleobjektiv auf die Kameralinse und richtete alles so ein, dass er den Platz zwischen dem Gasthof und dem Stall gut im Blick hatte. So ausgerüstet konnte er zum einen an eventuell wichtige Details heranzoomen, zum anderen fotografieren und filmen, wenn sich etwas Interessantes abspielte. Dann senkte er die Rückenlehne nach hinten, damit er von außen nicht gesehen wurde, und wartete, bis Angelika wiederkam.

Er schüttelte den Kopf. Gemessen an der Rostlaube von Auto, das sie fuhr, und der Discounterkleidung, die sie am Leib trug, lebte die Frau an der Armutsgrenze. Wie ging sich da ein Essen von einem Gasthof wie diesem aus? Die Minuten vergingen, doch Angelika kam nicht. Heinz bezweifelte, dass sie sich im Lokal einen Tisch genommen hatte, denn dann hätte sie wohl den Parkplatz vorne und den Haupteingang gewählt. Vielleicht wohnte sie ja hier, vielleicht gehörte das Gasthaus einem Verwandten.

Nach einer halben Stunde, als Heinz schon darüber nachdachte, hinunterzugehen und nachzusehen, tauchte an der hinteren Gebäudekante ein weiterer Wagen auf und parkte neben den anderen ein. Es war eine schwarze *BMW*-Limousine mit getönten Scheiben, der Lack des Wagens glänzte in der Sonne und der so überhaupt nicht in diesen Hinterhof passte. Instinktiv drückte Heinz den Videoaufnahme-Button auf seinem Handy und zoomte den Neuankömmling etwas näher heran. Dem Wagen entstieg ein schlanker Mann Anfang dreißig mit dunklen, modisch kurz geschnittenen Haaren, dazu passender Sonnenbrille und einem Designeranzug. Er sah sich auffällig in alle Richtungen um, zog ein Handy hervor und ging ein paar Schritte hinter die anderen Autos. Hier hob er seine Sonnenbrille an und blickte zwischen dem Handy und den Autos hin und her. Schließlich steckte er das Mobiltelefon wieder weg und sah sich ein weiteres Mal um, diesmal sehr gründlich. Seine Sonnenbrille richtete sich auch kurz auf Heinz – zu kurz, als dass er mehr wahrgenommen haben könnte als ein am Wald geparktes altes Auto. Dann ging er geradewegs auf Angelikas *Uno* zu, beschattete sein Gesicht und blickte in den Innenraum. Dann öffnete er die hintere Tür und verschwand mit dem Oberkörper kurz im Wageninneren. Als er wieder auftauchte, hielt er etwas in der Hand, einen zusammengefalteten schwarz-gelben Stoff mit der goldenen Zierborte, die Heinz an diesem Morgen in Angelikas Wagen gesehen hatte. Der Mann faltete den Stoff ein wenig auf, wohl um zu kontrollieren, ob er das richtige Ding in Händen hielt, dadurch erkannte Heinz, dass es sich um eine Fahne handelte. Plötzlich hatte der Kerl eine glänzende Papiertragetasche in der Hand, die wohl aus einem noblen Bekleidungsgeschäft stammte, in sie bettete er die Fahne, schloss die Autotür und schlenderte zum *BMW*, als käme er gerade von einem Einkaufsbummel.

Heinz richtete die Rückenlehne auf, löste das Stativ und fixierte es erneut in der Mitte der Konsole, damit es nicht seinen Blick auf die Straße blockierte, die Aufnahme ließ er weiterlaufen. Er startete den Motor und holperte den Hügel hinunter, er wollte den mysteriösen Dieb an der Parkplatz-Ausfahrt abpassen. Dieser war jedoch schneller, aber zu Heinz' Glück fuhr er vor ihm über die Kreuzung, das machte den Beginn der Verfolgung unverdächtiger. Heinz setzte den Blinker und beschleunigte. Als er nahe genug war, zoomte er die Nummerntafel heran, die Limousine hatte ein Wiener Kennzeichen. Dann ließ er sich zurückfallen und verfolgte den *BMW* – wie vorhin schon Angelika – im größtmöglichen Abstand. Dieser fiel nun jedoch geringer aus, denn der Kerl dort hinter dem Steuer wusste seine Pferdestärken besser zum Einsatz zu bringen als Angelika.

Der Wagen fuhr in Richtung Talmitte, die Hügel wichen ebenen Wiesen und Feldern, und es gab kaum Bäume, die die Sicht blockierten. So erforderte die Verfolgung nur wenig Aufmerksamkeit, wodurch Heinz' Gehirn automatisch zu arbeiten begann. Er stellte fest, dass er soeben wohl kaum Zeuge eines Gelegenheitsdiebstahls geworden war. Der geschniegelte Kerl hatte gewusst, was er wollte und wo es zu finden war. Was für Heinz die Frage aufwarf, was zum Teufel das für eine Fahne war.

Die zweite Verfolgung dieses Tages endete für Heinz in Wolfsberg, an der Schranke einer Parkfläche, die zu einem Hotel gehörte. Heinz war gezwungen weiterzufahren, denn es herrschte reger Verkehr, und er sah keine Möglichkeit, das Auto abzustellen. Er spielte mit dem Gedanken, einen Parkplatz zu suchen und zu Fuß zum Hotel zu laufen, machte sich aber klar, dass das keinen Sinn hatte. Er kannte den Namen des Mannes nicht, und alleine anhand des *BMW*-Kennzeichens würde ihm das Hotelpersonal keine Auskunft geben.

Heinz spürte förmlich, dass er etwas übersehen hatte. Er fuhr zu dem Landgasthof zurück, stellte sein

Auto auf den Parkplatz – und marschierte zum Hinterhof – der *Uno* stand immer noch dort. Durch ein Erdgeschossfenster sah er in die Küche, in der es geschäftig zuging, Heinz trat näher und spähte hinein. Da alle hier weiße Arbeitskleidung und Haarnetze trugen, erkannte er Angelika erst auf den zweiten Blick: Sie stand an einer großen Edelstahlabwasch und putzte Essensreste von Tellern in einen Müllkübel. Dann spülte sie die Teller kurz mit Wasser und schlichtete sie in einen Geschirrspüler. Heinz spürte peinliche Berührung in sich aufsteigen. Er hatte Angelika Verschwendungssucht unterstellt, dabei ging sie hier einem zweiten Halbtagsjob nach. Ein Blick auf ihren Wagen machte klar, dass das Geld trotzdem nur für das Notwendigste reichte. Da schoss ihm in den Sinn, was er übersehen hatte: das liebe Geld.

Er ging zum *Fiat* und öffnete die hintere Tür. Hier lag noch die Schachtel, er hob sie auf und fand darunter ein Briefkuvert auf dem Sitz liegen. Es war unverschlossen, Heinz zog die Lasche auf und staunte nicht schlecht, als er ein Bündel Zweihunderteuroscheine darin fand, fünfzehn Stück, wie er nach einem schnellen Durchblättern zählte. Heinz fotografierte alles und drapierte Kuvert und Schachtel wieder so, wie er sie vorgefunden hatte. Dann machte er sich auf den Rückweg zum Weingut.

Der Kerl mit dem *BMW* war kein Dieb, er war ein Hehler, vermutlich war er es gewesen, der Angelika an diesem und am vorangegangenen Tag angerufen hatte. Und die ganze Geheimniskrämerei konnte bedeuten, dass die Fahne nicht Angelika gehörte, sondern dass sie sie gestohlen hatte. Vielleicht vom Urbanhof.

Kapitel 11

Freitag, 14:30 Uhr

Am Weingut angekommen marschierte Heinz schnurstracks in die Küche, von wo ihm Bogart entgegenkam. Er wedelte freundlich, doch Heinz kannte seinen Hund gut genug, um den verschämt gesenkten Kopf richtig zu deuten. Er hockte sich hin und streichelte ihn. »Na, hast du Marie zu mehr Leckerlis überreden können?«

Die Genannte stand an der Anrichte und warf Heinz einen kurzen, schuldbewussten Blick zu vermischt mit einem feinen Lächeln.

Heinz erhob sich wieder, nahm sein Handy und ließ den Film ablaufen, den er bei dem Gasthof aufgenommen hatte. Er spulte ihn mit dem Finger bis zu der Stelle, an der die Fahne ins Bild kam. Dann suchte er ein Standbild, auf dem sie am besten zu erkennen war, und zeigte es Marie. »Kennst du diese Fahne?«

Sie musterte das Bild ein paar Sekunden lang, wegen der Bewegungsunschärfe war es ein wenig verschwommen. »Ja«, meinte sie schließlich, »die hängt in Papas Büro.« Sie sah Heinz an.

Er erwiderte ihren Blick für geraume Zeit, dann sagte er: »Komm.« Raschen Schrittes ging er voraus, riss die Bürotür auf, stellte sich mitten in den Raum und drehte sich suchend einmal im Kreis. Als Marie kam, fragte er: »Wo ist sie?«

Marie blieb stehen und starrte geradeaus, dann sank ihr Kiefer langsam ab. »Dort«, sie zeigte auf das Fenster, das der Tür gegenüberlag, »an der Wand, rechts neben dem Fenster.«

Heinz' Blick fuhr in die gezeigte Richtung, doch da hing keine Fahne.

Marie sah Heinz beunruhigt an. »Wo ist sie hin?«

»Angelika hat sie gestohlen.«

»Was?« Maries Gesicht spiegelte das Entsetzen in ihrer Stimme.

»Seit wann ist Angelika hier angestellt?«, fragte Heinz.

Maries Augen zuckten suchend umher. »Ich weiß nicht ... seit drei Jahren vielleicht. Oder seit fünf?«

»Weißt du, wer sie euch vermittelt hat?«

Sie zuckte mit den Schultern. »Ich glaube, Papa hat sie über den Arbeitsmarktservice bekommen. Es gibt Vergünstigungen, wenn man Menschen mit Behinderung anstellt. Aber ...« Sie sah Heinz mit großen Augen an. »Die Angelika ... die ist doch so fleißig und zuverlässig ... mit der hat es noch nie Probleme gegeben, nicht die geringsten, noch nie!«

Heinz erkannte, dass Marie drauf und dran war, in den nächsten Nervenzusammenbruch zu rutschen. »Ist okay, Marie«, sagte er darum schnell, »wir werden die Sache aufklären. Vielleicht gibt es ja eine vernünftige Erklärung, auf die wir nur gerade nicht kommen.« Heinz hätte es allerdings gewundert, wenn das tatsächlich stimmte. »Aber sag, was ist das für eine Fahne?«

Marie schüttelte langsam den Kopf. »Ich weiß nicht. Sie ist schon immer da gehängt, solange ich mich erinnern kann. Schwarz-gelb mit dem Logo vom Urbanhof.«

»Mit dem Logo vom Urbanhof?«

»Ja, in der Mitte ist ein Kreis, in dem ist ein Heiliger abgebildet, ein Mann mit einem Bart. Er hat eine große Weintraube in der Hand und rundherum sind so Ranken.«

»Hast du deinen Papa nie gefragt, was die Fahne bedeutet?«

»Nein ... vielleicht, als ich noch klein war, aber ich kann mich nicht erinnern.«

»Weiß dein Onkel vielleicht etwas darüber?«

Marie nickte bestimmt. »Wenn jemand etwas weiß, dann er.«

Heinz blickte zu der leeren Wand. »Deshalb die neuen Vorhänge«, raunte er, mehr zu sich selbst. »Die Veränderung ist so groß, mir wäre gar nicht aufgefallen, dass die Fahne fehlt. Wahrscheinlich hätte ich mich nicht einmal daran erinnert, dass hier eine gehangen ist.«

»Mir schon«, wandte Marie ein, »aber ich hätte wohl gedacht, dass Sie sie abgenommen haben.«

»Gerissen!« Heinz verließ das Büro und ging in den ersten Stock, dort klopfte er an Thomas' Zimmertür. Er wusste, sein Eindringen in die Privatsphäre des Querschnittgelähmten würde diesem einen weiteren Vorwand geben, sich zu erzürnen, doch er hatte die Hoffnung, dass die Fahne wichtig genug war, sodass Heinz vernünftig mit ihm reden konnte. Wertvoll war sie ja anscheinend.

»Wer ist da?«, brüllte es von drinnen.

»Heinz Sablatnig«, er öffnete die Tür, trat aber nicht ein, »ich habe eine wichtige Frage an Sie.«

»Raus aus meinem Zimmer!« Thomas kam herangerollt. Die Augenbrauen zusammengezogen, den Blick gesenkt wirkte er wie ein Stier im Angriff.

»Ich bin nicht in Ihrem Zimmer«, herrschte Heinz ihn an und zeigte auf die Türschwelle.

Thomas hatte die Tür erreicht und packte sie mit einer Hand, bereit, sie vor Heinz' Nase zuzuschlagen. »Was wollen Sie?«

Heinz hob das Handy und hielt ihm das Standbild vors Gesicht. »Was ist das für eine Fahne?«

Widerwillig warf Thomas einen Blick auf das Display. »Warum wollen Sie das wissen?«

»Weil sie gestohlen worden ist.«

Thomas sah zu Heinz hoch, ein Ausdruck von Unverständnis zeigte sich auf seinem Gesicht.

»Angelika hat sie heute gestohlen«, erklärte Heinz, »ich nehme daher an, dass die Fahne wertvoll ist, oder?«

Der Mann im Rollstuhl schnaubte, schüttelte den Kopf, schnaubte wieder. »Sie haben die Fahne verloren?« Er drehte den Rollstuhl im Stand um, sagte: »Dann holen Sie sie zurück«, und warf die Tür zu.

Einmal mehr mahlten Heinz' Zähne aufeinander. Langsam, aber sicher staute sich in ihm eine gewisse Aggression gegen diesen alten Grantler auf. Eines jedoch war ihm nicht entgangen: Der Umstand, dass die Fahne gestohlen worden war, war Thomas nicht egal, so sehr er auch diesen Eindruck erwecken wollte.

Auf dem Weg zurück nach unten überlegte Heinz, was er jetzt tun sollte, doch die Situation war klar: Angelika hatte den Urbanhof bestohlen und das Diebesgut für dreitausend Euro verschachert. Die Polizei musste her, und zwar schnell. Er hob das Handy, das er immer noch in der Hand hielt, und rief seine Schwester Sabine an.

Freitag, 15:45 Uhr

Chefinspektorin Sabine Oleschko hatte die Wolfsberger Kollegen über den Sachverhalt informiert, den Heinz ihr am Telefon mitgeteilt hatte, und war gleich darauf losgefahren. Jetzt, eine Dreiviertelstunde später, traf sie im Bezirkspolizeikommando Wolfsberg ein, fast zeitgleich mit Angelika Grünwald, die von den Wolfsberger Kollegen gebracht wurde. Da nicht auszuschließen war, dass der Diebstahl und der Weiterverkauf der Fahne vom Urbanhof irgendwie mit der Ermordung des ehemaligen Hofeigentümers zusammenhing, übernahm Sabine die Leitung der Vernehmung. Heinz hatte sie darauf hingewiesen, dass Frau Grünwald stumm war, deshalb hatte sie bei ihren Kollegen einen Gebärdensprachen-Dolmetscher angefordert. Auf diesen, es handelte sich um eine Mittelschullehrerin, die auf Honorarbasis für die Polizei arbeitete, mussten sie noch warten.

Die Befragung fand in einem Besprechungsraum an einem runden Tisch statt, was Sabine ungewöhnlich fand. Verhörtaktisch betrachtet war eine Frontalsituation vorteilhafter, doch als sie sah, dass Angelika Grünwald zu einem Häufchen Elend zusammengesunken auf ihrem Sessel kauerte, wusste sie, dass das keine Rolle spielen würde. Außer ihnen beiden saß noch eine Kollegin von der Wolfsberger Polizei an dem Tisch, eine gedrungene Uniformierte Anfang zwanzig bewachte die Tür.

Schließlich klopfte es, und die Dolmetscherin trat ein. Sie war Ende dreißig, dicklich und alternativ gekleidet. Sabine fand, dass ihr Gesichtsausdruck etwas grundsätzlich Leidendes hatte.

»Bitte entschuldigen Sie«, wisperte sie abgehetzt, während sie geräuschvoll einen Stuhl zurückzog und sich an den Tisch setzte, »ich bin so schnell gekommen, wie ich konnte.«

Sabine schaltete den Voicerecorder an und betete die Standardfloskeln bei Verhören herunter. »Frau Grünwald«, begann sie dann, »Sie werden beschuldigt, eine Fahne aus einem Büro am Urbanhof entwendet und diese an eine dritte Person weiterverkauft zu haben. Was haben Sie dazu zu sagen?«

Angelika Grünwald hob ihren Kopf und zeigte ein schmerzverzerrtes, tränenüberströmtes Gesicht. Sie nickte.

»Die Befragte nickt«, erklärte Sabine für das Aufnahmegerät. »Darf ich das so verstehen, dass Sie den geschilderten Sachverhalt bestätigen?« Die Putzfrau nickte erneut, Sabine vertonte die Bewegung wieder und fragte weiter: »Warum?«

Nun kam Leben in Angelika Grünwald. Sie begann zu gestikulieren, ab und zu entschlüpfte ihr ein ungeschlachter Laut.

»Ich schäme mich sehr für das, was ich getan habe«, begann die Dolmetscherin langsam. »Ich bin sehr glücklich mit meiner Arbeit am Weingut, und mein zweiter Job im Gasthaus ist auch okay. Aber der zweite Job reicht nicht aus ...«

Die Übersetzerin stockte, dann korrigierte sie: »Die zwei Jobs reichen nicht aus, um davon leben zu können. Alles ist teurer geworden, und es hört nicht auf ... teurer zu werden.«

»Wie sind Sie auf die Fahne gekommen?«, fragte Sabine.

»Am Tag nach dem Tod von ... Daniel ... Vallant«, begann die Übersetzerin etwas zeitverzögert, »hat mich ein Mann angerufen und mich nach der Fahne gefragt.«

»Was ist das für eine Fahne?«

»Das weiß ich nicht«, kam die vertonte Antwort, »er hat sie beschrieben und ich habe gewusst, welche er meint. Er hat mir eintausend Euro angeboten, wenn ich sie ihm bringe.«

Sabine schnaubte. »Und Sie haben ja gesagt.«

Angelika Grünwald riss die Augen auf und fuchtelte energisch mit ihren Händen. »Nein«, übersetzte die Lehrerin, »das habe ich nicht. Der Mann hat gesagt, ich soll es mir überlegen. Am Tag danach hat er mich wieder angerufen, und ich habe ihm gesagt, ich bin keine Diebin. Er hat gesagt, er bezahlt mir zweitausend Euro.«

Die Grünwald begann wieder zu weinen, dabei gestikulierte sie weiter, zwischendurch schluchzte sie laut.

»Am Abend«, kam die Übersetzung, »habe ich meine Wäsche in der Badewanne gewaschen, weil meine Waschmaschine seit zwei Wochen kaputt ist. Mein Auto muss repariert werden, und ich habe kein Geld für die letzte Stromrechnung. Seit ich für ... Vallant arbeite, hängt die ... blöde Fahne immer an dieser Wand.

Niemand hat die in den ganzen Jahren auch nur erwähnt. Außerdem hat Herr ... Sablatnig alles geerbt. Für ihn hat die Fahne ja sowieso keine Bedeutung. Trotzdem wollte ich nicht ...« Angelika Grünwald brach ab, schlug die Hände vor ihr Gesicht und weinte haltlos.

Sabine seufzte und sagte: »Der Anrufer hat sein Angebot noch einmal erhöht, nicht wahr?«

Die Putzfrau nickte. Erst nach geraumer Zeit nahm sie die Hände wieder vom Gesicht und wischte sich die Tränen ab.

Die Mittelschullehrerin kramte hektisch in ihren Taschen herum und reichte ihr ein zerknittertes Papiertaschentuch.

Angelika Grünwald machte eine Geste des Dankes, schnäuzte sich und setzte ihr Gestikulieren fort.

»Dreitausend Euro«, folgte ihr die Dolmetscherin, »hat er mir gestern zu Mittag angeboten. Sein letztes Angebot, hat er gesagt. Heute Mittag hat er mir alles zur Übergabe gesagt. Ich weiß nicht, ob ...«

»Ja«, schaltete sich Sabines Kollegin von der Wolfsberger Polizei ein, »wir haben ein Kuvert mit dreitausend Euro auf der Rückbank Ihres Wagens gefunden. Die Fahne ist weg.«

Einmal mehr versenkte die Putzfrau ihr Gesicht in den Händen.

Sabine gab ihr etwas Zeit, dann fragte sie: »Was wissen Sie über den Anrufer?«

Die Gefragte schüttelte den Kopf, ihre nachfolgenden Gesten wurden wieder übersetzt.

»Er hat mir nichts von sich gesagt, nicht einmal seinen Namen. Er hat mir nur das Geld angeboten und mir gesagt, was ich tun soll.«

»Haben Sie seine Telefonnummer?«

»Er hat seine Nummer unterdrückt.«

»SMS oder sonstige Textnachrichten?«

Angelika Grünwald schüttelte den Kopf.

»Die Befragte schüttelt den Kopf.« Sabine fluchte innerlich, das wäre auch zu schön gewesen. Aber nun war klar, was sie nach Heinz' Bericht ohnehin vermutet hatte: Der Auftraggeber war ein Profi.

Freitag, 17 Uhr

In Daniels Büro am Urbanhof, in dem er sich eingerichtet hatte, rückte Heinz den alten Holzsessel mit den dünnen Beinen vor den Schreibtisch und sah Sabine auffordernd an. »Für meine Schwester nur das Beste.«

Sie erwiderte ein schiefes Lächeln und setzte sich vorsichtig, der Sessel knarzte zwar, als beschwerte er sich, hielt ihr Gewicht aber aus.

Nachdem Sabine Angelika Grünwald befragt hatte, hatte sie Heinz angerufen und wollte ihn auf den neuesten Stand bringen. Er hatte sie eingeladen, zu ihm zu kommen, wo sie doch schon einmal in der Nähe war.

Nun saß sie da und sah sich um, wobei sie sichtlich bemüht war, dem alten Sessel keine ruckartigen Bewegungen zuzumuten. »Ich muss sagen, ich bin …«

Heinz ließ sich in den Schreibtischsessel fallen und lächelte. »Erstaunt?«, schlug er vor, »baff, fassungslos?«

»Ja, irgend so was.« Sie nickte unbestimmt.

»Ich führe dich nachher ein wenig herum und zeige dir alles. Außerdem musst du meine Hausgenossen kennenlernen, die sollen ruhig wissen, dass die Kripo hier ermittelt. Aber jetzt erzähl einmal: Wie war die Befragung?«

Sabine gab ihm einen Überblick über das Gespräch mit Angelika.

Als sie fertig war, fragte er: »Was ist mit dem Hehler?«

»Ich habe die Kollegen gleich nach deinem Anruf zu dem Hotel geschickt. Einmal darfst du raten.«

»Er war nicht mehr da«, brummte Heinz.

»Er hatte unmittelbar davor ausgecheckt. Wir haben uns von dem Hotel die Daten von dem Mann geben lassen, die werden gerade überprüft. Aber da habe ich wenig Hoffnung.«

»Ich auch«, stimmte Heinz zu, »zumindest wenn er der Profi ist, für den wir ihn halten. Wie sieht's mit der Nummerntafel aus?«

»Habe ich auch gleich nach deinem Anruf delegiert, da muss ich noch nachfragen.«

»Wie geht's jetzt weiter?«

»Bezüglich Fahne oder bezüglich Mord?«

Heinz zögerte. »Beides, würde ich sagen.«

»Du bist am Zug«, erwiderte die Schwester. »Weder unsere Befragungen der Verwandten, Mitbewohner, Mitarbeiter, Nachbarn und sonstigen Bezugspersonen von Daniel Vallant noch die Hintergrundermittlungen zu diesen Personen haben Ergebnisse gebracht. Das Motiv für seine Ermordung entzieht sich vollkommen unserer Beobachtung.«

»Was ist mit der Fahne?«

»Ich denke einmal, es ist kein Zufall, dass sich der Hehler ausgerechnet am Tag nach dem Tod des Besitzers gemeldet hat.«

»Finde ich auch«, bestätigte Heinz, »die Frage ist, ob die Fahne dadurch zum Mordmotiv wird.«

»Das werden wir wissen, sobald du herausgefunden hast, was das für eine verdammte Fahne ist.« Sabine stand auf und fuhr sich mit der Hand über ihre blonde Kurzhaarfrisur.

»Ich weiß«, Heinz seufzte, »ich gebe mein Bestes.« Und nach einer Pause fragte er: »Gibt's was Neues von Papa?«

Freitag, 19 Uhr

Heinz hatte Sabine ein wenig auf seinem Weingut herumgeführt und ihr den Frischhaltebeutel mit dem Haferkeks mitgegeben. Sie hatte versprochen, ihn schnellstmöglich analysieren zu lassen.

Zum Abendessen gab es Schinkenfleckerl, die aufgetaut schmeckten – und vermutlich waren sie es auch. Dennoch erinnerten auch sie Heinz an seine Oma. An irgendeine Art von Genuss war aber ohnehin nicht zu denken, dazu hatte Heinz viel zu schlechte Nachrichten für die Versammelten. Er beschloss, es gleich hinter sich zu bringen. »Die Polizei hat Angelika verhaftet«, begann er. »Sie hat gestanden, die Fahne aus dem Büro gestohlen und an einen Hehler verkauft zu haben.« Er linste zu Thomas. »Für dreitausend Euro.«

Von diesem kam keine Reaktion, stattdessen hörte Heinz ein Wimmern von der anderen Seite des Tisches. Er sah hin und bemerkte bestürzt, wie Marie ihr Gesicht auf dem Ballen ihrer rechten Hand hin und her drehte, dabei rannen Sturzbäche von Tränen über die Wangen und den Unterarm.

Gidi gaffte sie mit offenem Mund an und fragte: »Was hast'n?«

»Ich halt das alles nicht mehr aus«, flüsterte sie zwischen Schluchzern. »Jetzt bleiben das Putzen und die Wäsche auch noch an mir hängen. Ich kann nicht mehr!«

Heinz wollte etwas sagen, doch Thomas kam ihm zuvor. »Marie, mach dir keine Sorgen. Ich bin mir sicher, unser neuer Hausherr wird bald einen Ersatz für unsere Angelika gefunden haben.«

»Da hat dein Onkel recht«, sagte Heinz schnell, bevor er sich über die Stichelei ärgern konnte. *Unsere Angelika* – die Frau hatte sie bestohlen! »Lass die Arbeiten, die Angelika gemacht hat, einfach sein. Die Wäsche reicht für ein paar Tage und wir müssen nicht jeden Tag in gemachten Betten schlafen. Stimmt's, Männer?« Er sah zuerst Gidi an und ließ seinen Blick dann auf Thomas ruhen.

Dieser nickte kaum merklich – vielleicht wippte sein Kopf aber auch nur aus Ärger.

Gidi röhrte: »Okay.«

Marie stand auf und ging in die Küche, unmittelbar danach trippelte Bogart hinter ihr her. Heinz kannte dieses Verhalten von zu Hause: Wann immer er in die Küche ging, kam Bogart und sah ihn hoffnungsvoll an. Schließlich kam es vor, dass etwas von der Arbeitsplatte herunterfiel, versehentlich oder nicht. Aus der Küche war nun ein Schnäuzen zu hören, danach raunte Marie dem Hund zärtliche Worte zu.

Heinz schluckte den Bissen, den er gerade im Mund hatte, hinunter. »Herr Vallant«, sagte er dann, bemüht, seine Stimme neutral klingen zu lassen. »Ich brauche Ihre Hilfe bei der Fahne.« Höflich wartete er auf eine Reaktion, als keine kam, erklärte er, warum er glaubte, dass der beauftrage Diebstahl womöglich mit der Ermordung von Daniel zu tun hatte. »Wenn ich weiß, was es mit dieser Fahne auf sich hat, kann ich den Mörder eventuell überführen«, endete er.

»Mit der Fahne hat das überhaupt nichts zu tun.«

Heinz war überrascht über die Bestimmtheit, mit der Thomas das sagte. »Wie kommen Sie darauf?«

»Ich weiß alles, was es über die Fahne zu wissen gibt. Nichts davon rechtfertigt einen Mord.«

»Manchmal sind die Motive nicht gleich erkennbar«, widersprach Heinz vorsichtig, »manchmal ergeben die Dinge erst einen Sinn, wenn man sie um mehrere Ecken denkt.«

»Die Fahne hängt seit über fünfzig Jahren in dem Zimmer.«

Heinz zuckte mit den Schultern. »Möglicherweise hat sich kürzlich etwas verändert?«

Plötzlich sah Thomas Heinz mit einem zornigen Blick in die Augen. »Das Einzige, was sich kürzlich verändert hat, ist, dass mein Bruder ermordet worden ist und dass Sie hier aufgetaucht sind.«

»Ich versuche, diesen Mord aufzuklären«, herrschte Heinz ihn an, »warum helfen Sie mir nicht dabei?«

Doch sein Gegenüber brach den Blickkontakt ab und murmelte »Ich habe Sie nicht engagiert« und aß weiter.

Heinz ließ nicht locker. »Das ist mir bewusst, dennoch werden auch Sie wissen wollen, wer Ihren Bruder vergiftet hat, oder nicht?«

Doch die Provokation ging ins Leere, Thomas schwieg – die Sturheit in Person.

Kapitel 12

Freitag, 21 Uhr

Sabine saß allein in einem Verhörraum des Polizeianhaltezentrums Klagenfurt und rieb sich das Gesicht. Gerade hatte sie mit ihrer Mutter telefoniert, was äußerst irritierend gewesen war. Zwar war der Zustand des Vaters unverändert, doch verhielt sich die Mutter nun völlig anders als in den vergangenen zweiundfünfzig Jahren. Sie sprang von einem Thema zum anderen und wiederholte sich ständig, außerdem wirkte sie hoffnungslos und hatte einen in jeder Hinsicht negativen Blick auf die Welt. Sabine war bewusst, dass sich ihre Mutter in einer unbekannten Situation befand und dass sie Angst hatte – doch es war schwierig, ein so gänzlich anderes Verhalten bei einem so vertrauten Menschen zu verkraften.

Auch ansonsten hatte der Tag Sabine einiges abverlangt – und er war noch nicht vorbei. Heinz hatte ihr bei seinem Anruf heute die Zulassungsnummer des

Hehlers durchgegeben, anhand derer ihre Kollegen festgestellt hatten, dass die schwarze *BMW*-Limousine einer Auto-Verleihfirma gehörte. Ein Anruf dort hatte ergeben, dass der Wagen an diesem Nachmittag am Flughafen in Klagenfurt zurückgegeben werden sollte. Der Rest war Routine gewesen: Ein Beamter in Zivil hielt sich im Büro der Autovermietung auf, und eine Handvoll Uniformierte waren unauffällig vor Ort, sollte die Zielperson zu flüchten versuchen. Wie der Mann aussah, wussten sie von Heinz' Film und laut seinen Papieren hieß er Friedrich Meier, stammte aus Wien und war neunundzwanzig Jahre alt.

Sabine glaubte nichts davon. Meier Fritze, für wie blöd hielt der sie? Sie ging davon aus, dass er ein international tätiger Kunstdieb war, weshalb sie alles, was sie über ihn hatte, über das Bundeskriminalamt an Interpol geschickt hatte. Wenn in einem der einhundertsechsundneunzig Mitgliedsstaaten nach dem Mann gefahndet wurde, landeten die Kollegen normalerweise rasch einen Treffer, doch das schien hier nicht der Fall zu sein. Nachdem sie mehrere Stunden lang gewartet hatte, entschied Sabine, diesen Friedrich Meier vorab schon einmal zu vernehmen, um sich ein Bild von ihm zu machen.

In dem Moment ging die Tür auf, zwei Uniformierte führten den jungen Mann vor und drückten ihn auf den Stuhl am Tisch vis-à-vis von Sabine, dann postierten sie sich rechts und links der Tür. Friedrich Meier trug Handschellen – und ein arrogant-amüsiertes Grinsen im Gesicht.

Zum zweiten Mal an diesem Tag erklärte Sabine dem Voicerecorder, wer an welchem Datum, um welche Uhrzeit und an welchem Ort wen verhörte und warum, und wer noch alles anwesend war. Dann sah sie ihr Gegenüber müde an und fragte: »Wer sind Sie?« Das verblüffte Gesicht, das ihr antwortete, gab ihr eine gewisse Genugtuung, sie sprach gleich weiter. »Friedrich Meier heißen Sie schon einmal nicht, so viel ist klar.«

Und schon war die Überheblichkeit wieder da. Der Mann lehnte sich zurück und schlug die Beine übereinander, ehe er antwortete. »Meine Ausweispapiere sagen etwas anderes.«

Er sprach ein gepflegtes Hochdeutsch mit dem Einsprengsel eines Dialekts, den Sabine nicht zuordnen konnte. Sie sah zur Seite. »Ihre Ausweispapiere sind den Fälscher nicht wert, der sie gemacht hat. Was sind Sie von Beruf?«

»Kunsthändler.«

Sie sah ihn wieder an. »Hehler?«

»Nein, Händler.« Er malte mit den Fingern Gänsefüßchen in die Luft und lächelte scheinbar nachsichtig.

»Frau Angelika Grünwald hat ausgesagt, Sie hätten bei ihr den Diebstahl einer Fahne in Auftrag gegeben, welche sich am Weingut Urbanhof befand.«

Der angebliche Friedrich Meier blickte zur Seite, als dächte er nach, dann zog er die Mundwinkel nach unten und schüttelte den Kopf. »Kenne ich nicht.«

»Was davon?«

»Nichts davon. Weder diese Angelika ... irgendwas, noch dieses Weingut. Und von welcher Fahne reden Sie?«

Sabine arbeitete seit vierunddreißig Jahren für die Exekutive, davon rund zwei Jahrzehnte bei der Kriminalpolizei. Sie kannte alle Arten von Verbrechern in- und auswendig, war jeder Art von Täuschungsversuch mindestens schon einmal begegnet, kaum etwas davon konnte sie noch aufregen. Was ihr in letzter Zeit aber immer stärker gegen den Strich ging, war gespielte Unwissenheit, die ihr mit jener Arroganz serviert wurde, die sagen wollte: »Du kannst mir eh nichts anhaben«. Genau das, was sie hier gerade erlebte.

Sie ging gar nicht erst darauf ein. Stattdessen aktivierte sie das Tablet, das vor ihr lag, startete Heinz' Film und drehte das Display zu dem angeblichen Meier. In derselben Geschwindigkeit, in der dessen spöttisch nach oben gezogene Mundwinkel herabsanken, krümmten sich die von Sabine nach oben, und im selben Ausmaß, wie Sabine ihre Augen zusammenkniff, weiteten sich die ihres Gegenübers und füllten sich mit Angst. Als der Film zu Ende war, sank er im Sessel nach hinten und starrte Sabine an.

Diese verhärtete nun ihr Gesicht. »Also noch einmal von vorne: Wer sind Sie?«

Der Mann schluckte, dann krächzte er: »Ab sofort sage ich nichts mehr ohne meinen Anwalt.«

Sabine hatte Mühe, nicht die Augen zu verdrehen. Was für ein ausgeleierter Spruch. Sie kannte auch so einen: »Den werden Sie auch brauchen.«

Samstag, 9 Uhr

Während Heinz Sabine am Telefon zuhörte, streckte er sich im Bürosessel und gähnte möglichst geräuschlos. Er hatte vergangene Nacht schlecht geschlafen, zu viel war ihm im Kopf herumgegeistert. Zumindest hatte Bogart Ruhe gegeben, er schien sich endgültig an die neue Umgebung gewöhnt zu haben.

Sabine hatte indes ihre Erzählung über die Befragung des angeblichen Friedrich Meier beendet und konnte mit noch einer Neuigkeit aufwarten: »Interpol hat sich gemeldet, die Gesichtserkennungssoftware hat bei unserem Kandidaten angeschlagen. Wie es aussieht, ist er ein ebenso gefragter wie gesuchter Industriespion.«

»Ach, sogar ein Industriespion.« Heinz verzog anerkennend den Mund. »Und wie heißt er wirklich?«

»Das weiß niemand. Er wechselt seine Namen und Ausweise offenbar häufiger als seine Unterwäsche.«

Heinz gab sich erschrocken. »Woher weißt du denn, wie oft er seine Unterwäsche wechselt?«

Sabine äffte ein Lachen nach, dann fuhr sie fort. »Nein, im Ernst: Seine geschniegelte Visage scheint der einzige Parameter zu sein, der gleichbleibt. Das heißt, ohne Gesichtserkennungssoftware hätten wir ihn nicht gefunden.« Sie machte eine kurze Pause, dann fügte sie hinzu: »Wie es scheint, hast du uns per Zufall einen großen Fisch an die Angel gejagt.«

»Immer wieder gern. Was passiert jetzt mit ihm?«

»Er sitzt in U-Haft und wartet auf seinen Anwalt. Der hat sich für morgen Nachmittag angesagt.«

Heinz zog die Augenbrauen zusammen. »Morgen ist Sonntag.«

Sabine gab ein abfälliges Zischen von sich. »Ich kann mir denken, dass man als international gefragte Industriespion eine zuverlässige Rechtsvertretung braucht.«

»Und das nötige Kleingeld, um sie bezahlen zu können«, ergänzte Heinz.

»Das wird er sich verdienen, schätze ich. Auch diesmal, immerhin hat er es offenbar geschafft, die Fahne bei seinem Auftraggeber abzuliefern, bevor wir ihn geschnappt haben. – Herrgott, wenn ich nur an sein überhebliches Grinsen denke!«

»Was ich dabei nicht verstehe«, räumte Heinz ein, »ist, wie die Fahne in diese Geschichte passt.« Sein Blick wanderte unbewusst zu der Stelle an der Wand, an der sie gehangen war. »Ich meine, was ist der Hintermann für einer, dass er einen Industriespion engagiert? Für den Job hätte ein simpler Strohmann genügt.«

»Ich denke, der Auftraggeber wollte einen Profi haben, damit nichts schiefläuft.«

»Erscheint dir das nicht ein wenig überzogen?«

»Die Frage kann ich dir erst beantworten, wenn ich weiß, was es mit dieser Fahne auf sich hat.« Heinz stand auf und ging ein paar Schritte hin und her. Dabei erzählte er Sabine, dass Thomas Vallant offenbar der Einzige sei, der die Hintergründe der Fahne kannte, und von dem vergeblichen Versuch, etwas aus dem Mann herauszubekommen. »Ich habe das Gefühl, seine Abneigung mir gegenüber ist größer als seine Sorge um die Fahne.«

Sabine überlegte anscheinend, dann meinte sie: »Was, wenn er selbst dahintersteckt?«

»Hinter dem Diebstahl? Dann wäre er nicht so kompliziert vorgegangen.«

»Aber er sitzt im Rollstuhl. Er selbst hätte die Fahne nicht abnehmen können.«

»Er hätte doch nur Angelika sagen müssen, dass sie ihm die Fahne holt, und Marie hätte er erklären können, er wolle sie vor mir in Sicherheit bringen. Nein, was ich meine, ist, dass Thomas sich zwar um die Fahne sorgt – so ist zumindest mein Eindruck –, dass er aber nicht glaubt, sie könnte mit dem Mord an seinem Bruder in Verbindung stehen.«

Am anderen Ende der Leitung war es eine Sekunde lang ruhig, dann fragte Sabine: »Glaubst du es denn?«

»Ich weiß es nicht.« Heinz blieb unvermittelt stehen. »Aber so wie du finde auch ich den Zeitpunkt des Diebstahls verdächtig und auch – wie schon erwähnt – das Vorgehen des Auftraggebers, um an die Fahne heranzukommen. Und nebenbei: Dreitausend Euro für Angelika zuzüglich Honorar für den Mann mit dem gleichbleibenden Gesicht plus Spesen – die Fahne muss dem Auftraggeber echt was wert sein.«

»Dann fällt dein Winzer als Verdächtiger aus?« Es klang, als hätte Sabine die Frage schon unter den Nägeln gebrannt.

»Den habe ich gestern gefragt«, erzählte Heinz, »er hat gemeint, er könne sich nicht an eine Fahne in Daniels Büro erinnern.«

»Glaubst du ihm?«

»Ich neige stark dazu. Pollheimer verrichtet ja keine Arbeiten im Büro, er wird also nur selten hier drin gewesen sein. Klar, es könnte Hintergründe geben, die ich nicht kenne, aber wenn ich an das komplizierte und kostspielige Vorgehen bei dem Diebstahl denke – das gehört nicht in eine Kategorie, in der ich den Fritz Pollheimer sehe. Ganz abgesehen davon, wenn er die Fahne hätte haben wollen, hätte ihm ein unbeobachteter Moment gereicht, um sie sich zu holen. Er geht am Urbanhof ja täglich ein und aus.«

»Klingt logisch«, meinte Sabine, dann fragte sie: »Gibt es denn kein Foto von der Fahne? Oder vom Büro, wo sie im Hintergrund zu sehen ist?«

»Anscheinend nicht.« Auch Heinz war schon auf diesen Gedanken gekommen, weshalb er Marie danach gefragt hatte. Sie hatte verneint. »Ich weiß momentan wirklich nicht, woher ich Informationen über das depperte Ding kriegen kann. Die einzige Beschreibung, die ich habe, ist die von Marie.« Er erzählte Sabine davon.

Sie seufzte. »Ich werde mich morgen mit diesem Anwalt matchen. Deinen Film kann er immerhin nicht wegargumentieren, vielleicht bringt das seinen Klienten ja dazu, auszupacken, in wessen Auftrag er gehandelt hat.« Sie klang wenig hoffnungsvoll.

»Und ich werde noch eine Runde mit Onkel Thomas angehen«, meinte Heinz, »was bleibt mir auch anderes übrig?«

Sabine seufzte wieder. »Ich werde heute noch bei Papa vorbeischauen. Es gibt zwar nichts Neues, aber ...« Sie ließ den Satz offen.

Heinz verstand sie auch so. »Grüß ihn von mir«, sagte er, auch wenn er wusste, dass sein Vater es nicht mitbekommen würde.

»Mache ich«, versprach Sabine, »mache ich.«

Nach dem Telefonat stand Heinz verloren im Büro und starrte vor sich hin. Einmal mehr wanderte sein Blick zu der Wand, an der die Fahne fehlte. Wäre er Angelika nicht spontan gefolgt, wäre niemandem aufgefallen, dass sie fehlte. Marie hatte selbst gesagt, sie hätte wohl geglaubt, Heinz hätte sie abgenommen, und bis Thomas aufgefallen wäre, dass sie weg war, wären wahrscheinlich Jahre vergangen. Sofern es ihm überhaupt je aufgefallen wäre. Pollheimer hatte nichts von der Fahne gewusst, und Gidi schien nichts zu interessieren außer Süßspeisen. Das bedeutete, dass Daniel vermutlich der einzige Mensch im Haus gewesen war, dem das Verschwinden überhaupt aufgefallen wäre, doch der war ja nicht mehr da.

Bevor Heinz über die Schlussfolgerungen nachdenken konnte, die sich aus diesem Umstand ergaben, wurde seine Aufmerksamkeit einmal mehr auf das Fenster zum Vorplatz gelenkt. Dort fuhren nämlich zwei Autos ein, ein waldgrüner *Jeep* und ein dunkelblauer kantiger Volvo-Kombi, der aussah, als hätte er sich seit Jahrzehnten bewährt. Dem Geländewagen entstieg ein großer korpulenter Mann mit einem runden Gesicht. Seine aufrechte Haltung, sein stechender Blick und sein breiter Schnurrbart in Form eines umgekehrten Hufeisens gaben ihm das Aussehen eines Wild-West-Sheriffs, selbst wenn seine biedere Alltagskleidung diesen Eindruck nicht unterstrich. Aus dem *Volvo* stieg ein Mann mit Brille und einem dunkelbraunen Scheitel, er hatte etwa Heinz' Größe, wirkte im Vergleich zu dem anderen Mann aber klein; beide waren um die vierzig. Als sie auf den Hauseingang zukamen, beschlich Heinz das Gefühl, dass auch dieser Besuch sein Leben nicht erleichtern würde. Er verließ das Büro und ging ihnen entgegen.

»Herr Sablatnig?«, fragte der Große, der gerade die Stufen zur Haustür heraufgestapft kam, mit einem voluminösen Bass. Heinz bejahte, und der Mann streckte ihm seine massige Hand entgegen. »Gönitzer, Weinbauverband Kärnten.« Er ging weiter auf Heinz zu, als wollte er ihn wegdrängen.

Heinz drückte die Hand und wich wohl oder übel zur Seite.

Gönitzer trat seine Schuhe gefühlte einhundert Mal auf dem Fußabtreter ab, was eigenartig schwerfällig wirkte. Dann deutete er auf die Eingangstür und dröhnte: »Darf ich?«

Heinz machte eine einladende Geste und wartete auf den zweiten Besucher. Dieser begegnete ihm mit offenem Blick und freundlichem Lächeln, auch blieb er auf halber Treppe und damit in einem Respektabstand vor Heinz stehen, als er ihm die Hand reichte. »Walter Aigner, Obst- und Weinbauzentrum Sankt Andrä.«

»Heinz Sablatnig, Berufsdetektiv. Und neuerdings auch Weinbauer.«

Aigner lachte.

Gönitzer wartete im Vorhaus auf die beiden, Heinz ging nun voran zum Esstisch. Er hatte eine lebhafte Vorstellung davon, was die beiden Kerle von den Weininstitutionen von ihm wollten, immerhin war die mediale Berichterstattung über Arsen im Boden und damit im Wein noch nicht abgeflaut.

Auf halbem Weg tauchte Bogart im Gang auf, die fremden Stimmen hatten ihn wohl in seinem Vormittagsschlaf gestört. Er blieb kurz stehen und musterte die drei aufmerksam, dann wuselte er ihnen entgegen, an Heinz vorbei und begrüßte die Neuankömmlinge. Heinz hatte ihm nie abgewöhnen können, Menschen bei der Begrüßung anzuspringen, entsprechend waren auch oft die Reaktionen.

Die beiden Weinleute sahen das jedoch locker. Gönitzer, dem die Vorderpfoten des Beagles nur knapp über die Knie reichten, fuhr ihm mit der Hand in grober Zärtlichkeit einmal über den Kopf und die Schlappohren, wobei er etwas grunzte, das wie »Servus« klang. Aigner hockte sich zu dem Hund hin und kraulte kurz Hals und Ohren. Die Geschicklichkeit, mit der er dabei Bogarts Zunge auswich, zeigte Heinz, dass er Erfahrung mit Hunden hatte.

Auch Marie war auf den Besuch aufmerksam geworden, sie erschien – gekleidet in eine fleckige Arbeitsschürze und Gummihandschuhe – in der Küchentür. Als sie Gönitzer sah, spiegelte sich eine Ehrfurcht auf ihrem Gesicht, die an Angst grenzte. »Grüß Gott«, flüsterte sie. Anders war ihre Reaktion auf Aigner, der sie zum Strahlen brachte und ihr ein fast fröhliches »ja, hallo« entlockte.

Die beiden reichten ihr die Hand und kondolierten zum tragischen Tod ihres Vaters, den Dialogen entnahm Heinz, dass beide schon telefonisch ihr Beileid ausgedrückt hatten.

Heinz bot seinen Gästen einen Platz am Tisch an und wollte sie nach ihren Getränkewünschen fragen, doch Marie war schneller. Beide Besucher und auch Heinz baten um Kaffee, woraufhin Marie wieder in der Küche verschwand.

Heinz atmete einmal tief durch, dann sah er Gönitzer und Aigner nacheinander an und fragte: »Was kann ich für Sie tun?«

Kapitel 13

Wie selbstverständlich begann Gönitzer als Erster zu sprechen. »Herr Sablatnig, ich sag es gleich rundheraus: Sie haben uns einen Haufen großer Probleme beschert. Da war die Berichterstattung über den Arsenwein, und anstatt dass Sie das dementieren, sagen Sie im Fernsehen auch noch, der Wein könnte tatsächlich vergiftet sein. Auch das Radio und die Zeitungen sind voll ... ich brauche Ihnen ja nichts zu erzählen. Das Thema ist auch in den sozialen Medien viral gegangen und seit zwei Tagen – man kann es nicht anders sagen – geht es durch die Decke. Da werden Vergleiche mit dem Glykolwein in den 1980ern gezogen – obwohl das eine mit dem anderen nichts zu tun hat, und mit Kärnten schon gar nicht –, Witze, dass Agatha Christie ihren Krimi-Opfern Kärntner Wein eingeschenkt hätte, würde sie heute leben und und und. Das alles hat zur Folge, dass der Verkauf von Kärntner Weinen komplett eingebrochen ist. In der Gastronomie lehnen die Gäste Kärntner Weine ab, weshalb die Gastwirte ihre Bestellungen bei den Weinbauern stornieren, Gleiches gilt für den Getränkehandel und die Ab-Hof-Verkäufe. Wenn das so weitergeht, ist der gesamte Kärntner Weinbau innerhalb einer einzigen Saison Geschichte, und das, nachdem wir ihn rund vierzig Jahre mühsam aufgebaut haben gegen alle Widrigkeiten.« Der Hüne machte eine Pause, doch seine gewaltige Stimme schien im Vorhaus immer weiter zu hallen. Er sah Heinz auffordernd an.

Dieser nickte, um sein Verständnis auszudrücken. Dann antwortete er: »Herr Gönitzer, ich sehe das genauso wie Sie. Ich möchte allerdings klarstellen, dass die Medienkampagne nicht auf meinem Mist gewachsen ist. Die Sache mit dem Arsen hat sich das Fernsehen aus den Fingern gesogen, weil die Polizei keine Angaben darüber machen konnte, wie Daniel das Gift verabreicht worden ist. In dem Interview habe ich versucht, klarzumachen, dass Daniels Tod eindeutig Mord war und in keiner Weise mit natürlich vorkommendem Arsen im Zusammenhang steht. Nur dass Frau Schratter vom Fernsehen den Beitrag in einer Weise zusammengeschnitten hat, der ihre eigene Aussage unterstützt – womit genau der Eindruck entstanden ist, den auch Sie offenbar bekommen haben. Ich habe aber kein Interesse daran, dem Kärntner Wein zu schaden, warum auch? Ich selbst bin jetzt Weinbauer.«

Gönitzer sah Heinz mit seinem stechenden Blick an. »Sie sind also das Unschuldslamm.«

Heinz verdrehte die Augen. »Nein. Ich bin aber auch nicht der Sündenbock. Ich habe mich bei dem Interview nur ungeschickt ausgedrückt.«

Gönitzer blickte zur Seite und räumte ein: »Dass die Medien ihre eigene Suppe kochen, ist nichts Neues. Die Frage ist: Wie reagieren wir darauf?«

Heinz verkniff sich ein Schmunzeln über die plumpe Diplomatie dieser Aussage. In Wahrheit wollte Gönitzer wissen, was Heinz dagegen zu unternehmen gedachte. Er spielte den Ball zurück: »Die Frage lautet, was können wir tun? Ich habe gestern mit Frau Schratter telefoniert und versucht, ihr klarzumachen, was sie mit ihrer Berichterstattung auslöst. Sie ist nicht einmal auf meinen Standpunkt eingegangen.«

»Das kenne ich«, erwiderte Gönitzer, »auch wir haben unsere Medienkontakte aktiviert, aber momentan ist niemand auf unserer Seite. Die Story ist einfach zu groß, und wir haben keine echte Lobby.«

»Was erwarten Sie von mir?«, fragte Heinz direkt.

Prompt fehlten Gönitzer zum ersten Mal die Worte. »Ich bin der Obmann des Weinbauverbands Kärnten«, begann er dann, offenbar um wenigstens irgendetwas zu sagen. »Unsere Mitglieder liegen mir wegen der leidigen Geschichte seit Tagen in den Ohren, und sie ... na ja ...«

Heinz vollendete den Satz. »Sie geben mir die Schuld.«

Der große Mann nickte unbeholfen und als sein Mund zuklappte, machte er: »Hm.«

»Emmerich«, Aigner, der bislang ruhig danebengesessen war, stieß ihn an, »darf ich?«

Gönitzer machte eine einladende Geste.

»Sie müssen das verstehen, Herr Sablatnig«, begann Aigner. »Die Weinbauern stehen plötzlich und ohne Vorwarnung vor einem Problem, das völlig aus der Luft gegriffen ist, ihnen aber trotzdem die Existenzgrundlage entzieht. Deshalb sind alle verständlicherweise etwas kopflos. Sie, auf der anderen Seite, sind aus dem Nichts aufgetaucht und haben dieses Problem mitgebracht.«

Heinz riss die Augen auf. »Ich habe das Problem mitgebracht?«

»Verstehen Sie mich nicht falsch«, beharrte Aigner, »ob die Dinge inhaltlich zusammenhängen oder nicht, steht auf einem anderen Blatt. Aber aus der Sicht der Weinbauern sind Sie ein Branchenfremder, der den Weinbauern spielt. Der sich wichtigmacht.« Er setzte kurz ab, dann meinte er: »Bitte nicht böse sein.«

Heinz nickte. »Ich verstehe schon.«

Der andere fuhr fort. »Sie sind zwar der neue Besitzer des Urbanhofs, aber sie verhalten sich nicht wie ein Weinbauer, der den Kärntner Wein in Schutz nimmt, sondern wie ein Detektiv, der einen Mordfall aufklären will. Deshalb ist auch das Interview so fatal schiefgegangen.«

Heinz war beeindruckt. Aigner hatte ihm die Angelegenheit aus einer Perspektive gezeigt, aus der er sie bisher nicht gesehen hatte. »Und deshalb«, führte er den Gedanken weiter, »sehen mich die Weinbauern als den Verursacher des Problems?«

Aigner lächelte, legte den Kopf schief und drehte die Handflächen nach oben.

Marie kam mit einem Tablett, auf dem zwei Kannen und diverses Geschirr standen. Auch den halben Reindling, der vom Frühstück übriggeblieben war, hatte sie mitgebracht. Sie lud die Sachen vor den Männern auf den Tisch und diese bedienten sich.

»Ich verstehe Ihren Standpunkt«, meinte Heinz nun, »aber was erwarten Sie von mir? Was soll ich tun?«

Aigner und Gönitzer wechselten einen Blick, der alles und nichts bedeuten konnte. »Also«, begann der Obmann, »um ehrlich zu sein ...«

Sie wussten es nicht. Heinz war das irgendwie klar gewesen. Die Mitglieder des Weinbauverbands hatten ihren Obmann wütend bestürmt und ihn aufgefordert, die Initiative zu ergreifen. Sie hatten so etwas gesagt wie: »Reiß ihm den Arsch auf«, ohne selbst zu wissen, in welcher Weise das geschehen sollte, damit die Situation sich verbesserte.

Aigner ergriff wieder das Wort. »Es wäre sicher hilfreich, wenn Sie den Mord an Daniel rasch aufklären könnten. Wenn Sie nachweisen können, dass das Arsen nicht im Wein war, wären wir schon einen Schritt weiter. Und selbst wenn es im Wein war, lässt sich die dahinterstehende Absicht kommunizieren, dass also ein Mensch schuld an der Vergiftung war und nicht der Wein.«

Heinz seufzte. »Da rennen Sie bei mir offene Türen ein.« Er wollte gerade erklären, dass er kaum zum Ermitteln kam, weil ihm pausenlos verschiedenste Stolpersteine in den Weg geworfen wurden, als vom Stiegenhaus her ein erfreuter Ruf zu ihnen drang.

»Ja, da schau her, hoher Besuch!« Thomas rollte heran, zum ersten Mal, seit Heinz ihn kannte, hatte er ein fröhliches Gesicht.

»Ja, da schau her«, erwiderte Gönitzer und sprang auf, »unser Rollstuhlpilot.« Er ging ihm entgegen, beugte sich zu ihm hinunter und umarmte ihn, so dass Thomas und sein Rollstuhl förmlich verschwanden. Nur seine Hände, die Gönitzers Rücken tätschelten, waren zu sehen.

Auch Aigner ging zu ihm hin und wartete, bis er an die Reihe kam. Er schüttelte Thomas die Hand und klopfte ihm auf die Schulter. »Mein Beileid, noch einmal persönlich«, sagte er dabei.

Die drei kamen zum Tisch, wo sie laut miteinander scherzten. Marie legte ein weiteres Gedeck für ihren Onkel auf und da Heinz sich im Kreis der Herren ohnehin wie das fünfte Rad am Wagen fühlte, folgte er ihr in die Küche.

»Ich muss dich etwas fragen«, begann er und deutete nach draußen. »Wie kommt es, dass sich dein Onkel mit den beiden so gut versteht?«

»Die kennen sich schon ewig. Bevor mein Onkel seinen Unfall gehabt hat, hat er ja den Hof geführt. Gönitzer und Aigner sind selbst Weinbauern, außerdem haben die beiden, solange ich mich zurückerinnern kann, immer irgendwelche Funktionen oder Ämter gehabt, im Weinbauverband, in der Landwirtschaftskammer und was weiß ich noch wo.«

»Wie lange ist das eigentlich her? Der Unfall, meine ich.«

Marie dachte kurz nach. »Neun Jahre«, meinte sie dann, »ich war da zehn.«

»Den Aigner hast du lieber als den Gönitzer, habe ich recht?«

Marie blickte Heinz misstrauisch an, doch als sie sein verschmitztes Lächeln sah, entspannte sie sich. »Ja, der Herr Gönitzer ist so grob. Aber der Walter ist nett.« Es klang warm, wie sie es sagte.

»Ich habe das nicht ganz mitbekommen, der Walter ... Aigner, von welcher Organisation ist der?«

»Vom Obst- und Weinbauzentrum. Das ist eine Versuchsanstalt der Landwirtschaftskammer in Sankt Andrä, zehn Autominuten von hier. Die Landwirtschaftsschule ist da auch angegliedert, da bin ich zur Schule gegangen.«

»Eine Versuchsanstalt?« Heinz zog die Augenbrauen zusammen. »Was untersuchen die?«

»Na, welcher Wein wo am besten wächst. Kärnten ist ja nicht das perfekte Weinbaugebiet, da muss viel ausprobiert werden.«

»Und was macht der Walter Aigner in dieser Versuchsanstalt?«

»Er leitet den Versuchsweingarten, gibt Winzerkurse, hilft den Weinbauern bei allen Problemen, die beim Weinbau auftauchen ... er weiß alles über Wein.«

»Wie, alles?«

»Na, eben alles! Über den Anbau, die Schädlinge, die Kellerwirtschaft, die Geschichte ... ich habe noch nie erlebt, dass er eine Frage zu irgendeinem Weinthema nicht hätte beantworten können.«

»Kommt er oft her?«

Marie zuckte mit den Schultern. »Papa hat ihn immer geholt, wenn es besondere Probleme im Weingarten oder im Keller gegeben hat. Vor allem bei starkem Schädlingsbefall oder beim Verarbeiten von geschädigten Trauben.«

»Und hat dein Onkel ihn auch schon geholt?«

»Das weiß ich nicht. Aber Papa und Walter waren Jugendfreunde. Der Walter war also damals schon oft hier am Hof.«

»Und dein Onkel war damals nicht sein Freund?«

»Doch, aber anders. Mein Onkel ist vierundzwanzig Jahre älter als Walter. Der hat schon damals, als der

Walter noch ein Jugendlicher war, gemeinsam mit meinem Opa das Weingut geführt.«

Jedes Detail, das Marie ihm erzählte, warf für Heinz weitere Fragen auf, zu ihrer Familie, zu Thomas' Unfall, zum Weinbau allgemein und zu vielem mehr. Doch er fragte nicht weiter, denn Marie hatte ihm eine für den Moment denkbar wichtige Information gegeben: Wenn Walter Aigner tatsächlich ein so offener und hilfsbereiter Mensch war wie Marie schwärmte, konnte er vielleicht zwischen Heinz und Thomas vermitteln. Heinz dankte ihr herzlich und verließ die Küche.

Gönitzer saß bei Thomas, beide hatten einen hochroten Kopf vom Lachen; es wirkte, als wären sie betrunken. Aigner stand daneben, stützte sich auf eine Sessellehne und grinste ebenfalls.

»Herr Aigner«, als Heinz ihn ansprach, sah er auf. »Könnte ich mit Ihnen reden, bitte?«

Der Angesprochene richtete sich auf und hob bedauernd sein Handgelenk mit der Armbanduhr. »Ich muss leider weiter. Hätten Sie morgen Zeit?«

Das kam für Heinz unerwartet, er überlegte, ob es eine Möglichkeit gab, Aigner umzustimmen.

Dieser schien die Dringlichkeit von Heinz' Anliegen zu erkennen, denn er meinte: »Wenn Sie möchten, können Sie gerne mitkommen. Ich muss zu ein paar Weinbauern in Feldkirchen und Sankt Veit. Wenn wir zurückkommen, lade ich Sie gerne hier wieder ab. Kann aber Abend werden.«

Heinz brauchte nicht lange zu überlegen. Aigner war der vielversprechendste Kandidat, wenn es darum ging, ihm Einblicke in die Kärntner Weinszene und in die Familie Vallant zu geben. Er nahm das Angebot dankend an.

Samstag, 10 Uhr

Die Entscheidung, mit Walter Aigner mitzufahren, erwies sich für Heinz als die beste seit Langem. Kaum im Auto bot Aigner ihm schon das Du an, und ab da erwies sich der Mann als gleichermaßen fachkundig wie gesprächsbereit. Mehr noch, er und Heinz hatten von Beginn an einen guten Draht zueinander.

Während der Fahrt nach Feldkirchen gab Aigner Heinz einen Überblick über die jüngere Geschichte des Weins in Kärnten. Demnach hatten in den späten 1980er-Jahren eine Handvoll Pioniere damit begonnen, Wein in Kärnten wieder zu kultivieren, darunter auch sein Vater sowie der Vater von Daniel und Thomas Vallant. Der alte Vallant – sein Name war Urban – hatte seinen Weinberg gemeinsam mit seinem Nachbarn Egon Zarfl aufgezogen, dem Vater des kürzlich verstorbenen Zarfl und damit Großvater von Eva Abraham.

Heinz horchte auf. »Der Urbanhof und der Lacknerhof haben früher zusammengehört?«

»Nein, ursprünglich hat das gesamte Land dem Lacknerhof gehört. Urban Vallant hat einen Teil des Grundstücks von Egon Zarfl abgekauft und dort den Urbanhof gegründet – er hat ihn nach sich selbst benannt.«

»Verstehe.« Heinz lächelte, es war ungewöhnlich, dass ein Hof neu gegründet und dann sozusagen künstlich mit einem Vulgonamen versehen wurde. »Aber warum haben die beiden zusammengearbeitet?«

Walter Aigner hob die Schultern. »Anscheinend haben sich die beiden gut verstanden. Soweit ich weiß, war Egon Zarfl sehr interessiert am Weinbau. Im Gegensatz zu seinem Sohn und seinem Enkel.« Walter sprach es nicht aus, doch sein Tonfall verriet, dass er die beiden für Nichtsnutze hielt.

»Du hast vorhin gesagt: wieder zu kultivieren«, meinte Heinz nun, »hat es hierzulande denn schon einmal Wein gegeben?« Aus seiner Sicht war die seit einigen Jahrzehnten aufblühende Weinkultur eine völlige Neuheit.

Walter nickte. »In Kärnten ist wohl schon seit zweitausend Jahren Wein angebaut worden, nur in den vergangenen zweihundert Jahren nicht mehr.«

»Wie ist das zu verstehen?«

»Das hat mehrere Gründe«, begann Walter. »Zum einen gehört Kärnten zu den kühleren Weinbaugebieten, was daran liegt, dass wir aufgrund der Seehöhe niedrigere Temperaturen haben als unsere Nachbarn Italien und Slowenien. In Jahren mit einem kühlen Sommer oder Herbst kann sich somit nur wenig Säure in den Beeren abbauen.«

»Das heißt, die Weine werden sauer, verstehe ich das richtig?«

Walter lachte. »Ja, dafür war Kärnten früher berüchtigt. In Sittersdorf hat man von einem ›Sieben-Männer-Wein‹ gesprochen. Der war angeblich so sauer, dass ein Weintrinker von sechs weiteren Männern festgehalten werden musste, wenn er weitertrinken wollte, weil es ihn so stark geschüttelt hat. Und um Mitternacht hat der Messner die Kirchenglocken geläutet, um die Leute daran zu erinnern, sich in den Betten umzudrehen – weil der Wein die Magenwand durchätzt, wenn er zu lange auf einer Magenseite liegt.« Beide lachten, dann fuhr Walter fort. »Das lag vor allem an der späten Reife der autochthonen Sorten und der Tatsache, dass im Keller nicht eingegriffen wurde. Da haben wir heute andere Möglichkeiten. Aber zurück zum Thema. Zusätzlich zu den klimatischen Nachteilen ist bei uns auch das Wetter im Jahresrhythmus sehr unbeständig. Extrem heiße Sommer folgen auf extrem kalte, in einem Jahr fällt so viel Regen, dass es im ganzen Land Überschwemmungen gibt, im Jahr darauf dörrt die Trockenheit die Wiesen ab.«

»Ja«, bestätigte Heinz, »die Folgen des Klimawandels.«

»Möglich, aber in Kärnten gab es auch früher schon extreme Wetterereignisse.«

»Wie meinst du das?«

»Dass in schriftlichen Aufzeichnungen schon seit Jahrhunderten von diesen Schwankungen berichtet wird. Das macht es für Weinbauern natürlich schwierig, auf Dauer vom Wein zu leben. Trotzdem hat es bis ins 18. Jahrhundert vor allem im Lavanttal und im Jauntal große Weinbauflächen gegeben.«

»Woher weiß man das?«

»Weil Kaiser Josef II. Erhebungen über die landwirtschaftlichen Anbauflächen in seinem Reich durchgeführt hat.« Walter nahm die rechte Hand vom Lenkrad und rieb Zeigefinger und Daumen aneinander. »Wegen der Steuer.« Er grinste und wollte weitersprechen, hielt aber kurz inne und sah Heinz dann mit einem Blick an, als hätte er in ihm gerade einen alten Freund wiedererkannt. »Bist du vielleicht mit Lucas Sablatnig verwandt? Lucas mit c?«

»Lucas?« Heinz dachte nach, schüttelte aber gleich den Kopf. »Nein, tut mir leid, nicht dass ich wüsste. Von wo ist der?«

»Stift Griffen.«

»Hä? Ein Mönch?«

»Nein, ein Hofrichter.«

Heinz starrte Walter an.

Als dieser den Blick sah, begann er zu lachen. »Okay, falsche Zeit. Ich spreche vom 18. Jahrhundert.«

»Du fragst mich, ob ich mit Lucas Sablatnig aus dem 18. Jahrhundert verwandt bin?«

»Könnte doch sein.«

Heinz schüttelte den Kopf. »Ich fürchte, mein Stammbaum berücksichtigt nicht so viele Nebenäste, dass er den xten Uronkel Lucas hundertsten Grades mit einschließt.«

Es gab tatsächlich eine Aufzeichnung von Heinz' Familienstammbaum, und dieser war recht umfangreich. Allerdings war es schon lange her, dass Heinz ihn sich angesehen hatte. Er nahm sich vor, dies nachzuholen, möglicherweise befand sich ja doch ein Hofrichter Lucas darin. Im Moment war er neugierig, warum Walter ihn auf diese historische Figur ansprach: »Was war mit ihm?«

»Von ihm ist eine schriftliche Aufzeichnung erhalten, in der er davon berichtet, dass er im Oktober 1769 ins Lavanttal geschickt wurde, um die Erträge der dortigen Weingärten zu protokollieren. Diese sind in dem Dokument dann auch aufgelistet.«

»Da schau her«, meinte Heinz, »die Sablatnigs hatten also immer schon mit dem Wein zu tun. Und immer indirekt.«

Sofern Walter den Witz mitbekommen hatte, überging er ihn. »Aus Quellen wie dieser wissen wir, dass im Jahr 1788 noch siebzig Hektar Wein im Lavanttal angebaut wurden – 1844 war die Fläche auf zweiundzwanzig Hektar geschrumpft.«

»Das verstehe ich nicht«, bekannte Heinz, »du hast doch gesagt, dass das Wetter schon immer unbeständig war. Was also hat sich geändert zwischen 1788 und 1844?«

»Zuerst sind die Zölle liberalisiert worden mit der Folge, dass die qualitativ besseren Weine aus der Steiermark, aus Slowenien und Italien billiger geworden sind. Dann hat Kaiserin Maria Theresia den Alkohol höher besteuert, wodurch der Weinkonsum insgesamt gesunken ist. 1870 gab es im Lavanttal nur noch fünf Hektar Rebfläche, die größte davon auf Schloss Thürn. In den darauffolgenden Jahren wurden dann auch noch Schaderreger aus Amerika eingeschleppt, die haben das Ende des Weinbaus dann endgültig besiegelt.«

Heinz sprach aus, was er dachte: »Ich verstehe. Die Tradition, Wein anzubauen, hat einfach aufgehört.«

»So kann man es sehen.«

»Und jetzt greift ihr sie wieder auf?«

»Nein«, korrigierte Walter, »wir entwickeln eine neue. Der moderne Weinbau ist mit dem von damals kaum zu vergleichen.«

»Du meinst wegen der technischen Möglichkeiten?«

»Natürlich, aber auch von den Weinsorten her. Früher war der Weiße Heunisch die Kärntner Rebsorte schlechthin. Die war aber spätreifend und entsprechend sauer. Heute werden vorwiegend Piwi-Sorten gepflanzt.«

»Was heißt Piwi?«

»Das ist die Abkürzung für ›pilzwiderstandsfähig‹. Das sind mehrere Rebsorten, die immer wieder miteinander gekreuzt werden, um sie möglichst resistent gegen Pilzerkrankungen zu machen.«

»Und das funktioniert?«

Walter verzog das Gesicht. »Einmal besser, einmal schlechter. Wie gesagt, in Kärnten ist das Klima jedes Jahr anders, entsprechend variiert auch die Ernte. Hinzu kommt noch, dass immer wieder neue Schädlinge auftauchen, gegen die die bestehenden Sorten nur bedingt widerstandsfähig sind.«

Heinz schwirrte der Kopf. Er war gerade einmal eine halbe Stunde mit dem Mann unterwegs und hatte jetzt schon das Gefühl, im Universum Wein verloren zu gehen. Er wechselte das Thema. »Haben die Vallants ... habe ich auch Piwi-Sorten?«

Walter lachte auf. »Ja, Heinz, du hast ausschließlich Piwi-Sorten. Wie bist du eigentlich zu diesem Erbe gekommen? Ich meine: Nicht, dass es mich was anginge.«

»Doch, doch, kein Problem.« Heinz erzählte die Geschichte, die er jedem erzählte: Woher er Daniel gekannt hatte und dass er nicht wusste, warum dieser ihn den eigenen Verwandten vorgezogen hatte. Dann endigte er wieder mit: »Ich nehme an, er wollte, dass ich seinen Mörder dingfest mache.«

Walter wurde still und wirkte mit einem Mal seltsam ernst. »Er muss geglaubt haben, dass ihn Marie oder Thomas vergiftet haben.« Er sah zu Heinz herüber, den Blick voller Unbehagen.

Heinz nickte, das war sein Stichwort. »Wie gut kennst du die beiden?«

Kapitel 14

Walter sah wieder auf die Straße und erklärte: »Thomas seit meiner Geburt und Marie seit ihrer. Und bevor du mich das fragst: Nein, ich halte es für ausgeschlossen, dass einer der beiden Daniel vergiftet hat.«

»Was ist eigentlich mit Thomas passiert? Ich meine, weil er im Rollstuhl sitzt.«

»Er ist im Weinberg verunglückt. Das war vor ... neun Jahren. Im November oder Dezember, das weiß ich nicht mehr genau. Es war jedenfalls der Tag, nachdem sein und Daniels Vater gestorben war. Und wenn du mich fragst, war das auch der Grund, warum der Unfall überhaupt passiert ist: Thomas war nicht bei der Sache, deshalb hat er zwei Fehler gemacht, die ihm sonst nicht unterlaufen wären. Er war schon am frühen Morgen im Weinberg und hat das alte Laub und die Ranken von den Stöcken entfernt. Da kommt immer eine Menge Material zusammen, deshalb hat er den Traktor genommen und die Ladefläche angekoppelt. Und wie er von einer Rebzeile in die nächste gefahren ist, um den Traktor dort abzustellen und weiterzuarbeiten, hat er beim Wenden oben am Hang die Kurve zu eng genommen und ist mit dem Eck von der Ladefläche am Abspanndraht des Erziehungssystems hängen geblieben. Wie er den Widerstand gespürt hat, hat er gegengelenkt – was sein erster fataler Fehler war. Denn als sich der Draht gelöst und die Spannung schlagartig nachgelassen hat, ist der Traktor gerade schräg genug im Hang gestanden, so dass er gekippt ist. Er hat sich mehrmals überschlagen, zwischen zwei Rebzeilen hinunter. Dabei wäre Thomas gar nichts passiert, der Traktor hat ja keine Türen, er hätte nach dem ersten Umkippen einfach nur seitlich am Boden liegen bleiben müssen, während sich das Gerät weiter überschlägt. Doch da hat er den zweiten Fehler gemacht: Er hat sich am Lenkrad festgeklammert, so dass nur sein Unterkörper aus der Kanzel gekippt ist, und zwar so blöd, dass der Traktor auf ihn draufgefallen ist. Der hat ihm den Hüftknochen und ein paar Wirbel zerknackt, seither ist Thomas von der Hüfte abwärts gelähmt.«

Heinz war gebannt von der Erzählung.

»Dabei ist die Lähmung noch gar nicht das Schlimmste«, fuhr Walter fort. »Das Schlimmste ist, dass er wegen seiner Behinderung nicht mehr als Winzer arbeiten kann.«

»Wieso nicht?«, fragte Heinz, »es wird doch technische Möglichkeiten geben, dass er zumindest ein paar von den Arbeiten übernehmen kann.«

Walter zischte und schüttelte energisch den Kopf. »Das geht nicht, Wein ist ein Gesamtkunstwerk. Jeder Trieb muss geschnitten, jede Pflanze geschützt, ausgegeizt, teilentlaubt und abgeerntet werden. Die Trauben müssen gerebelt und gepresst, der Most richtig behandelt, gelagert und abgefüllt werden. Jeder einzelne Arbeitsschritt braucht so viel Detailwissen und vor allem Erfahrung, da kann man nicht Schritt eins und drei auslagern und sich nur um die Schritte zwei und vier bis sieben kümmern. Nicht, wenn man hinter dem fertigen Wein stehen können will – und wer das nicht will, ist kein Winzer. Thomas war die größte Kapazität auf diesem Gebiet, die ich je kennengelernt habe. Alles, was er von seinem Vater gelernt hat, hat er immer weiterentwickelt. Wenn du wüsstest, wie ... fanatisch er den Weinbau betrieben hat, dann könntest du verstehen, dass er bei seinem Unfall eigentlich sein Leben verloren hat. In den Monaten danach hat er so gut wie gar nicht gesprochen, mit niemandem. Und heute ist er nur noch ein Schatten von dem Mann, der er einmal war. Ich kenne niemanden, dessen Seele so tief verletzt worden ist, wie die von Thomas.«

Den Worten folgte ein langes Schweigen. Heinz war tief betroffen, er hatte Thomas nur als grantigen, zu früh gealterten Querschnittgelähmten wahrgenommen. Wie hätte er aber auch sehen sollen, dass der Mann nicht nur am Körper, sondern auch an der Seele verkrüppelt war? »Ich verstehe jetzt«, begann er langsam, »warum er mich so ablehnt. Sein Bruder hat sein Werk weitergeführt, da hat er es zumindest in den richtigen Händen gesehen. Ich hingegen …«

Walter nahm kurz den Blick von der Straße und sah ihn an. »Du tauchst aus dem Nichts auf, nimmst ihm seinen ursprünglichen Besitz weg, nistest dich als neuer Hausherr im gemachten Nest ein, hast null Ahnung vom Weinbau …«

Heinz erwiderte den Blick und beendete den Satz: »… und sage im Fernsehen, dass sein Wein mit Arsen versetzt sein könnte.«

Walter hob kurz und vielsagend die Augenbrauen, dann widmete er sich wieder dem Straßenverkehr.

Heinz schluckte trocken, dann sagte er: »Walter, ich weiß, das passt jetzt vielleicht nicht. Aber ich brauche Thomas, um den Mörder von Daniel zu finden.« Kurz spielte er mit dem Gedanken, Walter wegen des Diebstahls der Fahne ins Vertrauen zu ziehen, doch dann machte er sich klar, dass er den Mann – so gut er sich mit ihm auch verstand – ja überhaupt nicht kannte. »Thomas weiß alles über den Hof«, fuhr er darum fort, »über seine Geschichte, die Lieferanten, die Kunden … und im Gegensatz zu Marie hat er genug Lebenserfahrung, um beurteilen zu können, wer einen Grund hätte und in der Lage wäre, Daniel etwas Böses zu wollen.«

»Du willst, dass ich mit ihm rede?« Walter blies die Luft aus. »Ich kann es ja versuchen. Aber erwarte dir nicht zu viel davon, Thomas war auch schon vor seinem Unfall schwer beweglich, was seine Ansichten betrifft.«

Heinz bedankte sich, dann warf er Walter einen verstohlenen Blick zu. Die Art, wie dieser sich um seine Bitte bemühen würde, würde zeigen, welche Rolle er in der ganzen Geschichte spielte.

Als Walter Heinz spätnachmittags am Urbanhof ablieferte, zog ein kräftiger Sommerregen über das Lavanttal. Heinz bedankte sich in aller Form bei dem Weinspezialisten, und dieser wiederholte sein Versprechen, mit Thomas reden zu wollen. Dann tauschten sie Telefonnummern aus und verabschiedeten sich wie alte Freunde.

Sonntag, 06:30 Uhr

Als Heinz an diesem Morgen erwachte, brummte ihm der Kopf von all dem Weinwissen, das er am Vortag hochdosiert verabreicht bekommen hatte. Er öffnete das Fenster und begriff, dass das Brummen in Wahrheit aus dem Weinberg kam, Fritz Pollheimer war offenbar schon wieder mit dem schmalen Traktor unterwegs.

Da der Winzer am Frühstückstisch fehlte, fragte Heinz in die Runde, was er denn da draußen arbeite, an einem Sonntag und in aller Herrgottsfrühe.

»Er spritzt Kupfer«, antwortete Marie einsilbig.

Da nichts weiter kam, fragte Heinz in Richtung Thomas, was das bedeute, doch auch dieser zeigte kein Interesse an einer Konversation.

»Letzte Nacht hat es geregnet«, sagte er, als wäre damit etwas erklärt, was ohnehin nicht erklärt werden müsse.

Von der Neugier getrieben, stapfte Heinz nach dem Frühstück hinaus in den Weinberg. Die aufsteigende Sonne brachte die Regentropfen der vergangenen Nacht zum Glitzern, die Luft war frisch und fühlte sich beim Atmen sauber an. Pollheimer fuhr mit dem Spritzenaufsatz zwischen den Rebzeilen auf und ab und sprühte in das wirbelnde Laub. Heinz ging hin und wartete, bis der Winzer am Fuß des Hügels angekommen war, dann bedeutete er ihm, er solle anhalten.

»Was ist?«, schrie Pollheimer, um den Motor des Traktors zu übertönen.

»Schalt einmal ab«, schrie Heinz zurück.

Der Winzer gehorchte und sah Heinz fragend an.

»Was spritzt du da?«

»Kupferhydroxid.«

Heinz leckte sich über die Lippen, ehe er die Frage stellte, die ihn in den Augen seines Gegenübers entweder als Kenner oder als Möchtegern darstellen würde: »Gegen Pero?« Am Vortag hatte Walter ihm unter anderem von einem Schadpilz namens Peronospora –

kurz: Pero – erzählt, der den heimischen Weinbauern das Leben schwer machte.

Pollheimer verzog den Mund und spuckte auf den Boden. Dann nickte er anerkennend. »Seit wann kennst du dich aus?«

Heinz grinste. »Seit gestern.« Dann erzählte er dem Winzer von seiner Ausfahrt mit Walter Aigner. »Aber warum spritzt du so früh am Morgen? Und an einem Sonntag?«

Pollheimers Grinsen wurde schräg. »Doch kein Experte«, er lachte meckernd. »In der Nacht hat's geregnet, der Regen wäscht das Kupfer von den Blättern und schleudert wieder Pilzsporen ins Laub. Ich muss also schauen, dass es schnell wieder draufkommt, bevor die Sporen auskeimen.«

»Das Kupferhydroxid verhindert also, dass die Peronospora-Sporen die Blätter angreifen können?«

»Ganz genau«, Pollheimer spuckte wieder, »wenn es um Pero geht, gibt's kein Wochenende.«

»Darf ich dich noch etwas anderes fragen?« Heinz wartete die Zustimmung gar nicht erst ab. »Wozu hast du Netze gespannt? Die Weinbeeren sind doch noch gar nicht reif, kaum anzunehmen, dass die Vögel sie jetzt schon holen.«

»Sie schützen das Laub vor Wildverbiss, vor allem aber schützen sie die Stöcke vor Hagel.«

»Damit die Trauben nicht heruntergeschlagen werden?«

»Nicht nur. Der Hagel schlägt auch die Triebe auf. Und jede offene Stelle bietet eine Angriffsfläche für alle möglichen Schadpilze.«

Je länger sie sprachen, umso mehr Fragen tauchten für Heinz auf. Er erfuhr, dass die Triebe mit einem Gummischlauch gebunden wurden, weil dieser weich war und sie nicht verletzte. Und dass der grüne Lack an den Jungtrieben Paraffin war, das aufgebracht wurde, um das Vertrocknen der noch offenen Veredlungsstelle zu vermeiden und diese vor Parasiten zu schützen und dass »Weintraube« nicht die Bezeichnung für ein Fruchtkügelchen war, sondern für die Summe der Kügelchen auf einer Rispe; das Kügelchen selbst hieß Weinbeere.

»Du, ich muss weitermachen, bevor es zu heiß wird«, meinte Pollheimer irgendwann amüsiert, »aber ich bin in dreißig oder vierzig Minuten fertig, dann können wir weiterreden.«

»Gerne«, erwiderte Heinz, »komm hinunter in die Kellerei, du musst mir unbedingt zeigen, welche Weine wir haben und was die Unterschiede sind.«

Pollheimer nickte, spuckte einmal mehr auf den Boden und startete den Traktor wieder.

Kapitel 15

Sonntag, 9 Uhr

Als Pollheimer in den Verkaufsraum kam, begann er schon zu reden, noch bevor er die Tür wieder hinter sich geschlossen hatte. Es schien, als hätte sich seine Mitteilsamkeit in der vergangenen Dreiviertelstunde aufgestaut – und ganz offensichtlich freute er sich, dass sein Wissen auf Interesse stieß. Er erzählte Heinz, dass am Urbanhof insgesamt fünf Weinsorten angebaut wurden, alles Piwi-Weine, darunter die Weißweine Solaris, Muscaris und Blütenmuskateller und die Rotweine Rösler und Rathay.

Heinz, dem nur Muskateller bekannt vorkam, fragte nach, was das alles für Sorten seien, was für Pollheimer wie ein Startschuss war. Er lief geschäftig hin und her und holte von verschiedenen Ausstellungsdisplays je eine Flasche der genannten Weine. Dann verschwand er hinter dem Verkaufstresen und tauchte gleich darauf wieder mit zwei Weingläsern auf sowie mit einem schwarzen Eimerchen, dessen Deckel wie ein flacher Trichter aussah.

»Solaris ist eine, man könnte sagen, experimentelle Traube«, begann er, »die extrem pilz-widerstandsfähig ist. Muscaris ist eine Kreuzung von Solaris und Muskateller, daher die deutliche Muskatnote.« Er öffnete den Blütenmuskateller und schenkte einen kleinen Schluck in jedes Glas.

Während er das Glas gegen die Deckenlampe hielt, es in Schräglage drehte und mit einem Kennerblick musterte, fragte Heinz: »Worauf kommt es bei einer Weinverkostung an?«

Pollheimer hielt kurz inne, wobei er Heinz verständnislos musterte. Dann schien der Groschen zu fallen. »Du hast tatsächlich keine Ahnung, oder?«

»Nicht die geringste«, gestand Heinz.

»Also pass auf.« Der Winzer erklärte, dass eine Weinverkostung das gesamte Spektrum der menschlichen Sensorik beanspruche, weshalb auf jedes Detail geachtet werden müsse. Das beginne schon bei dem passenden Ort für eine Verkostung. »Wenn du hinten im Kühlraum zwischen Fässern und Regalen eine Verkostung bei Neonlicht machst, wird der Wein anders schmecken als hier zwischen Holzwänden, bei ansprechendem Licht und angenehmer Temperatur. Zuerst siehst du dir den Wein an«, Pollheimer hielt das Glas wieder schräg nach oben. »Wie ist seine Farbe, wie schimmert er, hat er Schwebeteilchen?«

Heinz machte die Bewegungen des Winzers nach. Tatsächlich nahm er ein leicht silbriges Schimmern wahr, war sich aber nicht sicher, ob er sich das jetzt nur einbildete.

»Als Nächstes ist die Nase an der Reihe.« Pollheimer steckte besagte in das Glas und sog hörbar die Luft ein. »Hmm«, meinte er, »was sagst du dazu?«

Heinz schob sein Riechorgan ebenfalls vorsichtig in das Glas und schnüffelte. »Fruchtig, würde ich sagen.«

»Welche Frucht?«

»Birne ... irgendwie.«

»Ja, ja, ja«, Pollheimer lachte, »du kommst der Sache schon näher. Und jetzt: kosten.« Er führte es sogleich vor und schloss genießerisch die Augen. Dann wartete er auf Heinz, er wollte offenbar dessen Urteil nicht beeinflussen.

Dieser nahm einen Schluck, schmatzte zweimal und schluckte dann. Sein Urteil lautete: »Gut.«

Pollheimer verdrehte die Augen. »So geht das nicht. Hör zu: Die hervorstechendsten Eigenschaften von Wein sind seine Säure, seine Süße, sein Tannin und sein Körper. Denen schmeckst du einzeln nach.«

Heinz zog die Augenbrauen zusammen. »Was ist Tannin?«

»Du kennst es vielleicht unter dem Begriff Gerbsäure. Tannine sind in den Kernen und in den Beerenhäuten enthalten, sie sind bitter und ...«

»Bärenhäute?«, fragte Heinz belustigt.

»Beerenhäute! Von den Weinbeeren.« Pollheimer schüttelte genervt den Kopf. »Okay, von vorne. Nimm einen Schluck in den Mund.«

Heinz gehorchte.

»Das Erste, was du schmeckst, ist die Säure. Achte auf deine Zungenspitze.«

Heinz lenkte seine Aufmerksamkeit auf den genannten Teil seiner Zunge und seine Augen weiteten sich.

Pollheimer, der das sah, lachte erfreut auf. »Und jetzt frag dich selbst, wie du die Säure empfindest. Angenehm, unangenehm? Mild oder betont, scharf oder schal?«

Heinz ließ den Wein in seinem Mund etwas nach hinten rinnen, damit er sprechen konnte. »Mild, würde ich sagen. Angenehm.«

»Super! Jetzt zur Süße: nicht vorhanden oder aufdringlich? Dezent, trocken, fade, klebrig?«

Wieder hatte Heinz ein Geschmackserlebnis, das ihm ohne die Anleitung des Winzers entgangen wäre. »Ein bisschen trocken. Und fade.«

»Genau! Jetzt zum Tannin«, leitete Pollheimer ihn weiter an, »das schmeckst du am Gaumen und auf der Zunge ganz hinten. Aber erst, wenn du den Wein etwas länger im Mund oder geschluckt hast.«

Heinz schüttelte fasziniert den Kopf. Tatsächlich war da etwas Herbes, Trockenes. Er fasste es in Worte und erntete dafür ein zufriedenes Nicken seines Lehrmeisters.

»Und jetzt noch der Körper«, fuhr dieser fort, »wie liegt der Wein im Mund? Schwer, leicht? Schlank, mittelgewichtig, opulent? Oder eher leer, dünn – oder breit, plump?«

»Schlank, würde ich sagen.« Heinz schluckte den Wein hinunter und sah den Winzer erwartungsvoll an. »Und, wie war ich? Habe ich alles richtig geschmeckt?«

Der Angesprochene verzog das Gesicht. »Das ist kein Wettbewerb und es gibt kein richtig und kein falsch. Hier geht es darum, deiner eigenen Wahrnehmung nachzuspüren und dann für dich selbst ein Urteil zu bilden.«

Nach dem ersten Schluck hatte Heinz dieselbe Empfindung gehabt wie vor ein paar Tagen am Mittagstisch. Jetzt nach dem geführten Kosten sah er die Sache anders. »Ich finde ... ich finde, er ist gar nicht schlecht.«

»Fein. Und wie ist er jetzt, im Nachgeschmack?«

Heinz schmeckte bewusst in seinen Mund- und Rachenraum. »Zartherb, würde ich sagen, zartbitter. Und eine Art Muskatnuss-Geschmack.«

Pollheimer jubelte und öffnete die nächste Flasche.

Im Verlauf der folgenden Stunde verkosteten die beiden alle Weinsorten, die der Urbanhof zu bieten hatte. Heinz konnte nicht fassen, was für ein Universum sich ihm hier auftat. Ein Universum, das es seit Jahrtausenden gab, seit der Mensch Wein kultivierte, von dessen

Existenz er bisher aber noch nicht einmal etwas geahnt hatte.

Pollheimer machte ihn auf die Charakteristika der einzelnen Sorten aufmerksam sowie auf andere Eigenheiten, etwa die Viskosität. Bei der Betrachtung eines der Weine schwenkte Heinz das Glas und als er es wieder in die Senkrechte brachte, rann der Wein an der Innenseite herab, wobei sich Schlieren bildeten, die oben spitz waren und unten auseinanderliefen. Pollheimer bezeichnete sie als Kirchenfenster und genauso sahen die Konturen aus. Er erklärte, dies zeige einen hohen Glyzeringehalt des Weins an, der das Getränk geringfügig dickflüssiger mache.

Zwischendurch kam auch das schwarze Eimerchen zum Einsatz, in ihn spuckten sie den probierten Wein, anstatt ihn zu schlucken. Der Alkohol sollte immerhin nicht ihre Sinne verwirren und so weitere Verkostungen beeinträchtigen. Dennoch, ein Schlucken hin und wieder war nicht zu vermeiden und Heinz, der ansonsten nur Bier gewohnt war, welches weniger als die Hälfte des Alkoholgehalts von Wein hatte, spürte recht bald einen leichten Schwips.

Als sie alle fünf Weine durchhatten, lehnten Heinz und Pollheimer an dem runden Stehtisch und tranken von den geöffneten Flaschen, je nach Geschmack. Dabei machte sich bald eine weinselige, redselige Laune breit.

»Die Leute glauben immer, ein guter Wein ist einer, der jedes Jahr in derselben Qualität angeboten wird«, begann Pollheimer. »Sie gehen ins Gasthaus und bestellen ein Viertel Veltliner, weil sie dann ›wissen, was sie bekommen‹, glauben sie. Und wenn der Veltliner dann auch noch aus derselben Region oder gar von einem Weingut kommt, das sie besonders schätzen, glauben sie, sie können nichts falsch machen. Aber das ist ein Irrtum.« Er trank einen Schluck von dem Roesler, dessen Farbe Heinz in seiner Bewertung als fahlrosa beschrieben hatte.

»Warum?« Für Heinz schien das selbstverständlich zu sein. Er kaufte auch immer dieselben Biersorten, weil er da wusste, was er bekam.

»Weil kein Wein jedes Jahr gleich schmeckt«, belehrte der Winzer ihn mit etwas schwerer Zunge, »das geht ja gar nicht. Das vorige Jahr war vielleicht verregnet mit starkem Pilzbefall. Logisch, Pilze mögen heiß und feucht, und der Regen wäscht einem andauernd das Kupfer von den Blättern. Und heuer ist zum Beispiel ein heißer Sommer, bei dem die Pflanzen zu wenig Wasser bekommen. Wie soll bei so extremen Unterschieden der Wein beide Male gleich sein? Apropos Wasser«, Pollheimer stieß auf, dass sich sein gesamter Oberkörper hob, »weißt du schon, woher das Arsen gekommen ist, das unseren armen Daniel verräumt hat?«

»Ja, wie denn«, rief Heinz, »ich komme ja nicht zum Ermitteln. Zuerst die Medien, dann die Probleme mit den Lieferanten und dem Absatz, dann die diebische Putzfrau – ich komme ja zu nichts.«

Der Winzer nickte und ging hinter den Verkaufstresen. Während er die soeben geöffneten Flaschen in das Heft mit den Verkaufsaufzeichnungen eintrug, sprach Heinz weiter. »Und dann auch noch dieser Thomas! Der wüsste alles, aber er sagt nichts. Weil er mich nicht mag.« Plötzlich hatte er mit einem gewaltigen Schluckauf zu kämpfen.

»Das stimmt«, bestätigte Pollheimer und schenkte ihnen beiden aus der Muscarisflasche nach, »der mag dich nicht. Ist auch kein Wunder.«

»Ja, ja, ich weiß.« Heinz spürte den Alkohol nun schon deutlich. Zwar hatte er das Gefühl, noch völlig klar im Kopf zu sein, hörte aber, wie er leicht lallte. Das machte ihn unglücklich, immerhin würde Pollheimer alles, was er sagte, als das Gerede eines Betrunkenen bewerten. »Ich komme aus dem Nichts und setze mich in das gemachte Nest. Störe die familiäre Harmonie. Da fällt mir ein, was ist eigentlich aus der Mutter von Thomas und Daniel geworden?«

»Die ist gestorben.« Ein lautes Hicksen kam aus der Tiefe seines Körpers. »Bei der Geburt von Daniel hat's Komplikationen gegeben, das hat sie nicht überlebt.«

»War Thomas verheiratet?«

Pollheimer schüttelte den Kopf und unterdrückte ein weiteres Hicksen. »Überzeugter Single. Der liebt nur seinen Weinberg.«

»Dann ist Daniel ohne Mutter aufgewachsen?«

»Soweit ich weiß, haben sie eine mütterliche Haushälterin gehabt oder eine Amme oder so was. Aber Daniel hat früh geheiratet, dann war wieder eine Frau im Haus.«

»Die ihm dann durchgebrannt ist.«

»Ja, die Familie hatte es wirklich nie leicht.«

Heinz atmete durch, anscheinend war der Schluckauf überstanden. »Was ist mit Marie?«

»Ja, die arme Marie, an der hängt jetzt alles. Aber die wird auch nicht ewig dableiben. Jetzt, wo ihr Vater auch noch weg ist, schon gar nicht.«

»Sie scheint sehr verantwortungsbewusst zu sein.«

»Ist sie auch«, bestätigte der Winzer, »ist sie auch. Aber sie hat nie eine Wahl gehabt. Doch sie ist neunzehn, sie muss weg von zu Hause und sich ein eigenes Leben aufbauen.«

»Wird Thomas sie weglassen?«

Pollheimer riss die Augen auf, als wäre er über Heinz' Frage überrascht. »Der Thomas ist der Erste, der sie wegschicken wird. Er weiß genau, wie es um sie steht.«

Das wunderte Heinz, denn so, wie er Thomas kennengelernt hatte, erschien er ihm wie ein Egoist. Doch er kommentierte das nicht, sondern wechselte das Thema. »Was war Daniel für ein Typ?«

Pollheimer starrte vor sich hin, erst nach Sekunden begann er zu erzählen. »Ein seltsamer. Wenn ich mir denke, dass der aus einer Weinbauernfamilie stammt, dann war er ... eigentlich war er aus der Art geschlagen.«

»In welcher Weise?«

»Schau, ich hab noch den alten Vallant gekannt, den Urban. Den, der den Hof hier aufgebaut hat. Der war mit Leib und Seele Weinbauer. Und Winzer. Aber so was von mit Leib und Seele! Wenn der aus dem Fenster geschaut hat, dann nur, um zu sehen, ob das Wetter gut oder schlecht für seinen Wein sein wird. Er hat alles über Wein gewusst, alles! Und der Thomas, der ist genauso. Zumindest war er es einmal. Der hat die Begeisterung für Wein mit seiner ... nun ja, vielleicht nicht Muttermilch, aber ... mit seines Vaters Wein aufgesogen.« Beide lachten kehlig. »Aber der Daniel ... freilich, er hat sich gut ausgekannt, sowohl was den Wein betrifft als auch die Vermarktung und so weiter. Was Wunder, er hat das alles ja von klein auf mitbekommen, aber ...«, Pollheimer griff sich an die Brust, »sein Herz war nie richtig bei der Sache, verstehst du? Eigentlich habe ich nie herausgefunden, ob er überhaupt ein Herz gehabt hat.«

»Wieso?«

»Na ja, ich ... er ... er war nicht gefühlskalt oder so. Und er war auch nicht unfreundlich, keineswegs, nur ... er hat überhaupt nichts Herzliches an sich gehabt, verstehst du? Keine Vorlieben, keine Abneigungen, keine Laster, nichts! Ein hundertprozentiger Zahlenmensch, das war er. Ein Statistiker eben.«

»Aber er hat das Weingut doch gut geführt«, warf Heinz ein. »Ich habe mir die Bücher angesehen, da war alles picobello – zumindest im Rahmen des Möglichen.«

»Ja, ja, das schon, wie ich gesagt habe: ein Zahlenmensch. Das hat er geknissen, das hat er draufgehabt. Deshalb hat's wirtschaftlich auch nie echte Probleme gegeben.« Der Winzer kicherte in sich hinein, dann hob er hinweisend das Heft mit den Verkaufsaufzeichnungen. »Abgesehen vielleicht von der Ab-Hof-Verkaufsbuchhaltung.«

Heinz verstand sofort, was er meinte. Er deutete mit den Augen auf das Heft und fragte: »Du meinst den Schwund, oder? Der ist mir auch schon aufgefallen.«

»Schwund.« Pollheimer sagte es betont und nahm einen Schluck. »Schwund ... so kann man es auch nennen. Ich würde es eher ›unbekannt getrunken‹ nennen.«

»Da bin ich deiner Meinung, für einen Schwund sind die Mengen zu groß.«

»Und zu regelmäßig.« Pollheimer hatte einen verschwörerischen Blick aufgesetzt.

»Was weißt du darüber?«, fragte Heinz verstohlen.

Der Winzer schüttelte langsam und vielsagend den Kopf. »Nichts. Ich habe nicht die blasseste Ahnung. Es gibt nur drei Schlüssel für den Verkaufsraum: Einen habe ich, den zweiten hat Thomas und den dritten hatte Daniel. Daniel hat nichts getrunken, bis auf ein Glas Wein zum Essen. Auch Thomas trinkt kaum Spirituosen, und wenn doch – und das trifft auf ihn ebenso zu wie auf Daniel – hätte er die Entnahme hier eingetragen.« Er deutete auf das Heft. »Die beiden brauchen nichts zu stehlen, der Hof gehört ja ihnen. Ich meine … du weißt schon.«

Heinz nickte.

»Und ich«, kam der Winzer zum Ende seiner Betrachtung, »ich stehle keinen Schnaps. Ich würde ihn kaufen, wenn ich einen wollte. Will ich aber nicht.«

»Dann gibt es nur eine logische Schlussfolgerung«, meinte Heinz, »einer von euch dreien hat seinen Schlüssel an einen anderen verliehen. Und zwar regelmäßig.«

»Ich nicht«, kam es, wie aus der Pistole geschossen. »Und Daniel und Thomas … an wen denn? An Marie? Die trinkt auch keinen Schnaps.« Er lachte.

Heinz erkannte, dass Pollheimer recht hatte. Wenn einer der drei seinen Schlüssel verliehen hätte, hätte er längst den Zusammenhang zu den fehlenden Spirituosen festgestellt. Und Daniel und Thomas selbst hätten wohl nicht vergessen, ihre Entnahmen zu dokumentieren, schon gar nicht über einen so langen Zeitraum und in diesem Ausmaß. Somit war für Heinz Pollheimer derjenige, der am ehesten als Dieb infrage kam, doch er glaubte es nicht. Nicht, weil dieser selbst gerade seine Unschuld beteuert hatte, sondern weil er ihn für eine ehrliche Haut hielt. Zudem hätte Pollheimer wohl kaum selbst auf das Problem hingewiesen, immerhin hatte er nicht wissen können, dass Heinz bereits davon wusste. »Wo verschwindet der ganze Schnaps dann hin?« Heinz hatte mehr sich selbst gefragt als sein Gegenüber.

Dennoch antwortete der Winzer: »Das ist ein großes Rätsel. Wohin verschwindet Monat für Monat literweise Schnaps? Durch verschlossene Türen?«

Spontan wollte Heinz fragen, ob die Türen tatsächlich immer verschlossen waren, doch davon hatte er sich in den vergangenen Tagen selbst schon überzeugen können. »Und Einbruch scheidet aus?«, fragte er der Vollständigkeit halber.

»Scheidet aus. Da gäbe es Spuren, und zwar immer wieder. Und die gibt es nicht.«

»Vielleicht hat jemand einen der Schlüssel heimlich nachgemacht?«, schlug Heinz vor, doch Pollheimer entgegnete mit müdem Augenaufschlag: »Wer denn? Und warum? Außer Thomas und mir sind nur noch Marie und Angelika in dem Haushalt. Und wenn Angelika Schnaps trinken würde, glaub mir, das hätten wir bemerkt.«

Heinz stimmte ihm zu. »Bleibt noch Gidi«, meinte er.

Pollheimer prustete los. »Das ist doch nicht dein Ernst! Beim Gidi muss ich froh sein, wenn er versteht, dass er einen Kübel Trauben vom Weinstock zum Traktor tragen soll. Von wegen, einen Schlüssel heimlich nachmachen lassen. Außerdem verträgt er keinen

Alkohol, ich habe ihm einmal einen Schluck Wein gegeben, das mache ich nie wieder.«

»Was ist passiert?«

»Geschüttelt hat es ihn und Krämpfe hat er gekriegt. Dann ist ihm der Schaum aus dem Mund gequollen, ich hab geglaubt, der verreckt mir gleich. Seither meidet er jeden Alkohol wie die Pest.«

»Aber irgendwer stiehlt den Schnaps«, beharrte Heinz, »der verdampft doch nicht! Mitsamt den Flaschen!«

Doch Pollheimer warf die Arme hoch und wiederholte: »Ich weiß es nicht. Und ich kann es mir auch nicht erklären.«

Heinz sah sich nach einem Fenster um, sah aber keins. »Gibt es einen anderen Zugang«, fragte er, »einen Geheimgang?«

Der Winzer schenkte ihm einen seltsamen Blick, der etwas Abgeklärtes hatte. »Also, das wäre eine Erklärung«, meinte er, »denn wenn es einen Geheimgang hierherein gibt, dann kenne ich ihn nicht. Was ja der Sinn eines Geheimgangs ist.«

Heinz lachte in einer Weise, die in seinen eigenen Ohren blöde klang. Die Idee war hirnrissig, immerhin wäre es Urban Vallant gewesen, der einen solchen Gang angelegt hätte, denn er hatte den Hof erbaut. Und sollte er tatsächlich die Notwendigkeit eines solchen Gangs gesehen haben, hätte er diesen wohl kaum im Verkaufsraum enden oder beginnen lassen. Heinz erkannte, dass er die Erklärung für die verschwundenen Spirituosen nur finden konnte, wenn er den Dieb in flagranti erwischte. Das brachte ihn auf eine Idee, eine Idee, die er Fritz Pollheimer jedoch nicht unterbreitete. Immerhin wusste er nach wie vor nicht, wem er wirklich trauen konnte.

Kapitel 16

Sonntag, 11:50 Uhr

Die Weckmelodie seines Handys holte Heinz aus dem Schlaf. Er deaktivierte die App und richtete sich im Bett auf, dann dauerte es ein paar Sekunden, bis seine Erinnerungsengramme zugeschaltet wurden.

Er hatte mit Pollheimer Wein zuerst verkostet und dann getrunken, danach hatte er sich ein Stündchen aufs Ohr gelegt vor dem Mittagessen, in der Hoffnung, dass das seinen Rausch etwas abmildern würde. Wenn er nun so in sich hineinfühlte, konnte er sagen, das hatte funktioniert. Er war ja auch nicht richtig betrunken gewesen, sondern angespitzt, wie es so schön hieß. Das schummrige Gefühl in seinem Kopf wich schnell, Heinz stand auf und zog die Vorhänge zurück. Wenn er tagsüber schlief, dunkelte er den Raum nie vollständig ab, schließlich ging es nicht darum, in den Tiefschlaf zu verfallen, sondern die schlimmste Müdigkeit abzubauen. Oder wie in diesem Fall den Alkoholspiegel in seinem Blut ein wenig zu senken. Er kippte das Fenster und verließ das Zimmer.

Kaum auf dem Gang stieg ihm ein betörender Duft in die Nase, nämlich der von Schweinsbraten. Wie als Antwort knurrte sein Magen laut. Der Mittagstisch war schon voll besetzt, inklusive Fritz Pollheimer. Es wirkte vertraut, ein Anblick, der in den vergangenen Tagen zur Gewohnheit geworden war – und dennoch war etwas anders: Sie lächelten ihn an, alle.

»Na, wieder nüchtern?«, witzelte Thomas, ohne eine Spur von Sarkasmus; das war ungewohnt.

Heinz blieb am Tisch stehen und sah sie nacheinander misstrauisch an. Auch Maries Lächeln war offen und wirkte unbelastet.

Pollheimer, der bis zu seinen Ohren grinste, nahm die Flasche Wein, die auf dem Tisch stand, und sagte: »Na, magst einen Schluck?«

Die anderen lachten, sogar Gidi, welcher nachschob: »Der Heinz hat einen Rausch«, was das Lachen noch einmal anfeuerte.

Heinz ging zu Bogart, der in seinem Körbchen saß und ebenso irritiert wirkte wie er selbst, kraulte ihn kurz, dann setzte er sich auf seinen Platz. »Wie kommt es, dass du schon wieder nüchtern bist, Fritz?«

Pollheimer winkte ab. »Jahrelanges Training. Meine Leber ist so was wie ein Durchlauferhitzer, der Alkohol verdampft einfach.«

Der Schweinsbraten mit den Kartoffeln und der Preiselbeermarmelade war eine Wucht! Klar, sein Hunger war nur zum Teil echt, die Säure im Wein reizte die Magenwände und führte zu einer erhöhten Produktion von Magensäure, was ein Hungergefühl erzeugte. Doch sein Appetit, der war echt. Thomas und Pollheimer tranken Wein dazu, einen Rathay, wie Heinz nun wusste, er selbst blieb aber beim Wasser. Er brauchte einen möglichst klaren Kopf, bis er wusste, was der Anlass für diese unbeschwerte Stimmung bei Tisch war, die er bisher noch nicht erlebt hatte.

Als alle mit dem Hauptgang fertig waren und Marie das Geschirr abräumte, spürte Heinz plötzlich eine Hand auf seinem Unterarm. Er sah auf und traute seinen Augen nicht: Thomas sah ihn an mit einem ruhigen, fast freundlichen Blick. »Werden wir zwei nachher miteinander reden?«, raunte er ihm zu.

Bevor Heinz zu einer bewussten Reaktion fähig war, nickte sein Kopf schon, dann bejahte er freudig.

Schließlich kam Marie mit Glasschüsseln, die gerade einmal bis zur Hälfte mit einer Flüssigkeit gefüllt waren, in der gelbe Stückchen schwammen. »Vom Apfelkompott gibt's nur noch ein paar Reste«, sie warf einen vielsagenden Blick zu Gidi, »weil sich ein gewisser Jemand offenbar nicht hat beherrschen können.« Dennoch stellte sie auch ihm eine Schüssel hin.

Gidis Gesicht lief krebsrot an.

Sonntag, 13 Uhr

Nach dem Essen lud Thomas Heinz zu sich ins Zimmer ein, und dieser folgte ihm in den ersten Stock. Das Zimmer war geräumig, aber zweckmäßig eingerichtet, neben dem Bett und einer Reihe von Kästen gab es hier einen kleinen Schreibtisch mit einem Laptop sowie einen Sessel, auf dem einige Bekleidungsstücke lagen. Es roch nach altem Mann. Mit ein paar energischen Bewegungen warf Thomas die Kleidung aufs Bett und deutete Heinz, sich auf den nun freigemachten Sessel zu setzen.

Er selbst rollte zum Tisch und drehte sich seinem Gast zu. »Der Walter Aigner hat mich gestern Abend angerufen und gemeint, ich soll mit Ihnen reden«, begann er, »weil Sie es mit der Aufklärung vom Mord am Daniel angeblich ehrlich meinen. Und mit dem Kärntner Weinbau. Da hab ich noch geglaubt, Sie hätten ihn um den Finger gewickelt. Aber nach dem, was ich heute gesehen habe«, er deutete mit dem Kinn aus dem Fenster, wo ein Abschnitt des Weinbergs zu sehen war; jener Abschnitt, wo Heinz an diesem Morgen lange mit Pollheimer geredet hatte, »und nach dem, was der Fritz mir über euren gemeinsamen Vormittag erzählt hat«, ein kurzes Lachen entkam ihm, »glaube ich, dass der Walter recht hat. Der Fritz ist keiner, der einem anderen schnell vertraut, da sind wir uns ähnlich.« Thomas sah Heinz lange forschend an.

Dieser fühlte sich genötigt, irgendwie darauf zu reagieren, seinem Gegenüber zu sagen, wie faszinierend er die Welt des Weines fand. Doch alles, was ihm einfiel, war banal oder hätte anbiedernd geklungen.

»Und im Internet habe ich auch nachgeschaut«, fuhr Thomas fort, »Sie scheinen ein fähiger Detektiv zu sein und ein ehrlicher Mann. Keiner, der einem anderen das Erbe wegschnappt.« Wieder der forschende Blick. »Deshalb müssen Sie mir eine Frage beantworten: Warum hat Daniel Sie als Erben eingesetzt?«

Heinz seufzte tief, dann erzählte er Thomas dasselbe, was er nun allen erzählte: Wie er und Daniel sich kennengelernt hatten, dass sie seither nichts mehr miteinander zu tun gehabt hatten und dass Daniel wohl gewollt hatte, dass er, Heinz, seinen Mörder dingfest machte.

Thomas hörte sich alles geduldig an, wobei sein Blick immer wieder abschweifte. Als Heinz geendet hatte, schwieg er eine ganze Weile, dann meinte er: »Ich glaube Ihnen. Das passt zu Daniel, das passt zu seiner Auffassung von der Wirklichkeit.«

»Wie meinen Sie das?«

»Bei Daniel war eins plus eins immer zwei. Wurscht, wie die Realität ausgesehen hat, eins plus eins ist immer zwei.«

Heinz verstand nicht, was er damit sagen wollte. »Ja, aber stimmt das nicht?«, fragte er.

Thomas sah ihm gerade in die Augen. »Eins plus eins ist nicht immer zwei. Irgendjemand hat ihm Arsen ins Essen gestreut oder in die Getränke. Vor seinem Tod war außer uns, die hier leben und arbeiten, niemand am Hof. Wenn eins plus eins immer zwei ist, dann muss einer von uns ihn umgebracht haben.« Ein hilfloses Lachen entrang sich Thomas' Kehle. »Aber wer soll das sein? Ich? Warum? Marie? Warum? Fritz Pollheimer?« Er lachte lauter. »Gidi?«

»Die Angelika«, beendete Heinz die Aufzählung nüchtern.

Thomas' Gesicht wurde ernst.

»Angelika hat die Fahne gestohlen«, fuhr Heinz fort, »gleich nachdem Daniel tot war. Und sie hat sie für eine Summe verkauft, die ihr Leben um einiges erleichtert. Ich gebe zu, das ist ein schwaches Motiv, aber gemessen an den Umständen ... ist eins plus eins vielleicht doch zwei?«

Thomas erwiderte nichts darauf, doch sein Gesicht zeigte Ablehnung. Ob es daran lag, dass er Angelika keinen Mord zutraute, oder daran, dass er – wie er schon einmal gesagt hatte – nicht glaubte, dass die Fahne das Mordmotiv war, konnte Heinz nicht unterscheiden. Schließlich fragte Thomas: »Sie werden den Fall aufklären?«

»Das verspreche ich Ihnen.« Mit der Annahme des Erbes hatte Heinz dieses Versprechen schon Daniel gegeben, warum also nicht auch seinem Bruder?

»Und dann, wenn der Mörder gefasst ist, was werden Sie dann mit dem Urbanhof machen?«

Heinz schnaufte tief durch. »Das kann ich Ihnen erst sagen, wenn ich weiß, wer der Mörder ist und was alles dahintersteckt.« Er sah es Thomas' Gesicht an, wie unzufrieden dieser mit der Antwort war, doch irgendwie schien er es zu verstehen. »Eines aber weiß ich jetzt schon«, fuhr Heinz fort, »ich bin kein Weinbauer.«

Das schien Thomas zu amüsieren, denn sein Gesicht hellte sich auf. Dann streckte er Heinz die Hand entgegen und sagte: »Ich bin Thomas.«

Heinz schlug ein und erwiderte schlicht: »Heinz.«

»Walter hat gesagt, du brauchst meine Hilfe bei der Aufklärung des Mordfalls und du hast mich nach der Fahne gefragt. Ich weiß alles, was es über sie zu wissen gibt, von meinem Vater, und der hat es von seinem Vater erfahren. Es ist also eine recht lange Geschichte, die ich dir jetzt erzählen werde. Kennst du den Heiligen Urban?«

Heinz blickte kurz zur Seite, dann meinte er: »Nur vom Namen her.«

»Es gibt zwei Heilige mit Namen Urban, die werden gerne verwechselt. Der, von dem ich rede, war der Bischof von Langres. Er hat sich angeblich hinter einem Weinstock vor irgendwelchen Verfolgern versteckt, deshalb ist er jetzt der Schutzpatron der Winzer. In seinem Namen haben sich die Weinbauern jahrhundertelang zu Sankt Urbani Bruderschaften zusammengeschlossen.«

»Welche Weinbauern?«

»Die, die in ein und derselben Region gelebt haben, so dass es Sinn gehabt hat, wenn sie zusammenarbeiten. Im Grunde waren es Interessensvertretungen mit strengen Vorschriften, was die Arbeit im Weinberg angeht. Sie haben ihre Mitglieder streng kontrolliert und wenn ein Außenstehender einen neuen Weingarten aufmachen wollte, hat er sich zuerst dem Urteil der Bruderschaft unterziehen müssen. Und wenn eines der Mitglieder in Not geraten ist, hat die Bruderschaft geholfen.«

»Okay«, meinte Heinz, »also keine Glaubensgemeinschaft.« Für ihn hatte der Begriff *Sankt Urbani Bruderschaft* den Beigeschmack eines kirchlichen Ordens.

»Die Kirche hat früher überall mitgemischt«, erwiderte Thomas, »die hat ja das ganze Leben im Jahreskreis geleitet. Ein anständiger Mensch hat nur einer sein können, der auch ein gottesfürchtiger Mensch war, und das hat sich durch alle Gemeinschaften gezogen. Die Urbani Bruderschaften hat das ganz besonders betroffen, weil der Wein ja ein heiliges Getränk ist, seit Jesus Wasser in Wein gewandelt hat. Das wird bis heute in jeder heiligen Messe nachgestellt, deshalb war die Kirche früher eine der wichtigsten Kundinnen der Weinbauern. Die Urbani Brüder haben ihre Mitglieder zum Beispiel dazu verpflichtet, regelmäßig die Gottesdienste zu besuchen, und wer an bestimmten Feiertagen wie etwa Fronleichnam nicht bei der heiligen Messe war, hat Strafe zahlen müssen. Und die Bruderschaften haben auch an kirchlichen Umzügen teilgenommen, wo sie ihr Erkennungszeichen vor sich hergetragen haben. Ihre Fahne.«

Heinz fuhr ein Schauer über den Rücken. Die Frage, die sich ihm aufdrängte, stand ihm offenbar ins Gesicht geschrieben, denn Thomas sagte:

»Ganz genau. Die Fahne, die ihm Büro gehängt hat, war das Aushängeschild der Sankt Urbani Bruderschaft von Wolfsberg, ihr Erkennungszeichen und wahrscheinlich ihr heiligster Besitz.«

»Die Bruderschaft gibt es noch?«

»Nein, die ist im Dritten Reich aufgelöst worden. Und nach dem Zweiten Weltkrieg haben anscheinend nur noch wenige Mitglieder gelebt, und die haben dann andere Sorgen gehabt, als einen Museumsverein neu zu gründen.«

»Warum Museumsverein?«

»Mein Opa Paul war noch Mitglied, und er hat meinem Vater erzählt, dass die Bruderschaft nach dem Zusammenbruch des Weinbaus im Lavanttal nur noch ein Traditionsverein war. Das war irgendwann Mitte des 19. Jahrhunderts.«

»Wie sieht es in den anderen Bundesländern aus«, fragte Heinz, »in der Steiermark, im Burgenland oder in Niederösterreich, wo durchgängig Wein angebaut worden ist? Gibt es da noch solche Bruderschaften?«

Thomas verzog den Mund. »Das weiß ich nicht, das hat mich nie interessiert. Da musst du den Walter fragen, in diesen Dingen ist er Weltmeister.«

»Wie alt ist die Fahne?«

Thomas zuckte mit den Schultern. »Das lässt sich nur schätzen. Die älteste schriftliche Aufzeichnung, dass es eine Sankt Urbani Bruderschaft in Wolfsberg gegeben hat, stammt aus dem 16. Jahrhundert. Und das letzte schriftliche Zeugnis von der Fahne belegt, dass sie im Jahr 1861 noch in der Markuskirche in Wolfsberg gehängt hat. Ich nehme an, dass dort ihr Stammplatz war und die Urbani Brüder sie nur abgenommen haben, wenn sie sie für einen Umzug gebraucht haben. Und nachdem der Weinbau aufgehört und die Bruderschaft nicht mehr an Umzügen teilgenommen hat, wird die Fahne einfach dort hängen geblieben sein. Laut meinem Vater hat Opa Paul aber noch eine andere Geschichte zu erzählen gewusst. Demnach hat sich um 1864 herum der Archivar vom Stift Sankt Paul sehr für die Fahne interessiert. Er war dafür bekannt, dass er alle sakralen Gegenstände in der Umgebung zusammenrafft und im Stift wegsperrt. Unser damaliger Vorfahr, ebenfalls ein Urbani Bruder, hat aber rechtzeitig Wind davon bekommen und die Fahne in Sicherheit gebracht. Danach ist sie angeblich in einer Kapelle in den Katakomben unter Wolfsberg aufbewahrt worden.«

»Wie bitte«, fiel Heinz ein, »was denn für Katakomben?«

Thomas lächelte leicht. »Der Hohe Platz, also die Altstadt von Wolfsberg, steht ja auf einem Hügel, einem Vorberg vom Schlossberg, wenn man so will. Als die reichen Bürger dort ihre Häuser gebaut haben, haben sie große Keller darunter angelegt als Lagerräume. Ist auch logisch, die haben ihr Geld ja entweder mit der Landwirtschaft oder mit dem Handel verdient und für beides brauchst du ein Lager.«

»Ja, aber ist das nicht umständlich?«, warf Heinz ein. »Ich meine, man muss die Erzeugnisse oder Handelswaren ja erst in die Stadt bringen und dann umständlich in die Keller schaffen. Nur um sie dann, wenn sie ausgeliefert werden, wieder umständlich heraufzuschleppen.«

»Du darfst die damalige Zeit nicht mit der heutigen vergleichen«, konterte Thomas. »Damals war der Hohe Platz das Handelszentrum schlechthin, entsprechend gut waren auch die Zulieferwege ausgebaut. Es war weniger umständlich, die Waren von dort aus zu vertreiben als von einem Gehöft irgendwo abseits im Tal, wo die Wege bei jedem Regen versumpft waren.«

»Na gut, aber herankarren hat man die Sachen ja trotzdem müssen.«

»Das schon, aber dafür habe ich sie dann auf Lager. Ich kann einem Kunden drei Fässer Wein gleich vor Ort auf einen Karren laden und brauche ihn nicht in die Pampa zu schicken. Und der Transport in den Keller hinunter und wieder herauf war auch nicht das Problem, Flaschenzüge gibt es ja schon seit Jahrtausenden.«

Heinz lachte unwillkürlich auf. »Katakomben unter Wolfsberg! Ist das bewiesen oder nur Legende?«

»Ich war erst zwei Jahre alt, als Opa Paul gestorben ist, deshalb kann ich nur das erzählen, was er meinem Vater anvertraut hat. Und wenn es nach dem geht, war der Hohe Platz im 19. Jahrhundert mehrstöckig unterkellert. Mit Durchgängen von einem Keller zum anderen, wir reden also von einer Art unterirdischer Lager-Stadt.«

Heinz wusste nicht, wie viel er davon glauben konnte, doch allein die Vorstellung hatte etwas Faszinierendes. »Und dort hat es auch eine Kapelle gegeben?«

»Viele von den Hausbesitzern waren auch Weinbauern. Für die waren Keller als Lagerräume ideal, wegen der konstanten Temperaturen das ganze Jahr über, perfekt für Gärung und Lagerung. Ich kann mir gut vorstellen, dass die Urbani Brüder in diesen Räumlichkeiten auch zu Beratungen zusammengesessen sind, einfach, weil dort alle vor Ort waren. Im Lauf der Zeit haben sie es sich halt gemütlich eingerichtet.«

»Mit Kapelle«, stellte Heinz in den Raum.

»Natürlich mit Kapelle. Jedes offizielle Treffen ist mit einem gemeinsamen Gebet eröffnet worden, und bei jedem Ritual war Gott, vertreten durch die katholische Kirche, mit von der Partie.«

»Gibt es diese Katakomben heute noch?«

»Das weiß ich nicht.« Einmal mehr verzog Thomas das Gesicht. »Laut Opa Paul hat man im Zweiten Weltkrieg alle größeren Keller in Luftschutzbunker umfunktioniert. Die Sankt Urbani Bruderschaft hat deshalb ihre Habseligkeiten dort rausgeschafft, allen voran Opa Paul. Seither war die Fahne bei uns.«

»Klingt so, als wäre dieser Opa Paul ein begeistertes Mitglied der Bruderschaft gewesen«, meinte Heinz, »wenn man bedenkt, dass das nur noch ein Museumsverein war, wie du gesagt hast ...«

Thomas sprach aus, was Heinz wirklich meinte: »Fanatisch trifft es wohl eher. Was meinst du, warum er meinen Vater Urban genannt hat?«

Heinz schüttelte den Kopf und lachte. Da fiel ihm etwas ein, das Walter ihm erzählt hatte. »Aber der Urbanhof ist doch neu, den hat erst dein Vater erbaut, nach dem Zweiten Weltkrieg, oder?«

»Ja. Warum?«

»Das heißt, dein Opa Paul hat nicht hier gelebt.«

»Nein, dazwischen ist noch viel passiert. Opa Paul hat ein Haus in Wolfsberg gehabt, das ist aber bei einem Luftangriff zerbombt worden, als er selbst an der Front war. Meiner Oma, meinem Vater und seinen Geschwistern ist Gott sei Dank nichts passiert, aber das Haus war nur noch Schutt und Asche. Oma hat ihre Kinder und die übrig gebliebenen Habseligkeiten gepackt und ist zu ihren Eltern in die Steiermark gezogen. Die haben dort einen Bauernhof gehabt weit weg vom nächsten Ballungszentrum, deshalb waren sie dort einigermaßen sicher vor dem Krieg.«

»Und die Fahne war mit dabei?«

»Die Fahne und andere Habseligkeiten der Bruderschaft waren im Keller gelagert und haben das Bombardement und den nachfolgenden Brand überstanden. Das hat Opa Paul nach dem Krieg aber nicht mehr interessiert.«

»Wieso nicht?«

»Er ist in russische Kriegsgefangenschaft geraten und erst 1955 wieder nach Hause gekommen, im Zuge der ›Heimkehr der Zehntausend‹ – schon einmal davon gehört?«

Heinz schüttelte den Kopf.

»Egal.« Thomas machte eine wegwerfende Handbewegung. »Jedenfalls war Opa Paul nach seiner Heimkehr ein gebrochener Mann. Die Familie ist in der Steiermark geblieben, er hat dort ein Wirtshaus aufgemacht. Mein Vater hat erzählt, dass Opa Paul nichts mehr in seinem Leben gehabt hat außer Arbeiten, Trinken und dazwischen ein bisschen Schlafen. Oberflächlich war er ein fröhlicher Mensch, aber beim kleinsten Anlass hat er explosionsartige Wutausbrüche bekommen – und danach hat er geschluchzt wie ein kleines Kind.«

Heinz spürte Mitleid. Er kannte solche Schilderungen von anderen Weltkriegsveteranen, offenbar waren die Schrecken, die sie erlebt und tief in ihrem Inneren vergraben hatten, auf diese Weise an die Oberfläche gekommen.

»1965 ist er gestorben«, fuhr Thomas fort, »da war er gerade einmal fünfundfünfzig Jahre alt. Mein Vater hat mit Opa Paul nur wenige Vater-Sohn-Gespräche führen können, meist wenn der Alte im Rausch nostalgische Momente erlebt hat. Trotzdem hat er von ihm alles über die Wolfsberger Sankt Urbani Bruderschaft erfahren und über die Rolle, die Opa Paul und unsere Vorväter darin gespielt haben. Allesamt Weinbauern, übrigens bis zum Ende des Weinbaus in Kärnten. Als mein Vater nach Opa Pauls Tod das Erbe gesichtet hat, ist er auf die Kiste mit den Sachen von der Bruderschaft gestoßen. Oma, also seine Mutter, hat ihm erzählt, wie sie das Zeug damals gerettet hat und dass sich Opa Paul nach seiner Rückkehr aus der Gefangenschaft nicht mehr dafür interessiert hat. Er hat sich für nichts mehr interessiert, wahrscheinlich hat er nicht einmal gewusst, dass die Sachen die Bombardierung überstanden haben. Für meinen Vater war es wie ein Märchen, die Hinterlassenschaft der Sankt Urbani Bruderschaft durchzusehen, er war wie infiziert. Er hat mir erzählt, wie er die Annalen der Bruderschaft durchgeackert hat und wie ihm klar geworden ist, dass er die Tradition seiner Vorfahren irgendwie weiterführen muss. Um die Familie zu ernähren, hat er mit seinen zweiundzwanzig Jahren das Gasthaus von Opa Paul weitergeführt, war aber nie glücklich damit. Und als es in den 1980ern Bestrebungen gegeben hat, den Weinbau in Kärnten wiederzubeleben, war ihm klar, dass seine Stunde geschlagen hat. Er hat das Gasthaus verkauft und sich nach einem passenden Grundstück im Lavanttal umgeschaut. Das hier«, Thomas zeigte aus dem Fenster auf den Weinberg, »war von seiner Lage her wie geschaffen für den Weinbau.«

»Ist sich das finanziell ausgegangen?«, fragte Heinz.

Thomas zuckte mit den Schultern. »In der Anfangsphase war es nicht einfach, aber zum Glück hat der Egon Zarfl, von dem mein Vater den Grund gekauft hat, sich von seiner Begeisterung anstecken lassen, wir haben viel gemeinsam gemacht.«

»Wieso wir?«

»Ich war da ja schon Anfang zwanzig und voll mit dabei. Eine weitere billige Arbeitskraft.« Thomas grinste auf ganz besondere Weise, seine Zähne wirkten wuchtig.

»Habt ihr mit Egon Zarfl eine gemeinsame Firma gehabt?«

»Nein, das war eine freundschaftliche, fast brüderliche Übereinkunft. Der Zarfl hat ja den Lacknerhof geführt, aber wenn was zum Helfen war, vor allem bei der Ernte, war er immer da. Wir haben ihm das in Naturalien vergolten.«

»Mit Wein?«, fragte Heinz mit einem versteckten Lächeln.

»Auch, aber nicht nur. Wir haben damals auch Rinder, Schweine und Hühner gehabt.«

Heinz dachte an den Stall neben dem Haus, der heute anderweitig genutzt wurde. Er fragte nicht, was aus den Tieren geworden war, denn er konnte es sich denken: Seit dem Tod des Vaters und Thomas' Unfall gab es zwei Arbeitskräfte weniger am Hof.

»Dann ist der Egon gestorben«, fuhr Thomas dumpf fort, »und seine Nachkommen waren allesamt Taugenichtse. Ich weiß nicht, was bei denen da unten falsch läuft.« Er deutete mit dem Kinn in die Richtung des Lacknerhofs.

»Die Eva scheint mir recht tüchtig zu sein«, entgegnete Heinz.

Thomas machte eine wegwerfende Bewegung. »Das ist ja schon die nächste Generation.«

Heinz erinnerte sich, was Walter ihm über Evas Bruder erzählt hatte.

»Außerdem«, fuhr Thomas fort, »tickt auch die nicht ganz richtig. Bei allem, was passiert, sind immer alle anderen schuld. So geht's ja auch nicht.«

»Und du hast die alte Familientradition weitergeführt?«, fragte Heinz, um das Thema zu wechseln.

»Familientradition ...« Thomas' Hände vollführten fahrige Bewegungen, »es ist weit mehr, es ist eine Lebensphilosophie. Winzer ist kein Beruf, Winzer ist eine Berufung. Alles, was du tust, tust du, damit deine Reben gut wachsen. Jeder Tropfen Wein, den du kelterst, ist ein Tropfen von deinem Schweiß.« Er hielt kurz inne und sein Blick wurde abwesend. Dann fügte er murmelnd hinzu: »Und von deinen Tränen.«

Heinz unterdrückte den Impuls, Thomas nach seinem Unfall zu fragen. Walter hatte deutlich gemacht, wie sehr der Mann im Rollstuhl mit seinem Schicksal haderte, jetzt verstand Heinz, warum. Er wechselte wieder das Thema: »Und die Geschichte deiner Vorfahren und die der Sankt Urbani Bruderschaft ist dir auch so wichtig, wie sie es für deinen Vater war?«

Thomas blickte hoch, als wäre er aus einem Traum erwacht. »Ja, weil ich ein Teil dieser Geschichte bin. Aber diese ganzen Rituale und die heiligen Gegenstände der Bruderschaft – das hat für mich nie so viel Bedeutung gehabt wie der täglich gelebte Weinbau. Trotzdem ist es wichtig, dass dieses Wissen nicht verloren geht.«

»Und Daniel?«

Thomas' Blick wurde traurig. »Er hat sein Bestes gegeben.«

Kapitel 17

Noch einmal fragte Heinz nicht nach. Er wusste von Pollheimer, dass Daniel mit seiner Tätigkeit als Weinbauer nur seine Pflicht gegenüber der Familie erfüllt hatte. »Noch einmal zurück zu der Fahne«, begann er stattdessen, »abgesehen von ihrer Bedeutung für die Urbani Brüder: Ist sie sehr wertvoll?«

»Ich glaube nicht.« Thomas atmete tief durch. »Sie ist alt, ja, aber sie ist kein Kunstwerk. Ihr Wert ist eher ein ideeller – mittlerweile eigentlich nur noch ein nostalgischer.«

Heinz erzählte, welchen Aufwand der Auftraggeber des Diebstahls getrieben und wie viel Geld er dafür wohl aufgewendet hatte.

»Dazu fällt mir nichts ein«, erwiderte Thomas, »ich hab dir schon gesagt, dass die Fahne nichts mit Daniels Ermordung zu tun hat.«

Heinz zögerte mit seiner nächsten Frage, doch er musste sie stellen. »Kannst du dir vorstellen, wer seinen Tod gewollt haben könnte?«

Thomas schüttelte so energisch den Kopf, dass sein Rollstuhl vibrierte. »Das ist mir vollkommen unerklärlich ...«

Ein Schweigen machte sich breit. Was Thomas Heinz über die Fahne erzählt hatte, brachte kein Licht in die Angelegenheit, weder was den Diebstahl noch was den Mord anlangte.

»Was ist denn?«

Thomas' Frage holte Heinz aus seinen Gedanken. »Ich überlege gerade«, begann er langsam, »wie ich weiter vorgehen soll. Ich war davon überzeugt, wenn ich erst einmal wüsste, was es mit der Fahne auf sich hat, wäre klar, wer den Diebstahl in Auftrag gegeben hat. Und diese Spur würde mich vielleicht irgendwie zum Mörder führen.«

»Woher kommt die Besessenheit von der Idee, dass Fahne und Mord zusammenhängen?«, fragte Thomas heftig. »Die Fahne hat mein Vater in sein Büro gehängt, an dem Tag, an dem er dort eingezogen ist. Wenn jemand die Fahne hätte haben wollen, hätte er vierzig Jahre Zeit gehabt, sie sich zu holen.«

»Genau das ist der springende Punkt«, entgegnete Heinz, »warum ausgerechnet jetzt, nach Daniels Tod? Das ist kein Zufall, beides – Mord und Diebstahl – hängt irgendwie zusammen.«

Thomas' Blick wanderte durch den Raum, Heinz' Argumentation schien ihm einzuleuchten. Schließlich schüttelte er aber den Kopf und meinte: »Ich wüsste nicht, wie.«

»Hast du die Utensilien von der Wolfsberger Sankt Urbani Bruderschaft noch?« Es war wie ein Griff nach dem sprichwörtlichen Strohhalm.

»Natürlich, oben im Dachboden.« Thomas zeigte zur Decke.

»Kann ich sie sehen?«

»Freilich, komm mit.« Der Querschnittsgelähmte rollte zur Tür und öffnete sie, draußen am Gang rief er nach Marie. Als diese von unten antwortete, sagte er, sie solle heraufkommen. Gleich darauf war sie da, und ihr Onkel wies sie an, Heinz die Kiste mit den Sachen zu zeigen.

Marie stieg voraus zum Dachboden hinauf, Heinz folgte ihr. Dort ging sie weit nach hinten, deutete auf eine alte Reisetruhe und sagte: »Da ist alles drin.«

Heinz dankte ihr und öffnete die Truhe, Marie ging wieder nach unten. Heinz fühlte sich wie ein Schatzsucher. Er fand einen Stapel alter, vergilbter Schriftstücke, einen verwitterten Zinnpokal mit gravierten bildlichen Darstellungen von Weinranken, Weintrauben und Männern, die einander zuprosteten, sowie uralte Schreibgeräte und Ähnliches.

Er nahm die Schriftstücke an sich, auch wenn er nicht wusste, was er in ihnen zu finden hoffte. Aber was wusste man, vielleicht enthielten ja die Annalen Hintergründe zu der Fahne, die ihren Wert in der Gegenwart erklären konnten.

Als er die Treppe hinunterging, wartete Thomas auf ihn, in seinem Blick schwebte eine Art jugendliche Begeisterung. »Hast du den Becher gesehen?«, fragte er. Heinz bejahte und er fuhr fort: »Mein Vater hat erzählt, dass der eine wichtige Rolle bei den Ritualen der Bruderschaft gespielt hat. Wenn zum Beispiel ein neues Mitglied aufgenommen oder eines Verstorbenen gedacht worden ist am Urbanstag oder bei sonst einem besonderen Ereignis, haben die Brüder reihum aus diesem Becher Wein getrunken. Und zwar nicht irgendeinen, sondern Wein vom ältesten Stock der Welt.«

Heinz war am unteren Treppenabsatz angekommen und blieb stehen. »Man weiß, welcher Weinstock der älteste der Welt ist?«

»Natürlich, der steht sogar im Guinness-Buch der Rekorde. Er wächst im slowenischen Maribor und ist fast fünfhundert Jahre alt. Ein Blauer Kölner.«

»Und von dem wird immer noch Wein hergestellt?«

»Ja, und seine Ableger werden bei offiziellen Anlässen verschenkt.«

»Hast du den schon einmal gekostet? Den Wein vom ältesten Stock der Welt?«

Thomas grinste. »Ja, furchtbar fade.« Beide lachten.

Heinz deutete auf den Dokumentenstapel auf seinem Arm. »Ist es okay, wenn ich mir die Sachen durchsehe?«

Thomas machte eine einladende Geste. »Selbstverständlich.«

Sonntag, 15 Uhr

Heinz saß im Büro und blätterte die Schriftstücke nacheinander durch, dabei mampfte er die Haferkekse vom Lacknerhof, die ihm mit jedem Bissen besser schmeckten. Der Inhalt der Manuskripte gab nicht viel her, was vor allem daran lag, dass er die alte Schrift kaum entziffern konnte. Vor allem das Kurrent machte ihm zu schaffen, er kannte zu wenige von den Buchstaben, um die restlichen sinnvoll erraten zu können. Erst die jüngsten Aufzeichnungen, sie stammten aus dem Jahr 1938, waren in lateinischer Schreibschrift verfasst, brachten aber kaum verwertbare Informationen. Es waren mehr oder weniger Sitzungsprotokolle, in denen es hauptsächlich um die Verwaltung der Vereinigung ging.

Interessant fand er hingegen ein Adressverzeichnis aus diesem Jahr, in der die letzten Mitglieder der Bruderschaft angeführt waren, achtzehn an der Zahl. Als er die Anschrift von Paul Vallant – Opa Paul, wie Thomas ihn genannt hatte – sah, startete er den Computer und suchte die Adresse auf Google Maps. Er war wenig überrascht, als er dort ein Einkaufszentrum vorfand, das Haus von Paul Vallant war ja im Krieg zerbombt worden. Heinz ging die anderen Namen durch, bis sein Blick an einem hängen blieb, der ihn stutzen ließ: Alfred Megymorecz.

Heinz dachte nach. Der Notar, der Daniels Erbschaft abgewickelt hatte, hieß Alfred Megymorecz.

Schon der Familienname war nicht so häufig, dass Heinz an eine zufällige Übereinstimmung glaubte, die Kombination von Vor- und Nachnamen noch weniger. War der Notar der Sohn des Sankt Urbani Bruders – oder eher noch sein Enkel? Es war ja früher nicht ungewöhnlich gewesen, erstgeborene Söhne nach ihren Vätern zu nennen.

Heinz' Überraschung nahm zu, als er bei der weiteren Durchsicht der Liste zwei identische Familiennamen mit unterschiedlichen Vornamen fand, nämlich Theodor Karl und Albrecht Theodor von Aichelburg-Thurgau, beide mit derselben Wohnadresse: Schloss Thürn.

Wieder lehnte er sich zurück und überlegte. Walter hatte Schloss Thürn in seinen Ausführungen über die Geschichte des Kärntner Weinbaus erwähnt. Auch den Namen Albrecht Aichelburg-Thurgau hatte Heinz schon einmal gehört, selbst wenn er im Moment nicht sagen konnte in welchem Zusammenhang. Kurz entschlossen gab er ihn bei Google ein, und schon wenige Sekunden später wusste er Bescheid. Albrecht Aichelburg-Thurgau war eine schillernde Gestalt in der Kärntner Wirtschaft. Sein Geld hatte er offenbar mit einer Import-Export-Handelsfirma gemacht, bekannt war er hingegen als Funktionär in diversen Gremien der Wirtschaftskammer, der er auch jahrelang als Präsident vorgestanden war. Er genoss großes öffentliches Ansehen, vor allem auch deshalb, weil er mittlerweile schon einhundertvier Jahre alt war und noch immer aktiv in der Kärntner Wirtschaft mitmischte. Er war so etwas wie eine graue Eminenz, ein Grandseigneur, der sich mit »Herr Graf« anreden ließ. Das überraschte Heinz wenig, viele Mitglieder des ehemaligen Adels hielten es bis heute so.

Heinz rechnete nach: 1938 war der Mann achtzehn Jahre alt gewesen, er konnte also schon Mitglied der Sankt Urbani Brüder gewesen sein. Bei seiner weiteren Recherche fand Heinz auch eine Ahnentafel der Familie, in dieser war Theodor Karl – der andere Name in der Adressliste – als der Vater von Albrecht Theodor angeführt.

Neugierig geworden ging Heinz mit nun großer Aufmerksamkeit die Liste noch einmal durch, fand aber keine Namen, die ihm irgendwie auffällig vorkamen. Sie waren eher gewöhnlich, einige von ihnen typisch lavanttalerisch. Also recherchierte er in eine andere Richtung weiter. Er gab den Begriff Schloss Thürn bei Google Maps ein und fand dieses westlich von Wolfsberg am Fuß der Saualpe gelegen. Heinz wusste nicht, was das alles zu bedeuten hatte, doch dass es etwas aussagte, dessen war er sich sicher. Er gab nun auch die in der Liste angeführte Anschrift von Alfred Megymorecz ein und fand dort die Villa, in der sich die Kanzlei des Notars befand. Verärgert schüttelte Heinz den Kopf, weil er die Adresse nicht gleich erkannt hatte, schließlich war er zweimal dort gewesen. Andererseits gestand er sich zu, dass er diesen Zusammenhang ja nicht in dem alten Dokument hatte erwarten können.

Ein weiteres Mal lehnte er sich zurück. Ein Vorfahre des Notars war also ein Sankt Urbani Bruder gewesen, genauso wie Opa Paul, der noch lebende Aichelburg-Thurgau und dessen Vater. Gab es in der Gegenwart, fast neunzig Jahre später, noch quasi-familiäre Bande zwischen diesen Familien?

Kurzerhand nahm Heinz die Adressliste und lief in den ersten Stock, wo er an Thomas' Zimmer klopfte. Als dieser ihn einließ, erzählte er, was er herausgefunden hatte, und fragte: »Hast du oder hat dein Vater mit den Familien der Aichelburg-Thurgaus oder der Megymorecz' je etwas zu tun gehabt?«

Thomas war während Heinz' Erzählung die Kinnlade herabgesunken. »Nein«, antwortete er nun, »in keiner Weise. Freilich kenne ich den Herrn Graf«, er malte mit den Fingern Gänsefüßchen in die Luft, »den Herrn auf Schloss Thürn.« Es klang abschätzig, wie er das sagte. »An dem kommt keiner vorbei, der etwas mit der Wirtschaftskammer zu tun hat, aber persönlich habe ich ihn nie getroffen. Den Doktor Megymorecz habe ich namentlich natürlich auch gekannt, er ist ja der Notar hier, aber kennengelernt habe ich ihn erst, als er hier war und Daniels Testament aufgenommen hat.«

Heinz dachte nach, dann hielt er ihm die Adressliste hin. »Hast du dir die Unterlagen von der Bruderschaft nie durchgesehen?«

Thomas nahm sie und schüttelte den Kopf. »Das hat mich nie interessiert. Wenn ich etwas über die Urbani Bruderschaft wissen wollte, habe ich meinen Vater gefragt, der hat ja alles gewusst.«

»Kommt dir einer der anderen Namen bekannt vor?«

Während Thomas die Liste überflog, schüttelte er durchgängig den Kopf, dann gab er die Blätter mit einem bedauernden Gesichtsausdruck zurück.

Heinz tappte wieder ins Büro, wo er sich in den Schreibtischsessel fallen ließ. In seinem Gehirn schwirrten die Gedanken wild umher, es war ihm unmöglich, einen davon zu fassen. Er konnte deutlich spüren, dass seine Entdeckung etwas zu bedeuten hatte, all die Zusammenhänge waren kein Zufall. Nur was es bedeutete, konnte er sich beim besten Willen nicht ausmalen.

Er steckte sich den letzten Keks in den Mund, knüllte das Säckchen zusammen und warf es in den Papierkorb. Marie, so beschloss er, sollte bei ihrer nächsten Bestellung Nachschub ordern.

Das Klingeln seines Handys schreckte ihn auf, Sabine rief an. Als hätte sie seine Gedanken gelesen, teilte sie ihm mit, dass sie soeben das Ergebnis der Analyse des Kekses bekommen habe, den Heinz ihr mitgegeben hatte. Wie zu erwarten gewesen war, hatte man kein Arsen oder sonst ein Gift darin gefunden.

Heinz, dessen Aufmerksamkeit erst jetzt voll bei seiner Schwester war, fragte: »Heute ist Sonntag, was machst du in der Arbeit?«

Sie seufzte. »Der Anwalt, hast du schon vergessen?«

»Anwalt? Was für ein ...«, da fiel es Heinz wieder ein, der Anwalt vom Industriespion Friedrich Meier wollte ja an diesem Tag kommen. »Stimmt, ja. Und, wie ist es gelaufen?«

»Der angebliche Meier Fritze ist ein freier Mann.«

»Waas?«

»Herr Doktor Offner war der Meinung, die Übergabe der Fahne sei ein regulärer Handel gewesen, immerhin habe sein Mandant ja dafür bezahlt. Die Übergabe sei zwar etwas seltsam, aber nicht illegal gewesen, außerdem habe sein Mandant nicht wissen können, dass die Fahne gestohlen sei. Und aus all diesen Mutmaßungen – so hat er es genannt, Mutmaßungen – einen Zusammenhang zu einem Giftmord konstruieren zu wollen, zeige ausdrücklich, dass wir, die Polizei, seinen Mandanten auf Biegen und Brechen etwas anhängen wollen, weil wir den wahren Mörder nicht finden können. Und dass das Konsequenzen haben werde.«

Heinz glaubte, nicht richtig zu hören. »Was ist mit dem Handy?«, fragte er. »Aus der Anrufliste geht doch eindeutig hervor, dass er Angelika Grünwald angerufen hat und nicht umgekehrt. Sie hat ihm die Fahne nicht angeboten, er hat sie bestellt, sozusagen.«

»Ups, das habe ich ja ganz vergessen zu erzählen«, Sabine blieb weiter in ihrem ironischen Tonfall, »sein Handy hat Herr Meier ja Gott sei Dank verloren, kurz bevor er festgenommen worden ist.«

»Das darf doch nicht ... und was ist mit Angelikas Handy?«

»Das zähle nicht, behauptet Doktor Offner, sie habe seinen Mandanten von irgendwo anders aus angerufen, er habe nur zurückgerufen.«

Heinz spürte sein Herz an die Innenseite seiner Brust schlagen. »Offner, Offner«, sagte er, »irgendwoher kenne ich den Namen.«

»Gut möglich, er ist ein Spitzenanwalt. Und wenn du mich fragst, hat er beste Kontakte, denn als ich nach dem Gespräch den Staatsanwalt angerufen habe, hat der schon Bescheid gewusst.«

Heinz ließ den Kopf hängen, dadurch fiel sein Blick auf die alte Liste. »Mit anderen Worten«, begann er müde, »der Herr Meier ist über alle Berge.«

»Davon kannst du ausgehen«, grollte seine Schwester, »den sehen wir nie wieder.«

Plötzlich wusste Heinz, woher er den Namen kannte, er stand direkt vor seinen Augen, in einer Adressenliste aus dem Jahr 1938: Michael Offner. »Wie heißt der Anwalt?«, fragte Heinz, »den Vornamen, meine ich.«

»Herwig. Doktor Herwig Offner.«

»Ich ruf dich zurück.« Heinz unterbrach die Verbindung und ließ seine Finger über die Tastatur fliegen. Bei der in der Liste angegebenen Adresse fand er ein Mehrfamilienhaus in Sankt Andrä. Er vergrößerte die Ansicht mit Street View, so dass er das Gebäude aus der Perspektive eines Fußgängers betrachten konnte. So erkannte er, dass es sich um ein renoviertes und erweitertes Haus handelte, dessen Kernbausubstanz wohl noch aus dem 19. Jahrhundert stammte. Michael Offner konnte also in diesem Haus gewohnt haben. Dann suchte Heinz nach Herwig Offner, den Anwalt aus Wien – was sich als erfreulich einfach herausstellte, denn es gab einen ausführlichen Wikipedia-Eintrag über den Mann. Seine Lebensdaten zeigten, dass er neunundvierzig Jahre alt und in Sankt Paul, hier im Lavanttal, aufgewachsen war. Das musste noch nicht viel heißen, immerhin war Offner ein typischer Name im Lavanttal. Allerdings hob der Artikel besonders Herwig Offners Vater hervor, der sich offenbar in der medizinischen Forschung Meriten verdient hatte und über den es ebenfalls einen Wikipedia-Eintrag gab. Dort waren nicht nur seine Herkunft – Sankt Andrä im Lavanttal – angeführt, sondern auch die Namen seiner Eltern: Margarethe und Michael Offner.

Zum xten Mal an diesem Tag lehnte sich Heinz im Bürostuhl zurück, nur diesmal starrte er geradeaus durch das Fenster, ohne etwas zu sehen. Kein Zweifel, das war kein Zufall, das konnte kein Zufall sein! Gedanklich ging er alles noch einmal durch: Daniel, der Enkel des Urbani Bruders Paul, machte sein Testament mit Notar Megymorecz, Enkel des gleichnamigen Urbani Bruders. Nach dem Diebstahl der Fahne der Sankt Urbani Bruderschaft von Wolfsberg wurde die Verteidigung des Diebes von Anwalt Herwig Offner übernommen, Enkel des Urbani Bruders Michael Offner. Heinz lauschte in sich hinein, doch sein Unterbewusstsein lieferte keinen Hinweis darauf, wie die Dinge zusammenhängen konnten.

Er wandte sich wieder dem PC zu und rief nacheinander die Adressen der restlichen dreizehn auf der Liste angeführten Urbani Brüder auf. Möglicherweise gab es ja noch weitere Überraschungen.

Sonntag, 17:30 Uhr

Stunden später schloss Heinz seine Recherchen ab. Die meisten der Spuren, die er verfolgt hatte, waren im Sand verlaufen, entweder waren die Nachkommen der Urbani Brüder im Krieg gefallen, oder er hatte einfach keinen Anknüpfungspunkt in den darauffolgenden Generationen gefunden. Bei einigen war er nicht sicher, ob er der richtigen Spur gefolgt war, hier gab es zu viele Personen mit identischen Namen. Von vier hatte er mit einiger Sicherheit die Nachfahren ausfindig machen können, doch schienen ihm diese unauffällig zu sein, zumindest für den Augenblick. Heinz war jedoch zufrieden mit dieser aktuellen Datenbasis; wer wusste schon, ob ihm bei seinen weiteren Ermittlungen nicht noch einer von diesen Leuten über den Weg lief?

Er fragte sich, ob der naheliegendste Verdacht nicht der richtige war, nämlich, dass Herwig Offner selbst den Diebstahl beauftragt hatte und seinen Mittelsmann nun vor strafrechtlicher Verfolgung bewahrte, damit dieser ihn nicht verriet. Hatte Offner davor auch Daniels Ermordung organisiert? Oder existierte vielleicht noch eine Seilschaft zwischen einigen Nachkommen der Urbani Brüder, etwa zwischen Offner und Megymorecz und hatte der Notar Daniel beeinflusst, jemandem außerhalb seiner Familie als Hoferben einzusetzen? Aber warum? Andererseits war es genauso möglich, dass Offner und Megymorecz einander überhaupt nicht kannten, der eine war in Sankt Paul aufgewachsen, der andere in Wolfsberg, Offner lebte seit Beginn seines Studiums in Wien, Megymorecz war seit Jahrzehnten Notar in Wolfsberg. Doch ein Zusammenhang zwischen den beiden und Daniel war unmöglich ein Zufall, was also verband die Nachfahren der drei Urbani Brüder miteinander? Die Fahne? Aber in welcher Weise und warum wurde das ausgerechnet jetzt ein Thema?

Heinz fiel ein, dass er Albrecht Aichelburg-Thurgau in seinen Überlegungen außer Acht gelassen hatte, dieser schien in der Angelegenheit keine Rolle zu spielen. Allerdings war er das letzte noch lebende Mitglied der Wolfsberger Sankt Urbani Bruderschaft, wenn die Fahne für jemanden eine Bedeutung hatte, dann wohl für ihn. Hatte er den Diebstahl in Auftrag gegeben? Aber warum erst nach so vielen Jahrzehnten? Der Zeitpunkt des Diebstahls kristallisierte sich immer mehr als der zentrale Moment der ganzen Sache heraus.

Heinz spürte, dass er müde war, außerdem kam er so nicht weiter. Er beschloss, diesen ereignisreichen Tag zu beenden und über alles zu schlafen, vielleicht würde er morgen klarer sehen.

Sein Papa hatte ihm das erklärt, als er noch ein Kind gewesen war: »Wenn du viel über etwas nachdenkst, wirbelst du die verschiedensten Gedanken auf und die schwirren dann so durcheinander, dass du nicht mehr durchblicken kannst. Wenn du darüber schläfst, senkt sich alles wieder, und du hast einen klaren Blick darüber hinweg.«

Heinz schmunzelte, Papa hatte recht gehabt, genauso fühlte sich das an. Er musste an den Mann denken, der in diesem Augenblick bewusstlos in einer Intensivstation im Klinikum Klagenfurt lag, mit Schläuchen und Kabeln an blinkende, piepsende Maschinen angeschlossen. Heinz atmete tief durch und griff mit zittrigen Händen zu seinem Mobiltelefon. Er rief die Nummer seiner Mutter in der Telefon-App auf und während er das Freizeichen hörte, nahm er sich vor, danach auch noch Sabine anzurufen, er schuldete ihr ja noch einen Rückruf.

Kapitel 18

Montag, 07:30 Uhr

Gleichzeitig mit dem Weckton seines Handys drangen auch seine Erwägungen vom Vortag in Heinz' Bewusstsein. Er schob sie beiseite, es waren zu viele – und er war noch nicht wach. Das Frühstück gab seinem Organismus Zeit, vollends hochzufahren, auch wenn sich sein Gehirn noch so anfühlte, als hätte es einen Muskelkater. Dieser verschwand aber bald, und als Heinz schließlich das Büro betrat, fühlte er sich bereit für den Tag.

Schon als er die Tür ins Schloss gezogen und sich dem Raum zugewandt hatte, fühlte er sich innerlich anders. Er wusste, dass er etwas übersehen hatte, und spürte, dass die Erkenntnis, was es war, in sein Bewusstsein drängte, er musste es nur zulassen.

Sein Blick fiel auf das Fenster vis-à-vis und auf die Wand rechts davon, wo die Fahne gehangen hatte. Jeder, der den Raum betrat, musste als Erstes dorthin sehen, es war die natürliche Blickrichtung, wenn man sich von der Tür abwandte. Das bedeutete, wenn jemand diesen Raum betrat, der wusste, welche Bedeutung die Fahne hatte, würde er auf den ersten Blick …

Megymorecz.

Heinz stolperte zum Besucherstuhl und ließ sich auf ihn fallen, er knarzte protestierend. Das war es, das war das fehlende Glied. Notar Megymorecz war am Sonntag vor einer Woche zum ersten Mal hier gewesen, das hatten alle einhellig erzählt, Daniel hatte ihn geholt, um seinen letzten Willen zu regeln. Er war hier hereingekommen und hatte die Fahne gesehen. Was, wenn er gewusst hatte, was sie bedeutete von seinem Großvater? Vielleicht war es ja umgekehrt gelaufen, vielleicht war der Mord gar nicht wegen der Fahne geschehen, sondern der Diebstahl der Fahne war eine indirekte Folge aus dem Mord? Angenommen, der Notar hatte um die Bedeutung der Fahne gewusst und er wollte sie unbedingt haben, dass er diesen Meier engagiert hatte. Das musste doch bedeuten, dass er nicht gewusst hatte, wo sich die Fahne befand, bis er diesen Raum betreten hatte.

Das war eine Erklärung für den auffälligen Zeitpunkt des Diebstahls, warf aber eine Reihe weiterer Fragen auf. Zunächst einmal, warum Megymorecz die Fahne unbedingt haben wollte. Sie mochte für seinen Großvater von Wert gewesen sein, für ihn wohl kaum. Weiter, warum verteidigte Staranwalt Offner den Industriespion, wenn Megymorecz diesen beauftragt hatte? Da steckte doch mehr dahinter! Wenn Heinz auf der richtigen Spur war, dann arbeiteten der Notar und der Anwalt in dieser Sache zusammen, was bedeutete, dass sie beide die Fahne haben wollten. Aber warum? Als Andenken an eine Bruderschaft, der ihre Vorfahren angehört hatten?

Heinz stand auf und ging im Raum herum. Diese verdammte Fahne! Seit wann hing sie hier, seit Mitte der 1980er-Jahre? Urban Vallant hatte sie aufgehängt aus einer Art nostalgischer Verzückung heraus. Er selbst war zu jung gewesen, er hatte der Urbani Bruderschaft nicht mehr angehört, dennoch hatte die Fahne für ihn eine große Bedeutung gehabt, sie stand für seinen Vater – eigentlich für alle Vorväter, die mit Wein zu tun gehabt hatten. Daniel, den unfreiwilligen Statthalter des Weinguts, hatte sie hingegen wohl überhaupt nichts bedeutet. Er schien weder der Typ für romantische Nachbetrachtungen noch begeisterter Weinbauer gewesen zu sein. Warum hatte Megymorecz ihn nicht einfach gefragt, ob er die Fahne haben konnte, er hätte sie ihm doch abkaufen können?

Heinz spürte deutlich, dass die Dinge anders gelagert waren. Egal, wer die Fahne aus welchem Grund haben wollte, er hatte bis zu Daniels Vergiftung nicht gewusst, dass sie sich in diesem Büro befand. Oder er war nicht an sie herangekommen, solange Daniel lebte. Hing der Mord also doch mit der Fahne zusammen, ging es um die Eigentumsverhältnisse? In dem Fall spielte auch Thomas eine Rolle, immerhin war ursprünglich er als Nachfolger des Vaters vorgesehen gewesen. Heinz fuhr ein Schauer über den Rücken. Thomas saß im Rollstuhl als Folge eines saudummen Unfalls, der ihm eigentlich nicht hätte passieren sollen. Was, wenn es gar kein Unfall gewesen war? Da fiel Heinz noch ein Detail ein, dem er bislang keine Beachtung geschenkt hatte: Der Unfall war am Tag nach dem Tod des Vaters geschehen – aber wie war der Vater, Urban, ums Leben gekommen?

»Ja, schlag mich tot«, entfuhr es Heinz, und er ließ sich wieder auf den knarrenden Sessel sinken. Wie lange war der Unfall her, neun Jahre? War Urban ermordet worden und hätte auch Thomas sterben sollen? Wegen der Fahne? Hatte die Tatsache, dass Thomas seinen »Unfall« überlebt hatte, dazu geführt, dass die Täter vorsichtig geworden waren und von der Fahne abgelassen hatten? Und wenn das stimmte, hatten sie nach der Hofübernahme durch Daniel vielleicht Kontakt mit ihm gehabt, über die Fahne verhandelt und hatten sie ihn umgebracht, weil er sie nicht hergeben wollte?

Heinz schüttelte heftig den Kopf, um seine Gedanken wieder auf einen vernünftigen Kurs zu bringen. Diese verdammte Fahne machte ihn noch total irre! Er kam so nicht weiter, er drehte sich im Kreis. Für all seine Vermutungen gab es keine Anhaltspunkte, auf diese Weise verzweigten sich seine Gedanken zwangsläufig ins Uferlose.

So oder so, der Zeitpunkt des Fahnendiebstahls war auffällig, ebenso die Personen, die sich darum scharten. Dass Daniel, der Notar und der Anwalt Nachkommen von Urbani Brüdern waren, konnte alles Mögliche bedeuten, ein Zufall war es aber nicht! Was Heinz nun herausfinden musste, war, welche Bedeutung die Fahne für die zweite Nachfolgegeneration der Urbani Brüder hatte.

Heinz kratzte sich am Kinn und fragte sich, wie er das herausfinden konnte. Notar Megymorecz brauchte er nicht zu fragen, ohne Beweise würde der alles abstreiten. Ebenso der Staranwalt Herwig Offner und wohl auch Albrecht Aichelburg-Thurgau – zumindest, wenn Heinz mit seiner Vermutung recht hatte.

Andererseits war genauso denkbar, dass Heinz völlig falschlag, und in dem Fall hätte Aichelburg-Thurgau keine Veranlassung, ihm irgendetwas zu verheimlichen. Je länger Heinz darüber nachdachte, umso besser gefiel ihm die Idee. Wie er schon am Vortag festgestellt hatte, war Aichelburg-Thurgau als letzter noch lebender Wolfsberger Urbani Bruder derjenige, der die wahre Bedeutung der Fahne kannte. Außerdem hatte er wohl einen Überblick über die Genealogie seiner ehemaligen Brüder und deren Nachfahren, auch das konnte von Nutzen sein. Wenn der alte Herr andererseits auch mit dem Diebstahl der Fahne zu tun hatte, würde Heinz dies anhand seiner Reaktion auf die Fragen erkennen, die Heinz ihm stellen wollte.

Kurzentschlossen konsultierte er das Internet und suchte nach einer Möglichkeit der Kontaktaufnahme mit Albrecht Aichelburg-Thurgau. Was kein Problem darstellte, denn auf mehreren Seiten, auf denen der Mann präsent war, fanden sich seine Postanschrift, eine Festnetz- und eine Handynummer, mehrere E-Mail-Adressen sowie Links zu diversen Social-Media- und Business-Plattformen. Heinz tippte die Mobilnummer in sein Handy und lauschte dem Freizeichen.

»Das ist der Anschluss von Graf Albrecht Theodor von Aichelburg-Thurgau, womit kann ich dienen?«

Heinz nahm das Handy vom Ohr und sah es an, als könnte das Gerät diese seltsame Ansage mit dieser ebenso seltsamen hochnäsig-näselnden, aber dennoch kräftigen Männerstimme erklären. »Mit wem spreche ich bitte?«

»Das ist der Anschluss von Graf Albrecht Theodor von Aichelburg-Thurgau«, wiederholte der Gesprächspartner, diesmal leicht genervt-ungeduldig, »womit kann ich dienen?«

»Ich hätte gerne Herrn Aichelburg-Thurgau gesprochen«, sagte Heinz.

»In welcher Angelegenheit?«

Heinz hielt inne, um eine der Antwortmöglichkeiten auszuwählen, die ihm durch den Kopf schossen. Er entschied sich für die erfolgversprechendste, die leider auch die aufwändigste war, weil er sie erklären musste: »Es geht um die Sankt Urbani Bruderschaft von Wolfsberg«, begann er, »und um die Fahne dieser Vereinigung.«

»Wie ist der werte Name?«

Heinz nannte ihn.

»Funktion und Firma?«

»Selbständiger Berufsdetektiv?« Ohne es zu wollen, hatte Heinz die Worte wie eine Frage ausgesprochen, auch wenn die Frage eigentlich dem merkwürdigen Verlauf dieses Telefonats galt.

»Ich werde Ihr Anliegen weiterleiten«, kam die Antwort, »Sie erhalten Nachricht. Auf Wiederhören.«

Noch ehe Heinz etwas einwenden konnte, wurde die Verbindung getrennt. Er blinzelte einmal langsam, dann sah er erneut sein Handy an und begann unwillkürlich zu lachen. Da er nicht wusste, wie lange es dauerte, bis er »Nachricht erhalten« würde, suchte er im Internet nach einem Jagdgeschäft in Wolfsberg. Er fand eines, dessen Produktsortiment auch online verfügbar war, und durchsuchte dieses nach einer Wildkamera mit Bewegungsauslöser und Nachtsichtfunktion. Er war gerade fündig geworden, als sein Handy *If you don't know me by now* von Harold Melvin & The Blue Notes abspielte, das Display zeigte die Nummer, die er vorhin gewählt hatte.

»Herr Sablatnig?«, kam das nunmehr bekannte Näseln aus dem Hörer und fuhr fort, nachdem Heinz bejaht hatte: »Der Herr Graf hat jetzt Zeit für Sie.«

Nun meldete sich eine dünne heisere, trotzdem energische Stimme. »Aichelburg-Thurgau hier. Sie wollten mich sprechen?«

Heinz stellte sich noch einmal vor und nannte sein Anliegen, dann fragte er, ob Aichelburg-Thurgau bereit wäre, ihm ein paar Auskünfte zu geben.

»Um 11 Uhr würde es passen«, kam die Antwort, »bei mir auf Schloss Thürn, wenn das für Sie machbar ist.«

Heinz war überrascht. Er war davon ausgegangen, dass sie das Thema am Telefon bereden würden, aber so war es ihm auch recht. Er sagte sein Kommen also zu, und beide verabschiedeten sich voneinander.

Als er aufgelegt hatte, dachte Heinz über das Telefonat nach. Nicht nur die Einladung auf das Schloss, auch der kurzfristige Termin machte ihn stutzig. Hatte er ein Zeitfenster im Terminplan des alten Mannes erwischt oder steckte etwas anderes dahinter? Nicht dass es ihn störte, im Gegenteil, er war froh, wenn die Dinge endlich vorangingen, doch eine innere Stimme mahnte ihn zur Vorsicht.

Er rief Sabine an und schilderte, was geschehen war. Auch sie war irritiert, allerdings mehr darüber, wie Heinz auf die Idee gekommen war, Aichelburg-Thurgau anzurufen. In kurzen Worten erzählte er von seinen Überlegungen, die Sabine jedoch nur zu einem geringen Teil nachvollziehen konnte.

»Das kommt mir alles sehr konstruiert vor«, meinte sie, »aber allein, dass du so kurzfristig eine Audienz bei seiner Hochwohlgeboren bekommen hast, spricht für sich.«

»Inwiefern?«

»Dein Anliegen interessiert ihn offenbar«, erklärte Sabine, »vielleicht will er wissen, was du weißt.«

An diese Möglichkeit hatte Heinz noch gar nicht gedacht.

Montag, 10:55 Uhr

Heinz fuhr bis an den Burgbau heran, die Straße endete an einem verschlossenen großen Tor. Er stellte den Wagen auf dem Parkplatz ab und suchte zu Fuß nach dem Eingang. Der Weg führte ihn rund um das Schloss herum, was ihm Gelegenheit gab, dieses von drei Seiten zu betrachten. Es war ein dreigeschossiger Bau mit einem Giebeldach, in dem noch weitere zwei Stockwerke Platz hatten, die Wandfarbe war ein Weiß mit einer hauchzarten orangegelben Note. Wie er im Internet gelesen hatte, war Schloss Thürn im 13. Jahrhundert errichtet und in den darauffolgenden Jahrhunderten wesentlich verändert worden. Das erklärte die uneinheitliche Baustruktur, runde und eckige Gebäudetrakte wechselten einander ab, es gab einen runden und einen eckigen Turm, und aus Letzterem wuchs noch ein kleines Türmchen oben heraus. Es wirkte, als wären verschiedene Gebäude aneinandergeschoben und miteinander verbunden worden. Die gesamte Anlage war gepflegt, der Rasen getrimmt, die Bäume und Sträucher gestutzt.

Der Eingang befand sich an der Ostseite am Fuß des eckigen Turms. Von hier aus hatte man einen großartigen Blick auf Wolfsberg und das südliche Lavanttal, denn das Schloss thronte auf einer Geländeerhebung. Neben der Holztür befand sich ein runder schwarzer Klingelknopf an der Mauer, eingefasst von einem schmalen, konzentrischen Messingblatt. Ebenfalls aus Messing war die daneben angebrachte Verblendung der Gegensprechanlage. Heinz drückte den Knopf, und wenige Augenblicke später war ein Knistern zu hören, gefolgt von der näselnden Stimme, die sagte:

»Sie wünschen?«

»Heinz Sablatnig, ich habe einen Termin bei Herrn Aichelburg-Thurgau.«

»Bitte gedulden Sie sich einen Moment, Ihnen wird gleich geöffnet«, kam die Antwort.

Es dauerte etwa eine Minute, bis es im Türschloss knirschte. Ein Mann um die dreißig erschien in der Tür, dem Heinz auf Anhieb ansah, dass er zum Personal gehörte. Er trug Lackschuhe, Hosen mit Bügelfalten, ein langärmeliges Hemd mit Krawatte und trotz der Hitze ein Sakko, alles in Schwarz, bis auf das weiße Hemd. »Grüß Gott«, sagte er, »bitte treten Sie ein.« Er wich zur Seite, und sein Kopf mit dem braven Seitenscheitel und dem betont nichtssagenden Gesichtsausdruck neigte sich einladend in Richtung Innenraum.

Heinz trat ein und wartete, bis der Mann die Tür wieder verschlossen hatte.

»Wenn Sie mir bitte folgen wollen«, sagte dieser dann und ging gemessenen Schrittes voraus. Nach ein paar Metern führten links ein paar Stufen, deren rechte Hälfte von einer Rollstuhlrampe überdeckt war, hinauf in einen hohen Gang, dem sie nach rechts folgten. Nachdem sie mehrere Türen aus poliertem hellem, aber altem Holz passiert hatten, kamen sie zu einem offen stehenden Lift, den sie betraten. Die erstaunlich große Kabine wirkte uralt, wie die erste Baureihe von Aufzügen überhaupt. Sie war mit Mahagoniintarsien ausgelegt, das Bedienpaneel bestand aus einer leicht patinierten Messingplatte, in die vier Knöpfe, ebenfalls aus Messing, eingelassen waren. Der Bedienstete drückte den obersten davon, woraufhin sich die Tür mit einem lauten Surren und Knirschen schloss. Auf seinem Weg nach oben schaukelte der Fahrstuhl leicht, die Ankunft wurde von einem gut hörbaren Ping begleitet, und die Tür öffnete sich. Der Mann im Anzug machte eine einladende Geste, die Heinz bedeutete, auszusteigen, er selbst blieb in der Kabine.

Heinz trat in einen saalartigen Raum, einen Rittersaal, dessen Backsteinmauern mit dunklen Ölgemälden und Wandteppichen mit Motiven in Pastellfarben behängt waren. An der Längsseite gegenüber von Heinz zeigten vier große Fenster Ausschnitte des Lavanttals in südlicher Richtung, wie der Lichteinfall verriet. Die linke Schmalseite des Saals war von einem wuchtigen Kamin durchbrochen, über dem ein heraldisches Wappen mit dahinter gekreuzten Schwertern hing, und am Boden, der ebenso wie die Decke aus groben dunkelbraun gebeizten Holzbohlen bestand, waren dicke Teppiche ausgelegt. Beherrscht wurde der Raum von einer mächtigen Tafel aus schwarzbraunem Holz, an der rund zwanzig große Sessel mit gedrechselten Beinen und dicker weinroter Polsterung standen.

Am Kopfende der Tafel auf der Kaminseite stand ein wuchtiger matt anthrazit schimmernder Rollstuhl. In ihm thronte in würdig-aufrechter Haltung ein dürrer, alter Mann, dessen aschgraue Haut nur aus Falten bestand. Er sah aus wie eine aufrecht fixierte Mumie, die man in einen teuren, königsblauen Anzug gesteckt hatte. Die Augen des Alten wirkten geschlossen, erst als der Kopf sich dem Ankömmling zuwandte, bemerkte Heinz Pupillenbewegungen in den schmalen Schlitzen.

Hinter dem Rollstuhl stand ein großer kräftig gebauter Mann um die sechzig, der ein langes frackähnliches Sakko mit einem schwarzen Hemd und einer dezent silbernen Krawatte trug. Auch er sah Heinz an, neigte leicht den Kopf und sagte: »Grüß Gott, Herr Sablatnig.« Obwohl seine Stimme das Volumen eines Donners hatte, näselte sie.

Heinz ging auf die beiden zu. Der Große trat nun neben den Rollstuhl, deutete mit einer würdigen Geste auf den Alten und meldete: »Sie gestatten, dass ich Ihnen vorstelle: Graf Albrecht Theodor von Aichelburg-Thurgau, mein Vater. Mein Name ist Theo.«

Der alte Mann stemmte die Hände auf die Armlehnen des Rollstuhls und erhob sich langsam. Sein Sohn ging in eine Position der Hilfestellung, beließ es aber bei der bloßen Geste, offenbar bereit, seinen Vater zu stützen, sollte dessen Kraft nicht ausreichen. Doch der Alte schaffte es alleine, auch wenn seine dünnen Arme so stark zitterten, dass der Rollstuhl leicht vibrierte.

Heinz war beeindruckt von der Größe des Mannes. Er selbst war knapp eins achtzig, dennoch überragte ihn der Schlossherr um einen halben Kopf. Seine hagere Gestalt verstärkte den Eindruck von Größe noch zusätzlich.

»Willkommen auf Schloss Thürn«, sagte der Alte mit seiner dünnen heiseren Stimme, die, obwohl sie nicht laut war, den Raum einzunehmen schien.

»Danke«, erwiderte Heinz. Er hielt Theo die Hand zur Begrüßung hin, statt diesem ergriff der Alte sie.

Theo deutete auf die Fensterseite der Tafel und sagte: »Bitte, nehmen Sie Platz.«

Heinz ging um den Tisch herum, dabei blickte er aus einem der Fenster. Zwei Stockwerke unter ihm fiel ein terrassierter Hang ab, der aufgelassene Weinberg, den er schon bei der Herfahrt gesehen hatte. Er wartete, bis Albrecht Aichelburg-Thurgau Platz genommen hatte und setzte sich dann ebenfalls.

Theo blieb stehen, nun wieder schräg hinter dem Rollstuhl. »Darf Ihnen mein Vater etwas zu trinken anbieten?«, fragte er, Heinz lehnte dankend ab.

»Sie sind der neue Bauer am Urbanhof?«, begann der Schlossherr.

Heinz war perplex, »woher wissen Sie das?«, fragte er spontan.

Albrecht Aichelburg-Thurgau hatte seinen Kopf geradeaus gerichtet, weshalb es wirkte, als sähe er Heinz nicht an. Nur eine leichte Bewegung zwischen den fast geschlossenen Lidern verriet das Gegenteil. »Nun, das war ja nicht zu überhören.«

Heinz biss sich auf die Unterlippe. Natürlich, die Medien. »Da haben Sie leider recht«, räumte er ein.

Die schmalen Lippen des Alten kräuselten sich in den Mundwinkeln leicht nach oben. »Und da sind Sie auf die Fahne der Sankt Urbani Bruderschaft zu Wolfsberg gestoßen«, stellte er fest.

»Genau. Mich würde interessieren, welche Bedeutung diese Fahne für die Bruderschaft gehabt hat?«

Aichelburg-Thurgau schwieg für ein paar Augenblicke, dann fragte er: »Warum kommen Sie damit zu mir?«

Heinz unterdrückte ein Lächeln. Sabine hatte recht gehabt, der alte Mann wollte wissen, wie viel Heinz wusste. »Neben der Fahne habe ich auch alte Aufzeichnungen der Bruderschaft gefunden.« Heinz beobachtete die Reaktion des alten Mannes genau, doch der zeigte keine. Er fuhr fort. »Annalen, Sitzungsprotokolle – und ein Adressenverzeichnis.«

»Und da sind Sie auf meinen Namen gestoßen.«

»Exakt. Da war mir klar, dass die Fahne heute für niemanden eine größere Bedeutung haben kann als für Sie.« Heinz spürte, wie sich seine Nackenhaare sträubten. Er hatte diese Worte gewählt, um sein Hiersein zu begründen, doch als er sie selbst hörte, machten sie ihm bewusst, dass Aichelburg-Thurgau das bisher stärkste Motiv für einen Diebstahl hatte.

Dieser schwieg für ein paar Sekunden, ehe er fragte: »Welche Bedeutung hat die Fahne für Sie?«

Heinz glaubte, nicht richtig zu hören! Bereitete der alte Mann etwa den argumentativen Boden dafür, dass er mehr Anrecht auf die Fahne hatte als Heinz? Er beugte sich vor, stellte die Ellbogen auf die Tischplatte und legte die Fingerkuppen aneinander, dann erwiderte er: »Sie gehört mir jetzt nun einmal.«

Wieder Sekunden des Schweigens, wieder eine Ahnung von Pupillenbewegungen. »Die Fahne ist das äußere Erkennungszeichen der Sankt Urbani Bruderschaft zu Wolfsberg«, kam es mit dünner, starker Stimme, »das Feldzeichen, das Identifikationsmerkmal. Das Logo, wie man heute sagen würde.«

Heinz kam auf eine Idee, die er bisher noch nicht gehabt hatte und die erst im Zusammenhang mit diesem Mann einen Sinn ergab. »Wie sieht es auf spiritueller Ebene aus? Ist die Fahne irgendwie ... wie soll ich sagen ... mit dem Geist der Bruderschaft aufgeladen?«

Drei Sekunden Zögern. »Worauf wollen Sie hinaus?«

»Nun, als Erkennungszeichen ist die Fahne austauschbar. Wenn sie verschwindet, lässt man einfach eine neue herstellen. Nicht aber, wenn es darum geht, dass sie die – sagen wir einmal – Ur-Fahne ist, die einzig echte. Nehmen wir einmal das Kreuz, an das Jesus geschlagen worden ist: Jeder Zimmermann könnte es nachbauen, doch keines davon hätte auch nur annähernd den Wert des Originals.«

»Ein solcher Vergleich ist nicht zulässig.« Die Erwiderung kam unerwartet schnell und heftig und machte klar, dass Albrecht Aichelburg-Thurgau ein tief religiöser Mensch war.

»Sie wissen aber, was ich meine«, hielt Heinz dagegen, »ist die Fahne ein austauschbares Symbol oder ein – im Rahmen der Urbani Bruderschaft – heiliger Gegenstand?«

»Die Fahne war immer Eigentum der Sankt Urbani Bruderschaft zu Wolfsberg. Ich habe nie gehört, dass wir irgendwann eine andere besessen hätten.«

Heinz wurde abwechselnd heiß und kalt. Dieses ständige Ausweichen kam einem Geständnis gleich. Jetzt wollte er es genau wissen: »Ich habe festgestellt, dass einige Enkel Ihrer damaligen Mitbrüder heute noch eng zusammenarbeiten. Gibt es so etwas wie einen Traditionsverein, eine Vereinigung der Nachfahren der damaligen Urbani Brüder?«

Diesmal dauerte die Pause länger als bisher. Dann sagte der Alte: »Wenn es eine solche gibt, dann habe ich keine Kenntnis von ihr.« Er griff an die Armlehnen seines Rollstuhls und stemmte sich hoch, sein Sohn nahm wieder die Hilfeposition ein. »Wenn Sie mich jetzt entschuldigen möchten, in meinem Alter braucht der Körper vermehrt Ruhe.«

Heinz hob die Augenbrauen – der Schlossherr schmiss ihn raus? Er erhob sich, ging um den Tisch herum und reichte ihm die Hand. »Danke, dass Sie sich Zeit für mich genommen haben.«

Anstelle einer Antwort neigte der alte Mann gnädig das Haupt. Gerne hätte Heinz den Ausdruck in seinen Augen gesehen.

Kapitel 19

Auf der Fahrt zurück zum Urbanhof beherrschte Heinz ein Gedanke: Der Alte hat es getan! Albrecht Aichelburg-Thurgau hatte den Diebstahl der Fahne in Auftrag gegeben, er war der Einzige, für den sie echten Wert besaß. Jede Nuance des Gesprächs vorhin bestätigte diesen Verdacht.

Als Heinz am Weingut ankam, stand Berti Abraham mit einem Lebensmittelkorb am Vorplatz, Marie kramte gerade in ihrer Brieftasche. Als er Heinz sah, der vorbeifuhr, um sein Auto im Wagenschuppen zu parken, erwiderte er dessen Handgruß mit einem verunsicherten Gesichtsausdruck. Heinz war klar, was das bedeutete, Berti wusste nicht, wie Heinz Bertis Auftritt im Fernsehen aufgenommen hatte. Heinz stellte den Motor ab. Der Fernsehbeitrag! Obwohl er wusste, dass dieser erst vor wenigen Tagen gesendet worden war, fühlte es sich an, als wäre das schon eine Ewigkeit her. Er griff zum Beifahrersitz und nahm die Packung mit der Wildkamera, die er auf der Fahrt zum Schloss in dem Jagdgeschäft in Wolfsberg gekauft hatte. Er würde das Gerät heute noch installieren.

»Hallo Berti, alles klar?« Heinz wollte klarstellen, dass er keinen Groll gegen ihn hegte.

»Hallo«, erwiderte der Angesprochene und rang sich zu einem kleinen Lächeln durch.

Die beiden schüttelten die Hände, dann meinte Heinz: »Bei der nächsten Lieferung kannst du wieder Haferkekse mitbringen. Die sind super!«

»Ja, gerne.« Diesmal fiel das Lächeln erleichtert aus.

Montag, 13 Uhr

Nach dem Mittagessen ging Heinz ins Büro, setzte sich in den Stuhl und ließ sich alle bisherigen Erkenntnisse durch den Kopf gehen. Wenn Albrecht Aichelburg-Thurgau den Diebstahl der Fahne veranlasst hatte, nachdem Notar Megymorecz sie bei Daniel gesehen hatte, und Anwalt Offner extra aus Wien anreiste, um den gedungenen Dieb zu verteidigen, dann verfolgten sie alle dasselbe Interesse. Die Fahne hatte aber nur für Aichelburg-Thurgau einen Wert. Oder für die Sankt Urbani Bruderschaft von Wolfsberg, die es aber nicht mehr gab. Oder vielleicht ...

Heinz griff sich an die Stirn. Dass er daran noch nicht gedacht hatte! Er stand auf und ging zu dem Fenster, das auf den Hof zeigte, er starrte hinaus, ohne etwas zu sehen. Was, wenn die Sankt Urbani Bruderschaft in Wolfsberg nach dem Krieg einfach weitergemacht hatte? Aber hätte dann nicht auch Opa Paul mit von der Partie sein müssen? Heinz schüttelte den Kopf, um seinen eigenen Gedanken zu verneinen. Paul Vallant war ja erst zehn Jahre nach Kriegsende aus der Gefangenschaft zurückgekommen, und danach hatte er sich für nichts mehr interessiert. Außerdem hatte die Familie bis in die 1980er-Jahre hinein in der Steiermark gelebt. Hatten die anderen Urbani Brüder ihn auf ihre Wiedergründung angesprochen, aber er hatte kein Interesse mehr gehabt? Aber warum hatten sie nicht ihre Sachen von ihm zurückgeholt, die schriftlichen Aufzeichnungen, den Becher – die verdammte Fahne? Sie wussten immerhin, dass er diese Dinge in Verwahrung genommen hatte, als ihre Katakomben zu Bunkern umfunktioniert worden waren.

Heinz konnte sich denken, warum. Thomas hatte gemeint, sein Opa Paul habe vermutlich selbst nicht gewusst, dass er die Dinger noch besaß, weil sie ihn nicht mehr interessierten. Vielleicht hatte er auch angenommen, dass sie bei der Bombardierung seines Hauses zerstört worden waren. Und das hatten wohl auch die Urbani Brüder angenommen, denn das Schicksal der Familie ihres Mitbruders war wohl nicht an ihnen vorübergegangen.

Heinz wechselte zum anderen Fenster. Aber warum die Geheimniskrämerei? Er hatte Aichelburg-Thurgau ja gefragt, ob es die Bruderschaft noch gab, und dieser hatte es abgestritten. Wieder schüttelte Heinz den Kopf, und diesmal musste er grinsen. Er hatte ihn nicht nach der Bruderschaft gefragt, sondern nach einer Nachfolgeorganisation. Und der Befragte hatte auffallend lange mit seiner Antwort gezögert, die dann noch dazu höchst diplomatisch und durchdacht gekommen war.

Unter diesen Gesichtspunkten hatten der Diebstahl der Fahne und das ganze Drumherum einen Sinn – der Mord jedoch nicht. Es musste noch ein Element geben, das Heinz nicht sah oder das ihm noch nicht begegnet war. Er überlegte seine nächsten Schritte, kam jedoch auf keinen grünen Zweig. Also beschloss er, zunächst einmal Thomas auf den neuesten Stand seiner Ermittlungen zu bringen. Vielleicht fiel diesem ja dann jemand ein, der für die Ermordung Daniels infrage kam. Zu dem Gespräch nahm Heinz auch die Auflistung der Namen jener vier Männer mit, die er als Nachkommen der Urbani Brüder ausfindig gemacht hatte, ihm aber noch nicht begegnet waren.

Nachdem er Thomas alles erzählt hatte, war dieser sprachlos und sichtlich erschüttert. Er dankte Heinz, bat ihn aber, ihm Zeit zu geben, er müsse das alles erst einmal verdauen. Die Namen auf der Liste sagten ihm nichts, er kannte zwar die Familiennamen, aber diese waren im Lavanttal geläufig.

•

Zurück im Büro hatte Heinz eine andere Idee. Die Urbani Bruderschaft war doch ursprünglich die Interessensvertretung der Weinbauern gewesen. Wer sagte denn, dass sie das heute nicht mehr war? Nur weil einige der Nachkommen früherer Brüder andere Berufe hatten, hieß das doch nicht, dass das auf alle zutraf. Vielleicht waren die zeitgenössischen Lavanttaler Weinbauern ja auch Mitglieder?

In dem Fall wäre allerdings auch Thomas Mitglied gewesen, und das hätte er Heinz nicht verschwiegen, wo die Ereignisse der vergangenen Wochen ja seiner Familie geschadet hatten.

Spontan nahm Heinz sein Handy und rief Walter Aigner an. Walter kannte die Geschichte des Weinbaus hierzulande, er kannte die Familie Vallant und war mit den Weinbauern der Gegenwart bestens bekannt. Im günstigsten Fall konnte er Heinz weiterhelfen, im schlechtesten würde er es nicht tun. So oder so, ein Telefonat mit ihm würde neue Erkenntnisse bringen.

Walter hob ab und begrüßte Heinz freudig. Dieser fragte, ob er ein paar Minuten Zeit hätte, und als Walter bejahte, erzählte Heinz, was er herausgefunden und kombiniert hatte.

Als er fertig war, lachte Walter, als hätte er soeben eine Sensation erfahren. »Die Sankt Urbani Bruderschaft in Wolfsberg gibt es noch? Mit dem Herrn Grafen an der Spitze? Das ist ja nicht zu glauben!«

»Du hast also von der Bruderschaft gewusst?«

»Ja, freilich, aber ich habe geglaubt, dass sie seit dem Zweiten Weltkrieg Geschichte ist.«

»Hast du die Fahne gekannt?«

Walter blies die Luft aus. »Die habe ich in Urbans Büro natürlich gesehen, aber dass die den Urbani Brüdern gehört hat ... ich habe sie für ein dekoratives Element gehalten.«

An die nächste Frage tastete Heinz sich vorsichtig heran. »Und du glaubst nicht, dass ein paar der jetzigen Weinbauern dort Mitglieder sind?«

»Was?« Walter klang, als hätte er nicht richtig gehört. »Also, das würde mich doch sehr wundern!«

»Wieso?«

»Unsere Weinbauern sind durch und durch Geschäftsleute, und bei aller Leidenschaft für den Weinbau interessieren sie sich nicht für Fahnen oder sonstigen Mystizismus. Jedenfalls nicht, wenn es um ihr Tagesgeschäft geht. Und die würden sich auch nicht am Diebstahl einer solchen Fahne beteiligen, warum auch? Und von der Ermordung eines Weinbauernkollegen will ich gar nicht erst reden.«

»Aber die Urbani Bruderschaften waren doch Interessensvertretungen. Kann es nicht sein, dass ...«

»Nein, vergiss das! Die Urbani Bruderschaften der Gegenwart heißen Weinbauverband Kärnten und Landwirtschaftskammer. In anderen Bundesländern, wo die Weinbautradition nicht unterbrochen worden ist wie bei uns, haben sich die Urbani Bruderschaften mit der Zeit weiterentwickelt. In der Steiermark hat es zum Beispiel die ›Bruderschaft der Hauer zu Leibnitz‹ gegeben. Die hat sich im 19. Jahrhundert zur ›Winzerinnung Kaindorf an der Sulm‹ gewandelt, aus der dann die heutige ›Weinbruderschaft Südsteiermark‹ hervorgegangen ist. Die Sankt Urbani Bruderschaft in Wolfsberg war ja schon in den letzten Jahrzehnten ihres Bestehens nur noch eine Traditionsvereinigung.«

Das leuchtete Heinz ein. Er fragte: »Lässt sich irgendwie herausfinden, ob es die Wolfsberger Urbani Brüder heute noch gibt?«

Walter schwieg für ein paar Sekunden, dann meinte er: »Du, ich glaube, da kann ich dir helfen. Die Urbani Bruderschaften waren ja miteinander vernetzt und die Nachfolgeorganisationen sind es sowieso. Wenn du mir bis morgen Zeit gibst, kann ich vielleicht jemanden auftreiben, der die Antwort auf deine Frage weiß.«

Dienstag, 7 Uhr

Seit Heinz am Urbanhof eingezogen war, hatte er noch kein so lebendiges Frühstück erlebt wie an diesem Morgen. Thomas hatte Heinz auf dessen Erzählung vom Vortag angesprochen, was Marie neugierig gemacht hatte. Also brachten Heinz und Thomas sie auf den neuesten Stand.

Marie hörte mit großen Augen und offenem Mund zu. »Ich kann das alles nicht fassen«, sagte sie immer wieder.

Irgendwann zwischendrin meldete sich Gidi zu Wort: »Du, Marie, was für eine Nachspeise gibt's denn heute Mittag?«

»Tiramisu«, erwiderte sie kurz angebunden, sie wollte mehr von Heinz' Ermittlungsergebnissen erfahren.

»Aah«, machte Gidi genießerisch und ließ seine Zunge im Kreis über die Lippen fahren, »ich liebe Tiramisu.«

Heinz war mitten im Erzählen, stutzte und fragte Marie: »Verträgt er den Rum?«

Sie winkte ab. »Ich mache es ohne Rum. Erzählen Sie weiter.«

Später am Vormittag ging Heinz in den Verkaufsraum und schloss die Tür hinter sich ab, damit ihn niemand überraschte, während er die Wildkamera installierte. Nach einigem Hin und Her stellte er die Kamera in eines der Weinregale hinter der Theke nahe der Zimmerdecke. Zum einen hatte sie von hier einen guten Blickwinkel auf die Eingangstür und den gesamten Verkaufsraum, zum anderen würde sie da nur entdeckt werden, wenn jemand gezielt nach ihr suchte oder eine Weinflasche aus einem der benachbarten Regale holte. Da die Spirituosen gegenüber gelagert waren, war die Gefahr gering, dass der Dieb die Kamera hier entdeckte. Die

Verbindung mit der dazugehörigen App auf Heinz' Handy war schnell hergestellt, woraufhin er das Sichtbild der Kamera auf dem Handy-Display sah. So konnte er sie bestmöglich ausrichten.

Als alles bereit war, verließ Heinz den Verkaufsraum, trat nach ein paar Sekunden wieder ein, holte eine Flasche Tresterbrand, ging wieder hinaus und checkte sein Handy. Alles funktionierte einwandfrei: Die nun geschlossene App zeigte einen Symbolmarker an und als Heinz sie öffnete, konnte er seinen Weg in den Verkaufsraum hinein und wieder heraus anhand von Standbildern im Zwei-Sekunden-Takt auf seinem Handy-Display nachverfolgen. Er wiederholte das Experiment bei ausgeschalteter Beleuchtung und erhielt dasselbe Ergebnis, nur dass die Bilder diesmal schwarzweiß waren. Heinz war zufrieden, wenn der Schnapsdieb das nächste Mal zuschlug, würde er ihn stellen.

Er wollte den Verkaufsraum gerade verlassen, als er Geräusche hinter jener Tür hörte, die zur Halle führte. Er sperrte die Vordertür ab und ging durch die hintere. Das Rolltor war geöffnet, Fritz Pollheimer werkelte im hinteren Bereich der Halle herum. Heinz ging zu ihm. Der Winzer war mit einem großen Kontrollkasten beschäftigt, der an der hintersten Kühlkammer angebracht war und auf dem eine Reihe von Lichtern blinkten. Er drückte immer wieder auf eine Taste, wodurch sich die Anzeige auf einem schmalen LCD-Display jeweils änderte.

Heinz war interessiert. »Was machst du da?«

»Ich kontrolliere die einzelnen Systeme«, erklärte er, »die einzelnen Kühlaggregate, die Lüftung im Gärkeller ...«

»Wieso Lüftung im Gärkeller«, fragte Heinz dazwischen, »wird um diese Jahreszeit etwas vergoren?«

»Nein«, Pollheimer grinste, »aber das System muss trotzdem funktionieren.«

Heinz sah sich um. »Wo ist der Gärkeller überhaupt?«

Der Winzer deutete zu Boden und erklärte: »Unter uns. Hast du ihn noch nicht gesehen?« Er wartete Heinz' Kopfschütteln ab, dann meinte er: »Ich mach das schnell fertig, dann zeige ich ihn dir.«

Eine Minute später gingen sie die Treppe hinunter in einen riesigen Raum, in dem eine Reihe von zylinderförmigen Edelstahltanks stand, welche fast bis zur Decke reichten. »Bei der Gärung entsteht Kohlendioxid«, erklärte Pollheimer, »ein tödliches Gas. Das hat schon vielen, auch erfahrenen Winzern, das Leben gekostet.«

»Wie das?«

»Kohlendioxid ist schwerer als Luft, deshalb sammelt es sich am Boden und verdrängt die Atemluft. Umso länger die Gärung dauert, desto höher baut sich diese Schicht auf. Gemeinerweise ist das Gas geruchlos, das heißt, wenn die Schicht so hoch ist, dass sie dir bis zur Nase reicht, dauert es nur kurze Zeit, bis du bewusstlos wirst. Dann fällst du um, bleibst in der Schicht liegen – und erstickst.«

»Aber das haben die Winzer doch gewusst, oder?«

»Ja, freilich. Früher hat man sich damit beholfen, dass man eine Kerze auf einen Schemel oder einen Tisch gestellt hat. Eine Flamme braucht Sauerstoff zum Brennen, das heißt, wenn sie ausgegangen ist, hat die Kohlendioxid-Schicht sie erreicht. Aber wie das so ist: Manchmal ist man mit den Gedanken woanders und vergisst, dass die Kerze brennen sollte, oder man denkt sich: Ich bin ja eh nur kurz da drin oder, oder, oder.«

»Und heute löst man das Problem mit einer Lüftungsanlage?«

»Das hängt von den baulichen Gegebenheiten ab. Wir machen das jedenfalls so.«

Heinz sah sich in dem Raum um. Das Neonlicht spiegelte sich in den glänzenden Tankoberflächen, er kam sich vor wie in einem Silo voller Atomraketen.

»Hier ist übrigens auch der Urban gestorben«, sagte Pollheimer unvermittelt.

Heinz fuhr herum. »Was?«

»Thomas hat ihn gefunden. Dort ist er gelegen.« Er zeigte zu einem der Tanks im hinteren Raumabschnitt.

»Was ist passiert?«

Pollheimer zuckte mit den Schultern. »Herzinfarkt.«

»Einfach so?«

»Einfach so.«

Sie verließen den Gärkeller wieder und gingen hinauf ins Erdgeschoss, als sie einen gedämpften Schrei hörten. Beide hielten inne und lauschten – da war er wieder, er klang, als brüllte eine Frau in haltlosem Entsetzen.

Heinz und Pollheimer sahen einander an, dann riefen sie gleichzeitig: »Marie!«

Sie rannten los zu der Tür, die in den Keller des Haupthauses führte. Dort angekommen hatte Heinz bereits den Ring mit den Schlüsseln aus seiner Hosentasche gefischt und suchte mit zittrigen Fingern nach dem richtigen.

»Der da!« Pollheimer griff gezielt zu einem der Schlüssel, zog ihn mitsamt dem Ring aus Heinz' Händen und sperrte auf.

Sie stürmten nach oben, Maries Schrei war nun überlaut und fuhr Heinz durch Mark und Bein. Er riss die Tür auf und sah sie beim Esstisch am Boden knien, vor ihr lag Gidi zusammengekrümmt wie ein Baby, und zuckte spastisch.

»Was ist passiert?«, schrie Pollheimer, um Marie zu übertönen.

Sie aber schien unfähig zu sein, ihm zu antworten, ihre panisch aufgerissenen Augen taxierten ihn und Heinz, dann brüllte sie wieder.

Gidis Augäpfel waren verdreht, so dass nur das Weiße zu sehen war. Seine Kiefer pressten sich krampfhaft aufeinander, die Kaumuskeln beulten die Haut aus.

Zwischen seinen Zähnen und Lippen quoll dicker weißer Schaum hervor. Bei jedem Zucken stöhnte er ruckartig.

»Ich hole die Rettung«, rief Heinz, zog sein Handy und lief ins Büro, wo er die Tür hinter sich zuzog. Maries Schreie waren damit so weit gedämpft, dass er sprechen und sein Gegenüber verstehen konnte.

Nachdem er den Notruf abgesetzt hatte, lief er zurück. Das Geschrei hatte sich indessen zu einer entsetzlichen Kakofonie ausgeweitet. Pollheimer hockte bei Gidi und fragte ihn unentwegt, was er habe. Dabei musste er Marie übertönen, die weiterhin in einer Art brüllte, die kaum noch menschlich klang. Darüber hinaus war mittlerweile auch Thomas von seinem Zimmer heruntergekommen und fragte – ebenfalls alle übertönend – was los sei.

Heinz erklärte Thomas in kurzen Worten, was er wusste, dann überlegte er fieberhaft, was er tun konnte. Doch gegen Gidis Krämpfe konnte er nichts ausrichten, und solange er nicht wusste, was diesen Zustand ausgelöst hatte, gab es auch keinen Anhaltspunkt für Gegenmaßnahmen. Eine schreckliche Hilflosigkeit machte sich in ihm breit. Er schnappte Marie, zog sie hoch und setzte sie auf die Bank. Dort wollte er sie beruhigen, doch auch das gelang nicht, da sie ihn offenbar nicht wahrnahm.

»Scheiße«, hörte er Pollheimer hinter sich schreien. Er wandte sich zu ihm um und sah, dass Gidi aufgehört hatte zu zucken, er lag nun regungslos da. Der Winzer hielt ihm prüfend die Hand unter die Nase, dann drehte er ihn auf den Rücken, wobei Gidis Glieder auseinanderklappten wie die einer Puppe. Pollheimer legte das Ohr auf seine Brust, und als er wieder aufsah, erschrak Heinz vor dessen Blick.

Heinz stürzte hin, zog ein Taschentuch und wischte den Schaum von Gidis Mund. Doch ein Taschentuch reichte dazu nicht aus, er nahm ein zweites und dann noch ein drittes. Dann drehte er den Kopf des Leblosen in den Nacken, klemmte ihm mit zwei Fingern die Nase zu und begann mit der Mund-zu-Mund-Beatmung. Ein Wirbelsturm unterschiedlicher Gefühle tobte durch ihn, eines schlimmer als das andere: Entsetzen, Schock, Ekel, Hilflosigkeit, Angst. Viermal blies er eine volle Ladung Luft in Gidis Lungen, dann setzte er dessen Kopf ab und pumpte mit den Handballen viermal in die Herzgrube. Heinz hatte keine Ahnung, ob diese Anzahl und diese Frequenz richtig waren, sein letzter Erste-Hilfe-Kurs war schon viele Jahre her. Danach beatmete er ihn wieder, dann pumpte er wieder. Schon nach kurzer Zeit wurde ihm schwindlig, und er deutete Pollheimer an, dass er ihn ablösen sollte. Dessen Gesicht spiegelte Heinz‘ Gefühle, doch er zögerte keinen Moment und übernahm die Wiederbelebung. – Im selben Takt wie Heinz, also war dieser richtig gelegen, oder Pollheimer wusste es auch nicht besser.

Es dauerte etwa zwanzig Minuten, bis die Rettung

eintraf. Zwanzig Minuten, in denen Pollheimer und Heinz sich bei ihren Wiederbelebungsversuchen abwechselten, zwanzig Minuten, in denen Thomas ebenso lautstark wie panisch versuchte, Marie zu beruhigen, bis diese irgendwann von selbst verstummte.

Als endlich die Helfer mit den rot-weißen Overalls zur Tür hereinstürmten, sah Heinz erstmals auf. Marie lag zusammengekrümmt auf der Bank, sie schluchzte zuckend, und ihre Augen starrten ins Leere.

Während einer der beiden Sanitäter seinen Rucksack absetzte und Gidi mit geübten Griffen untersuchte, fragte der zweite, was vorgefallen sei. Heinz hätte das selbst gerne gewusst, doch die einzige Person, die diese Frage hätte beantworten können – abgesehen von Gidi selbst –, war Marie, aber die schien sich in eine andere Welt zurückgezogen zu haben. Der Sanitäter erkannte schnell, was los war, und forderte Verstärkung an. Er notierte Heinz' und Pollheimers Namen, Geburtsdaten und Telefonnummern, dann setzte auch er seinen Rucksack ab und zog die Reißverschlüsse auf.

Sein Kollege hatte mittlerweile einen Defibrillator ausgepackt und brachte diesen nun zum Einsatz. »Keine Reaktion«, sagte er nach dem fünften oder sechsten Mal.

Der andere entfaltete ein weißes Tuch, das wie ein Bettlaken aussah, und gab seinem Kollegen ein Zeichen mit dem Kopf, woraufhin dieser den Defibrillator wieder einpackte und seinen Rucksack schulterte. Auch der andere packte seine Sachen wieder zusammen, währenddessen erklärte er Heinz und Pollheimer, dass gleich ein zweiter Rettungswagen kommen und dessen Besatzung sich um Marie kümmern werde. Dann hoben die beiden Sanitäter Gidi gemeinsam auf das Tuch, packten einer vorne, einer hinten dessen Enden und trugen ihn so durch den Flur hinaus.

Kurze Zeit später hörte Heinz den Rettungswagen draußen wegfahren, dann war es plötzlich gespenstisch still. Nur Maries zittrige Atmung war noch zu hören. Heinz, Thomas und Pollheimer sahen einander an.

»Was war das jetzt für eine Scheiße?« Pollheimer flüsterte fast.

»Alkohol?«, fragte Heinz, »kann es Alkohol gewesen sein?« Er hatte sich an die Erzählung des Winzers erinnert, wie Gidi auf einen Schluck Wein reagiert hatte.

Pollheimer zuckte mit den Schultern. »Kann sein. Aber so extrem war das damals nicht. Außerdem, wer soll ihm den gegeben haben?«

Alle drei schauten automatisch zu Marie, nicht weil sie sie verdächtigten, sondern weil sie als Einzige bei Gidi gewesen war, als der Anfall begonnen hatte.

Kapitel 20

Dienstag, 12:30 Uhr

Sabine warf die Tür ihres Wagens zu und versperrte ihn, dann wandte sie sich um, ließ ihren Blick über das Landeskrankenhaus Wolfsberg schweifen und schnaubte. Gemischte Gefühle hatten sie hierher begleitet. Erstens war sie grantig, weil sie der Telefonanruf in dem Moment erreicht hatte, als sie sich gerade zum Mittagessen gesetzt hatte. Zweitens war sie besorgt, weil sich ein weiterer zweifelhafter Todesfall in unmittelbarer Nähe ihres Bruders ereignet hatte, und drittens war sie erleichtert, weil Heinz nichts passiert war. Und noch ein Gefühl war mit dabei, eine Art bedrohliche Ungewissheit, die daher kam, dass der Mörder offenbar noch immer sein Unwesen am Urbanhof trieb und jederzeit zuschlagen konnte.

Etwa eine Stunde zuvor hatte der Arzt im Krankenhaus Wolfsberg den Tod von Egidius Gutschi festgestellt, dem geistig behinderten Landarbeiter vom Urbanhof. Die Umstände wie auch die Symptome seines Ablebens hatten den Arzt dazu veranlasst, die Polizei einzuschalten. Sabines Kollegen in Wolfsberg hatten natürlich den möglichen Zusammenhang zum Giftmord an Daniel Vallant erkannt und sie alarmiert, die Einsatzleiterin.

Sabine hatte eine sofortige Autopsie beantragt, welche vom zuständigen Staatsanwalt in Anbetracht der Umstände umgehend genehmigt worden war. Dennoch würde es noch dauern, bis sie erste Ergebnisse bekam, der nächste verfügbare Pathologe musste nämlich erst aus Graz anreisen und würde frühestens um 13 Uhr in Wolfsberg eintreffen.

Weiterhin hatte Sabine den Urbanhof abriegeln lassen, ohne ihre Genehmigung durfte ihn niemand mehr betreten oder verlassen. Mit derselben Selbstverständlichkeit wie die Autopsie hatte der Staatsanwalt auch die Hausdurchsuchung genehmigt, und Sabine hatte ihren Leuten eingeschärft, dass sie diesmal jeden Krümel umdrehen sollten.

Sie selbst war hierhergefahren, um mit dem Arzt, der diese Lawine an Ereignissen losgetreten hatte, persönlich zu sprechen und ebenso mit dem Pathologen, wenn dieser kam, dann würde auch sie zum Urbanhof fahren.

An der Aufnahme zeigte Sabine ihren Dienstausweis, woraufhin sie zur richtigen Station und dort zum zuständigen Arzt geführt wurde.

Dieser wiederholte im Grunde, was Sabine ohnehin schon wusste, und beendete seine Sachverhaltsdarstellung mit dem Satz: »Frau Vallant ist übrigens stabil.«

Sabine glaubte, nicht richtig zu hören. »Wer?«

»Marie Vallant«, er blinzelte irritiert, »haben Sie das nicht gewusst?«

»Was habe ich nicht gewusst? Werden Sie bitte deutlich!«

Nun erklärte der Arzt, dass Marie Vallant, die Tochter des in der Vorwoche verstorbenen Daniel Vallant, ebenfalls eingeliefert worden sei, wegen einer akuten Belastungsreaktion, besser bekannt als Nervenzusammenbruch.

»Warum habe ich nichts davon gewusst?«, fuhr Sabine hoch.

»Das müssen Sie Ihre Mannschaft fragen«, erwiderte der Mediziner, nun deutlich abgekühlt. »Ich kann Ihnen nur sagen, was ich von meiner Kollegin erfahren habe, die Frau Vallant behandelt hat. Und das ist, dass die Patientin in einem Zustand vollkommener Apathie eingeliefert worden ist, weshalb sie starke Beruhigungsmedikamente verabreicht bekommen hat und sich aktuell im künstlichen Tiefschlaf befindet.«

Sabine dachte kurz nach, dann fragte sie: »Kann man einen solchen Zustand auch vortäuschen?«

Der Arzt zog die Augenbrauen hoch und der Ansatz eines Lächelns kräuselte seine Lippen. »Die äußeren Erscheinungsformen vielleicht, bis zu einem gewissen Grad, nur ... Zittern, Schwitzen, eine permanent erhöhte Herzfrequenz, erhöhter Blutdruck, Pupillenerweiterung ...«

Sabine verstand.

Dienstag, 17 Uhr

Heinz, Thomas und Pollheimer saßen am Esstisch, starrten vor sich hin und sagten nichts. Um sie schwirrten Polizisten herum wie Bienen um eine Futterblume. Seit Stunden waren sie nun schon Gefangene auf dem Urbanhof. Man hatte ihnen die Handys abgenommen und sie gemeinsam über die aktuellen Ereignisse befragt, danach waren sie getrennt weitervernommen worden. Als das vorbei war, hatte man sie an diesen Tisch gesetzt, wo sie bis auf Weiteres bleiben sollten. Wenn sie sich von hier entfernen wollten, mussten sie um Erlaubnis fragen.

Währenddessen räumten die Polizisten das Haus leer, zumindest wirkte es so. Rollwagenweise wurden Lebensmittel und Müll aus der Küche abtransportiert, Vorräte aus dem Keller geholt und sonstige Dinge die Treppe herabgetragen. Es wirkte, als evakuierte ein Ameisenvolk seinen Haufen.

Anfangs hatten Heinz und Pollheimer noch miteinander geredet, der Winzer war vor allem beunruhigt darüber, dass er seiner Familie nicht Bescheid sagen konnte, wo er war, doch irgendwann waren sie verstummt. In ihrer Situation gab es ja auch nicht viel zu sagen, sie machte einen sprachlos. Thomas war von Beginn an verstummt. Er saß da, vollkommen in sich gekehrt, regungslos, fast ohne Lebenszeichen. Bogart hatte sich verschreckt in sein Körbchen verkrochen, als Marie geschrien und Heinz und Pollheimer versucht hatten, Gidi wiederzubeleben. Als der Trubel vorbei gewesen war, war er zu Heinz gekommen, dem es gelungen war, ihn zu beruhigen. Seit dem Eintreffen der Polizei lag er wieder im Hundebett, und seine Augen verfolgten die herein- und hinauslaufenden Beamten.

Heinz' Gehirn hingegen arbeitete auf Hochtouren. Er wusste noch nicht, was mit Gidi geschehen war, man hatte ihnen nichts gesagt. Während der ganzen Zeit, in der er und Pollheimer versucht hatten, ihn wiederzubeleben, hatte er keine Reaktion gezeigt, auch der Defibrillator hatte ihn offenbar nicht zurückgeholt. Was war der Grund für diesen Anfall gewesen? Wieder eine Vergiftung? Aber warum, warum Gidi? Heinz gestand sich ein, dass er in seinen bisherigen Ermittlungen viel zu sehr auf die Fahne konzentriert gewesen war. Außerdem hatte er einen echten Anfängerfehler begangen: Er hatte mit Gidi die Person außer Acht gelassen, die er als harmlos eingestuft hatte. Freilich, Gidi hatte Daniel wohl kaum vergiftet, doch wenn Heinz seinem persönlichen Hintergrund mehr Beachtung geschenkt hätte, vielleicht hätte er da eine Verbindung zu Daniel gesehen, die dessen Ermordung erklären konnte. Und die mögliche Vergiftung von Gidi. Was war auf diesem Hof bloß los?

Heinz fragte sich, wie es Marie gehen mochte, auch über sie hatten er und die anderen Gefangenen hier nichts erfahren. Er konnte verstehen, warum sie kollabiert war. Sie hatte zusehen müssen, wie ihr Vater starb, hatte danach weiterfunktionieren müssen, als wäre nichts geschehen, dazu noch all die zusätzlichen Belastungen, denen sie ausgesetzt gewesen war und an denen auch Heinz eine Mitschuld hatte – das alles hatte sie an ihre Grenze geführt. Gidis Anfall war dann der Tropfen gewesen, der das Fass zum Überlaufen gebracht hatte.

In dem Gewühl um sich herum nahm Heinz eine vertraute Bewegung wahr, er sah auf und blickte in die besorgten Augen seiner Schwester.

»Wie geht es euch?«, fragte sie und schob den drei Wartenden deren Handys hin.

»Das heißt, wir dürfen wieder telefonieren?«, fragte Pollheimer.

Sabine nickte. »Die Beschränkungen sind aufgehoben.«

Pollheimer stand auf, hielt aber mitten in der Bewegung inne und fragte unsicher nach: »Alle?«

»Ja, alle. Aber halten Sie sich zur Verfügung.«

Der Winzer nickte und verschwand mit dem Handy am Ohr nach draußen.

Sabine wandte sich an Thomas und fragte: »Wie geht es Ihnen?«

Thomas erwachte aus seiner Lethargie und richtete seinen Blick auf sie, dann zuckte er kaum merklich mit den Schultern. Er nahm sein Mobiltelefon vom Tisch und rollte davon in Richtung Treppenaufzug.

Sabine sah Heinz fragend an.

»Lass ihn«, meinte dieser, »ich werde später nach ihm sehen, wenn der Trubel hier vorbei ist. Was ist mit Gidi?«

Sabine schüttelte stumm den Kopf.

»Gibt es schon ein Obduktionsgutachten?«

»Ja«, Sabine setzte sich ihm gegenüber, »vergiftet. Mit Arsen.«

Heinz fuhr ein Schauer über den Rücken. Nicht dass er es nicht schon erwartet hätte, doch vor die vollendeten Tatsachen gestellt zu werden, das war noch einmal ein anderes Kaliber. »Und wie geht's Marie?«

Sabine erzählte von dem Nervenzusammenbruch und dass sie im künstlichen Tiefschlaf lag.

»Das arme Dirndle.« Heinz blickte zur Seite.

Sabine sah ihn an und fragte: »Heinz, was geht hier vor?«

Er zuckte mit den Schultern. »Wenn ich das wüsste! Mit allem hätte ich gerechnet, aber nicht, dass es Gidi erwischt. Warum Gidi? Er ist der Letzte, der irgendjemandem etwas getan hätte.«

»Bist du dir sicher?«

»Sabine, ich bitte dich!« Heinz verdrehte die Augen. »Okay, man kann in niemanden hineinsehen, aber wenn Gidi irgendjemandem in böser Absicht geschadet hat, dann – und das verspreche ich – hänge ich meinen Beruf an den Nagel und werde Schülerlotse.«

»Schülerlotsen werden nicht bezahlt.«

»Das ist wurscht, weil Gidi nämlich unschuldig war.«

»Bleibt die Frage, was ihn und Daniel verbunden hat. Das sie beide zu Opfern gemacht hat.«

Heinz seufzte. »Das habe ich mir auch schon überlegt. Aber ich komme auf keinen grünen Zweig.« Er hob hinweisend sein Handy hoch. »Habt ihr die Daten ausgelesen?«

»Ja, und bevor du fragst: Keine neuen Erkenntnisse.«

Heinz wusste, dass die Polizei vor allem an der Kommunikation interessiert war.

Das bedeutete, die Ermittler mussten sich nur die Anrufe und Chats der vergangenen Woche ansehen, denn die davor hatten sie ja schon nach der Ermordung Daniels angesehen. Für sein Handy galt dasselbe, immerhin hatte er davor ja nichts mit all dem hier zu tun gehabt.

»Und die Computer?«

»Dito. Da war es noch einfacher. Wir haben die Festplatten geklont und mit den Klonen der vergangenen Woche verglichen. Da ist nicht viel passiert.«

»Außer auf meinem Laptop, den habt ihr vergangene Woche ja nicht untersucht.«

»Ja, das stimmt.« Sabine bekam einen gehässigen Gesichtsausdruck. »Aber soweit ich mitgekriegt habe, hast du eh nicht viel damit gearbeitet und deine Pornos interessieren uns nicht.«

»Ja, witzig!« Heinz zog die Oberlippe hoch wie zu einem Grinsen, dann deutete er auf den Strom der Polizisten, der nun merkbar nachließ. »Überprüft ihr alles oder lässt sich die Suche irgendwie einschränken?«

»Der Pathologe untersucht noch den Mageninhalt von Gutschi. Mit etwas Glück lässt sich die Substanz feststellen, mit der das Gift in seinen Körper gelangt ist. Damit ließe sich auch der Zeitpunkt feststellen, an dem die Vergiftung stattgefunden hat.«

»Soweit ich weiß, war das Letzte, was Gidi gegessen hat, sein Frühstück. Butterbrot mit Marmelade oder Honig. Ich bin mir nicht sicher, aber er isst immer eines von beiden. Manchmal beides.«

»Du hörst dich an wie sein Papa.«

»Wieso?«

»Weil seine Mama es genau gewusst hätte.«

Heinz lachte spontan auf, nur kurz, aber es tat gut.

Mit einem Mal tauchte Bogarts Kopf über der Tischkante auf. Er war vorhin eingeschlafen und hatte deshalb erst jetzt bemerkt, dass Sabine gekommen war, und begrüßte sie in der ihm eigenen Überschwänglichkeit – um gleich darauf die Gelegenheit zu nutzen und nachzusehen, ob etwas Essbares auf dem Tisch stand.

Sabine kraulte ihm beidhändig den Kopf. Als Heinz sah, wie gelöst ihr Gesicht dabei wirkte, erkannte er erst, wie angespannt seine Schwester in letzter Zeit gewesen war. Kein Wunder, sie hatten nach wie vor einen Vater, der mit dem Sensenmann tanzte, und eine Mutter, die damit umzugehen versuchte.

Heinz aktivierte sein Handy, um zu sehen, ob er etwas verpasst hatte, tatsächlich hatte Walter Aigner angerufen. »Sabine, brauchst du mich aktuell?«

Sie sah von Bogart auf und schüttelte den Kopf. »Ich muss mich jetzt um den Ermittlungsfortschritt kümmern. Bist du im Büro?« Sie deutete in die Richtung.

»Ja.«

»Ist gut, ich komme bei dir vorbei, bevor wir abrücken.«

Heinz ging ins Büro, zog die Tür hinter sich zu und atmete tief durch. Der Umstand, dass er nicht frei über sich entscheiden durfte, und war es auch nur für ein paar Stunden, belastete ihn schwer. Er setzte sich an den Schreibtisch und rief Walter zurück.

»Servus Heinz«, rief dieser hörbar freudig zur Begrüßung, »ich hab gute Neuigkeiten.«

»Hallo Walter, ich leider nicht so gute.«

Der Gesprächspartner stockte, dann fragte er: »Was ist denn los?«

Heinz erzählte, was geschehen war.

»Was, der Gidi?« Walter klang tief betroffen. »Aber warum ... warum denn der Gidi?«

»Wenn ich das wüsste, wäre der Fall aufgeklärt.«

»Das ... das ist ... Heinz, das muss ich erst einmal verdauen. Ich melde mich später noch einmal, okay?«

»Ja, mach nur. Ich muss mich auch erst noch erholen.« Heinz beendete das Telefonat, ließ das Telefon sinken und starrte vor sich hin. Ihm war klar, dass er momentan keinen klaren Gedanken fassen konnte, deshalb machte er sich daran, Daniels PC und seinen Laptop wieder anzustecken, die Polizei hatte nach ihrer Untersuchung beides auf den Tisch gestellt. Dann fiel ihm die Wildkamera ein, einer der Polizisten hatte ihn, Thomas und Pollheimer darauf angesprochen, als sie an den Esstisch verbannt worden waren. Heinz hatte erklärt, was es damit auf sich hatte, danach war Pollheimer ganz begeistert von der Idee gewesen. Heinz' Geheimnis war damit verraten, doch das war nicht so schlimm, er hatte weder den Winzer noch Thomas in Verdacht, der Schnapsdieb zu sein. Er bat die beiden nur, die Existenz der Kamera für sich zu behalten.

Nun ging er in den Verkaufsraum hinunter, um das Gerät wieder in seine Position zu bringen. Wie er erwartet hatte, war auch die Kamera untersucht worden, sie lag nun auf dem Verkaufstresen. Heinz richtete sie wieder so ein, wie er es schon an diesem Vormittag gemacht hatte, und ging zurück zum Haupthaus. Auf dem Weg dorthin rief Sabine an und fragte, wo er sei.

»Ich bin gleich wieder im Büro, gibt es was Neues?«

»Das kannst du laut sagen«, erklärte die Schwester und legte auf.

Heinz fand sie im Büro, sie stand inmitten des Raums und wischte auf ihrem Handy herum.

»Setz dich«, befahl sie, Heinz gehorchte. Auch sie nahm Platz auf dem knarrenden Besuchersessel und sah ihn einige Augenblicke lang an. Heinz kannte das, sie musste sich sammeln. »Der Pathologe hat sich gemeldet«, erklärte sie schließlich, »das Arsen war in einer Portion Tiramisu, die Gutschi gegessen hat.«

»Tiramisu?« Heinz sprang auf und lief im Büro herum.

»Ja.« Sabine sah ihm misstrauisch nach. »Hat das etwas zu bedeuten?«

»Ich bin mir nicht sicher«, Heinz zögerte, »das könnte bedeuten, dass Gidi das falsche Ziel war. Andererseits ... gerade deshalb auch nicht.«

Sabines Gesichtszüge verhärteten sich. »Du sprichst in Rätseln.«

»Hör zu.« Er setzte sich wieder und beugte sich seiner Schwester entgegen. »Gidi war eine zwanghafte Naschkatze. Wo immer etwas Süßes herumgelegen ist, hat er es sich geschnappt. Die Nachspeisen waren sein beliebtestes Ziel, weil er natürlich gewusst hat, wo Marie sie aufbewahrt. Heute beim Frühstück hat er so wie jeden Tag gefragt, welche Nachspeise es zu Mittag geben würde, und Marie hat Tiramisu angekündigt. Ich wette, dass er nur gewartet hat, bis sie mit der Zubereitung fertig war und die Küche verlassen hat, damit er sich schon vorab eine Portion holen kann.«

Sabine starrte ihn an. »Du meinst, der Mörder hat damit taktiert, dass Gidi das Tiramisu essen würde? Aber hätte er sich da sicher sein können, ohne einen anderen zu gefährden?«

Heinz blinzelte ein paar Mal, erst dann verstand er, was Sabine gerade gesagt hatte. »Du hast recht!« Er ließ sich im Sessel zurücksinken und massierte mit beiden Handflächen das Gesicht. »Jeder von uns, der zum Mittagessen gekommen wäre, hätte das Ziel des Mörders sein können. Vielleicht sogar wir alle zusammen.«

»Heinz, du bist hier nicht mehr sicher.«

»Ich weiß«, sagte er zwischen den Händen, »niemand, der hier lebt, ist es.«

»Pack deine Sachen und zieh wieder nach Klagenfurt. Zumindest bis meine Leute alles untersucht haben.«

Heinz hielt in seiner Bewegung inne, seine Augen blickten seine Schwester über die Finger hinweg an. »Wie stellst du dir das vor?« Seine Stimme war durch seine Hände gedämpft.

In Sabines Augen spiegelte sich Angst. »Verdammt, Heinz! Papa liegt auf der Intensivstation – glaubst du, Mama und ich wollen dich auch noch dort besuchen müssen?«

Heinz spürte einen Stich in seinem Herzen, an das hatte er natürlich nicht gedacht. Doch dass er den Urbanhof jetzt verließ, kam nicht infrage. Er nahm die Hände vom Gesicht und begann: »Sabine, offensichtlich haben meine Ermittlungen den Mörder verunsichert, er geht jetzt aufs Ganze. Das bedeutete, dass ich momentan nirgendwo sicher bin.«

Die Angst in Sabines Augen wurde intensiver. »Verdammt!« Nun war sie es, die aufsprang, sich wegdrehte und mit den Händen ihr Gesicht verdeckte. »Verdammt, verdammt, verdammt.«

»Hör zu, ich habe einen Vorschlag. Der Mörder hat eine Vorliebe für Arsen, offenbar in Nahrungsmitteln. Wie wäre es, wenn du uns von jetzt an mit Essen versorgst? Beauftrage einen Cateringservice und lass ihn überwachen. Oder vielleicht bieten das Rote Kreuz und die Stadtgemeinde Wolfsberg ›Essen auf Rädern‹ an? Die sollen auch Getränke mitbringen, wobei, mit dem Leitungswasser dürften wir keine Probleme haben.«

Sabine stand ein paar Sekunden lang regungslos da, dann wandte sie sich Heinz zu. »Wer ist der Irre«, fragte sie dann, »ist es Marie?«

»Du meinst, sie ist zusammengebrochen, weil Gidi ihr die Tour vermasselt hat?«

»Nein, sondern weil sie das Tiramisu zubereitet hat.«

»Da glaube ich eher, dass jemand diesen Umstand ausgenutzt hat, um ihr die Schuld in die Schuhe zu schieben.«

»Aber wer?« Sabine setzte sich wieder. »Thomas Vallant oder Fritz Pollheimer?«

Heinz verstand genau, was sie meinte: Jemand anderes war nicht mehr hier. »Ich ... ich traue es keinem von beiden zu.«

»War sonst irgendjemand heute Vormittag am Hof?«

Heinz brauchte nicht lange nachzudenken. »Ich habe niemanden gesehen und ich war die ganze Zeit hier. Bis auf die paar Minuten, in denen ich die Wildkamera aufgebaut habe. Und selbst da bin ich zweimal vor die Tür gegangen, um sie zu testen, ich hätte bemerkt, wenn jemand gekommen wäre.« Er dachte kurz nach. »Hat der Pathologe gesagt, wann Gidi das Tiramisu gegessen hat?«

»Ja, das muss spätestens um 9 Uhr gewesen sein, eher früher.«

»Da war ich noch hier im Büro mit Blick auf den Vorplatz.« Er deutete hinaus.

»Gibt es einen Hintereingang?«

»Ja, aber ...« Heinz dachte an das Rolltor unten in der Halle. Er hatte Pollheimer dort angetroffen. Aber sie hatten gemeinsam Maries Schreie gehört, außerdem ... »Nein, das ist auch nicht möglich. Der einzige Zugang wäre durch die Halle und den Keller, aber die Tür war verschlossen, als Fritz und ich Marie zu Hilfe kommen wollten.«

»Womit wir wieder bei den üblichen Verdächtigen sind.«

Heinz schüttelte resignierend den Kopf. »Ich blicke da einfach nicht durch.«

Sabine seufzte. »Okay, wir machen es so, wie du es vorgeschlagen hast. Ich organisiere eure Verpflegung – aber du sorgst dafür, dass niemand von euch dreien etwas anderes zu sich nimmt, okay? Nicht einmal einen Schluck Wasser aus der Leitung, wir gehen jetzt kein Risiko mehr ein. Und auch keinen Wein aus dem eigenen Lager, verstanden?«

»Wie, das Lager habt ihr gar nicht konfisziert?« Es sollte lustig klingen, Heinz hatte vorhin im Verkaufsraum gesehen, dass die Flaschen noch an ihrem Platz waren.

Sabine schien das zu entgehen, denn sie erwiderte knapp: »Nur Stichproben.«

Kapitel 21

Dienstag, 18 Uhr

Sabine hatte versprochen, sich zu melden, wenn sie etwas Neues erfuhr, dann war sie gefahren. Da Pollheimer inzwischen nicht mehr aufgetaucht war, rief Heinz ihn an und erfuhr, dass der Winzer im Weinberg unterwegs war und »Laubarbeit« verrichtete. Heinz wusste inzwischen, was das bedeutete: Im Sommer wuchs die Blätterwand am Weinstock so dicht, dass sie immer wieder ausgedünnt werden musste. Zu viele Blätter schirmten die Sonne von den Trauben ab, außerdem ließen sie weniger Wind durch, was die Feuchtigkeit und damit das Wachstum von Schadpilzen begünstigte.

Heinz brachte Pollheimer auf den neuesten Stand und schärfte ihm ein, von nun an am Urbanhof nur noch Nahrungsmittel und Getränke zu sich zu nehmen, die ein Caterer bringen werde.

Pollheimer erklärte sich einverstanden. Seit die Rettung Gidi und Marie weggebracht hatte, wirkte er auf

Heinz so, als wäre ihm alles, was rundherum geschah, lästig, als wollte er nichts mit alledem zu tun haben. Es war wohl seine Art, mit dieser außergewöhnlichen Situation umzugehen.

Dann ging Heinz in den ersten Stock, um auch Thomas über die neuen Verpflegungsregeln zu informieren. Dort sah er sich erst einmal um: Bis auf die Tür zu Thomas' Zimmer standen alle anderen offen, ein Blick in die Räume zeigte Chaos: aufgerissene Kastentüren, durchwühlte Schubläden. Ein Knödel bildete sich in Heinz' Hals.

Er ging zu Thomas' Zimmer, klopfte vorsichtig an und fragte: »Thomas, ich bin es, Heinz. Darf ich reinkommen?«

Als keine Reaktion kam, wurde der Knödel in Heinz' Hals dicker. Er pochte noch einmal an die Tür, doch wieder kam keine Antwort. Heinz überlegte, ob Thomas schlief, gleichzeitig war ihm klar, dass ihm die bloße Vermutung nicht reichen würde, um wieder von hier wegzugehen. Ein toter Mann und eine paralysierte Frau waren genug für einen Tag, mehr als genug!

Heinz drückte also vorsichtig die Klinke und trat ein. Er fand Thomas reglos an seinem Schreibtisch sitzend vor, er starrte an die Wand. Vor ihm stand sein Laptop, das Netzkabel lag in einer losen Schlinge obenauf. Genauso hatte Heinz vorhin PC und Laptop im Büro vorgefunden.

»Thomas, ist alles in Ordnung?«

Der Mann im Rollstuhl reagierte nicht.

»Es tut mir leid, wenn ich dich störe, aber ich muss dir etwas Wichtiges sagen.« Heinz erklärte ihm die neuen Regeln, die Ermittlungsergebnisse ersparte er Thomas. »Sobald die erste Lieferung kommt, bringe ich dir was zu trinken herauf, okay?«

Thomas blinzelte langsam, was Heinz als Zeichen wertete, dass er ihn verstanden hatte. Er schloss die Tür leise hinter sich und ging wieder nach unten, der Knödel in seinem Hals blieb.

Eine knappe Stunde später tauchte – eskortiert von einer Polizeistreife – auch schon der Wagen einer Wolfsberger Catering-Firma auf dem Vorplatz auf. Der Fahrer, ein junger, unförmiger Mann, dem ein zaghafter Vollbart auf den runden Backen und dem ebenso runden Kinn schwabbelte, stieg aus und holte eine große, würfelförmige Umhängetasche aus dem Laderaum sowie sechs Anderthalb-Liter-Plastikflaschen, die mit einer Folie zu einer Einheit zusammengeschweißt waren. Dabei blickte er immer wieder unsicher zu den Polizisten, die ebenfalls ausgestiegen waren und sein Tun beobachteten.

Heinz, der die Szene durch das Bürofenster miterlebte, musste grinsen, vor allem, weil der Catering-Kerl versuchte, seine Blicke zu verbergen und so zu tun, als wäre alles ganz normal. Er hatte wohl noch nie zuvor unter Polizeiaufsicht gearbeitet. Heinz ging zur Eingangstür und ließ den jungen Mann samt Eskorte herein, dieser schwitze und stöhnte bei jeder Bewegung, es schien ihm wichtig zu sein, allen zu zeigen, wie schwer ihm seine Last war. Heinz wies ihn an, die Lieferung auf den Esstisch zu stellen.

Der junge Mann folgte der Anweisung, dann holte er drei flache Thermoboxen aus massivem Plastik aus der Umhängetasche, letztere nahm er wieder mit. »Es kommt noch was«, sagte er zwischen zwei Schnaufern und eilte hinaus. Ein leichter Duft nach gebratenem Fleisch stieg Heinz in die Nase und erinnerte ihn daran, dass er seit dem Morgen nichts mehr gegessen hatte. Wie zur Bestätigung knurrte sein Magen.

Die zweite Ladung beinhaltete verschiedene Saftgetränke, Süßigkeiten und Knabbergebäck. Heinz stellte fest, dass es ihm, Thomas und Pollheimer an nichts fehlen würde, allerdings wusste er auch, dass die Rechnung für diese Genüsse an den Urbanhof gehen würde.

Pünktlich um 19 Uhr kam Fritz Pollheimer zum Essen, er wirkte wie immer.

Heinz war verwundert, er fragte: »Fährst du heute gar nicht nach Hause zu deiner Familie?«

»Nein, noch nicht. Ich muss das Ganze erst für mich verarbeiten, bevor ich es daheim erzählen kann. Ich denke, ich werde nach dem Essen weiterarbeiten, solange es noch hell ist.«

Bevor sich die beiden zu Tisch setzten, ging Heinz mit einer der Thermoboxen zu Thomas hinauf. Mit dabei hatte er Essbesteck, eine Serviette und eine Flasche Wasser, auf die er kopfüber ein Trinkglas gestülpt hatte. Vor der Zimmertür wiederholte sich die Szene von zuvor, Heinz trat wieder ungebeten ein.

Thomas saß noch immer in derselben Haltung am Schreibtisch, sein Laptop war nach wie vor nicht angeschlossen.

»Du musst etwas essen, Thomas.« Heinz' Stimme hörte sich in seinen eigenen Ohren wie die einer besorgten Mutter an. Er stellte die Wasserflasche auf den Boden, um eine Hand frei zu haben. Mit dieser schob er umständlich den Laptop zur Seite, dann stellte er die Box ab, öffnete sie und legte Besteck und Serviette rechts und links davon. »Du hast seit dem Frühstück nichts mehr in den Magen bekommen«, sprach er weiter, während er noch ein Glas Wasser einschenkte, das er ebenfalls auf den Tisch stellte, die Flasche platzierte er wieder auf dem Boden.

Thomas reagierte nicht, in keiner Weise.

Heinz spürte wieder den Knödel in seinem Hals. Er drückte leicht Thomas' Schulter, versprach, dass er später noch einmal nach ihm sehen werde, und ging wieder ins Erdgeschoss.

Dort hatte Pollheimer mittlerweile aufgedeckt und wartete nun auf seinem Sitzplatz. Auf seinem Schoß saß Bogart, welcher sich nicht entscheiden konnte, ob er Pollheimers Gesicht abschlecken oder lieber versuchen sollte, sich am bereitstehenden Essen zu bedienen. Der Winzer wusste jedoch, was er tat, er hielt den Hund gerade fest genug, so dass dieser seinen Plan nicht ausführen, er ihn aber noch streicheln konnte.

»Ich geb nur schnell Bogart noch sein Futter, dann können wir essen«, sagte Heinz.

»Ist schon erledigt«, erwiderte Pollheimer, »er hat heute eine Sonderportion bekommen.«

Heinz lächelte und schüttelte den Kopf. Der Beagle hatte die Menschen um sich herum fest im Pfotengriff.

Pollheimer setzte den Hund auf den Boden und schickte ihn ins Körbchen, zu Heinz' großer Verwunderung gehorchte das Tier.

Zu essen gab es Grießnockerlsuppe, Champignonschnitzel mit Kräuterreis und als Nachspeise Biskuitroulade mit Marillenmarmelade. Alles schmeckte vorzüglich, auch wenn es Heinz an Krankenhausküche erinnerte.

»Ich mache mir Sorgen um Thomas«, sagte er irgendwann, »er reagiert auf nichts.«

»Ich weiß«, erwiderte Pollheimer mit vollen Backen, »ich kenne das von ihm. So war er, als sein Vater gestorben ist. Wochenlang. Und letzte Woche, das mit Daniel – wieder das Gleiche. Nur halt kürzer.«

Heinz nahm sich vor, die kommende Nacht abzuwarten und am nächsten Tag zu entscheiden, ob er medizinische Hilfe für Thomas holen würde. »Wie soll das jetzt weitergehen«, fragte er dann, »ich meine, mit uns dreien? Irgendwer muss den Haushalt machen. Ich weiß, dafür wirst du nicht bezahlt, aber ...«

»Ich habe mir schon was überlegt.« Pollheimer schob noch einen Bissen nach, ehe er weitersprach. »Meine Schwester, sie heißt Heidi, die lebt in Wolfsberg und ist halbtags bei einem Zahnarzt angestellt. Die könnte dir für ein paar Stunden am Tag aushelfen. Natürlich gegen Bezahlung.«

Heinz horchte auf. »Hast du schon mit ihr geredet?«

»Ja, vorhin.«

»Hat sie keine Familie?«

»Doch, einen Bub, fünf Jahre alt. Sie ist Alleinerzieherin.«

Heinz' Stirn zog sich in Falten. »Aber wie soll das dann gehen? Bringt sie den Buben mit?«

Pollheimer winkte ab. »Habe ich auch schon geregelt. Am Vormittag, wenn die Mama bei der Arbeit ist, ist er eh im Kindergarten, und am Nachmittag, wenn sie hier arbeitet, übernimmt meine Frau ihn. Die ist eh glücklich, wenn sie den Kleinen hat.«

Heinz war erleichtert. »Fritz, du bist ... ich weiß nicht, was ich sagen soll.«

»Vergiss es«, der Winzer kaute noch immer, »ich weiß nicht genau wann, aber irgendwie bist du zum Teil von uns da am Urbanhof geworden. Ist eh notwendig, so wie da momentan alle wegsterben.« Er lachte traurig.

»Kannst du mir die Telefonnummer von Heidi geben? Wie heißt sie mit Nachnamen?«

»Pollheimer. War nie verheiratet. Die Nummer schicke ich dir. Aber Heinz«, endlich schluckte er, »das ist nur vorübergehend, dass das klar ist. Und du darfst keine fixen Arbeitszeiten von ihr erwarten.«

Heinz hob in einer abwehrenden Geste beide Hände. »Alles kein Thema. Ich bin froh, wenn der Alltag einigermaßen geregelt läuft, bis ich herausgefunden habe, wer uns umbringen will. Danach werden wir sehen, wie es weitergeht.« Sein Handy spielte *Hell's Bells* von AC/DC, ein Blick auf das Display zeigte, dass Sabine anrief. Heinz drückte den Anruf weg, er wollte die angenehme Ruhe, diese Pause nach den aufregenden Stunden, die er und Pollheimer jetzt bitter brauchten, nicht stören. Außerdem ging er nicht davon aus, dass Sabine Neuigkeiten hatte, die ein sofortiges Handeln von ihm erforderten, er würde sie nach dem Essen zurückrufen.

Dienstag, 19.30 Uhr

Nach dem Essen war Pollheimer wieder an die Arbeit gegangen. Heinz hatte das Essgeschirr vom Caterer zusammengestellt, das Besteck abgewaschen und sich dann ins Büro begeben, hier rief er nun Sabine zurück.

»Neue Erkenntnisse über das Tiramisu«, erklärte sie nach der Begrüßung, »meine Kollegen haben am Urbanhof zwei Auflaufformen mit Tiramisu beschlagnahmt, eine kleine und eine große. Wir haben beide auf Arsen hin untersuchen lassen. Und jetzt rate einmal.«

Heinz spürte, wie die Hitze in sein Gesicht stieg. »Nur eine der beiden Portionen war vergiftet.«

»Bingo«, erwiderte die Schwester, »und zwar die in der kleineren Form, von der Egidius Gutschi gegessen hat. Du weißt, was das bedeutet?«

»Ja«, antwortete Heinz dünn, »alle Möglichkeiten sind offen.«

»Auch wenn du es nicht hören willst«, fuhr Sabine fort, »aber deine arme gepeinigte Marie ist die Hauptverdächtige. Sie bereitet Tiramisu zu, zwei Portionen. Möglicherweise hat sie die unverdächtige irgendwo anders versteckt, damit Gidi aus der vergifteten isst.«

»Aber warum Gidi?«, fragte Heinz – wieder einmal. »Und warum hat Marie ihn am Vormittag vergiftet und nicht zu Mittag, wenn wir alle Tiramisu essen? So hat sie ja nicht einmal die Zeit gehabt, die Beweise zu beseitigen.«

»Denk einen Schritt weiter«, forderte Sabine ihn auf, »Marie hat ja wohl nicht nur Egidius Gutschi ermordet, sondern auch ihren eigenen Vater. Bei dem hat es Tage gedauert, bis das Gift gewirkt hat, sie wird geglaubt haben, dass es bei Gutschi auch so ist.«

Das leuchtete Heinz ein. Er schüttelte den Kopf. Hatte Daniel recht damit gehabt, seine Verwandten zu verdächtigen? Aber Marie hätte Heinz das niemals zugetraut! »Wo ist das Motiv?«, fragte er nun. »Ich sehe keinen Zusammenhang zwischen Daniel und Gidi. Und keinen Grund für Marie, einen der beiden oder sogar beide töten zu wollen.«

»Den gibt es vermutlich auch gar nicht. Ich nehme an, dass die junge Frau unter einer Geisteskrankheit leidet. Vielleicht hört sie Stimmen, oder ... Wahnsinn hat ja jede Menge Ausprägungen.«

»Glaubst du wirklich?« Heinz hörte die Ablehnung in seiner eigenen Stimme.

»Dann gib du mir eine plausible Erklärung«, kam es zurück, »nach der Faktenlage ist niemand so verdächtig wie Marie.«

Heinz hatte keine bessere Erklärung, doch er spürte, dass er momentan etwas übersah.

Nach dem Telefonat saß Heinz im Bürostuhl und dachte nach. Er konnte es drehen und wenden, wie er wollte, es gab niemanden außer Marie, der das Tiramisu hätte vergiften können. Andererseits: Warum der hysterische Anfall, als Gidi starb? Hatte ihr tatsächlich sein zu früher Tod die Tour vermasselt? Oder ... oder hatte sie doch alle umbringen wollen und Gidi hatte heimlich vom Tiramisu genascht vom falschen, vergifteten, und hatte er so ihre Pläne durchkreuzt? Aber warum hatte sie dann die kleinere Portion vergiftet? Sie hätte die größere vergiften müssen, die für alle gedacht war, und die kleinere, die sie alibihalber selbst gegessen hätte, hätte ohne Gift ...

Money, Money, Money von ABBA, Heinz' Klingelton für Geschäftskontakte, riss ihn aus seinen Gedanken. Walter rief an, was für Heinz eine erleichternde Abwechslung war. Nach der gegenseitigen Begrüßung musste er zuerst natürlich die letzten Neuigkeiten berichten.

Walter schwieg für einige Sekunden. »Das ist ganz und gar unvorstellbar«, meinte er dann, »ich kenne Marie seit ihrer Geburt, so etwas passt einfach nicht zu ihr.«

Heinz seufzte. »Ich weiß, aber ... vielleicht hat sie wirklich eine psychische Krankheit? So eine, die sich über einen langen Zeitraum schleichend herausbildet und erst sichtbar wird, wenn sie längst schon ausgebrochen ist.« Er selbst hatte vor ein paar Jahren an einer Depression gelitten. Sie hatte sich über Jahre hinweg angekündigt, doch er hatte die Symptome vor sich selbst geleugnet, weil er sie nicht in ihrer Bedeutung erkannt hatte. Es waren kleine Alltagsprobleme, die mehr und mehr angewachsen waren und die er erst akzeptiert hatte, als sie sein Leben komplett blockierten. Er wechselte das Thema. »Du hast am Nachmittag von guten Neuigkeiten gesprochen, die könnte ich momentan echt gut gebrauchen.«

Walter atmete tief durch, und allein an der Art, wie er das tat, hörte Heinz, wie gering das Gute in diesen Neuigkeiten war im Vergleich zu dem Schlimmen, das heute passiert war. »Du wolltest wissen, ob es die Sankt Urbani Bruderschaft in Wolfsberg tatsächlich noch gibt. Pass einmal auf: Ich habe einen Kollegen aus meiner Ausbildungszeit, mit dem ich immer noch in Kontakt bin. Er war viele Jahre lang Mitglied einer Winzervereinigung in Niederösterreich, die ebenfalls eine Nach-Nach-Nachfolgeorganisation von einer Urbani Bruderschaft ist. Er war auch einer der Funktionäre dort, hat sich aber irgendwann mit der Führungsriege zerkracht, irgendwas Persönliches, soweit ich weiß. Jedenfalls ist das eskaliert, und er hat seine Mitgliedschaft gekündigt, seither lässt er kein gutes Haar mehr an der Vereinigung. Ich habe ihn angerufen und erzählt, ich hätte ein Gerücht gehört, dass es die Wolfsberger Urbani Brüder noch gibt, und ihn gefragt, ob das stimmt. Er hat mir das bestätigt, denn – wie ich dir schon erzählt habe – die verschiedenen Vereinigungen korrespondieren miteinander. Allerdings sei die Urbani Bruderschaft in Wolfsberg einzigartig, weil sie vollends in der Vergangenheit verhaftet sei. Nach dem Ende des Weinbaus in Kärnten haben sie nur noch ihre Rituale, im Grunde also totes Kulturgut gepflegt. Ich habe ihn gefragt, warum sich diese Brüder beim Wiederaufblühen des Weinbaus nicht wieder eingeklinkt haben, und er hat gemeint, die hätten das bewusst vermieden. Ihre althergebrachten Riten haben sich im Lauf der Zeit verselbstständigt, die lassen sich nicht mehr auf die aktuelle Realität des Weinbaus umlegen. Außerdem lehnen sie die Mentalität des modernen Weinbaubetriebs ab, weil ihnen der geistliche Hintergrund abgeht. Und dann noch etwas: Unter der Führung des Herrn Grafen hat die Bruderschaft nach dem Zweiten Weltkrieg offenbar intensiv auf viele Belange der Kärntner Wirtschaft Einfluss genommen. Das geht sogar so weit, dass man bei anderen Weinvereinigungen hinter vorgehaltener Hand munkelt, die Wolfsberger Urbani Brüder seien – was die Wirtschaft betrifft – so etwas wie die inoffizielle Landesregierung Kärntens. Behauptet zumindest mein Kollege.«

Heinz lachte zischend. »Das kommt mir an den Haaren herbeigezogen vor.«

»Ist es aber nicht«, entgegnete Walter. »Mein Kollege hat erzählt, dass die Urbani Bruderschaft in Wolfsberg regelmäßig Feste gibt, zu denen auch Mitglieder aus anderen Organisationen eingeladen sind, darunter auch Weinvereinigungen. Er selbst war mehrmals mit dabei.«

»Aber wie passt das zusammen? Einerseits feiern sie offizielle Feste, und andererseits machen sie ein Geheimnis aus ihrer Existenz?«

»Mein Kollege meint, dass sie das eigentlich gar nicht tun, sie reden nur nicht darüber. Und niemand scheint sie zu fragen.«

Heinz schnaubte. »Okay. Weiß dein Kollege, wann die Wolfsberger Urbani Brüder wieder ein Fest feiern?«

»Nein, er ist wie gesagt nicht mehr Mitglied bei seiner Vereinigung. Aber er hat mir erzählt, wo sie ihre Vereinsräumlichkeiten haben.« Walter hielt inne, dann meinte er: »Rate einmal, wo.«

Kapitel 22

Dienstag, 21 Uhr

Heinz hatte auf Google Maps nachgesehen, wo genau er hinmusste, und war losgefahren. In Wolfsberg stellte er seinen Wagen auf einer öffentlichen Parkfläche in der Innenstadt ab und schlenderte über eine schmale Straße zwischen den alten Häusern bergan. Es war ein lauer Sommerabend, dennoch waren verhältnismäßig wenige Menschen unterwegs. Das mochte am Wochentag liegen und daran, dass es hier nur wenige Lokale gab. Kurz bevor die Straße die Kuppe erreichte, auf der der Hohe Platz lag, sah Heinz durch eine Gasse links die Markuskirche. Hier also hatte die Fahne jahrzehntelang gehangen, möglicherweise jahrhundertelang. Er folgte der Straße weiter bis zur Kuppe, wo sich rechts eine größere freie Fläche zwischen den Häusern öffnete, der »Getreidemarkt«, wie die Beschilderung verriet. Hier bog er ein.

Die Adresse, die Heinz suchte, fand er an der linken Häuserfront des Platzes. Ohne sich groß umzusehen und damit eventuellen zufälligen Beobachtern verdächtig zu erscheinen, ging Heinz zielstrebig zu dem Eingang, als wohnte er hier. Er drückte die Klinke und war erstaunt, sie unverschlossen vorzufinden. In dem alten mehrstöckigen Bürgerhaus waren – wie die Klingeln und die Schilder vor der Tür verrieten – sowohl Privatwohnungen als auch Geschäftslokale untergebracht, Heinz hätte angenommen, dass man hier mehr auf Sicherheit bedacht war. Nun, ihm konnte es recht sein.

Hinter der Tür befand sich ein großzügiges Vorhaus, in dem das Licht anging, sowie er es betrat. Rechts führte eine breite Steintreppe nach oben, Heinz interessierte sich aber für die andere Richtung. Er ging also am Treppenaufgang vorbei, passierte die Zugänge zu einer Arztpraxis und zu einem Beauty-Salon und gelangte so zu einer Glastür am Ende des Flurs, die ihm einen Blick in einen Innenhof gewährte. Rechts, und damit unter der nach oben führenden Treppe ging eine schmale Stiege nach unten, ihr folgte Heinz. Am unteren Treppenabsatz beendete eine versperrte Holztür seinen Weg.

Heinz lauschte nach oben, hörte aber niemanden, weshalb er sich an die Arbeit machte. Er öffnete das Pennal mit seinem Pickset, einem Satz unterschiedlicher filigraner Werkzeuge zum Öffnen von Zylinderschlössern. Das Schloss war keine Herausforderung,

Heinz brauchte nicht einmal eine halbe Minute dafür. Er trat ein, suchte und fand einen Lichtschalter, betätigte ihn und zog die Tür hinter sich zu, ließ sie aber unverschlossen. Dann sah er sich um.

Er wusste nicht, was er erwartet hatte, doch was er vorfand, war wie der Korridor eines Hotels der 1960er-Jahre. Die Wände waren mit Tapeten verkleidet, die bonbonfarbene Muster trugen. Zwischen den Türen, die an beiden Seiten im Abstand von etwa fünf Metern zu sehen waren, leuchteten Schirme aus grob strukturiertem Eisglas, die mit verchromten, u-förmigen Bügeln an der Wand befestigt waren. Die Türen trugen ovale Messingschilder mit einer wechselseitig fortlaufenden Nummerierung, die mit 0 begann. Heinz ging zu einer hin und drückte die Klinke, doch sie war verschlossen, die zweite ebenso und auch die nächsten drei. Unverrichteter Dinge ging er weiter bis an das Ende des Korridors. Dort sah er eine verwitterte Tür, die den Weg geradeaus versperrte, sowie eine breite Wendeltreppe, die weiter nach unten führte. Letztere passte zu der Wegbeschreibung, die Walters Kollege diesem gegeben hatte.

Heinz folgte ihr nach unten bis zum nächsten Treppenabsatz. Hier war ein kleiner Vorraum, links ging die Wendeltreppe weiter nach unten, vor, rechts und hinter sich sah Heinz je eine Tür. Er kratzte sich ratlos hinter dem Ohr, denn laut der Wegbeschreibung war er hier an seinem Ziel angekommen. Im gelblichen

Licht einer Deckenfunzel sah er sich die schwarzen Metallschildchen an den Türen genauer an. Die Tür hinter ihm war mit *01-54* beschriftet, die rechts von ihm mit *Georg S.* und die Tür vor ihm mit *S.U.B.* Es dauerte einige Augenblicke, doch dann kapierte er es: »Sankt Urbani Bruderschaft«, raunte er und drückte kurzentschlossen die Klinke, doch die Tür war verschlossen. Auch dieses Schloss stellte für Heinz kein Problem dar, alles hier schien sechzig Jahre alt zu sein oder älter, und vor Dieben hatte man offensichtlich keine Angst.

Die entsperrte Tür ließ sich nur gegen einen leichten Widerstand öffnen, die Dichtungsstreifen klebten etwas am Türblatt. Aus dem Inneren wehte Heinz eine abgestandene, muffige Luft entgegen, er tappte an der Wand neben der Tür herum, bis er einen Lichtschalter fand. Eine beachtliche Menge an Beleuchtungskörpern an Decke und Wänden ging an und erhellte ein geräumiges Empfangszimmer, das weiter hinten in einen Saal mündete. Heinz schloss die Tür hinter sich, ließ aber auch diese unversperrt, immerhin wollte er nicht seinen Fluchtweg verbarrikadieren. Er ließ die Atmosphäre auf sich wirken: Wände und Decken waren mit hellem Holz vertäfelt, ebenfalls im Stil der 1960er-Jahre, schlicht und schmucklos, aber gemütlich. Rechts und links waren Garderoben an den Wänden angebracht, vor dem Durchgang zum Saal ragte eine voluminöse Theke bis zur Hälfte in den Raum herein. Heinz passierte diese und betrat den Saal, dieser war länglich, der

Zugang befand sich mittig an einer der Längsseiten. Lange Tischreihen standen hier, beidseitig mit Stühlen bestellt. An der linken Schmalseite sah Heinz eine raumbreite, etwa einen Meter hohe Bühne, an der rechten eine blecherne Doppeltür mit zwei Bullaugen. Eine weitere Tür befand sich ihm gegenüber. Er schlenderte in die Mitte des Saales und stellte eine Überschlagsrechnung an. Sie ergab, dass rund dreihundertfünfzig Stühle an den Tafeln standen, eine beachtliche Größe. Heinz ging zu der Doppeltür rechts, sie führte in eine große Küche samt Anrichtebereich, dahinter gab es mehrere, sichtlich alte Kühlkammern. Zurück im Saal wandte er sich zu der Tür an der zweiten Längsseite.

Sie öffnete ihm den Blick auf einen breiten Gang mit Backsteinboden, auf dem – wie Heinz sah, nachdem er das Licht angeschaltet hatte – über die gesamte Länge ein roter Läufer aus grobem Textil ausgelegt war. Die unregelmäßigen Wände und die Gewölbedecke waren weiß getüncht. Heinz ging in den Gang hinein, vorbei an mehreren Türen, die zu Toiletten führten, und fand Abzweigungen zu Wohneinheiten, jeweils mehrere Schlafzimmer, die sich um Gemeinschaftsräume reihten. Je weiter Heinz ging und je mehr abzweigende Gänge er begutachtete, umso mehr fühlte er sich wie in den Bronchien einer riesigen Lunge.

Als er zu einem Treppenhaus kam, von dem aus Stiegen sowie ein Aufzug nach oben und nach unten führten, entschied er, dem Gang nicht weiter zu folgen, sondern nachzusehen, wie viele unterirdische Stockwerke es noch gab. Dazu rief er den Lift. Als sich die Schiebetür zur Kabine öffnete, stellte er fest, dass der Aufzug jüngeren Baujahrs war, vom Stil her ordnete er ihn in die 1980er-Jahre ein. Ein Blick auf das Bedienpaneel zeigte, dass es Ausstiegsmöglichkeiten auf drei überirdischen Etagen gab – und auf fünf unter der Erde.

Heinz schüttelte entgeistert den Kopf. Thomas hatte recht gehabt: Die alten zusammenhängenden Keller bildeten Katakomben, die sich unter der Wolfsberger Altstadt erstreckten. Mit einem Mal fühlte er sich wie eine Grille in einem Maulwurfsbau. Wie weit mochten sich all die Gänge verzweigen und wie viele unterirdische Ebenen gab es noch? Nur weil fünf davon per Lift erreichbar waren, hieß das ja nicht, dass das schon alles war.

Heinz folgte weiter dem Gang, an dessen linker Seite sich nach etwa zwanzig Metern ein Raum öffnete, dessen Beleuchtung seine Aufmerksamkeit auf sich zog. Er blieb stehen und brauchte einen Moment, um zu begreifen, was er da sah: Es war eine Kapelle, eingerichtet mit allem, was dazugehörte, die Gebetsbänke boten vielleicht dreißig Menschen Platz. Was Heinz' Blick jedoch anzog, war ein Gegenstand, der rechts neben dem Altarbild hing: eine schwarz-gelbe Fahne mit goldenen Zierborten und der Darstellung eines Heiligen in der Mitte.

»Ich halt's nicht aus«, keuchte er und ließ sich auf einer der Gebetsbänke nieder. Das war die Fahne, der er seit Freitag hinterherjagte, seine Fahne! Nachdem sich das Gefühl der Überwältigung etwas gelegt hatte, ging er hin und sah sich die Stoffbahn näher an. Wie Marie es beschrieben hatte, befand sich in der Mitte das Brustbild eines Mannes mit langem Bart und Bischofsmütze. In der einen Hand trug er den Bischofsstab, in der anderen hielt er eine große Weintraube. Das Bildnis war von einem Kranz aus Weinlaub, Weinranken und -reben umschlossen.

Ein Lächeln breitete sich auf Heinz' Gesicht aus. Wer hätte geglaubt, dass die altehrwürdigen Sankt Urbani Brüder nichts weiter waren als gemeine Diebe?

Er zückte sein Handy und fotografierte alles, die Kapelle, die Fahne, den Gang. Dann nahm er die Fahne ab, legte sie zusammen und klemmte sie sich unter den Arm. Seinen Rückweg aus den Katakomben dokumentierte er mit weiteren Fotos, er löschte alle Lichter und versperrte die Türen, die er aufgeschlossen hatte.

Dienstag, 23:30 Uhr

Auf der Rückfahrt war Heinz' Gehirn wie leer gefegt. Der Diebstahl der Fahne war damit geklärt, nicht aber der Mord an Daniel. Oder der an Gidi.

Auf dem Urbanhof angekommen streichelte er Bogart, der durch das Einschalten der Gangbeleuchtung aufgewacht war und ihm blinzelnd entgegenkam. Dann zog er seine Schuhe aus, legte die wiedergefundene Fahne auf den Büroschreibtisch und schlich in den ersten Stock, wo er so leise wie möglich die Tür zu Thomas' Zimmer öffnete. Das Licht aus dem Erdgeschoss reichte aus, er konnte sehen, dass das Abendessen zur Hälfte aufgegessen war, außerdem hörte er ein leises, rhythmisches Schnarchen vom Bett her. Erleichtert löschte Heinz das Licht im Erdgeschoss und begab sich in sein Zimmer. Gerade als er sich ausziehen wollte, schlug Bogart an.

Heinz schnellte verärgert hinaus und die Treppe hinunter, er wollte nicht, dass der Hund mit seinem Geheul Thomas aufweckte. Bogart stand wieder an der Kellertreppe und bellte hinunter, als er sein Herrchen sah, sah er zwischen ihm und der Treppe hin und her. Heinz beruhigte ihn und überlegte, ob er noch einmal nachsehen sollte. Doch dann verwarf er das Vorhaben. Bogart hatte sich auch das letzte Mal geirrt, möglicherweise gab es Mäuse da unten. Außerdem war Heinz' Bedarf an Aufregungen für heute mehr als gestillt. Auch der Beagle beruhigte sich wieder und trabte in sein Hundebett, wo er sich zusammenrollte und tief seufzte, als hätte er eine schwere Last zu tragen.

Heinz gähnte und ging zurück nach oben. Er zog seine Boxershorts für die Nacht an, putzte sich die Zähne und legte sich ins Bett. Dort nahm er sein Handy, um es auszuschalten – und einen Augenblick später saß er aufrecht auf der Matratze. An der Wildkamera-App befand sich ein Symbolmarker, was bedeutete, dass die Kamera auf eine Bewegung reagiert und etwas aufgezeichnet hatte! Schnell aktivierte er die App und ließ die Fotos nacheinander ablaufen: Die Tür zum Verkaufsraum öffnete sich und ein hagerer, junger Mann betrat den Raum. Er schaltete das Licht ein, die Aufnahmen wechselten von schwarz-weiß zu farbig. Der Mann, den Heinz noch nie zuvor gesehen hatte, ging gezielt zu dem Regal mit den Spirituosen, entnahm diesem eine Flasche und ging wieder, wobei er das Licht ausschaltete, ehe er die Tür hinter sich schloss.

Heinz traute seinen Augen nicht! Der ganze Ablauf wirkte so natürlich und ruhig, als handelte es sich bei dem Dieb um den Hausherrn. Heinz spielte die Fotoserie noch einmal ab und achtete auf Details. Die Bewegungen des Eindringlings zeigten keine Hast, keine Vorsicht, er blickte sich nicht ein einziges Mal um. Da fiel Heinz' Blick auf das Lautsprechersymbol der App, dieses war durchgestrichen. Er aktivierte die Lautwiedergabe und ließ die Bilder noch einmal laufen, diesmal hörte er auch den Ton, den die Kamera dabei aufgezeichnet hatte. Und diesmal traute er seinen Ohren nicht, denn er hörte eindeutig, wie im Türschloss ein Schlüssel gedreht wurde, nachdem der Dieb den Verkaufsraum wieder verlassen hatte. Heinz' Blick schnellte zur Zeitangabe, demnach hatte der Diebstahl vor knapp zehn Minuten stattgefunden. Er sah auf – verdammt, Bogart hatte doch etwas gehört!

Heinz sprang auf, schnappte den Hausschlüssel und lief in Boxershorts und mit nackten Füßen nach unten. Er verließ das Haus durch den Haupteingang und rannte zur Tür des Verkaufsraums, durch die der Dieb vorhin gekommen und wieder gegangen war. Wie Heinz es erwartet hatte, war sie abgeschlossen. Er sah sich um. Wenn der Kerl nicht über den Vorplatz gekommen war – was Heinz ausschloss, denn dort war das Risiko, gesehen zu werden, am größten – konnte ihn sein Weg nur über die Wiese geführt haben. Heinz hastete um die Gebäudekante und aktivierte die Taschenlampen-App seines Handys, doch natürlich konnte er die Gegend ableuchten, so viel er wollte, der Dieb war schon seit zehn Minuten weg.

Heinz atmete tief durch und ging zum Verkaufsraum. Er sperrte die Tür auf und sah hinein, doch natürlich deutete nichts darauf hin, dass jemand hier gewesen war. Er sperrte wieder ab und ging zurück ins Haus, zurück in sein Zimmer.

Der Dieb hatte einen Schlüssel. Woher? Heinz fiel ein, dass Bogart zum Kellerabgang hin gebellt hatte, schon zweimal, offenbar hatte er den Eindringling dort gehört. War dieser auch im Keller gewesen, hatte er auch einen Schlüssel für die Tür zwischen Keller und Halle? Konnte er hereinkommen und Lebensmittel mit

Arsen vergiften? Heinz mahnte sich zur Ruhe. Am vergangenen Vormittag hatten Pollheimer und er Maries Schreie bis in die Halle gehört, durch die Tür, die von der Halle in den Keller führte, und die, die vom Keller ins Erdgeschoss führte. Offenbar begünstigte die Architektur die Akustik hier, in der Stille der Nacht konnte Bogart den Dieb auch gehört haben, wenn dieser sich im Verkaufsraum aufgehalten hatte.

Noch einmal sah Heinz sich die Fotos an, diesmal einzeln, wobei er auf das Gesicht des Diebes zoomte. Die Bildqualität war nicht besonders, die Fotos wurden schnell unscharf, wenn man sie vergrößerte. Er schätzte das Alter des Mannes auf Anfang oder Mitte zwanzig, er schien einen leichten Oberlippenbart zu haben. Wer zum Teufel war der Kerl?

Heinz fuhr sich mit der Hand über eine Gesichtshälfte. Auch wenn es das Letzte war, auf das er nun Lust hatte, so musste er doch schlafen. Der Tag war lang und hart gewesen und zu den beantworteten Fragen hatten sich einige neue gesellt, die unbeantwortet waren. Er würde morgen alle Kräfte brauchen, die er aufbringen konnte. Als Erstes wollte er Pollheimer fragen, ob er den Dieb kannte, und auch Thomas, sollte dieser wieder aus sich herausgekommen sein. Heinz legte sich ins Bett und schaltete das Licht aus. Bogart hatte sich zwei dicke Leckerlis verdient, eines wegen seiner Wachsamkeit und eines als Entschuldigung dafür, dass Heinz an ihm gezweifelt hatte.

Mittwoch, 7 Uhr

Heinz erwachte aus einem tiefen, komaähnlichen Schlaf. Seine Augen waren verklebt, und auch seine Lippen pappten mit eingetrocknetem Speichel aufeinander, es war, als wollte sein Körper verhindern, dass er beides öffnete. Als er seine Sinne so weit beisammen hatte, dass er begriff, was los war, erkannte er, dass irgendjemand unten auf dem Vorplatz wie ein Verrückter hupte. Heinz rappelte sich auf und öffnete die Jalousie; das Fenster war gekippt, daher die große Lautstärke. Unten wartete der Lieferwagen des Catering-Services, an dessen offener Tür eine junge Frau stand und immer wieder auf die Hupe drückte. Sie sowie zwei Polizeibeamte, deren Einsatzwagen weiter hinten parkte, blickten zu ihm herauf, ebenso Pollheimer, der sein Handy am Ohr hatte. Als sie ihn sahen, entspannten sich die Polizisten sichtlich, Pollheimer setzte sein Mobiltelefon ab, und die Catering-Angestellte hob die Arme als Zeichen ihrer Ungeduld.

Heinz hob die rechte Hand und senkte leicht den Kopf, dann suchte er seine Kleidung zusammen. Stimmt, er hatte das Handy abgeschaltet, als er sich hingelegt hatte, so hatte auch der Wecker nicht klingeln können.

Als er zur Eingangstür kam, stand Bogart schon dort und wedelte, wie üblich schienen die Ankömmlinge für ihn interessanter zu sein als sein Herrchen.

Die Catering-Angestellte war allerhöchstens zweiundzwanzig Jahre alt. Ihr Gesicht war erstaunlich glatt, und im Gegensatz zu ihrem Kollegen vom Vortag zeigte sie sich erfreulich resolut – auch wenn sich das in einer Schimpftirade darüber äußerte, dass hier bis in den Vormittag hinein geschlafen werde, wo sie doch noch so viel zum Ausfahren habe. Der nette Lavanttaler Dialekt machte das aber wieder wett. Sie lud ihre Lieferung ab und sammelte die Thermoboxen vom Vortag ein, was ihr die Gelegenheit gab, sich über das Fehlen einer Box zu mokieren.

Heinz wollte Thomas, in dessen Zimmer diese stand, jetzt nicht wecken, deshalb versprach er, die Box bei der Mittagslieferung mitzugeben. Daraufhin verschwand die junge Frau mit einem Schweigen, das ebenso betont war wie ihr schneller Schritt.

Pollheimer wünschte Heinz einen guten Morgen und begann das Frühstück auszupacken. Heinz erwiderte den Gruß und richtete das Futter für Bogart, er fand, er und Pollheimer verhielten sich schon wie ein altes Ehepaar.

»Hast du die Heidi erreicht?«, fragte der Winzer unvermittelt.

Heinz, in dessen Ganglien sich gerade wieder die Erlebnisse der letzten Nacht breitmachten, musste kurz nachdenken, was er meinte. »Nein«, antwortete er dann, »das mache ich heute nach Mittag, wenn sie mit ihrer Schicht fertig ist.«

Der Treppenlift begann zu surren, und gleich darauf rollte Thomas an den Tisch, wünschte den beiden Anwesenden einen guten Morgen und stellte das Essgeschirr vom Vorabend auf die Platte.

Pollheimer ging zu ihm, legte einen Arm um seine Schultern und fragte, wie es ihm gehe.

»Geht schon«, brummte Thomas, was Heinz erleichterte.

Dieser hatte vorgehabt, beim Frühstück die letzten Neuigkeiten von Sabine zu erzählen. Doch als er erkannte, dass weder Pollheimer noch Thomas die Ereignisse des Vortages ansprachen, ließ er es bleiben, offensichtlich waren die beiden noch nicht bereit für die wirklich schlechte Nachricht.

Stattdessen wartete er mit einer der anderen Neuigkeiten auf: »Ich habe die Fahne wieder.«

Pollheimer ließ das Buttermesser sinken, Thomas die Scheibe Brot, die er sich gerade in den Mund stecken wollte.

Beide sahen ihn verdattert-überrascht an.

Heinz blickte zu Thomas und sagte: »Ich war gestern in den Katakomben von Wolfsberg.«

»Nein«, entfuhr es diesem, so laut, dass es im Vorhaus widerhallte. Sein Gesicht spiegelte restlose Begeisterung.

»Wo warst du?« Pollheimer verstand offenbar weder Heinz‘ Worte noch Thomas Reaktion.

Heinz erzählte von dem Tipp, den er von Walter Aigner bekommen hatte, und dem er gleich gefolgt war. Er berichtete von seinem Weg durch die Stadt unter der Stadt und was er dort gesehen hatte.

Als er fertig war, lachte Thomas begeistert auf. »Das ist ja ... das ist ja ...«, er brachte den Satz nicht zu Ende, Pollheimer tat es für ihn: »Das ist ja unglaublich!«

»Finde ich auch«, bestätigte Heinz, »die ganze Legende ist wahr.«

Thomas fragte nach Details der Kapelle, nach der Art der Räume und wie sie angeordnet waren. Als er wissen wollte, unter welchem Haus am Hohen Platz der Saal und unter welchem die Kapelle lag, musste Heinz passen. »Wenn ich noch einmal da hinuntergehe«, scherzte er, »schaue ich, wo der Lift ist, dann kannst du selbst hinunter und dich umschauen.«

Thomas lachte, er sagte nichts darauf, aber Heinz konnte es seinem Gesicht ansehen, dass ihm das gefallen würde. Heinz fiel ein, dass es noch ein Rätsel aufzuklären galt. Er legte das Messer ab, nahm sein Handy und öffnete das Foto des Diebes. Dann hielt er das Display zuerst Pollheimer und dann Thomas vor die Nase und fragte: »Wer ist dieser Mann?«

»Toni«, erwiderte Pollheimer und aß weiter.

Thomas zog den Kopf etwas zurück und kniff die Augen zusammen, offenbar sah er schlecht. Dann bestätigte auch er: »Toni.«

»Toni?« Heinz glaubte, den Namen hier schon einmal gehört zu haben, erinnerte sich im Moment aber nicht, in welchem Zusammenhang. »Welcher Toni?«

»Zarfl«, erklärte Pollheimer, »vom Lacknerhof.«

»Der nichtsnutzige Bruder von der Eva«, legte Thomas nach.

Erst jetzt kam Interesse in Pollheimers Blick. »Was ist das für ein Foto?«

»Das ist ein Foto von meiner Wildkamera im Verkaufsraum«, erklärte Heinz.

Thomas starrte Heinz an. »Der Toni hat den ganzen Schnaps gestohlen?«

Heinz nickte.

»Wie ist er in den Verkaufsraum hineingekommen?«

»Er hat einen Schlüssel.«

»Woher?«

»Das weiß ich nicht.« Heinz spielte die Fotoserie samt Tonspur ab und lenkte die Aufmerksamkeit der beiden anderen auf das Geräusch am Ende. Dann erklärte er, dass er nur wenige Minuten nach dem Ereignis im Verkaufsraum gewesen war und die Eingangstür verschlossen vorgefunden hatte.

Thomas und Pollheimer starrten sich an, als erwartete jeder die Antwort im Gesicht des anderen. Dann schüttelten sie nacheinander die Köpfe.

»Ich kann es mir nicht erklären«, gestand Pollheimer.

»Es gibt nur drei Schlüssel«, stellte Thomas fest.

»Wir lassen die Schlösser austauschen, in die der Schlüssel passt«, meinte Heinz, »aber wie gehen wir mit Toni um?«

»Der soll gefälligst bezahlen, was er gefladert hat«, fuhr Pollheimer hoch.

Thomas schmunzelte. »Gehst du hinunter und sagst der Eva, dass sich ihr Bruder regelmäßig Alkohol bei uns holt?«

Pollheimer schnitt ein ablehnendes, unangenehm berührtes Gesicht.

Heinz musste darüber lachen, wand aber ein: »Leute, bleibt bitte Ernst: Toni hat einen Schlüssel zum Verkaufsraum. Was, wenn er auch einen für das Haupthaus hat?«

Thomas schenkte ihm einen gleichgültigen Blick: »Und weiter?«

Heinz starrte ihn an. »Es hat hier zwei Giftmorde gegeben und Toni könnte vielleicht rein- und rausspazieren, wie es ihm gefällt – gibt dir das nicht zu denken?«

Zu Heinz' großem Erstaunen schüttelte Thomas den Kopf. »Wenn der Toni uns vergiften wollte«, begann dieser, »braucht er nicht hier hereinzukommen, da reicht's, wenn er die Lebensmittel vergiftet, die der Berti an uns liefert. Aber so weit denkt Toni gar nicht, der hat nichts gegen uns, im Gegenteil: Wie du siehst, liebt er unseren Schnaps. Und den findet er im Verkaufsraum, da muss er nicht hier herein.«

Das leuchtete Heinz ein. Er wollte einwenden, dass ja auch Berti oder Eva den Schlüssel vielleicht verwendet hatten, erkannte aber, dass Thomas' Argumentation auch für diese Fälle zutraf.

Nach dem Frühstück begab Thomas sich in sein Zimmer, und Pollheimer ging an die Laubarbeit, die bei Weitem noch nicht beendet war. Heinz stellte die Cateringboxen zusammen und wusch das Besteck ab. Da er dabei in der Küche stand, wanderten seine Gedanken unweigerlich zu Marie.

Marie, die Giftmörderin? Marie mit den zwei Portionen Tiramisu, eine für sich, die andere für die anderen. Da stimmte etwas nicht. Was Heinz am Vortag nur nebenbei bemerkt hatte, war nun ein gedankliches Hindernis: Warum hatte Marie die kleinere Portion vergiftet und nicht die größere? Sie hatte nicht alle vergiften wollen, sondern nur einen. Gidi hatte es erwischt, aber Gidi war ein unverbesserliches Schleckermaul – was, wenn sie jemand anders vergiften wollte? So oder so wäre das Vergiften einer Nachspeise, von der alle essen würden, sinnlos, wenn man jemand Bestimmtes treffen wollte. Es sei denn, man nahm den Tod der anderen in Kauf.

Heinz schob die Spekulationen beiseite, er wollte erst einmal bei den Fakten bleiben. Und Fakt war derzeit, dass er in Marie keine geisteskranke Mörderin sah. Seit er sie kannte, hatte sie sich in jeder Nuance wie ein normaler Mensch verhalten, ein Mensch, der unter enormer Belastung stand. Heinz drehte die Frage um: Was, wenn Marie das Ziel des Giftanschlags gewesen wäre? Dann hätte der Mörder sicherstellen müssen, dass sie die kleinere Portion bekam, und das war nicht möglich, zumal Marie selbst das Essen auftrug. Außerdem: Warum sollte sie zwei verschiedene Portionen von ein und derselben ...

Heinz zuckte zusammen, das Messer, das er gerade abtrocknete, klirrte zu Boden.

»Herrgott, verdammte Sch...!« Der Fluch galt nicht seinem Missgeschick, sondern der Tatsache, dass er erst jetzt auf diesen Gedanken gekommen war. Er hob das Messer auf, legte es auf die Anrichte und rannte hinaus, um sein Handy zu holen. Im Augenwinkel sah er, wie Bogart in die Küche lief, um dort für ihn zu übernehmen. Mit anderen Worten: nachzusehen, ob das Klirren mit etwas Essbarem in Zusammenhang stand, das in sein Reich herabgefallen war.

Das Mobiltelefon lag auf dem Esstisch, Heinz schnappte es und rief Sabine an.

Es läutete viermal, dann hob sie ab und sagte: »Hallo.« Es klang unwirsch, doch Heinz war in einem Modus, in dem das keine Rolle spielte.

»Morgen«, grüßte er zurück, »Sabine, es geht um die beiden Backformen mit Tiramisu: Habt ihr nur nach Arsen gesucht, oder alle Ingredienzien analysiert? In beiden Portionen?«

Sabine blies die Luft aus. »Es war eine vollständige Analyse. Also, ja, würde ich sagen, alle Ingredienzien.«

»Welche Unterschiede hat es gegeben?«

»Welche Unterschiede? Na, keine, ausgenommen das Gift. Worauf willst du hinaus?«

»Ich muss wissen, ob das Eiweiß in beiden Portionen aus derselben Quelle stammt.«

Ein eigentümlicher Grunzlaut kam aus dem Hörer. »Okay«, sagte Sabine, irgendwie resignierend, »sobald ich im Büro bin, schau ich nach. Pfiati.«

Das abrupte Gesprächsende riss Heinz etwas aus seiner gedanklichen Rennfahrt. Sein Blick fiel auf die Zeitanzeige des Handys, und er verstand: Es war 07:40 Uhr, Sabine hatte ihren Dienst noch nicht angetreten. Er schnaufte tief durch und ging in die Küche zurück.

Kapitel 23

Mittwoch, 08:15 Uhr

Heinz saß auf dem Bürostuhl, starrte Löcher in die Luft und fühlte sich traurig. Seine Gedanken über Marie hatten ihn zu ihrer familiären Situation geführt und diese zu seiner eigenen. Aus dem Klinikum Klagenfurt gab es keine Neuigkeiten, der Zustand seines Vaters war stabil auf niedrigem Niveau. Seine Mutter war ihm nach wie vor fremd, und ihm schien, sie entfremdete sich immer noch mehr von ihm und Sabine. Und dann war da noch Bekki – oder eigentlich war Bekki nicht mehr da.

Heinz machte sich klar, dass er gerade so etwas wie eine seelische Katerstimmung durchlebte. Die vergangenen Tage waren anstrengend und aufregend gewesen, am Vortag war alles eskaliert. Erst dieser Morgen hatte ihm etwas innere Ruhe beschert, da war es nur logisch, dass Dinge hochkamen, für die er keine Zeit und keine Aufmerksamkeit gehabt hatte, die sein Leben aber genauso bestimmten. Er konnte sich seine Traurigkeit also rational erklären – doch deswegen war er nicht weniger traurig.

Da war es auch keine Ablenkung, als Sabine anrief. Sie klang nicht mehr so unwirsch wie zuvor, aber dennoch hörbar reserviert.

»Wie geht es dir?«, fragte Heinz nach den Begrüßungsfloskeln, ehe sie mit den Analyseergebnissen beginnen konnte.

Sie stockte, fragte: »Was meinst du?«

Heinz erklärte, wie es ihm gerade ging und welche Erklärung er dafür hatte.

Sabine seufzte und gestand: »Mir geht's auch nicht anders. Ich war gestern Abend bei Mama, sie sitzt da wie eine Puppe, und wenn du sie nach ihrem Befinden fragst, grinst sie wie ein Clown ohne Seele. Sie hat Angst, Heinz, so wie auch wir, aber sie will es nicht zeigen. Das heißt, nein, sie will es zeigen, aber sie weiß nicht, wie das geht. Sie braucht Hilfe.«

Heinz spürte, wie sich sein Herz zusammenzog. »Was können wir tun?«

»Ich ... ich weiß es nicht!« Sie schrie es, hilflos. »Wenn ich bisher in so einer Situation war, hat Mama mich getröstet. Aber jetzt ...«

Sabine sprach aus, was Heinz fühlte. Er beendete ihren Satz: »Jetzt sind wir an der Reihe.«

Sabine schniefte. »Aber ich weiß nicht, wie. Sie lässt mich nicht an sich heran.«

Heinz drückte seine Nasenwurzel mit Daumen und Zeigefinger, ein paar Tränen quetschten sich dazwischen heraus. Er wusste nicht, was er sagen sollte, und Sabine ging es wohl ebenso.

Schließlich hörte er seine Schwester zitternd durchatmen, dann begann sie: »Du hast mich nach den Eiweißquellen der beiden Tiramisu-Portionen gefragt. Nun, in dem Gutachten sehe ich nichts davon. Wenn du mir sagst, was du genau wissen willst, kann ich den Pathologen danach fragen.«

Heinz sog mit dem Zipfel eines Papiertaschentuchs die Tränen von seiner Wange, schnäuzte sich und atmete ebenfalls tief durch.

»Marie hat zwei Portionen Tiramisu vorbereitet«, begann er dann.

»Ja, eine, um Egidius Gutschi zu vergiften.«

»Nein, weil sie auf Hühnereier allergisch ist.«

Für einen Moment war es still im Hörer, dann kam ein überraschtes »Was?«

»Für die Zubereitung von Tiramisu brauchst du Eier, Hühnereier, für gewöhnlich. Marie ist aber allergisch auf Hühnereier, deshalb bereitet sie von Speisen, für die es Eier braucht, immer eine kleine Extraportion für sich selbst zu, mit Enteneiern.« Während er sprach, tutete es im Hörer, ein Anrufer klopfte an. Heinz warf einen Blick auf das Display, die Nummer war nicht gespeichert, dennoch kam sie ihm bekannt vor. Er würde später zurückrufen.

»Und Enteneier tun ihr nichts?«, fragte Sabine indessen.

»Richtig.«

»Warum verwendet sie dann nicht ausschließlich Enteneier?«

Heinz erinnerte sich, dass er dasselbe Gespräch mit Marie geführt hatte. »Weil die den anderen nicht schmecken.«

»Das würde bedeuten ...«

»Genau«, nahm Heinz Sabines Gedanken vorweg, »wenn die kleinere Portion mit Enteneiern zubereitet ist, dann war Marie das Ziel des Giftmörders.«

»Ach du Schande«, entfuhr es Sabine, »alles klar, ich werde den Pathologen fragen. Ich melde mich, sobald ich was weiß, okay?«

Heinz dankte ihr, beendete das Gespräch und atmete befreit durch. Sie klang wieder wie gewohnt, wie eine Kriminalpolizistin, das gab auch ihm Stabilität. Er tippte auf den verpassten Anruf und sah sich die Nummer an. Um seinen Verdacht zu bestätigen, wischte er sich durch die eingegangenen Anrufe der letzten Tage und wurde am vergangenen Montag fündig, die Nummer gehörte tatsächlich Albrecht Aichelburg-Thurgau.

Sein Herzschlag beschleunigte sich. War sein Eindringen in die Katakomben bemerkt worden? Waren die Räumlichkeiten der Sankt Urbani Bruderschaft alarmgesichert oder videoüberwacht? Das ganze Interieur war so alt, Heinz war gar nicht auf die Idee gekommen, dort nach moderner Überwachungstechnologie zu suchen. Mit gespannter Erwartung rief er zurück.

»Das ist der Anschluss von Graf Albrecht Theodor von Aichelburg-Thurgau«, kam Theos Näseln aus dem Hörer, »er dankt für Ihren Rückruf, Herr Sablatnig.«

Heinz grüßte und fragte nach dem Grund der Kontaktaufnahme.

»Ihre Invasion in die Räumlichkeiten der Sankt Urbani Bruderschaft zu Wolfsberg ist nicht unentdeckt geblieben.«

Heinz unterdrückte ein Lachen. Invasion!

»Ebenso wenig Ihre Aneignung des Insigniums der Bruderschaft.« Heinz wollte etwas erwidern, doch Theo sprach weiter. »Der Herr Graf möchte die Angelegenheit mit Ihnen besprechen und lädt Sie ein, um 11 Uhr auf Schloss Thürn zu erscheinen.«

Heinz hielt inne. Er wusste, er konnte diese Einladung – oder war es eine Vorladung? – nicht ausschlagen, nicht, wenn er die Eigentumsverhältnisse der Fahne sowie die ganze Angelegenheit mit den Urbani Brüdern ein für alle Mal klären wollte. Andererseits war der Mord an Daniel nach wie vor nicht aufgeklärt, stattdessen war ein zweiter hinzugekommen, der möglicherweise Marie und damit einem weiteren Mitglied der Familie Vallant gegolten hatte. Zwar sah Heinz keine Verbindung zur Urbani Bruderschaft, doch das bedeutete nicht, dass es keine gab; das Treffen mit Aichelburg-Thurgau konnte also genauso gut eine Falle sein.

»Ich bin einverstanden«, sagte er, ehe er es sich anders überlegen konnte.

Theo gab sich zufrieden und kündigte an, die Nachricht an »den Herrn Grafen« weiterzuleiten. Danach verabschiedete er sich mit all dem Pomp, den er für nötig hielt.

Heinz schnaufte durch, das konnte spannend werden! Er rief Sabine an und erzählte, was soeben passiert war. Als sie das zweite Mal irritiert zurückfragte, fiel Heinz ein, dass er ihr ja noch gar nicht von seinem nächtlichen Ausflug berichtet hatte, und holte dies nach.

»Wow«, sagte Sabine daraufhin, »und dafür der ganze Aufwand.«

Nun war es Heinz, der sie nicht verstand. »Was meinst du damit?«

»Na, was wohl? Die Brüder engagieren für teures Geld einen Dieb, nur damit ihre depperte Fahne in einer unterirdischen Kapelle vergammeln kann.«

Heinz lachte, so hatte er das noch nicht gesehen.

Sabine fuhr fort: »Wie passt das zu dem Saubermann-Image, das dieser Herr Graf sich seit Jahrzehnten umhängt?«

Heinz schmunzelte. »Das kannst du ihn heute selbst fragen.«

»Hä?«

»Ich habe dich angerufen, um dich zu fragen, ob du zu dem Treffen mitkommst.« Heinz erklärte ihr seine

Gedanken und Befürchtungen und schloss: »Wenn die Kriminalpolizei mit dabei ist, werden gewisse Probleme gar nicht erst auftreten.«

Am anderen Ende der Leitung raschelte Sabine herum und schließlich meinte sie: »Ist okay, ich hole dich um halb elf ab.«

Nach Ende des Gesprächs fragte sich Heinz, was Albrecht Aichelburg-Thurgau in Vertretung der Urbani Bruderschaft von ihm wollen konnte. Von Rechts wegen gehörte die Fahne Heinz, wenn also jemand den anderen des Diebstahls bezichtigen konnte, dann er Aichelburg-Thurgau. Oder wollte der Alte Heinz' illegales Betreten der Katakomben gegen den Diebstahl aufrechnen? Wollte er ihm gar ein Angebot machen, ihm die Fahne abzukaufen? Heinz schüttelte alle Gedanken ab. Die Sache war viel zu verzweigt, als dass er ahnen konnte, was ihn erwartete. Vielleicht hatte Sabine ja recht und der Doyen der Kärntner Wirtschaft fürchtete um seinen Ruf, weil Heinz den Diebstahl aufgedeckt hatte?

Heinz ging in den ersten Stock, um Thomas von seinem anstehenden Termin zu erzählen und ihn zu fragen, was er davon hielt. Er klopfte an die Zimmertür, und Thomas bat ihn hinein.

Heinz fand ihn in einem Zustand heller Erregung vor. Er rollte zum Fenster, drehte um und rollte wieder zurück.

»Was ist denn los?«, fragte Heinz.

»Die Sankt Urbani Brüder«, antwortete Thomas, »mir ist erst nach dem Frühstück klar geworden, was für Frechheiten die sich erlauben!«

»Ich verstehe nicht ...«

»Sie haben unsere Familienfahne gestohlen«, schrie Thomas, »der feine Herr Graf, ausgerechnet.«

Heinz wollte etwas erwidern, erkannte aber, dass sein Gegenüber Dampf ablassen musste.

Thomas hielt beide Greifringe seines Rollstuhls fest in den Händen und rollte unentwegt zehn Zentimeter vor und zurück. »Ich habe den Kerl nie ausstehen können«, fuhr er fort, »der hat sich immer einen Standesdünkel eingebildet, den es längst schon nicht mehr gibt. Immer dieses ›Ich bin was Besseres als ihr anderen‹ und dieses Von-oben-herab – widerlich! Wegen ihm habe ich mich vor Jahren in die Geschichte des Ersten Weltkriegs, seine Ursachen und seine Folgen eingelesen. Weißt du eigentlich, dass der Adel schon 1919 in Österreich abgeschafft worden ist? Vor über einhundert Jahren! Es gibt keine Grafen und Herzöge mehr und keine Edlen und Barone und weiß der Kuckuck was noch alles, schon lange nicht mehr. Und: Das Pack darf sich seit damals nicht mehr mit ›von‹ oder ›zu‹ anreden lassen. Ist verboten! Aber der Herr Graf von Albrecht und Theodor zu Aichelburg und Thurgau ist da ja natürlich die Ausnahme. Den nennt man so, weil man ja einen solchen Reschpekt vor ihm hat. Und jetzt hat der feine Herr Graf aus der feinen Gesellschaft unsere Fahne gestohlen. Halt, nein, einen Dieb hat er angeheuert, der unsere Putzfrau bezahlt hat, damit die die Drecksarbeit macht. Aber warte nur, das wird Konsequenzen haben!«

»Ja, das wird es«, hakte Heinz ein, wofür er einen verdutzten Blick von Thomas erntete. Er erklärte: »Aichelburg-Thurgau hat mich für heute um 11 Uhr zu sich auf Schloss Thürn geladen. Er will die Angelegenheit mit mir klären.«

»Welche Angelegenheit?«

»Dass ich die Vereinsräumlichkeiten der Urbani Bruderschaft unerlaubt betreten habe.«

Thomas fuhr hoch. »Was bildet der sich …?«

»Beruhige dich doch. Das ist okay, auf diese Weise können wir die Sache ein für alle Mal klären.«

Thomas schnaubte. »Klären! Klären! Die Fahne … na gut, geh hin. Aber die Fahne gehört uns, ist das klar? Darüber wird nicht verhandelt.«

Mittwoch, 10:50 Uhr

Auf der Fahrt vom Urbanhof nach Schloss Thürn waren Heinz und Sabine aufgeregt, was sich vor allem daran zeigte, dass sie immer wieder wild durcheinanderredeten. Das hatten sie in solchen Situationen schon als Kinder getan. Sabine erzählte von ihrem Telefonat mit dem Pathologen und dass dieser gesagt habe, er müsse gezieltere Untersuchungen durchführen, um die spezifischen Eiweiß-Strukturen zu analysieren. Er habe gemeint, erst am darauffolgenden Tag mit einer Antwort aufwarten zu können.

Da sie mit Sabines Wagen fuhren, saß sie am Steuer, Heinz lotste sie zum Schloss. Als sie angekommen waren, zeigte sich, dass der Parkplatz hier zugeparkt war. Sie mussten also etwa einhundert Meter die Auffahrt zurück hinunterfahren, wo sich, am Rande eines kleinen Wäldchens, welches das Schloss nordseitig flankierte, ein größerer Abstellplatz befand. Dieser war jedoch nicht befestigt, der Boden bestand aus Lehm und sah aus, als diente er normalerweise als Holzbearbeitungsplatz bei Schlägerungsarbeiten.

»Das fängt ja gut an«, brummte Sabine, als sie ausstieg, und schob gespielt hochnäsig nach: »‹Parken Sie Ihr Vehikel am Abstellplatz für die Domestiken›.«

»Mich würde etwas anderes interessieren.« Heinz schlug die Autotür zu und ging gemeinsam mit seiner Schwester in Richtung Schloss. »Wer sind all die Leute, die den Parkplatz der Herrschaft oben belegen? Hast du gesehen? Alles Nobelkarossen.«

Sabine erwiderte amüsiert: »Ich wette, die versammelte Sankt Urbani Bruderschaft von Wolfsberg gewährt uns die Gunst einer Audienz.«

»Ich wette nicht dagegen.«

Als sie beim Schloss waren, zählte Heinz einundzwanzig Fahrzeuge, alles Oberklassemodelle von *Merce-*

des, *BMW*, *Audi*, *Volkswagen*, *Porsche* und *Tesla*. Er fotografierte nacheinander die Nummerntafeln, und als sein Blick den von Sabine kreuzte, hob sie die Augenbrauen.

Dann führte er sie um das Schloss herum zum Eingang. Dort drückte er den Klingelknopf, und gleich darauf fast ohne Zeitverzögerung wurde die Tür geöffnet.

Diesmal erschien ein anderer Mann in der Tür, er war älter als der vom letzten Mal, breiter gebaut und hatte ein kantigeres Kinn.

Alles andere, vom schwarzen Anzug bis hin zum braven Scheitel, war gleich, sogar der nichtssagende Gesichtsausdruck, mit dem er sagte: »Grüß Gott, Herr Sablatnig, Sie werden erwartet.«

Heinz erwiderte den Gruß und stellte Sabine vor. »Sie ist meine Schwester.«

»Es tut mir leid«, erwiderte der geschniegelte Diener, »aber von einer Begleitung weiß ich nichts.«

»Ich schlage vor, Sie fragen nach«, meinte Heinz bestimmt, »denn ohne Begleitung werde ich diesem Treffen nicht beiwohnen.« Im selben Moment ärgerte er sich, dass er sich von diesen in seinen eigenen Ohren pseudo-noblen Formulierungen anstecken ließ.

Der Pförtner verzog keine Miene, er wandte sich ab und murmelte in ein Funkgerät. Dieses gab nach einer kurzen Pause ein getaktetes Rauschen von sich, zumindest hörte es sich für Heinz so an. Daraufhin wandte sich der Mann wieder ihm und Sabine zu, erklärte:

»Bitte, treten Sie ein«, und wich zur Seite, den Kopf einladend in Richtung Innenraum neigend.

Der Weg zum Fahrstuhl und mit diesem in den zweiten Stock gestaltete sich wie beim letzten Mal, doch als die Lifttür nun zur Seite surrte, zeigte sich der Rittersaal voller Menschen.

Es waren vorwiegend Herren in sichtlich teuren Anzügen, die hier standen, aber auch ein paar Damen mit nicht minder kostspieligen Kostümen waren hier. Die Anwesenden hielten Sekt-, Wein- oder Wassergläser in den Händen und unterhielten sich miteinander. Zumindest bis jetzt, denn als Heinz und Sabine den Saal betraten, verstummten alle und wandten sich den Neuankömmlingen zu.

Heinz wollte es nicht zugeben, doch die Situation schüchterte ihn ein.

»Grüß Gott, Herr Sablatnig«, donnerte es näselnd von der Kopfseite der Tafel her, »Grüß Gott, werte Dame.« Theo stand hinter dem Rollstuhl seines Vaters, beide schienen sich seit dem letzten Mal nicht von dort wegbewegt zu haben.

Heinz streckte den Rücken durch und schob die Schultern nach hinten, dann bahnte er sich einen Weg zum Schlossherrn, begleitet von Sabine und Dutzenden neugierigen Augen. Der alte Mann trug heute einen Anzug im gleichen Anthrazit, mit dem sein Rollstuhl lackiert war, nur dass er ein wenig glitzerte.

Theo wandte sich an Sabine. »Sie gestatten, dass ich Ihnen vorstelle: Graf Albrecht Theodor von Aichelburg-Thurgau, mein Vater. Mein Name ist Theo.«

Das Begrüßungsritual glich dem vom letzten Mal bis ins Detail: Albrecht Aichelburg-Thurgau erhob sich zitternd aus seinem Rollstuhl, wobei Theo ihm symbolisch zu Hilfe kam, dann reichte er zunächst Sabine und dann Heinz die Hand und begrüßte sie persönlich. Hinter den schmalen Augenschlitzen zuckten die Pupillen hin und her.

Heinz und nach ihm Sabine reichten nun allen Anwesenden nacheinander die Hand, wobei man sich jeweils mit dem Familiennamen vorstellte. Er war wenig überrascht, auch Doktor Megymorecz hier zu sehen, die Namen der anderen sagten ihm nicht viel. Bis auf den von Rechtsanwalt Doktor Herwig Offner, dessen Gesicht er außerdem aus dem Internet kannte.

»Ja, der Herr Doktor«, sagte Sabine gespielt erfreut, als sie ihm die Hand schüttelte, »so sieht man sich wieder.«

Da sie hinter Heinz war, konnte dieser den Gesichtsausdruck des Staranwalts nicht sehen.

An der Wand gegenüber dem Kamin war ein Getränkebüffet aufgebaut, mehrere Bedienstete in schwarzen Anzügen und mit weißen Handschuhen standen dabei. Im Angebot waren Champagner, mehrere Weine und Säfte sowie Wasser mit und ohne Sprudel. Da

Heinz eine trockene Kehle hatte und außerdem einen klaren Kopf bewahren musste, entschied er sich für Mineralwasser. Einer der Anzugträger öffnete den Verschluss eines der Glasfläschchen und schenkte ihm ein Glas ein.

»Nun, da wir vollzählig sind«, hob die dünne Stimme des Schlossherrn feierlich an, »darf ich Sie bitten, Platz zu nehmen.«

Das Gemurmel, das während des Begrüßungsreigens eingesetzt hatte, verstummte augenblicklich, stattdessen war das Rücken von Stühlen zu hören. Theo war hinzugekommen, er wies Heinz einen Platz auf der Fensterseite der Tafel zu, inmitten ihm fremder Gäste, Sabine wurde ihm gegenüber platziert.

Heinz erkannte die Absicht, er und Sabine sollten sich möglichst klein und ausgeliefert vorkommen.

Als alle saßen, begann der alte Mann: »Herr Sablatnig hat gebeten, seine Schwester mitzubringen, ich denke, das gestehen wir ihm zu.«

Die anderen lachten nachsichtig-entspannt.

Heinz' Zähne mahlten aufeinander, doch nur kurz. Dann stand er auf und riss das Wort an sich. »Ich möchte das gleich von Anfang an klarstellen: Frau Oleschko ist nicht nur meine Schwester, sie ist auch Chefinspektorin bei der Kriminalpolizei.«

Ein nervöses Murmeln hob an. Theo machte einen Schritt hinter dem Rollstuhl seines Vaters hervor und donnerte: »Ja, halten Sie uns für Verbrecher?«

Heinz‘ Blick schoss zu ihm und konterte erregt: »Sie haben meine Fahne gestohlen.«

Theos Stimme wurde noch lauter. »Das ist nicht Ihre Fahne!«

Der alte Mann im Rollstuhl hob langsam die Hand, woraufhin sich sein Sohn wieder nach hinten zurückzog. Heinz wollte die Initiative nicht abgeben, deshalb sprach er gleich weiter. »Wie Sie vermutlich alle wissen, bin ich der Erbe des Urbanhofs, nachdem Daniel Vallant mit Gift ermordet worden ist. Frau Oleschko ist die Ermittlungsleiterin in diesem Mordfall. Deshalb begleitet sie mich.«

Wie eine Sprungfeder schoss Rechtsanwalt Offner hoch, sein Platz war etwas weiter unten auf Sabines Seite der Tafel. »So, wie Sie das sagen, unterstellen Sie uns einen Mord.« Seine Stimme klang ruhig und überlegen, als stünde er vor Gericht. Er wollte sein Plädoyer fortführen, doch Heinz war schneller.

»Der Mord geschah unmittelbar, bevor ein international gesuchter Industriespion die Fahne gestohlen hat, wir gehen nicht von einem Zufall aus. Ein international gesuchter Industriespion übrigens, dessen Inhaftierung Sie verhindert haben.«

Offner blickte launig in die Runde. »Der Herr Sablatnig erteilt mir offenbar eine Lektion in öffentlicher Rechtsprechung des Staates Österreich …«

»Gestern wurde ein weiterer Mord am Urbanhof begangen«, schnitt Heinz ihm das Wort ab, »wieder mit Gift. Um das Thema abzuschließen: Sie können sich vorstellen, dass ich unter diesen Umständen nicht ohne Beistand der Exekutive mit Ihnen rede.« Er setzte sich und genoss das geschockte Murmeln, während er einen Schluck Wasser trank. Seine Hand zitterte.

Der Staranwalt wollte offenbar etwas entgegnen, doch ein Fingerzeig Aichelburg-Thurgaus brachte ihn zum Schweigen und er setzte sich wieder.

»Nun, ich denke«, begann der Alte bedächtig, »wir schulden Herrn Sablatnig tatsächlich eine Erklärung, nicht wahr?« Er lächelte Heinz verbindlich an. »Ich erzähle Ihnen wohl nichts Neues, wenn ich Ihnen die anwesenden Damen und Herren als Mitglieder der Sankt Urbani Bruderschaft zu Wolfsberg vorstelle, Sie haben ja auch gestern unsere Räumlichkeiten besucht.«

Theos Funkgerät rauschte, er wandte sich ab.

»Beizeiten müssen Sie mir erzählen, wie Sie davon erfahren haben«, fuhr der Schlossherr fort, wurde dann aber von seinem Sohn unterbrochen, der ihm auf die Schulter tippte und etwas in sein Ohr flüsterte. Was es war, konnte Heinz vom Gesicht des Schlossherrn nicht ablesen, dieses war wie eine Maske aus Falten. »Ja«, antwortete der Alte, »soll raufkommen. Offenbar haben wir heute den Tag der Überraschungsgäste.«

Theo wandte sich mit dem Funkgerät wieder ab, während der Schlossherr sein Wort erneut an die Versammlung richtete. »Aber bleiben wir beim Thema. Zu meiner, zu unserer Schande muss ich Ihnen recht geben, Herr Sablatnig: Ja, wir haben uns professionelle Hilfe geholt, um die Fahne an uns zu bringen. Den Vorwurf des Diebstahls weise ich jedoch aufs Entschiedenste zurück. Die Fahne war immer und ist immer noch Eigentum der Sankt Urbani Bruderschaft zu Wolfsberg. Bis vergangene Woche haben wir jedoch nicht gewusst, dass sie noch existiert.«

Was Aichelburg-Thurgau nun erzählte, deckte sich mit dem, was Heinz schon herausgefunden oder geschlussfolgert hatte: Der althergebrachte Sitz ihrer Vereinigung war im Zweiten Weltkrieg geräumt worden, Paul Vallant hatte das Eigentum der Bruderschaft an sich genommen und die Urbani Brüder waren davon ausgegangen, dass dieses bei der Bombardierung von Vallants Haus und dem anschließenden Brand zerstört worden war. Diese Annahme, so der Alte, sei nie in Zweifel gezogen worden und auch Paul Vallant, der nach dem Krieg kein Interesse mehr an einer Wiederaufnahme seiner Tätigkeit in der Urbani Bruderschaft gezeigt habe, habe das nicht richtiggestellt.

Ein *Ping* kündigte die Ankunft der Fahrstuhlkabine an und lenkte die Aufmerksamkeit der Anwesenden auf sich. Gemeinsam mit der zur Seite fahrenden Lifttür sank Heinz‘ Kiefer nach unten, denn sie gab den Blick auf niemand Geringeren frei als Thomas Vallant.

Kapitel 24

Dieser rollte in der Kabine immerzu vor und zurück, er wirkte wie ein Stier, der mit dem Huf scharrte. Sein zornesrotes Gesicht unterstrich diesen Eindruck. »Du Dieb«, schrie er in Richtung des Schlossherrn und rollte, als die Tür endlich ganz offen war, auf diesen zu. »Du gemeiner, feiger, hinterhältiger Dieb!«

Theo trat Thomas entgegen und donnerte: »Mäßigen Sie sich! Sie sprechen mit Graf Albrecht Theodor von Aichelburg ...«

»Ja, Scheißdreck«, wütete Thomas dagegen.

Theo baute sich mit drohender Haltung, vernichtendem Blick und geballten Fäusten vor Thomas auf, doch dieser knurrte:

»Geh mir aus dem Weg, du Bauer.« Er rollte um ihn herum. »Der Adel ist abgeschafft, schon seit über hundert Jahren. Wird Zeit, dass ihr degeneriertes Pack das endlich begreift.«

Der wuchtige Rollstuhl Aichelburg-Thurgaus gab ein Schnurren von sich, drehte sich in Richtung Thomas und fuhr ihm entgegen. Als sie einander gegenübersaßen, entgegnete der alte Mann mit ruhiger Würde: »Glauben Sie das ruhig, wenn Sie möchten. Wir wissen es besser.«

»Was wisst ihr besser«, schnauzte Thomas ihn an, »wie man Leute dafür bezahlt, dass sie andere Leute bestehlen? Mit Geld, das ihr jahrhundertelang euren Untertanen abgepresst habt?«

»Die Fahne«, erwiderte Aichelburg-Thurgau mit unumstößlicher Ruhe, »gehört der Sankt Urbani Bruderschaft zu Wolfsberg und nicht Ihnen.« Thomas wollte etwas entgegnen, doch der Schlossherr fuhr mit erhobener Stimme fort: »Überdies versuche ich gerade, Herrn Sablatnig und Frau Chefinspektor Oleschko die Gründe für unser Vorgehen zu erläutern. Aus diesem Grund war ich auch damit einverstanden, Sie, den ursprünglichen Hoferben, einzulassen.«

Thomas konnte mit der Ruhe seines Gegenübers sichtlich nicht umgehen. Er war auf Streit aus, wollte Dampf ablassen, beides gelang ihm nicht.

Aichelburg-Thurgau legte nach. »Die Alternative wäre, dass mein Sohn Theo Sie nach draußen bittet.«

In einer unbewussten Geste umfasste Theo eine Faust mit der anderen.

Thomas grunzte. Zum ersten Mal sah er die anderen Anwesenden an, sein Blick zeigte Resignation. Als er Heinz ansah, bedeutete dieser ihm, er solle sich zu ihnen gesellen. »Von mir aus«, brummte er schließlich.

Dann rollte er zum Büffet, besah sich die Weine und ließ sich einen davon einschenken.

Albrecht Aichelburg-Thurgau fuhr an seinen Platz an der Tafel zurück und nahm den Faden wieder auf. »Wo bin ich unterbrochen worden? Ach ja. Paul Vallant hat das Eigentum der Bruderschaft für sich behalten, aus welchen Gründen auch immer. Dass sein Sohn Urban später ins Lavanttal zurückgekehrt ist und sich dem Weinbau gewidmet hat, war uns natürlich bekannt, doch wir haben keinen Grund gesehen, ihm die Mitgliedschaft anzubieten. Sie müssen wissen«, er wandte sich an Heinz, »dass sich die Tätigkeit unserer Vereinigung nach dem letzten Krieg sehr verschoben hat. Wir kümmern uns seither um die Kärntner Wirtschaft insgesamt. Jeder von uns hat eine hohe Lebensstellung erreicht, Weinbau ist da zu rudimentär.«

Heinz verbiss sich ein sarkastisches Grinsen. »Unter unserer Würde«, meinte er wohl.

Thomas war indessen ebenfalls zur Tafel gekommen, er saß weit unten zwischen zwei Gästen, die für ihn Platz gemacht hatten. Er nahm mit geschlossenen Augen einen Schluck aus dem Weinglas und ließ diesen – Heinz erkannte es an seiner Kopfbewegung – über die Zunge nach hinten rinnen.

»Darüber hinaus«, sprach Aichelburg-Thurgau weiter, »hat die moderne Herangehensweise an das Handwerk des Winzers kaum mehr etwas mit dem Weinbau unserer vorangegangenen Brüder zu tun. Das Herz schlägt ihnen zweifelsohne am rechten Fleck, nur ... Wein ist mehr! Wein ist ein heiliges Getränk.«

Ein zustimmendes, andächtiges Murmeln erhob sich an der Tafel.

Heinz hätte den versammelten Brüdern und Schwestern gerne nahegelegt, mit Thomas zu reden, dann hätten sie erkannt, was wahre Hingabe bedeutete. Und dass sie selbst nichts weiter als Wein trinkende Romantiker waren. Er ließ es jedoch bleiben.

Thomas, der noch immer dem Wein in seinem Mund nachfühlte, schmunzelte abfällig und schüttelte leicht den Kopf.

Der Schlossherr fuhr indessen fort. »Als Herr Daniel Vallant sein nahendes Ende erkannt hat, hat er unseren Mitbruder Doktor Megymorecz zu sich bestellt. Sie können sich dessen Überraschung vorstellen, als er in Herrn Vallants Büro unsere Fahne vorgefunden hat. Wir haben unser Vorgehen beraten, und der erste Gedanke war natürlich der naheliegende. Wir sollten Ihnen – verzeihen Sie die Metapher – reinen Wein einschenken und an Ihre Aufrichtigkeit appellieren. Sie werden aber verstehen, dass diesem Plan einiges entgegengestanden ist. Zum einen wissen wir bis heute nicht, warum Paul Vallant uns unser Eigentum vorenthalten hat. Ich habe ihn noch persönlich gekannt, als ich ein junger Mann war, er war einer der engagiertesten unter uns Brüdern, wenn nicht überhaupt der engagierteste. Nach seiner Rückkehr aus der Kriegsgefangenschaft habe ich nicht mehr die Gelegenheit gehabt, mit ihm zu reden. Das haben andere Brüder übernommen, ältere, die ihn länger gekannt haben. Aus dem, was diese von dem Gespräch erzählt haben, will ich Paul keine schlechte Absicht unterstellen. So oder so, sein Sohn Urban und sein Enkel«, er sah Thomas an, »Sie, Herr Vallant, haben die Fahne für sich behalten und wohl auch alles andere, das das Bombardement möglicherweise überstanden hat. Wir haben nicht gewusst, ob ...« Er hielt inne, dann wandte er sich wieder an Thomas. »Aber vielleicht können Sie ja Licht in diese Angelegenheit bringen? Warum haben Ihr Großvater, Ihr Vater, Sie und Ihr Bruder unser Eigentum für sich behalten?«

Heinz stellte fest, dass Thomas' Blick um einiges milder geworden war. Er hob den Kopf, ohne irgendjemanden anzusehen, und antwortete: »Ganz einfach, wir haben nicht gewusst, dass es die Urbani Bruderschaft noch gibt. Mein Vater hat erzählt, dass die Vereinigung im Dritten Reich aufgelöst worden ist und fertig.«

»Und Ihr Großvater?« Aichelburg-Thurgaus Stimme hatte einen ungewohnt hoffnungsvollen Ton angenommen.

»Ich war drei Jahre alt, als mein Großvater gestorben ist. Alles, was ich von ihm weiß, weiß ich von meinem Vater. Und der hat ihn vergöttert, auch wenn Opa Paul sich nicht für ihn interessiert hat. Weil er sich für nichts mehr interessiert hat.« Thomas erzählte, wie sein Vater die Sachen der Urbani Bruderschaft im

Nachlass gefunden und was seine Mutter darüber erzählt hatte. Dann schloss er: »Mein Vater hat gemeint, Opa Paul habe wahrscheinlich gar nicht gewusst, dass es die Dinge noch gibt. Es war ihm einfach alles wurscht.«

»Das ist ja ...« Die Stimme des Schlossherrn versickerte, er schniefte einmal. Dann erhob er sich langsam und zitternd aus seinem Rollstuhl, nahm das Glas Wein, das vor ihm auf dem Tisch stand, und erhob es über seinen Kopf. »Trinken wir auf unseren Bruder Paul Vallant«, sagte er feierlich, »der uns unser Eigentum nicht wissentlich vorenthalten hat.«

Die gesamte Gesellschaft stand auf und erhob die Gläser, egal, was sich in ihnen befand. Auch Thomas hob das Glas.

Heinz und Sabine tauschten einen unsicheren Blick, dann zuckten beide unmerklich mit den Schultern und schüttelten ebenso unmerklich den Kopf. Ohne es auszusprechen, waren sie sich darin einig, sitzen zu bleiben, immerhin ging sie dieses Ritual nichts an.

Die anderen tranken und schwiegen einen andächtigen Augenblick lang, dann fuhr der Alte fort: »Trinken wir auf Pauls Ehefrau Katharina Vallant, die unser Eigentum gerettet und erhalten hat.«

Während sich das Ritual wiederholte, fragte sich Heinz, woher der alte Mann den Namen von Paul Vallants Ehefrau wusste, doch dann machte er sich klar, dass er sie wohl persönlich gekannt hatte.

»Trinken wir auf Pauls Sohn Urban Vallant«, sprach der Schlossherr, »der unserer Tradition gefolgt ist, ohne von uns zu wissen.« Wieder tranken und schwiegen alle, bis Aichelburg-Thurgau fortfuhr: »Und trinken wir auf Pauls Enkel Thomas Vallant, der uns die letzte Sicherheit darüber gegeben hat, dass unser Bruder Paul uns nicht übel gesonnen war, sondern einfach nur gebrochen vom Krieg.«

Heinz sah, wie Thomas, der diesmal freilich nicht mittrank, die Augen schloss und wie sein ganzer Oberkörper zu zucken begann. Gleich darauf liefen Tränen über seine Wangen. Heinz berührte dieser Anblick ungemein. Er spürte regelrecht, wie wichtig dieses Ritual für Thomas war, diese offizielle Anerkennung der Leistungen seiner Familie durch die Urbani Bruderschaft. Es schien, als heilten gerade ein paar seiner Wunden.

Als das Ritual zu Ende war, setzten sich alle, auch Albrecht Aichelburg-Thurgau.

Letzterer ergriff wieder das Wort und wandte sich an Heinz. »Verstehen Sie uns nun? Bis jetzt haben wir nicht gewusst, warum die Familie Vallant unser Eigentum für sich behalten hat. Und Sie, Herr Sablatnig, Sie können wir erst recht nicht einschätzen. Sie haben einen guten Ruf, und Ihr Verhalten in unserer Angelegenheit zeigt große Findigkeit, aber ... haben Sie auch ein Gespür dafür, was die Fahne uns bedeutet? Wir wissen es nicht. Einmal angenommen, wir hätten Ihnen alles erklärt und Sie gebeten, uns unser Eigentum zurückzugeben – was, wenn Sie sich geweigert hätten? In dem Fall hätten wir juristisch nachweisen müssen, dass die Gegenstände uns gehören. Und das wäre uns wohl kaum gelungen, zumal sich alle Beweise seit ihrem Erbschaftsantritt ja in Ihrem Besitz befinden. Wir haben uns also für einen anderen Weg entschieden, einen schäbigen, so viel Ehrlichkeit muss sein. Wir haben angenommen, dass Ihnen die Fahne nicht fehlen wird, Sie waren ja neu auf dem Urbanhof und haben nichts von der ganzen Geschichte gewusst. Wir haben ja nicht ahnen können, dass Sie so ein Spürhund sind.« Der Alte lachte und die anderen stimmten mit ein.

Heinz lachte nicht. Aus Prinzip. Er wollte nicht den Anschein erwecken, dass man ihn mit Schmeicheleien einseifen konnte. Sabine erwiderte seinen Blick ausdruckslos. Wie sie es vereinbart hatten, hörte sie nur schweigend zu.

»Nun stehen wir vor der Frage«, nahm der Schlossherr den Faden wieder auf, »wie es weitergehen soll. Die Fahne gehört uns, Sie haben sie sich wiedergeholt in der Annahme, sie gehöre Ihnen. Unbestreitbar ist auch, dass Sie sich unbefugt Zutritt zu unseren Räumlichkeiten verschafft haben, davon gibt es Videoaufnahmen.«

Heinz lächelte hämisch. Wenn das die Drohung war, für die sie ihn hierherbestellt hatten, hatte er ihnen mit Sabines Anwesenheit einen Strich durch die Rechnung gemacht. Die Kriminalpolizei wusste über den Auftragsdiebstahl Bescheid, das Recht war auf seiner Seite. Das war wohl auch der Grund, warum Aichelburg-Thurgau die Videoaufnahmen nur noch nebenbei erwähnte.

Heinz erhob sich und sah bedächtig in die Runde. »Meine Damen, meine Herren«, begann er, »ich danke Ihnen für Ihre Offenheit und denke, die Angelegenheit ist nun in allen Details und für alle klar. Sie werden verstehen, dass ich hier und jetzt keine Entscheidung treffen kann, dazu ist die Sache zu komplex, ich muss sie mir erst gründlich durch den Kopf gehen lassen. Aber ich melde mich bei Ihnen, sowie ich eine Entscheidung getroffen habe, darauf haben Sie mein Wort.«

Mittwoch, 12 Uhr

Auf dem Weg zum Auto war Thomas eigenartig schweigsam. Sabine bot ihm an, mit ihr und Heinz zurück zum Urbanhof zu fahren, und er nahm dankend an. Doch als Heinz ihn fragte, wie es ihm jetzt gehe, gab er nur eine einsilbige, uneindeutige Antwort.

Es dauerte einige Zeit, bis Heinz verstand, wie man Thomas' Rollstuhl zusammenklappte, so dass er ihn im Kofferraum von Sabines Coupé verstauen konnte.

»Wie sind Sie eigentlich hierhergekommen?«, fragte Sabine Thomas, der auf dem Beifahrersitz saß.

»Ich habe einen Stamm-Taxler, der für den Transport von Rollstuhlfahrern samt Rollstühlen ausgerüstet ist. Den ruf ich immer an, wenn ich irgendwohin will.«

Auf der Fahrt schwiegen alle, sie hatten einiges zu verdauen.

Irgendwann fragte Thomas, ohne sich zu Heinz umzudrehen: »Wirst du ihnen die Fahne und die anderen Sachen zurückgeben?«

»Diese Entscheidung überlasse ich dir. Dein Großvater hat das Zeug zur Aufbewahrung übernommen, hätte er nach dem Krieg noch Interesse an der Bruderschaft gehabt, hätte er es wohl zurückgegeben. So hat er es deinem Vater und er dir vererbt. Es ist Sache deiner Familie.«

Thomas erwiderte nichts, er nickte nur.

Am Urbanhof wartete schon das Mittagessen, Fritz Pollheimer hatte es übernommen und angerichtet. Sabine verabschiedete sich und sagte, sie würde sich melden, sobald sie Neues vom Pathologen hörte.

Während sie aßen, erzählte Heinz dem Winzer, was auf Schloss Thürn vorgefallen war, und dieser war erstaunt über den Verlauf der Ereignisse.

»Das ist doch einmal eine gute Nachricht«, meinte er zu Thomas, »oder nicht?«

»Ich weiß es noch nicht«, erwiderte dieser. »Ich muss mich erst an den Gedanken gewöhnen, dass ... außerdem hat mich dieser selbsternannte Graf so viele Jahre geärgert ...«

»Lass dir Zeit«, riet Heinz.

Thomas nickte.

Kapitel 25

Mittwoch, 13 Uhr

Nach dem Essen rief Heinz Heidi Pollheimer an und machte sich mit ihr bekannt. Da sie an diesem Nachmittag einen Arzttermin hatte, vereinbarten sie, sie solle am darauffolgenden Nachmittag zum Urbanhof kommen, dann könnten sie alles konkret besprechen. Heinz fand sie etwas aufgekratzt, aber sympathisch. Danach lehnte er sich im Bürostuhl zurück, ließ das Gespräch beim Mittagessen geistig Revue passieren – und erst da fügten sich die Dinge in seinem Kopf zusammen. Er dachte an Eva und Berti Abraham und deren rigorose Ablehnung des Urbanhofs, weil dort Alkohol hergestellt wurde.

Heinz glaubte nicht, dass die beiden von Tonis Eskapaden wussten. Marie hatte erzählt, Eva habe sich ausbedungen, dass weder ihrem Vater noch ihrem Bruder Alkohol verkauft werden dürfe, wie würde sie reagieren, wenn sie von Tonis Eigenwilligkeit erfuhr? Ein

Schmunzeln kräuselte Heinz' Lippen, vermutlich würde sie den Urbanhof niederbrennen.

Aber da war noch etwas. Einmal angenommen, die vergiftete Portion Tiramisu war tatsächlich mit Enteneiern zubereitet worden, dann war der Schluss, dass diese mit Arsen versetzt worden war, geradezu zwingend.

Und da die Enteneier vom Lacknerhof stammten, würde Heinz den Giftmörder dort vermuten. Weiterhin war Arsen ein schwer zu beschaffendes Gift, weshalb Heinz von ein und demselben Täter ausgehen konnte, derjenige, der Gidi vergiftet hatte, hatte wohl auch Daniel auf dem Gewissen.

Heinz blieb bei dieser Theorie und spielte verschiedene Varianten gedanklich durch. Daniel hatte keine Enteneier gegessen, folglich hatte er das Gift über ein anderes Nahrungsmittel aufgenommen. Das war kein Problem, der Lacknerhof lieferte ja so einiges. War von Anfang an Marie das Ziel gewesen und war Daniel – so wie Gidi – nur ein Kollateralschaden? Heinz war klar, dass er das Motiv in Erfahrung bringen musste, ansonsten hatten alle Spekulationen keinen Sinn. Okay, Eva und Berti hassten Alkohol und deshalb den Urbanhof, das alleine war aber kaum ein Grund für einen oder mehrere Morde.

Abgesehen davon hätten die beiden dann ja wohl schon früher zugeschlagen, bevor Evas Vater gestorben war. Ob Toni ein Motiv hatte, konnte Heinz nicht beurteilen, er kannte den jungen Mann ja nicht. Doch er glaubte nicht daran, immerhin war Toni in der gegenwärtigen Situation bestens versorgt. Heinz stand auf und ging im Büro auf und ab.

Der Lacknerhof, der Hass auf den Alkohol, der diebische Toni, die Nahrungsmittel-Lieferungen, die Vergiftung – das alles war kein Zufall, es hing ursächlich zusammen. Aber mit welchem Motiv? Heinz fragte sich, wie er die Wahrheit herausfinden konnte. Über das Arsen? Denn davon musste der Mörder noch etwas beschaffen, wenn er das richtige Opfer treffen wollte, denn Gidi war mit an Sicherheit grenzender Wahrscheinlichkeit das falsche gewesen.

Heinz griff zum Handy, rief Sabine an und erzählte ihr die Neuigkeiten sowie seine Gedanken.

»Gute Arbeit«, meinte sie anerkennend, »aber was erwartest du von mir? Eine Hausdurchsuchung auf dem Lacknerhof? Die genehmigt mir der Staatsanwalt nie, außer du lieferst stichhaltige Verdachtsmomente.«

»Ich weiß. Aber kannst du den Hintergrund von Eva, Berti und Toni abklopfen?«

»Das haben wir gleich nach Daniel Vallants Ermordung getan, wofür hältst du mich?«

»Aber habt ihr auch das Arsen bedacht? Wenn ich recht habe, müssen die das Arsen von irgendwoher bekommen.«

»Du meinst von jemandem, der Zugriff darauf hat?«

»Ganz genau.«

Sabine raschelte herum. »Das wird schwierig. Aber ich kümmere mich darum.«

Kaum hatte Heinz aufgelegt, läutete ein Handy, aber nicht seines.

Irritiert sah er sich um, und sein Blick fiel auf das Mobiltelefon von Daniel, das am Ladekabel angeschlossen auf dem Schreibtisch lag und nun durch den Vibrationsalarm etwas zur Seite rutschte. Er nahm es und staunte noch mehr, als er auf dem Display Thomas' Nummerneintrag sah. Warum rief er seinen toten Bruder an?

Heinz schnappte das Gerät, hob ab und meldete sich.

»Heinz, ich bin es, Thomas«, kam es aus dem Lautsprecher. »Ich rufe hier an, weil ich deine Nummer nicht kenne und mir gedachte habe, dass Daniels Handy bei dir ist. Außerdem bin ich zu faul, um nach unten zu kommen.« Er lachte. »Mir ist etwas eingefallen, wegen des Schlüssels. Ich habe dir ja erzählt, dass damals, als mein Vater und ich den Urbanhof aufgebaut haben, der Egon Zarfl, also der Großvater von der Eva und vom Toni, uns regelmäßig geholfen hat. Soweit ich mich erinnere, hat auch er einen Schlüssel für die Halle gehabt, und damit auch für den Verkaufsraum.«

»Und er hat ihn nie zurückgegeben«, führte Heinz den Gedanken zu Ende.

»Anscheinend nicht, sonst hätten wir ja einen Schlüssel mehr. Verstehst du? Nach dem Tod vom Egon ist der Schlüssel bei denen geblieben. Und der Toni hat ihn sich geschnappt, um sich frech auf unsere Kosten zu bedienen.«

»Hmm«, Heinz überlegte, dann fragte er: »Wie alt war Toni, als sein Großvater gestorben ist?«

Thomas blies die Luft aus. »Das kann ich dir auf die Schnelle nicht sagen. Warum?«

»Ich überlege, woher er gewusst hat, dass ein Schlüssel, der in irgendwelchen Sachen herumliegt, ausgerechnet zu unserem Verkaufsraum passt.«

»Vielleicht ...«, auch Thomas überlegte, »vielleicht hat ja schon der Stefan ihn benutzt, sein Vater.«

»Das könnte sein«, sagte Heinz, »der Schwund an harten Getränken geht ja schon über Jahre zurück.«

»Ja, aber erst in den vergangenen Monaten ist das so richtig auffällig geworden.«

Heinz lächelte. »Seit Stefan Zarfl tot ist?«

Eine Pause trat ein, dann erklärte Thomas: »Könnte hinkommen, ja.«

»Das würde bedeuten, dass Stefan Toni den Schlüssel weitergegeben hat. Und dass Toni nicht so zurückhaltend war wie sein Vater.«

»Der Stefan hat sich in seinem letzten halben Jahr kaum noch rühren können«, erklärte Thomas nun, »wahrscheinlich hat er seinen Sohn zum Stehlen geschickt.«

»Und ihm nahegelegt, es nicht zu übertreiben«, ergänzte Heinz, »und seit der Alte nicht mehr lebt, hat der Junge keine Hemmungen mehr.«

Nach einer weiteren Pause meinte Thomas: »Das klingt doch alles recht logisch, oder, Herr Detektiv?«

Heinz lachte. »Au ja, das tut es. Danke sehr!«

Nach dem Telefonat lächelte Heinz vor sich hin, irgendwie fügte sich alles zusammen. Bis auf das Motiv.

Später an diesem Nachmittag rief Sabine noch einmal an und berichtete, der Pathologe habe sich schon gemeldet – und Heinz' Verdacht bestätigt: Das vergiftete Tiramisu war mit Enteneiern zubereitet worden.

»Das passt«, zischte Heinz, »unser Mörder sitzt am Lacknerhof, ich spür's beim Pinkeln.«

Sabine lachte schnaubend und meinte: »Dein prophetischer Pimmel könnte recht haben. Ich habe nämlich noch eine Neuigkeit für dich.«

»Ja? Welche?«

»Auf deinen Wunsch hin habe ich die Zarfls und die Abrahams noch einmal abgeklopft – und feststellen müssen, dass meine Leute geschlampt haben.«

»Inwiefern?«

»Sie haben übersehen, dass Eva Abraham bei uns aktenkundig ist«, grollte Sabine. »Der Kollege, der das verbockt hat, hat geglaubt, es reiche, wenn sie ein Alibi für die Tage vor Daniel Vallants Tod vorweisen kann. Aber der kriegt Probleme, das schwöre ich dir!«

»Sie ist aktenkundig? Wegen was?«

»Als sie siebzehn Jahre alt war, hat sie versucht, eine Fünfzehnjährige zu vergiften.«

Heinz stieg die Hitze in den Kopf. »Was?«

»Laut Akt hat sie ihrem Opfer einen Sud vom gefleckten Schierling in ein Saftgetränk gemischt. Die Fünfzehnjährige hat aber den merkwürdigen Geschmack bemerkt und die Sache ihren Eltern erzählt. Offenbar hat sie Eva schon in Verdacht gehabt.«

»Aber warum hat Eva das getan?«

»Laut ihrer Aussage damals hat das Opfer ihrem Bruder Anton – Toni – übel mitgespielt. Wie es scheint, hat sie dem damals Dreizehnjährigen den Kopf verdreht und ihm Versprechungen gemacht, die sie nie einhalten wollte. Sie hat ihn im Gegenteil gemeinsam mit Freundinnen ausgelacht und überall herumerzählt, was er für ein, Zitat: ›naiver Trottel‹ sei.«

»Was ist dabei herausgekommen?«

»Neun Monate Erziehungshaft.«

Heinz hielt inne und dachte nach. »Sie hat versucht, ihren Bruder zu verteidigen«, begann er dann, »lässt sich das mit unserer Situation vergleichen?«

»Wenn ihr Bruder Alkoholiker ist und der Urbanhof Alkohol herstellt ... wer weiß?«

»Aber ist das nicht ein wenig weithergeholt?«

»Ich weiß nicht, was im Kopf dieser offenbar Irren vorgeht. Denn irre muss sie sein, sonst hätte sie das damals nicht getan.«

»Hat es dazu kein psychologisches Gutachten gegeben?«

Heinz hörte Sabine mit Papieren rascheln. »Soweit ich hier sehe, nein. Aber so, wie der Akt verfasst ist, scheint auch das Opfer nicht gerade nach Nachschlag verlangt zu haben, als der liebe Gott die Vernunft verteilt hat.«

»Schön gesagt.«

»Danke.«

»Wie gehen wir weiter vor?«

Sabine seufzte. »Ich kann da momentan nicht viel machen. Wir haben einen Verdacht, der über drei Ecken einen Sinn ergibt, aber das reicht nicht aus, um Maßnahmen gegen Eva Abraham zu ergreifen. Ich könnte sie höchstens befragen, aber was dabei herauskommen würde, weiß ich jetzt schon.«

»Ich auch«, brummte Heinz. Dann kam ihm eine Idee.

Donnerstag, 9 Uhr

Heinz betrat den Verkaufsraum des Biohofs Lackner begleitet von dem Gebimmel der Türglocke. Kurz darauf kam Eva zwischen den dicken Filzvorhängen hervor. Als sie Heinz sah, fiel ihr das geschäftstüchtige Lächeln aus dem Gesicht, er wusste nicht, ob das mit seinem Erscheinen an sich zusammenhing oder damit, dass auch seine eigene Mimik keine menschliche Wärme ausstrahlte. Er grüßte sie und sagte: »Ich möchte mit Toni sprechen.«

Ihr Gesicht wurde verwirrt, spontan fragte sie: »Was willst du von ihm?«

»Mit ihm sprechen«, wiederholte Heinz in einer Art, die klarmachte, dass er nicht vorhatte, weitere Erklärungen abzugeben.

Der Blick der Frau wurde hart. Sie baute sich hinter dem Verkaufstresen auf und verschränkte die Arme. »Toni ist nicht zu sprechen«, schnauzte sie Heinz an, »also, was willst du?«

Heinz' Zähne mahlten aufeinander. »Na gut«, meinte er dann, zückte sein Handy und aktivierte die Wildkamera-App. Er startete die Bildfolge und hielt Eva den Bildschirm hin, dabei beobachtete er ihr Gesicht.

Es war ein echtes Schauspiel. Zunächst wandelte sich alle Strenge ihrer Mimik in Verblüffung, dann in Fassungslosigkeit und dann in unverhohlenen Zorn. »Ich habe es gewusst«, schrie sie, »ich habe es immer gewusst! Ihr habt ihm zu Saufen gegeben, die ganze Zeit über.«

»Red keinen Blödsinn«, fuhr Heinz sie an, »was glaubst du, warum ich dir das zeige? Er bestiehlt uns, und das schon die ganze Zeit. Und vorher hat dein Vater bei uns Schnaps gestohlen.«

»Das ... das ist ...«, sie rang nach Worten, dann erschien so etwas wie Erkenntnis in ihrem Blick. »Habt ihr die Tür nicht abgeschlossen?«

»Doch, Tag und Nacht. Er hat einen Schlüssel, hörst du?« Heinz hielt ihr das Handy noch näher hin, so dass sie das Sperrgeräusch noch besser hören konnte.

Evas Gesicht wurde panisch. »Das ... das kann nicht sein, das darf nicht sein! Er hat mir versprochen, dass er nichts mehr trinkt, er ...«

Heinz beschloss, ihr die volle Breitseite zu geben. »Warum hast du Daniel vergiftet?«

Sie starrte ihn entsetzt an. »Was?«

»Und warum wolltest du Marie vergiften?«

»Ich ... ich habe nicht ...«

»Woher hast du das Arsen?«

Ihre Miene verschloss sich wieder. »Wird das jetzt ein Verhör, oder was?«

»Ja«, Heinz brüllte sie an, so dass sie erschrocken zurückwich, »das ist ein Verhör! Es geht um Mord, um zweifachen Mord. Also spuck's endlich aus.«

Eva fasste sich schnell wieder. »Du kannst mir nichts beweisen.«

»Und ob ich das kann«, behauptete Heinz, »ich weiß nur nicht, wieso du es getan hast.«

Sie wankte umher, es wirkte wie die körperliche Äußerung dessen, was in ihr vorging. »Du kannst ... du hast ...«

»Die Polizei ist auf dem Weg hierher.« Heinz steckte das Handy wieder ein. »Sie werden hier alles auseinandernehmen, das Haus, die Nebengebäude, alles. Das Arsen wird sich finden, und dann bist du dran.«

Evas Blicke zuckten hin und her, dann rannte sie los, durch den Vorhang davon.

Heinz setzte ihr nach. Ihr Verhalten war ein Schuldeingeständnis, das war ihm klar, sie wollte das Arsen verschwinden lassen. Hinter dem Vorhang befand sich ein Lagerraum mit einer Tür an der rechten Wand, dort lief Eva hin. Heinz grinste, verlangsamte seinen Schritt und sah zu. Eva riss die Tür auf und erstarrte vor zwei uniformierten Polizisten, die hier postiert waren. Noch ehe sie reagieren konnte, packte einer der beiden sie am Arm und zog sie hinaus.

Draußen war der Hof voller Polizei, darunter Sabine, die Heinz fragend ansah, als er durch die Tür trat. Er nickte ihr zu – und sie erwiderte sein Grinsen. Dann gab sie den Einsatzbefehl und sogleich trabten mehrere Uniformierte zum Wirtschaftsgebäude, um auch Berti und Toni festzunehmen.

Heinz hatte Sabine vorgeschlagen, dass er Eva mit seinem Verdacht konfrontieren und ihr dann eine Hausdurchsuchung ankündigen würde, die zu diesem Zeitpunkt natürlich noch nicht geplant war. Ihre Reaktion darauf würde den Verdacht bestätigen oder entkräften.

Heinz atmete tief durch. Jetzt würde sich alles aufklären, endlich.

Kapitel 26

Donnerstag, 10 Uhr

Sabine und ihre Wolfsberger Kollegin vom letzten Mal befragten Eva Abraham im Bezirkspolizeikommando Wolfsberg wieder in dem Besprechungsraum mit dem runden Tisch. Sabine legte die »Fakten« – dass es bislang nur Vermutungen waren, verschwieg sie – auf den Tisch, dann sah sie Eva erwartungsvoll an.

Diese starrte auf die Tischplatte, ihre Miene war verschlossen. »Der Alkohol«, begann sie schließlich, »es ist alles die Schuld von dem verdammten Alkohol. Mit meinem Papa hat's angefangen. Zuerst war er nur regelmäßig im Wirtshaus, dann hat er angefangen, zu Hause zu trinken, am Abend vor dem Fernseher. Dann hat er sich tagsüber ein Gläschen gegönnt, nach dem Essen oder zwischendurch. Und irgendwann ist der Wein beim Frühstück dabei gewesen, als wäre er Kaffee. Da habe ich ihn das erste Mal auf Entzug gesetzt, und er ist zu den Anonymen Alkoholikern gegangen. Ich habe gedacht, das war's jetzt, aber nein: Ein Jahr später oder so ist es von vorne losgegangen, diesmal im Geheimen. Mir ist aufgefallen, dass er gegen Nachmittag und Abend hin so komisch lustig wird und dann ... als ich seine Fahne gerochen habe, war mir klar, was es geschlagen hat.« Sie stützte das Gesicht in die Hände. »Maria und Josef, was wir gestritten haben! Er hat mir vorgeworfen, dass ich seine Freiheit einschränke, wenn ich ihm das Saufen verbiete. Ich habe ihm aber gezeigt, was er alles anrichtete in seinem Rausch: Die Arbeit wurde nicht mehr gemacht, dauernd zerbrach irgendwas, weil es ihm aus der Hand fiel oder weil er dagegen torkelte – so konnte es doch nicht weitergehen.«

»Ist er auch aggressiv geworden«, fragte Sabine dazwischen, »gewalttätig?«

Eva schüttelte den Kopf. »Ich«, sagte sie und sah mit müdem Blick von ihren Händen auf. »Ich bin aggressiv geworden, wenn er besoffen war. Dann habe ich ihm mit dem Nudelholz ... aber lassen wir das. Ich habe ihn vor die Wahl gestellt: Entweder er macht einen Entzug, oder ich ziehe aus. Dann kann er schauen, wie er den Laden alleine schupft. Da hat er verhandeln wollen, er hätte ja noch den Toni, hat er gesagt, aber ... dass der nichts zustande bringen würde, war ihm klar. Jedenfalls«, sie atmete tief durch, »hat er den Entzug gemacht, mit Tabletten und psychologischer Betreuung und allem. Danach war zwei Jahre lang Ruhe, aber dann ...« Sie ließ den Satz offen.

Sabine griff ein. »Warum Ihr Hass auf den Urbanhof?«

Evas Oberkörper wurde ruckartig steif, und sie sah Sabine an, als hätte diese sie gerade tödlich beleidigt. »Das fragen Sie noch?«, fuhr sie hoch. »Die mit ihrem Wein und ihrem Schnaps direkt vor unserer Haustür! Was glauben Sie, was das für ein Leben ist, wenn der Papa sagt: ›Ich mache einen Spaziergang‹, und du weißt nicht, ob das wahr ist oder nur eine Ausrede, damit er sich wieder Alk besorgen kann? Ich hab den Vallants gesagt, sie dürfen ihm nichts mehr verkaufen, und anfangs, ja, da haben sie sich daran gehalten, da ist Papa nicht mehr so oft ›spazieren gegangen‹.« Sie malte mit den Fingern Gänsefüßchen in die Luft. »Aber dann ...« Eva sank wieder zusammen, und in ihrem Gesicht begann es zu zucken. »Dann war er wieder besoffen und dann hat auch noch Toni angefangen.« Sie brach in Tränen aus.

Sabine unterbrach das Verhör und wies den Uniformierten, der die Tür bewachte, an, Taschentücher zu besorgen. Der Mann war nach einer Minute zurück und stellte eine bereits geöffnete Box mit Papiertaschentüchern auf den Tisch. Eva bediente sich. Nachdem sie sich ausgiebig geschnäuzt hatte, nickte sie Sabine zu, und diese setzte das Verhör fort.

»Der Toni«, ihre Stimme klang wegen der verstopften Nase nun anders, »war noch nie ein selbstständiger Mensch. Schon als Kind habe ich auf ihn aufpassen müssen, weil er immer in irgendeinen Ärger hineingeraten ist. Außerdem haben ihn alle ausgenutzt. Und ihn ausgelacht. Zuerst hat er eine Lehre bei einem Tischler gemacht, aber die haben ihn wie Dreck behandelt. Dann war er bei einem Bäcker und wieder das Gleiche. Ich habe ihm gesagt, er muss sich das nicht gefallen lassen, ich meine, nur weil einer Lehrling ist, heißt das nicht, dass er kein Mensch ist, oder? Aber es war nirgendwo anders. Kein Wunder, hat er mit den Drogen angefangen. Damit er das aushält. Ich habe ihn am Hof behalten, damit ich ihn unter Kontrolle hab und damit ihm die Menschen, das ganze Gesindel, nichts anhaben können. Und dann fangt der Depp auch mit dem Saufen an.« Sie schluchzte einmal auf, dann verhärtete sich ihr Blick. »Danke, Papa. Danke, Thomas, Daniel und Marie Vallant! Wissen Sie, was ich alles kontrolliert habe, damit ich sicher bin, dass Papa keinen Alk heimbringt oder versteckt? Die Geschäfte, Gasthäuser und Tankstellen in der ganzen Umgebung habe ich abgeklappert und denen gesagt, sie dürfen Papa keinen Alkohol verkaufen, weil er süchtig ist. Ich hab regelmäßig sein Zimmer gefilzt, die Matratze, das Gewand, den Kleiderschrank, jedes mögliche Versteck. Wenn er fortgegangen ist, habe ich ihn bei der Rückkehr durchsucht. Aber ich habe nichts gefunden – und trotzdem war der Alte wieder besoffen. Mir war klar, dass er irgendwo ein Versteck hat, aber finde das einmal auf einem Bauernhof mit x Nebengebäuden. Ich hab ihn heimlich beschattet, damit er mich zu seinem Versteck führt, aber das hat er anscheinend gecheckt, weil er nur blöd herumgegangen ist, bis mir meine Zeit zu schade geworden ist. Ich weiß erst jetzt, nachdem mir dieser Detektiv die Fotos gezeigt hat, dass es der Toni war, der Papa den Alk besorgt hat. Das hätte ich nie erwartet.«

»Sie meinen«, schaltete sich Sabine ein, »Ihr Vater hat Ihren Bruder zur Trinkerei verführt und dann hat dieser ihn mit Alkohol versorgt?«

Eva schniefte. »Ich glaube nicht, dass er ihn groß hat verführen müssen, der Toni ist anfällig für so was. Aber ja, Toni hat Papa mit Alk versorgt. Das hätte ich spätestens kapieren müssen, als Papa kaum mehr hat gehen können – und trotzdem seinen täglichen Rausch gehabt hat. Aber wer denkt denn an so was?«

»Zurück zum Urbanhof«, warf Sabine erneut ein, »warum die Morde?«

»Vor etwa einem halben Jahr ist mein Vater gestorben als Folge von seinem Alkoholismus. Wir haben danach im Lauf der Zeit seine Sachen verräumt, sein Zimmer ausgeräumt und ... vorigen Monat war ich dann innerlich so weit, dass wir sein Zimmer umbauen und anderweitig verwenden konnten. Wir haben die alten Einbaumöbel herausgerissen und ... hinter einer Bodenverblendung von einem von Papas Schränken ist eine leere Tresterbrand-Flasche gelegen. Das Verblendungsbrett war locker, verstehen Sie? Das war sein Versteck.

Und auf der Flasche war das Etikett vom Urbanhof. Was hätte ich mir da denken sollen? Natürlich, dass die Schweine ihm trotz ihres Versprechens Schnaps verkauft haben! Okay, die Flasche war schon älter, weil in seinen letzten Monaten hätte sich Papa da nicht mehr hinunterbücken können, aber dass sie ihm keinen Alk verkaufen dürfen, das habe ich den Vallants schon vor Jahren gesagt. Und später, wie auch der Toni mit dem Saufen angefangen hat, habe ich ihnen – wie allen anderen Verkaufsstellen – auch verboten, ihm etwas zu verkaufen. Und dann vor zwei, drei Wochen, wie ich mit dem Altglasbehälter zur Sammelstelle gefahren bin und die Flaschen und Gläser in den Recyclingbehälter geworfen habe, finde ich dabei eine Weinbrandflasche – wieder mit dem Etikett vom Urbanhof. Da hat der Toni geschlampt, denn eigentlich hätte er mit dem Altglas fahren sollen. Er hat wohl vergessen, dass er die Flasche da reingeschmuggelt hat. Da war mir klar, dass ich etwas unternehmen muss.«

»Haben Sie ihn zur Rede gestellt?«

»Den Toni? Wozu? Der hätte eh nur alles wieder abgestritten oder mir ein Märchen aufgetischt so wie Papa. Nein, ich wollte den Daniel Vallant, diesen scheinheiligen, geldgierigen Drecksack aus dem Weg haben! Der hat mir gegenüber immer so korrekt getan, ›ist in Ordnung, Eva, wir verkaufen deinem Vater nichts mehr‹. ›Okay, Eva, wenn der Toni zu uns kommt, kriegt er nichts, darauf hast du mein Wort‹.

Alles nichts wert! Ein Mannsbild lügt, sobald es das Maul aufmacht, da war Daniel keine Ausnahme. Dumm und dämlich hat der sich an den beiden Säufern vom Lacknerhof verdient.« Eva machte eine kurze Pause, dann schob sie nach: »Zumindest habe ich das bis heute gedacht.«

Sabine wurde konkret. »Wie sind Sie bei der Ermordung von Daniel Vallant vorgegangen?«

»Die Kekse«, erwiderte Eva. »Daniel hatte seit Langem eine Dauerbestellung bei uns, jede Woche eine Packung Haferkekse. Vor zwei Wochen habe ich ihm Gift in den Keksteig gemischt.« Sie atmete tief durch. »Dann war er weg. Dann war Ruhe, habe ich geglaubt. Bis Freitag.«

Sabine dachte an die offene Kekspackung, die Heinz beim Einzug in den Urbanhof im Schreibtisch gefunden hatte, und dass er den letzten hatte analysieren lassen wollen. Hätte ihm nicht Egidius Gutschis Naschhaftigkeit einen Strich durch die Rechnung gemacht, hätten sie den Fall schon viel früher aufgeklärt und Gutschi wäre noch am Leben. Apropos Gutschi: Warum hatte ihm der Keks nichts ausgemacht?

Eva fuhr indessen fort: »Am Freitagmorgen habe ich Toni aus dem Bett geworfen, weil er wieder einmal verschlafen hat. Er wollte mich vertrösten, ›Ich komm gleich‹, hat er gesagt, aber ich habe die Bettdecke von ihm runtergezogen. Es sollte ein Spaß sein, aber dann habe ich gesehen, warum er mich aus dem Zimmer haben wollte. Weil er nämlich eine Flasche Schnaps im Bett gehabt hat, mit der er wohl eingeschlafen ist. Mit dem Etikett vom Urbanhof.«

»Was war dann?«

»Fuchsteufelswild war ich. Ich habe ihn zur Rede gestellt, was das soll, wer ihm die Flasche verkauft hat und so weiter, aber er hat nichts von sich gegeben, außer dem üblichen Blödsinn, den er immer redet, wenn ihm was peinlich ist. Hauptsache, dass irgendwas aus seinem dummen Mund herauskommt, denke ich mir oft.«

»Was haben Sie gedacht, was passiert ist?«

»Das war ja offensichtlich: Ich habe den Falschen vergiftet, Marie war die Schlampe, die meinen Männern den Schnaps verkauft hat. Oder sie waren es beide.«

»Warum ist Ihr Verdacht nicht auf den Winzer gefallen, diesen ...« Sabine fiel der Name gerade nicht ein.

»Der Pollheimer Fritz?«, half Eva aus. »Der hat da oben nichts zu melden, der ist nur angestellt. Und mit dem Verkauf hat der nichts am Hut. Nein, nein, wenn die Marie weg ist, dann ist Ruhe, das war klar. Weil der Detektiv, der neue Besitzer, der hat eh von nichts eine Ahnung, außerdem hat der von Anfang an kapiert, dass wir nichts mit Alkohol zu tun haben wollen.«

»Also Marie«, holte Sabine das Thema zurück.

»Ja, bei ihr war es leicht, wegen ihrer Hühnereierallergie. Deswegen bestellt sie bei uns immer Enteneier und immer nur eins oder zwei. Ich wusste, dass sie die nur für den Eigenbedarf braucht. Wenn ich also eins von den Eiern vergifte, trifft's genau die Richtige, habe ich mir gedacht. Ich habe ja nicht wissen können, dass der Hausdepp überall seine Finger mit drin hat.«

Sabine war sich nicht sicher, wen Eva meinte. »Der ... wer?«

»Der Behinderte, den sie sich gehalten haben, dieser Gidi.«

Sabine presste die Lippen aufeinander, um Evas Ausdrucksweise nicht zu kritisieren und damit vom Thema abzulenken. Stattdessen fragte sie: »Wie sind Sie vorgegangen?«

»Ich hab das Arsen im Eiklar von einem Entenei aufgelöst und es dann mit einer Spritze mit einer feinen Nadel in das Ei gespritzt, das Berti später hinaufliefern sollte.«

»Ihr Mann hat davon gewusst? Von beiden Morden?«

Eva winkte ab. »Nein, der hat keine Ahnung. Von nichts. Es ist ja um meinen Vater und meinen Bruder gegangen, ich wollte ihn da nicht mit hineinziehen.«

»Okay«, natürlich war es wichtig gewesen, diesen Punkt zu klären, »weiter.«

»Das erste Ei ist mir geplatzt, deshalb habe ich beim zweiten vorher einen Entlastungsstich auf der anderen Seite gemacht. Dort ist dann dieselbe Menge Eiklar, die ich eingespritzt habe, herausgequollen und das Ei hat gehalten.«

»Woher haben Sie gewusst, welche Dosis Sie nehmen müssen?«

Eva lachte. »Aus dem Internet. Aber das hat sich als Blödsinn erwiesen, weil die Menge, die ich Daniel in den Keksteig gemischt habe, war viel zu gering, es hat ewig gedauert, bis der mir endlich verreckt ist. Bei der Dosis für Marie war ich nicht mehr so zimperlich.«

Damit hatte Sabine die Antwort auf die Frage, die sie sich vorhin gestellt hatte: Die Dosis war zu gering gewesen, ein einzelner Keks hatte Egidius Gutschi nichts ausgemacht. Thomas Vallant hatte aber die Packungsmenge bis auf einen letzten Keks gegessen. »Woher haben Sie das Arsen bekommen?«

»Rattengift«, erwiderte Eva. »Eine Nachbarbäuerin hat schon vor Jahren bei einer Indien-Rundreise mitgemacht und von dort ein paar Packungen Rattengift mitgebracht, eine davon hat sie mir geschenkt. Weil ihre Mutter, die Altbäuerin, die hat immer gesagt, dass das moderne Rattengift nicht mehr so gut wirkt wie das, das man früher gehabt hat. Wo noch Arsen drin war. Und in Indien wird das noch verwendet, deshalb hat meine Nachbarin zugeschlagen, als sie das dort gesehen hat.«

»Aber auch die Einfuhr ist verboten«, wand Sabine ein.

Eva zuckte mit den Schultern. »Es hat sie bei der Einreise niemand kontrolliert.«

»Sie haben das Rattengift seit damals aufbewahrt – wozu?«

»Das war keine Absicht. Ich habe es nur nie gebraucht, weil wir kein Rattenproblem gehabt haben, es ist nur herumgestanden.«

»Und wie haben Sie das Arsen extrahiert?«

»Das Rattengift ... das sind verschiedene Samen, die mit einem Pulver vermischt sind. Ich habe alles mit einem feinmaschigen Küchensieb durchgesiebt und das Pulver verwendet.«

Eine Pause entstand. Eva hatte offenbar alles gesagt, was sie zu sagen gehabt hatte, und Sabine überlegte, welche Punkte noch offen waren. Schließlich fragte sie:

»Als Heinz Sablatnig Ihnen heute die Fotos gezeigt hat, was haben Sie da gedacht?«

»Ich ... zuerst habe ich geglaubt, er verarscht mich. Aber dann ... es hätte keinen Sinn ergeben, wenn er mich angelogen hätte, deshalb ... deshalb war mir alles klar, als Heinz gesagt hat, Toni hätte einen Schlüssel. Und als ich den Schlüssel im Schloss auf der Aufnahme gehört habe.«

»Was war Ihnen in dem Moment klar?«

»Alles.« Evas Augen bekamen einen Ausdruck von Angst. »Dass Papa und Toni den Alk gar nicht von den Vallants gekauft, sondern ihn geklaut haben. Dass sie ... dass ich zwei Menschen vollkommen sinnlos getötet habe. Weil Daniel und dieser Gidi vollkommen unschuldig waren – und Marie auch.«

Kapitel 27

Donnerstag, 12:40 Uhr

Nach dem Essen saßen Heinz, Thomas und Pollheimer zusammen und schwiegen. Heinz hatte die letzten Neuigkeiten weitergegeben, die ihm Sabine gleich nach dem Verhör von Eva erzählt hatte. Auch aus dem Krankenhaus waren gute Neuigkeiten gekommen, Marie war aus dem Koma erwacht und befand sich auf dem Weg der Besserung.

»Die Eva also«, brummte Thomas, »und du sagst, sie war schon einmal im Gefängnis? Als Jugendliche?«

»Ja. Mich wundert, dass du das damals nicht mitbekommen hast.«

»Ich bin nicht besonders interessiert an Tratsch.«

»Trotzdem.«

»Ich kann mir vorstellen«, schaltete Pollheimer sich ein, »dass die Zarfls das damals nicht an die große Glocke gehängt haben.«

»Wie geht es jetzt weiter?«, fragte Thomas.

»Als Nächstes wird Anklage erhoben«, erklärte Heinz, »dann wird ihr der Prozess gemacht, und dann wird man sehen. Aber so geplant, vorsätzlich und kaltblütig, wie sie vorgegangen ist, wird sie wohl lebenslänglich bekommen.«

»Auf Bewährung?«, witzelte Pollheimer.

Heinz lächelte, Thomas hingegen starrte mit gerunzelter Stirn vor sich hin. Heinz rüttelte ihn leicht am Unterarm, um ihn aus seiner Geistesabwesenheit zu holen, und fragte: »Jetzt wird alles besser, du wirst sehen.«

»Ja, ich weiß«, brummte er, »es ist nur noch etwas, von dem du nichts weißt und ... du auch nicht, Fritz.«

»Was denn?« Pollheimer wirkte wie ein neugieriges Volksschulkind.

»Es hat mit meinem Vater zu tun. Ich ... ich habe das bisher niemandem erzählt, das hätte ich nicht können. Es war leichter, solange ich noch den Aichelburg-Thurgau gehasst habe, irgendwie habe ich meine Schuld hinter dem Hass verstecken können, aber ... das geht jetzt nicht mehr. Nicht mehr, seit wir auf Schloss Thürn waren.«

»Schuld? Was für eine Schuld?« Pollheimers Blick war alarmiert, Heinz fühlte ähnlich.

»Ich ...« Thomas sah den Winzer an, und seine Augen schimmerten. »Ich bin schuld am Tod von meinem Vater.«

»Was?« Pollheimer riss die Augen so weit auf, dass Heinz befürchtete, sie würden herausfallen.

»Es stimmt«, erklärte Thomas. »Weißt du noch, damals, als er gestorben ist?«

»Freilich, das werde ich nie vergessen.«

»Er war im Gärkeller. Ich habe ihn gefunden. Ich habe sofort gewusst, was los war, nur, ich habe es niemandem gesagt.«

»Was nicht gesagt?« Pollheimers Augen waren noch immer weit aufgerissen.

»Er ist erstickt. In den Gärgasen.«

»Ach, Unsinn!«

»Doch, doch, ich …« Thomas' Schultern begannen zu zucken, er wandte den Blick ab und starrte auf die Tischplatte. »Ich habe die Lüftungsanlage am Tag davor gewartet und dann vergessen, sie wieder einzuschalten. Der ganze Raum war voller Kohlendioxid.«

»Woher weißt du das? Hast du die Werte gemessen?«

Thomas' Oberkörper bebte, erste Tränen tropften auf die Tischplatte, er schüttelte den Kopf. »Nein, aber was für eine Erklärung hast du sonst?«

»Na, Herzinfarkt. Die haben ihn doch damals untersucht.«

»Die haben nur die naheliegendste Erklärung genommen und nach nichts anderem gesucht. Mein Vater war pumperlgesund.«

»Aber er war zweiundachtzig Jahre alt, da geht das schnell. Vielen passiert so was schon Jahrzehnte vorher.«

Thomas antwortete nicht, ein Weinkrampf hielt ihn davon ab.

»Thomas ...« Pollheimer stand auf, rückte den nächstgelegenen Sessel neben den Rollstuhl, setzte sich und legte einen Arm um ihn. »Es kann gar nicht deine Schuld gewesen sein. Der Alarm geht schon los, weit bevor das Kohlendioxid-Niveau eine tödliche Konzentration bekommt. Und den Alarm hast du ja nicht abgeschaltet, oder?«

Thomas schüttelte den Kopf.

»Warum gibst du dir dann die Schuld dafür?«

Der Gefragte wischte sich mit dem Unterarm schwerfällig übers Gesicht. »Es ... es war für mich so klar, damals. Wie ich ihn da liegen gesehen habe ... ich ...« Er sah auf und Pollheimer in die Augen. »Ich habe mich so angesoffen in der Nacht darauf, das kannst du dir gar nicht vorstellen!«

»Du?« Pollheimer wich ein wenig vor ihm zurück. »Aber du hast dich doch nie betrunken. Nicht, seit ich dich kenne.«

Thomas nickte. »Da schon, in der Nacht, da ... ich habe nicht gewusst, wie ich sonst mit meinem schlechten Gewissen fertig werden soll. Und dann, am Tag danach, der Unfall ... das war wie eine gerechte Strafe.«

Pollheimer zuckte nach hinten, so dass die Sesselbeine am Boden kreischten. »Moment einmal: was?«

Von dem Geräusch aufgeschreckt kam Bogart geduckt angerannt und drückte sich an Heinz' Beine. Dieser kraulte ihn und redete ihm gut zu.

»Willst du damit sagen, dass dein Unfall ... weil du so verkatert warst ...?«

Thomas nickte und schniefte. »Und wegen meiner Schuld. Ich war neben mir an diesem Tag, vollkommen neben mir.«

»Und du glaubst bis heute, du hättest das verdient?« Pollheimer zeigte auf den Rollstuhl.

»Klar, was sonst? Er war mein Vater.«

Pollheimer starrte Heinz in einer Mischung aus Verdatterung und Entsetzen an.

Heinz sprang für ihn ein. »Thomas, niemand verdient so etwas. Ich weiß nicht, was damals wirklich in dem Gärkeller passiert ist, aber selbst wenn du recht hast, war das nur ein Unfall. Du hast ihn doch nicht mit Vorsatz getötet.«

»Ich habe es nicht gewollt, natürlich nicht, aber schuld bin ich deswegen trotzdem.«

Heinz erkannte, dass er Thomas nicht von seiner Überzeugung abbringen konnte. Deshalb rückte auch er näher und legte ebenfalls den Arm um ihn.

So saßen die drei Männer eine ganze Zeit lang da und schwiegen.

Bis Thomas aufatmete und meinte: »So, genug, Männer, was soll der Hund von uns denken?«

Das darauffolgende Gelächter war befreiend für alle drei, Heinz und Pollheimer setzten sich wieder auf ihre Plätze.

Thomas schnäuzte sich und wischte die letzten Tränen ab, dann fragte er Heinz: »Was hast du für Pläne mit dem Urbanhof, jetzt, wo du die Mörderin gestellt hast?«

Heinz spürte, wie sein Grinsen breiter wurde. Was jetzt kam, darauf freute er sich seit dem Tag, an dem er das Erbe angetreten hatte.

»Jetzt, wo ich die Mörderin gestellt habe«, begann er, »tritt der zweite Teil von Daniels Testament in Kraft.«

Thomas sah ihn begriffsstutzig an. »Was für ein zweiter Teil?«

Heinz leckte sich über die Lippen. »Daniel wollte nie, dass der Urbanhof von jemandem außerhalb seiner Familie weitergeführt wird, er wollte nur sichergehen, dass niemand von seiner Ermordung profitieren würde. Er hat mir einen Brief hinterlassen, in dem er alles erklärt.«

»Einen Brief?«

»Ja, den sollte nur ich zu Gesicht bekommen. Darin schreibt er, dass – auch wenn er sich das nicht hat vorstellen können – für seine Ermordung nur jemand aus seinem direkten Umfeld infrage komme, weil in der Zeit davor niemand sonst am Hof gewesen und auch sonst nichts Ungewöhnliches passiert sei. Er hat mir den Auftrag erteilt, seinen Mörder zu überführen und mir seinen Besitz übertragen, damit ich hier einziehen und ermitteln kann. Aber: In dem Augenblick, in dem der Schuldige für seine Tat rechtskräftig verurteilt wird, fällt der gesamte Besitz wieder an seine Familie zurück.«

Heinz machte eine Pause und genoss es mitanzusehen, wie Thomas' Augen langsam zu leuchten begannen.

Dann fuhr er fort. »Wie er das genau für dich und Marie«, er wandte sich an Pollheimer, »und sicher auch für dich, Fritz, geregelt hat, steht in einem eigenen Testament, das noch beim Notar liegt. Und ich kriege auch etwas, mein Honorar nämlich.«

Thomas begann wieder zu weinen, diesmal jedoch aus Freude, und er lachte befreit.

Pollheimer, der sich verstohlen ebenfalls ein paar Tränen aus den Augen wischte, meinte: »Freu dich nicht zu früh, Thomas. Bis die Eva rechtskräftig verurteilt ist – das dauert noch ein Zeiterl.«

Heinz winkte ab. »Das ist kein Problem. Ich bin mir sicher, der Herr Notar und Urbani Bruder kennt einen Weg, wie du schon zwischenzeitlich die Handlungsvollmacht für deinen Betrieb zurückbekommst. Mich jedenfalls braucht ihr nicht mehr.«

Thomas, der noch immer lachte, fuhr seine Arme aus und je eine Hand packte Heinz und Pollheimer an einer Schulter und rüttelte sie. »Wisst ihr was? Jetzt trinken wir eine Flasche Wein!«

Eine Woche später

Sabine holte Heinz von seiner Wohnung in der Klagenfurter Innenstadt ab. Er hatte Bogart eine spezielle Leine angelegt, deren Ende eine Schnalle besaß, welche in das Gurtschloss eines Autos passte, mit dieser sicherte er den Hund auf der Rückbank. Als er auf dem Beifahrersitz saß, fuhr Sabine los, nach Pörtschach am Wörthersee, wo ihr Elternhaus stand. Dem Vater wie auch der Mutter ging es unverändert – unverändert schlecht.

Im Lavanttal hatte sich alles zum Guten gewendet. Thomas, der nach der ganzen Sache wirkte, als hätte ein frischer Wind seine Trübsal weggeblasen und ihn mit Lebensenergie aufgepumpt, hatte den Sankt Urbani Brüdern von Wolfsberg ihr Eigentum zurückgegeben, ohne etwas dafür zu verlangen. Albrecht Aichelburg-Thurgau war davon so beeindruckt, ja, gerührt gewesen, dass er seine Bruderschaft davon überzeugt hatte, dem Urbanhof künftig ein jährliches Fixkontingent an Wein abzunehmen, zu einem mehr als fairen Preis. Das würde Thomas' Arbeit erleichtern, immerhin fehlte nach Daniels Tod dessen Einkommen, um das Weingut zu erhalten.

Doch Heinz hatte keine Zweifel, dass Thomas dieses Problem lösen würde, denn das letzte Mal, als er ihn angetroffen hatte, hatte er seitlich auf dem Anhänger des schmalen Traktors gesessen und hatte Pollheimer bei der Laubarbeit geholfen. Er hatte erzählt, es gäbe eigene Gerätschaften, die es körperlich behinderten Menschen ermöglichten, wesentliche Arbeiten im Weinberg durchzuführen, und er werde sich diese anschaffen.

Den Haushalt machte Pollheimers Schwester Heidi, die sich mit Thomas auf Anhieb bestens verstanden hatte. Die beiden redeten sogar darüber, dass Heidi am Urbanhof einziehen könnte, dann würde sie sich das Geld für ihre Mietwohnung ersparen; am Urbanhof waren nach Daniels und Gidis Tod immerhin zwei Zimmer frei geworden.

Marie war bald aus dem Krankenhaus entlassen worden, sie war psychisch zwar immer noch labil, aber auf einem guten Weg der Besserung. Auch für sie würde sich einiges ändern, denn Thomas meinte, sie müsse die häusliche Enge mit der übertrieben vielen Arbeit, die an ihr hing, hinter sich lassen und ein eigenes Leben beginnen. Marie hatte dieses Ansinnen richtig verstanden, nämlich nicht als Rauswurf, sondern als gut gemeinte Starthilfe. Ihr Onkel hatte ihr versichert, sie werde zu Hause jederzeit mit offenen Armen empfangen werden und ihr Zimmer stehe immer für sie bereit.

Er hatte auch schon erste Schritte für sie in die Wege geleitet: Als Bäcker Janschitz nämlich wieder am Urbanhof aufgetaucht war, um über die Anhebung seiner Preise zu sprechen, hatte Thomas sich damit einverstanden erklärt unter der Bedingung, dass er Marie einen Arbeitsplatz verschaffte. Janschitz hatte etwas herumgedruckst, doch nach einigem Hin und Her gemeint, eine Verstärkung seines Teams sei gar nicht so schlecht und wie fleißig Marie sei, wisse er seit Jahren.

Auch Herr Reiter vom Lagerhaus in Wolfsberg war wieder bereit, Wein aus Kärnten und damit vom Urbanhof zu kaufen, und nicht nur er. Der Grund dafür war, dass die Medien mittlerweile eine andere Sau gefunden hatten, die sie durchs Dorf treiben konnten, womit der »Arsenwein« an Bedeutung verloren hatte.

Die Wiederherstellung des Vertrauens der Weintrinker in den Kärntner Rebensaft war zum größten Teil Heinz zu verdanken. Einerseits hatte er den Mord an Daniel Vallant aufgeklärt und dies auch entsprechend an die Medien weitergegeben, die gerne und in aller Breite darüber berichtet hatten. Kein Wunder, die Geschichte von der – im Angesicht des Todes vorgenommenen – Beauftragung eines Detektivs, den eigenen Mörder zu fassen, war ein wahres Fressen für jeden Nachrichtenmacher. Ganz zu schweigen von der Geschichte der Nachbarin, die ihren Bruder beschützen wollte und deshalb blind gegenüber dessen Eskapaden war, was sie zu zwei Morden geführt hatte. Andererseits hatte Heinz noch einmal mit Albrecht Aichelburg-Thurgau telefoniert und diesen sowie sein Netzwerk um Schützenhilfe für die zeitgenössischen Kärntner Weinbauern gebeten. Der alte Mann, der darin eine Erfüllung der ursprünglichen Aufgabe der Sankt Urbani Bruderschaft gesehen hatte, hatte das aus vollem

Herzen versprochen, womit Walter Aigner und Emmerich Gönitzer einen mächtigen Verbündeten für die Öffentlichkeitsarbeit des Weinbauverbands Kärnten bekamen.

»Ist es dir schwergefallen, den Urbanhof zu verlassen?«, fragte Sabine ihren Bruder, als sie den Wagen in der Einfahrt des Elternhauses abstellte.

Heinz atmete tief durch. »Ja«, meinte er dann, »und nein. Sie sind mir sehr ans Herz gewachsen, allesamt, aber ... wie ich schon einmal zu Thomas gesagt habe: Ich bin kein Weinbauer.« Er warf einen Blick auf die Rückbank. »Ich fürchte nur, Bogart wird seine große Freiheit vermissen. Und Marie.«

Sabine lächelte. »Marie?«

»Ja. Sie und Bogart haben sich gegenseitig sehr ins Herz geschlossen. Sie wollte ihn gar nicht gehen lassen.«

Bruder und Schwester sahen sich in die Augen, dann blinzelte Heinz, als wäre dies der offizielle Abschluss seines Auftrags.

»Komm«, sagte Sabine und öffnete die Fahrertür, »kümmern wir uns um unsere Mutter.«

Danke!

Dieser Roman wäre nicht entstanden, hätten nicht zwei ganz besondere Menschen meinen Weg gekreuzt und mich außergewöhnlich großzügig unterstützt.

Zum einen **Ingrid Bodner** vom Weingut Kreuzschneider, die mir, dem eingefleischten Biertrinker, den Impuls gegeben hat, einen Krimi über den Kärntner Wein zu verfassen.

Zum anderen Magister **Erwin Gartner**, dessen unglaub-liches Wissen über alles, was auch nur irgendwie mit dem Kärntner Wein zu tun hat, mir den fachlichen Hintergrund für die Handlung vermittelt hat, und der außerdem dafür verantwortlich ist, dass ich nun selbst einen Weingarten besitze.

Ein weiteres Dankeschön richte ich an Magister **Thomas Zeloth**, den Direktor des Kärntner Landesarchivs, für den wissenschaftlichen Hintergrund zur Geschichte des Kärntner Weinbaus und für ein paar fachliche Finessen. Auf das Eingangszitat von Carl Julius Weber hat mich sein Buch »2000 Jahre Weinbau in

Kärnten« (Verlag des Kärntner Landesarchivs, Klagenfurt am Wörthersee 2018) hingewiesen.

Weitere Veröffentlichungen

Siehe: https://www.empire-verlag.at/autoren/roland-zingerle/